Eine
echt
verrückte
Story

Aus dem Amerikanischen
von Silvia Morawetz
und Werner Schmitz

rockbuch

Für meine Mutter

Du wusstest, früher oder später wird es was,
und weil das gar nicht so einfach ist, dachte ich mir,
bringen wir's gleich hinter uns. Ich hab dich lieb.

Titel der amerikanischen Originalausgabe: »It's Kind Of A Funny Story«
Text-Rechte: © 2006 Ned Vizzini, erschienen bei miramax books / Hyperion

Copyright der deutschen Ausgabe:
© 2007 Rockbuch Verlag Buhmann & Haeseler GmbH
Feierabendgrund 15, D-36381 Schlüchtern

Alle Rechte vorbehalten. Kein Teil des Werkes darf in irgendeiner Form
(durch Fotografie Mikrofilm oder ein anderes Verfahren) ohne schriftliche
Genehmigung des Verlages reproduziert oder unter Verwendung
elektronischer Systeme verarbeitet, vervielfältigt oder verbreitet werden.

Aus dem Amerikanischen von Silvia Morawetz und Werner Schmitz
Lektorat: Joern Rauser, Florian Lamp
Grafik-Konzept: Ellice M. Lee
Satz: Thomas Schreiber
Druck und Bindung: GGP Media GmbH, Pößneck

ISBN 978-3-927638-40-2

www.rockbuch.de

TEIL EINS: SO SIEHT'S AUS

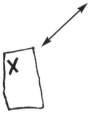

eins

Es fällt so schwer zu reden, wenn man sich umbringen will. Und zwar ist es das vor allem anderen. Und ich jammere nicht bloß rum. Es tut körperlich weh, den Mund aufzumachen und die Wörter rauszuquetschen. Sie gehen dir nämlich nicht glatt über die Zunge, wie du sie gerade gedacht hast, und wie das bei den Wörtern normaler Leute der Fall ist; sie kommen in Bröckchen wie Eis aus dem Crusher, und du stolperst drüber, wenn sie sich hinter deiner Unterlippe ansammeln. Also hältst du lieber gleich den Mund.

»Ist euch schon mal aufgefallen, dass die Leute in der Fernsehreklame dauernd fernsehen?«, fragt mein Freund.

»Schwachsinn, Alter«, sagt mein anderer Freund.

»Nein, das stimmt«, sagt darauf mein anderer anderer Freund. »Dauernd sitzt einer auf einer Couch, außer die Reklame ist für Allergien, da gehn sie über ein Feld –«

»Oder reiten am Strand lang.«

»*Die* Reklame ist immer für Herpes.«

Gelächter.

»Wie bringt man jemandem überhaupt bei, dass man das hat?« Das kommt von Aaron. Er wohnt hier. »Muss ja ein verrücktes Gespräch sein: ›Hey, bevor wir loslegen, solltest du wissen ...‹«

»Hat eure Moms gestern Abend nicht gestört.«

»*Ohhh!*«

»Alter!«

Aaron verpasst Ronny, dem Schwätzer, einen Stoß vor die Brust. Ronny ist klein und trägt Schmuck; er hat mal zu mir gesagt: *Craig, wenn ein Mann seinen ersten Schmuck anlegt, gibt's kein Zurück mehr.* Die Hand mit der dicken, losen Goldkette boxt zurück, scheppernd trifft sie Aarons Uhr.

»Alter, was machst du da mit meinem Gold, hä?« Ronny schüttelt die Hand und greift sich den Joint.

Aaron hat zu Hause immer was zu kiffen; er wohnt in einem Zimmer mit separater Entlüftung und abschließbarer Tür, das seine Eltern als Extrawohnung vermieten könnten. Um den Lichtschalter ist eine Schutzfolie geklebt, und seine Bettdecke ist mit schwarzen Kreisen gesprenkelt. Flecke sind da auch drauf, schimmernde Flecke, die auf gewisse Aktivitäten hindeuten, die zwischen Aaron und seiner Freundin stattfinden. Ich schau sie an (die Flecken, dann die beiden). Bin eifersüchtig. Dann aber bin ich wieder über Eifersucht hinaus.

»Craig? Willst du?«

Das Ding wird mir rübergereicht, aber ich gebe es weiter. Ich führe ein Experiment mit meinem Kopf durch, prüfe, ob das Gras womöglich das Problem ist; vielleicht ist das ja der Eindringling, der mich entführt hat. Das mach ich jetzt seit Wochen immer wieder mal, und dann rauche ich eine *Masse* Gras und teste, ob es vielleicht das *fehlende* Gras war, das mich entführt hat.

»Alles okay, Mann?«

So sollte ich heißen. Ich könnte ein Superheld sein. Der Alles-Okay-Man.

»Äh ...«, stammle ich.

»Nervt Craig nicht.« Das kommt von Ronny. »Er ist in der Craig-Zone. Ist weggetreten.«

»Ja.« Ich bewege die Muskeln, die bei mir das Lächeln erzeugen. »Ich bin ... irgendwie ... ihr wisst schon ...«

Merkt ihr, wie das mit den Wörtern ist? Die betrügen den Mund und spazieren davon.

»Bist du okay?«, fragt Nia. Nia ist Aarons Freundin. Sie und Aaron haben ständig Körperkontakt. Im Moment sitzt sie, an sein Bein gelehnt, auf dem Fußboden. Sie hat große Augen.

»Mir geht's gut«, sage ich. Der blaue Schimmer des Flachbildschirmfernsehers spiegelt sich in ihren Augen, als sie den Blick wieder darauf richtet. Wir sehen uns eine Doku über die Tiefsee an.

»Scheiße, sieh dir das an!«, ruft Ronny, der gerade Rauch ausstößt – keine Ahnung, wie das Ding so schnell wieder bei ihm gelandet ist. Ein Tintenfisch zieht über den Bildschirm. Er hat riesige, durchscheinende Ohren, gleitet im kalten Licht des Unterseeboots durch das Wasser.

»Wissenschaftler haben dieser Art den Kosenamen Dumbo gegeben«, sagt der Fernsehsprecher.

Ich lächle in mich hinein. Ich habe ein Geheimnis: Ich wünschte, ich wäre Dumbo, der Tintenfisch. An die Eiseskälte auf dem Grund der Ozeane angepasst, würde ich dort friedlich herumpaddeln. Die großen Fragen meines Lebens wären, von welcher Sorte Schleim am Meeresgrund ich mich ernähre – da ist kein so großer Unterschied zu jetzt. Und dass ich keine natürlichen Feinde habe. Die hab ich zwar jetzt auch nicht, aber das hat mir nicht besonders viel gebracht. Doch auf einmal ergibt es schon einen Sinn: Gern würde ich unter Wasser leben, als Tintenfisch.

»Ich komm wieder«, sag ich und kraxel von meinem Platz auf der Couch, den Scruggs, ein Freund, der auf den Fußboden verbannt war, sofort in Beschlag nimmt. In einer flüssigen Bewegung kommt Scruggs hoch.

»Du hast nicht eins-fünf gerufen«, sagt er.

»Eins-fünf?« Ich versteh ihn nicht.

»Zu spät.«

Ich zucke die Achseln und steige über die Klamotten und Beine der Leute weg, hin zu der beigen Tür im Stil einer Wohnungstür; durch die durch, dann geh ich nach rechts: in Aarons warmes Badezimmer.

Bei Bädern hab ich ein System. Ich verbringe viel Zeit darin. Es sind Heiligtümer, über die ganze Welt verteilte öffentliche Ruheorte für solche wie mich. In Aarons Bad reinzugehen ist nichts anderes, als in meinem normalen Trott weiter Zeit zu verplempern. Als Erstes schalte ich das Licht aus. Dann seufze ich. Dann drehe ich mich um, der Tür zu, die ich gerade geschlossen habe, ziehe mir die Hose runter und lasse mich auf die Toilette plumpsen – ich setze mich nicht, sondern lasse mich wie einen Kadaver fallen und spüre, wie sich mein Hintern an den Sitz anschmiegt. Dann stütze ich den Kopf in die Hände und atme aus beim – na ja, ihr wisst schon – Pissen. Ich geb mir immer Mühe, das zu genießen, genau zu spüren, wie es rauskommt und mir klarzumachen, dass mein Körper das tut, weil er es tun muss, genauso wie essen, obwohl das nicht meine Stärke ist. Ich vergrabe das Gesicht in den Händen und wünsche mir, es könnte ewig weiterlaufen. Es fühlt sich so gut an! Man macht es und dann ist es getan. Man braucht sich dafür nicht anzustrengen und nichts zu planen. Man verschiebt es nicht auf später. Das wäre ja auch richtig verkorkst. Wenn man solche Probleme hätte, meine ich, dass man nicht pissen könnte. Wie magersüchtig, bloß halt bei Urin. Wenn man das zurückhielte, um sich selber zu bestrafen. Ob das jemand tut?

Ich werd fertig und spüle, greife hinter mich, mein Kopf ist noch gesenkt. Dann stehe ich auf und mach das Licht wieder an. (Ob die gemerkt haben, dass ich im Dunkeln hier drin war? Ob denen aufgefallen ist, dass kein Licht durch den Türspalt kam? Ob Nia es gemerkt hat?) Dann schau ich in den Spiegel.

Ich seh so normal aus. Ich seh aus, wie ich immer ausgesehen habe, nicht anders als voriges Jahr im Herbst. Dunkles

Haar, dunkle Augen, ein schiefer Zahn. Dichte Augenbrauen, die in der Mitte zusammenwachsen. Lange Nase, irgendwie schief. Pupillen, die von Natur aus groß sind – nicht vom Kiffen – und, ins Dunkelbraun übergehend, zwei tellergroße Augen entstehen lassen, richtige Löcher. Haarbüschel über der Oberlippe. Das ist Craig.

Außerdem sehe ich immer aus, als würde ich jeden Moment anfangen zu heulen.

Ich dreh das warme Wasser auf und klatsche es mir ins Gesicht, um was zu fühlen. In ein paar Sekunden muss ich wieder zurück und der Meute gegenübertreten. Dabei könnte ich doch noch ein bisschen im Dunkeln auf der Toilette sitzen bleiben, oder? Ich schaff es immer, dass ein Gang aufs Klo fünf Minuten dauert.

zwei

»Wie geht es Ihnen?«, fragt Dr. Minerva.

In ihrem Behandlungszimmer steht ein Bücherregal wie bei allen Seelenklempnern. Ich wollte eigentlich nicht *Seelenklempner* sagen, aber jetzt, wo ich schon so viele hinter mir habe, fühle ich mich doch dazu berechtigt. Es ist ein Erwachsenenwort und respektlos, und ich bin ja selbst schon fast ganz erwachsen und respektlos, also was soll's.

Jedenfalls steht bei ihr wie überall in den Zimmern der Seelenklempner lauter Fachlektüre im Bücherregal. Zuerst mal das *DSM*, das *Diagnostic and Statistical Manual*, in dem alle bekannten psychischen Störungen verzeichnet sind – macht Spaß, das zu lesen. Ganz schön dicke Schwarte. Richtig viel von dem, was da drinsteht, hab ich nicht – bloß *eine* große Sache. Aber durch das Blättern weiß ich Bescheid. Stehen tolle Sachen da drin. Es gibt eine Krankheit namens Undine-Syndrom, da verliert der Körper die Fähigkeit, unwillkürlich zu atmen. Wenn man sich das vorstellt! Man muss dauernd »atme, atme!« denken, sonst hört man auf damit. Die meisten, die das kriegen, sterben daran.

Wenn die Frau Doktor Format hat, hat sie (denn meistens ist es eine Frau und kein Herr Doktor) einen ganzen Haufen *DSMs* da rumstehen, die gibt es nämlich in verschiedenen Ausgaben – III, IV und V sind die gebräuchlichsten. Ein *DSM II* wird man wohl nicht finden. Das kam 1963 oder so raus. Es dauert um die zehn Jahre, ein neues rauszubringen, jetzt arbeiten sie an Ausgabe VI.

Du meine Güte, ich könne selber Seelenklempner sein. Zusätzlich zu den DSMs steht da ein ganzes Sortiment von Fachbüchern über psychiatrische Störungen, Bücher wie das *Arbeitsbuch Wege aus der Depression, Angst & Panikattacken: Ursachen und Heilung* oder *Gewohnheiten von Hocheffektiven*. Immer gebundene Ausgaben. Taschenbücher kommen in das Behandlungszimmer eines Seelenklempners nicht rein. Gewöhnlich findet sich auch ein Buch über Kindesmisshandlung, *Ins Herz getroffen* zum Beispiel. Einmal hat mich eine Ärztin dabei erwischt, wie ich mir das angesehen hab, und gleich gesagt: »In dem Buch geht es um Kindesmisshandlung.«

Und ich nur: »Hm-hm.«

Darauf sie: »Das ist für Menschen, die eine Missbraucherfahrung haben.«

Und ich bloß genickt.

»Haben Sie eine?«

Diese eine Ärztin hatte so ein verhutzeltes Altfrauengesicht und einen Schopf weißer Haare – ich bin nie wieder hingegangen. Was für eine Frage sollte das denn sein? *Natürlich* bin ich nicht missbraucht worden. Wenn, dann wäre ja alles so einfach. Dann hätte ich einen Grund dafür, mich bei Seelenklempnern rumzudrücken. Dann hätte ich eine Rechtfertigung und etwas, woran ich arbeiten könnte. Aber so was Ordentliches und Klares würde mir die Welt nie schenken.

»Mir geht's gut. Na ja, nicht gut – ich bin schließlich hier.«

»Ist damit irgendwas nicht in Ordnung?«

»Absolut nicht.«

»Sie kommen doch schon eine ganze Weile.«

Dr. Minerva trägt immer so erstaunliche Sachen. Nicht dass sie besonders sexy oder hübsch wäre, sie macht sich nur gut zurecht. Heute hat sie einen roten Pullover an und dazu einen roten Lippenstift in genau demselben Rot. Als ob sie in ein Farbengeschäft gegangen wäre, um alles abzustimmen.

»Ich möchte nicht hierher kommen müssen.«

»Na ja, Sie machen einen Prozess durch. Wie fühlen Sie sich?«

Sie gibt mir das Stichwort. Die Seelenklempner haben immer so eine Stichwortfrage. Ich hab schon welche gehabt, die sagten: »Na, wie ist es?«, oder: »Wie geht es uns?«, oder sogar: »Was passiert in Craigs Welt?« Das ändert sich nie. Es ist wie ihre Kennmelodie.

»Ich bin heute nicht gut aufgewacht.«

»Haben Sie gut geschlafen?«

»Das Schlafen war okay.«

Sie guckt vollkommen versteinert, sieht stur geradeaus. Ich begreif nicht, wie die das hinkriegen, dieses Psychologen-Pokerface. Psychologen sollten Poker spielen. Vielleicht machen sie das ja auch. Vielleicht sind sie diejenigen, die das ganze Geld im Fernsehen gewinnen. Und dann besitzen sie auch noch die Frechheit, meiner Mom hundertzwanzig Dollar pro Stunde abzuknöpfen. Sie kriegen den Hals nicht voll.

»Was ist passiert, als Sie aufgewacht sind?«

»Ich hatte einen Traum. Ich weiß nicht, was es für einer war, aber als ich aufgewacht bin, hab ich gemerkt – ich bin wach! Schrecklich war das. Das hat mich wie ein Tritt in den Unterleib getroffen.«

»Wie ein Tritt in den Unterleib, verstehe.«

»Ich wollte nicht aufwachen. Mit dem Schlafen ging es mir viel besser. Und das ist echt traurig. Es war fast wie ein Albtraum andersrum, denn wenn man aus einem Albtraum aufwacht, ist man doch total erleichtert. Ich bin aber *in* einen Albtraum hinein erwacht.«

»Und was ist dieser Albtraum, Craig?«

»Das Leben.«

»Das Leben ist ein Albtraum.«

»Ja.«

Wir halten inne. Wohl ein kosmischer Moment. *Ohhh*, ist das Leben wirklich ein Albtraum? Wir brauchen zehn Sekunden, um darüber nachzudenken.

»Was haben Sie gemacht, als Sie merkten, dass Sie wach sind?«

»Ich hab im Bett gelegen.« Da waren noch mehr Dinge, die ich ihr sagen musste, Dinge, die ich zurückhielt: wie die Tatsache, dass ich heute Morgen im Bett *Hunger hatte*. Ich hatte gestern Abend nichts gegessen. Von den Hausaufgaben erschöpft, bin ich ins Bett gegangen, und kaum dass ich auf dem Kissen lag, wusste ich, dass ich am Morgen dafür würde büßen müssen, dass ich also *richtig* Hunger haben würde beim Aufwachen, dass ich die Grenze überschreiten würde, wo mein Magen so dringend etwas braucht, dass ich nichts essen kann. Ich bin aufgewacht, und mein Magen hat geschrien, war unter meiner schmächtigen Brust ganz ausgehöhlt. Ich wollte nichts essen. Beim bloßen Gedanken ans Essen hat es noch mehr wehgetan. Mir ist nichts eingefallen – kein einziges Nahrungsmittel –, mit dem ich klarkommen würde, außer Mocca-Joghurt. Und gerade den Mocca-Joghurt hatte ich so *satt*.

Ich hab mich auf den Bauch gedreht und die Fäuste geballt und mir auf den Unterleib gepresst, als würde ich beten. Mit den Fäusten hab ich meinen Magen zusammengequetscht und zu dem Irrglauben verleitet, er wäre gefüllt. So hab ich eine Weile gelegen, warm, meine Gedanken sind gekreist, die Sekunden verstrichen. Nur der pure Drang, das *eine*, auf das ich mich immer verlassen kann, hat mich fünfzig Minuten später aus dem Bett gebracht.

»Ich bin aufgestanden, als ich pissen musste.«

»Aha.«

»Es war toll.«

»Sie urinieren gern. Das haben Sie schon erwähnt.«
»Ja. Es ist so einfach.«
»Sie mögen es einfach.«
»Geht das nicht allen so?«
»Manche Menschen blühen bei kniffligen Dingen richtig auf, Craig.«
»Na ja, ich nicht. Als ich hierher gekommen bin, dachte ich ... ich hab so eine Phantasie, da bin ich Fahrradkurier.«
»Ah.«
»Das wäre so einfach und direkt, und ich würde sogar dafür bezahlt werden. Es wäre ein Anker.«
»Und die Schule, Craig? Sie haben doch die Schule als Anker.«
»Die Schule breitet sich zu sehr aus, die zerteilt sich in tausend unterschiedliche Dinge.«
»Ihre Tentakel.«

Das muss ich ihr lassen: Dr. Minerva hat sich ziemlich schnell in meine Ausdrucksweise eingefuchst. *Tentakel* ist mein Wort – die Tentakel sind die grässlichen Aufgaben, die in mein Leben eingreifen. Zum Beispiel letzte Woche die Stunde in amerikanischer Geschichte, in der ich einen Aufsatz über die Waffen im Unabhängigkeitskrieg schreiben sollte, wodurch ich genötigt war, zum Metropolitan Museum zu fahren und mich über einige der alten Waffen zu informieren, wodurch ich genötigt war, mit der U-Bahn zu fahren, wodurch ich genötigt war, eine Dreiviertelstunde ohne Handy und E-Mail auszukommen, was zur Folge hatte, dass ich nicht auf eine Rundmail meines Lehrers antworten konnte, der wissen wollte, wer Zusatzpunkte brauchte, was zur Folge hatte, dass andere sich die Zusatzpunkte schnappten, was zur Folge haben würde, dass ich keine 98 Punkte für den Kurs bekäme, was zur Folge haben würde, dass ich nicht mal annähernd einen Durchschnitt von 98,6 erreichen würde (kurz vorm Kochen, diese Temperatur musste man erreichen), was zur Folge haben würde, dass ich an kein gutes College käme, was zur Folge haben würde, dass ich keinen guten Job fände, was zur Folge haben würde, dass ich keine Krankenversicherung dabei hätte, was zur Folge haben würde, dass ich Unsummen für die Seelenklempner und Medikamente würde bezahlen müssen, die ich mit meinem Kopf brauchte, was zur Folge haben würde, dass ich nicht genug Geld hätte, um ein gutes Leben zu finanzieren, was zur Folge haben würde, dass ich mich schämte, was zur Folge haben würde, dass ich depressiv würde. Und das war der Oberhammer, denn ich wusste ja, was das bei mir bewirkte: Ich würde nicht aus dem Bett aufstehen, und dann käme es zum Allerschlimmsten – ich würde obdachlos werden. Wenn man lange genug nicht aus den Bett kommt, kommen welche und nehmen einem das Bett weg.

Das Gegenstück zu den Tentakeln sind die Anker. Die Anker sind Dinge, die mein Denken beschäftigen und durch die ich mich vorübergehend wohlfühle. Mit dem Fahrrad zu fahren ist ein Anker. Lernkärtchen machen ist ein Anker. Andern zuzusehen, wie sie bei Aaron Videospiele spielen, ist ein Anker. Die Antworten sind einfach und folgerichtig. Ich brauche nichts zu entscheiden. Es gibt keine Tentakel. Es gibt nur einen Haufen Aufgaben, die man in Angriff nimmt. Man braucht sich nicht mit anderen Leuten abzugeben.

»Was tun Sie, um einfach bloß faul zu sein, Craig?«

»Ich lieg tagtäglich mindestens eine Stunde sinnlos im Bett. Dann vertrödel ich Zeit, indem ich hin und her laufe. Ich vertrödel Zeit mit Nachdenken. Damit, dass ich den Mund halte und nichts sage, weil ich Angst hab, ich könnte stottern.«

»Haben Sie Probleme mit dem Stottern?«

»Wenn ich deprimiert bin, kommt es nicht richtig raus. Dann hör ich mitten im Satz auf.«

»Verstehe.« Sie schreibt was auf ihren Notizblock. *Craig, das kommt in deine Patientenakte.*

»Das mit dem Rad«, sage ich und schüttele den Kopf, »das ist nicht – «

»Was? Was wollten Sie gerade sagen?« Auch so ein Trick, den die Seelenklempner auf Lager haben. Sie lassen nicht zu, dass man mitten im Satz aufhört. Man braucht bloß den Mund aufzumachen, schon wollen Sie ganz genau wissen, was man sagen wollte. Zu den tiefsten Wahrheiten über uns gehört genau das, wo wir mittendrin beim Reden abbrechen; da sind sie sich alle einig, aber ich glaube, das sagen sie nur, damit wir uns bedeutend vorkommen. Eins steht mal fest: Es gibt sonst niemanden in meinem Leben, der sagt: »Moment, Craig, was wolltest du gerade sagen?«

»Ich wollte sagen, ich glaub, das Stottern ist kein ernstes Problem. Das ist nur eins meiner Symptome.«

»Wie das Schwitzen.«

»Genau.« Das Schwitzen ist grässlich. Es ist zwar nicht so schlimm wie das Nicht-Essen, aber es ist *verrückt* – kalter Schweiß, auf der ganzen Stirn, den ich alle zwei Minuten abwischen muss und der wie Hautkonzentrat riecht. Andere registrieren das. Es gehört zu den wenigen Dingen, die anderen auffallen.

»Jetzt stottern Sie nicht.«

»Das hier wird ja auch bezahlt. Ich möchte die Zeit nicht vergeuden.«

Schweigen. Jetzt führen wir einen unserer stillen Kämpfe: Ich sehe Dr. Minerva an und sie sieht mich an. Es ist ein Wettkampf, wer zuerst klein beigibt. Sie zieht ihr Pokerface; ich hab kein Extragesicht, das ich ziehen könnte, bloß das normale Craig-Gesicht.

Unsere Blicke treffen sich. Ich warte darauf, dass sie etwas Tiefsinniges sagt – das mach ich immer, obwohl es nie eintritt. Ich warte darauf, dass sie »Craig, Sie müssen das und das tun« sagt und dass es dann die Wende gibt. Ich wünsch mir diese

Wende so dringend. Ich möchte, dass mein Denken wieder dort einrastet, wo es hingehört, und an Ort und Stelle bleibt, wie bis zum vorigen Jahr im Herbst. Damals war ich noch jung und witzig, und meine Lehrer sagten, ich ließe Unglaubliches erwarten. Und ich hab im Unterricht den Mund aufgemacht, weil ich die Welt so aufregend fand und so Kluges darüber zu sagen hatte. Ich wünsch mir die Wende so sehr. Ich warte auf den Satz, der sie auslöst. Das wird dann wie ein richtiges Wunder in meinem Leben sein. Aber kann Dr. Minerva Wunder bewirken? Nein. Sie ist eine dünne, sonnengebräunte Frau aus Griechenland, mit rotem Lippenstift.

Sie bricht das Schweigen als Erste.

»Zu Ihrem Radfahren, Sie haben gesagt, Sie wären gern Fahrradkurier.«

»Ja.«

»Sie haben schon ein Fahrrad, stimmt's?«

»Ja.«

»Und Sie fahren oft?«

»So viel nun auch wieder nicht. Mom erlaubt mir nicht, damit zur Schule zu fahren. Aber am Wochenende fahr ich in Brooklyn rum.«

»Wie fühlt es sich an, wenn Sie auf Ihrem Fahrrad herumfahren, Craig?«

Ich überlege kurz. »... Geometrisch.«

»Geometrisch.«

»Ja. *Du musst diesem Truck ausweichen* und so. *Diese Metallrohre nicht an den Kopf kriegen. Bieg rechts ab.* Es gibt festgelegte Regeln, und an die hält man sich.«

»Wie bei einem Videospiel.«

»Klar. Ich mag Videospiele. Allein das Zusehen. Schon als Kind.«

»Und dazu sagen Sie ja oft: damals, als Sie noch glücklich waren.«

»Genau.« Ich streiche mein Hemd glatt. Ich achte auch für diese kleinen Treffen auf mein Äußeres. Eine gute Khakihose und ein weißes Anzughemd. Wir brezeln uns beide auf, jeder für den anderen. Eigentlich sollten wir zusammen einen Kaffee trinken gehen und einen Skandal anzetteln – die griechische Therapeutin und ihr Freund, der Junge von der Highschool. Wir könnten berühmt sein. Das würde mir Geld einbringen und mich glücklich machen.

»Erinnern Sie sich an Dinge, die Sie glücklich gemacht haben?«

»Die Videospiele.« Ich muss lachen.

»Was ist so komisch?«

»Vorgestern bin ich bei mir die Straße langgegangen, und hinter mir ging eine Mutter mit ihrem Kind. Die Mutter sagte: ›Also Timmy, darüber möchte ich keine Klagen von dir hören. Du kannst nicht den ganzen Tag lang PlayStation spielen.‹ Und Timmy: ›Ich *will* aber!‹ Da hab ich mich rumgedreht und zu ihm gesagt: ›Ich auch.‹«

»Sie wollen den ganzen Tag lang PlayStation spielen?«

»Oder zusehen. Ich will einfach nicht ich sein. Egal ob beim Schlafen oder beim Videospielen oder beim Radfahren oder beim Lernen. Ich will meine Gedanken los sein. Darauf kommt es an.«

»Sie haben sehr klare Vorstellungen von dem, was Sie wollen.«

»Ja.«

»Was wollten Sie als Kind? Damals, als Sie glücklich waren. Was wollten Sie werden, wenn Sie erst mal groß sind?«

Dr. Minerva ist eine gute Ärztin, glaub ich. Das ist zwar nicht die Antwort, aber es war eine verdammt gute Frage. Was wollte ich werden, wenn ich erst mal groß bin?

drei

Als ich vier war, lief es so:

Unsere Familie wohnte in einer schäbigen Wohnung in Manhattan. Zu der Zeit wusste ich nicht, dass sie schäbig war, ich kannte noch keine andere Wohnungen, mit denen ich sie hätte vergleichen können. Die Rohrleitungen waren über Putz verlegt. Das ist nicht gut. Man möchte sein Kind nicht in einem Haus großziehen, in dem die Rohre über Putz liegen. Ich weiß noch: Da gab es ein grünes Rohr und ein rotes und ein weißes, und die liefen an der Ecke im Flur zusammen, direkt vor dem Bad, und sobald ich laufen konnte, hab ich mir die alle genau angesehen. Ich bin hingetippelt und hab die Hände so mit zwei Millimeter Abstand davor gehalten, um zu testen, ob sie heiß oder kalt waren. Eines war kalt, eines warm, und das rote war *richtig* heiß. Zwei Millimeter waren nicht genug. Ich hab mich daran verbrannt, und Dad, der das nicht gemerkt hatte (»Es soll eigentlich nur nachmittags heiß werden«), hat mit Klebeband dunkelbraunes Schaumzeug drumgeklebt, aber Klebeband hat mich noch nie aufgehalten. Und an dem Schaumstoff zu zerren und darauf rumzukauen hat Spaß gemacht, da hab ich ihn abgerissen und drauf rumgekaut, und als dann andere Kinder zu uns kamen, hab ich sie angestachelt, das wieder freigelegte Rohr anzufassen. Ich hab behauptet, jeder, der dort reinkommt, *müsse* das Rohr anfassen, sonst wäre er ein Waschlappen, ein Wort, das Dad aus dem Fernsehen hatte. Ich fand es toll, denn es hatte zwei Bedeutungen: einmal das Ding zum Waschen, das im Bad am Haken hing, und dann das, womit man Leute dazu brachte, etwas Bestimmtes zu tun. Genau wie *Huhn*, das hatte auch zwei Bedeutungen: der Vogel, der herumlief, und das weiße Zeug, das man aß. Manche fassten das heiße Rohr aber auch an, wenn man *dummes Huhn* zu ihnen sagte.

Ich hatte ein eigenes Zimmer, war darin aber nicht gern allein. Der einzige Raum, in dem ich mich gern aufhielt, war das Wohnzimmer, und zwar unter dem Tisch, auf dem all die Enzyklopädien lagen. Ich baute mir eine kleine Höhle, zog eine Decke über mich und arbeitete darin mit einer Lampe, die Daddy mir gebastelt hatte. Ich beschäftigte mich mit Landkarten. Landkarten hatte ich sehr gern. Ich wusste, dass wir in Manhattan wohnen, und besaß auch eine Straßenkarte davon, einen Atlas von Hagstrom, der alle fünf Boroughs verzeichnete mit all den jeweiligen Straßen. Ich konnte auf der Karte ganz genau zeigen, wo wir wohnten: an der Ecke 53rd Street und 3rd Avenue. Die Third Avenue war eine gelbe Straße, weil es eine Avenue war, breit und lang und wichtig. Die Fifty-Third Street war eine kleine weiße Straße und zog sich quer durch Manhattan. Straßen verliefen quer, Avenues nach oben und nach unten; mehr brauchte man sich nicht zu merken. (Dad half mir auch beim Einprägen, wenn wir rausgingen und uns Pfannkuchen holten. »Möchtest du deine in Streets und Avenues geschnitten haben, Craig?«, hat er mich immer gefragt. Und ich immer: »Ja!«. Und er hat ein Gitter in den Stapel Pfannkuchen geschnitten, und unterwegs haben wir jede Straße und jede Avenue aufgezählt und aufgepasst, dass wir auch ja zur Ecke 3rd Ave. und 53rd Street kamen.) Das war ganz einfach. Und wenn man schon richtig weit war (so wie ich, hm-hm), wusste man, dass die geraden Straßen Einbahnstraßen nach Osten und die ungeraden Einbahnstraßen nach Westen waren. Und alle paar

Straßen kamen dicke gelbe dazwischen, so wie die Avenues zum Beispiel, die in beiden Richtungen befahrbar waren. Das waren die berühmten Straßen: die 42nd Street, die 34th Street. Von unten nach oben lautete die komplette Liste: Chambers St., Canal St., Houston St., 14th St., 23rd St., 34th St., 42nd St., 57th St., 72nd St. (in den 60ern gab es keine breiten Straßen; die wurden übergangen), 79th St., 86th St., 96th St., und dann war man in Harlem, wo Manhattan endgültig zu Ende war, jedenfalls für kleine Jungs, die sich unter Enzyklopädien Höhlen bauten und Landkarten ansahen.

Ich hatte die Manhattan-Karte kaum gesehen, da wollte ich sie schon zeichnen. Ich sollte doch wenigstens in der Lage sein, die Stadt zu zeichnen, in der ich wohnte. Deshalb fragte ich Mom nach Pauspapier, sie kaufte mir auch welches, ich nahm es in meine Höhle mit und fing gleich mit der ersten Karte aus dem Hagstrom-Atlas an – mit Downtown, wo die Wall Street und die Börse lagen. Und richtete meine Lampe darauf. Die Straßen hier unten waren der reine Wahnsinn, die waren gar nicht in Straßen und Avenues geordnet, hatten bloß Namen und sahen aus wie Mikadostäbchen. Doch bevor ich überhaupt an die Straßen denken konnte, musste ich erst mal das Land richtig hinkriegen. Manhattan war im Grunde ja auf Land gebaut. Wenn irgendwie Straßen aufgerissen wurden, sah man's unter dem Belag – richtige Erde! Und das Land beschrieb unten an der Spitze der Insel einen bestimmten Bogen, gekrümmt wie ein Dinosaurierkopf, rechts hucklig und links gerade, ein majestätisch geschwungenes unteres Ende.

Ich drückte mein Pauspapier nach unten und versuchte die Linie des unteren Manhattan nachzuziehen.

Ich schaffte es nicht.

Ich meine: es war lächerlich. Meine Linie hatte mit der echten nichts zu tun. Ich verstand das nicht – ich hielt das Pauspapier doch fest. Ich sah auf meine kleine Hand. »Halt still«, sagte ich zu ihr, knüllte das Papier zusammen und probierte es noch einmal.

Die Linie stimmte wieder nicht. Ihr fehlte der Schwung.

Ich zerknüllte das Papier und probierte es zum dritten Mal.

Diese Linie war sogar noch schlimmer als die vorherige. Manhattan sah kantig aus.

Ich probierte es wieder.

Oh Mann, jetzt sah es aus wie eine Ente.

Knüll.

Jetzt sah es aus wie ein *Haufen Scheiße*, noch ein Ausdruck, den ich von Dad aufgeschnappt hatte.

Knüll.

Jetzt sah es aus wie eine Birne.

Es sah aus wie alles andere, bloß nicht so, wie es aussehen sollte: wie Manhattan. Ich bekam es nicht hin. Mir war nicht klargewesen, dass man, um etwas durchzupausen, einen Zeichentisch haben sollte, von unten beleuchtet, und dazu Klemmen, die das Papier hielten, statt der zitternden Hand eines Vierjährigen, und deshalb hielt ich mich für einen Versager. Im Fernsehen sagten sie immer, man könne alles, was man wolle, und jetzt versuchte ich etwas und kriegte es nicht hin. Ich würde es nie schaffen. Ich knüllte den letzten Bogen Pauspapier zusammen und fing in meiner Höhle an zu schluchzen, den Kopf in die Hände gestützt.

Mom hörte mich.

»Craig?«

»Was ist? Geh weg!«

»Was hast du denn, Liebling?«

»Mach ja nicht den Vorhang auf! *Lass zu!* Ich hab hier Sachen drunter.«

»Warum weinst du denn? Was ist los?«

»Ich kann es nicht.«

»Was denn?«

»Nichts!«

»Sag's Mami, komm schon. Ich zieh das Laken hoch –«

»Nein!«

Ich sprang ihr ins Gesicht, als sie das Bettlaken so zur Seite zog, dass die Bücher ins Rutschen gerieten. Mom warf die Arme hoch und hielt die Bücher auf, rettete uns beide davor, sie über den Kopf zu kriegen. (Eine Woche später ließ sie Dad die Enzyklopädien an einen anderen Platz räumen.) Da sie die Hände voll hatte, rannte ich – tränenüberströmt, wie ich war – durchs Zimmer, wollte ins Bad und mich dort bei ausgeschaltetem Licht aufs Klo setzen und mir warmes Wasser ins Gesicht spritzen. Aber Mom war zu schnell. Sie schob die dicken Bücher auf den Tisch zurück, fing mich im Rennen auf und hob mich mit ihren dünnen Armen, an deren Ellbogen man die Haut vom Knochen abziehen konnte, hoch. Ich trommelte mit den flachen Händen auf sie ein.

»Craig! Wir *schlagen* Mami nicht!«

»Ich kann es nicht, ich kann es nicht, ich *kann* es nicht!« Ich schlug sie.

»*Was denn nicht?*« Sie drückte mich so fest an sich, dass ich die Arme nicht mehr bewegen konnte. »*Was* kannst du nicht?«

»*Ich kann Manhattan nicht zeichnen!*«

»Huch?« Mom schob den Kopf nach hinten und wandte mir ihr Gesicht zu. »*Das* hast du da unten probiert?«

Ich nickte schniefend.

»Du wolltest Manhattan zeichnen? Mit dem Pauspapier, das ich dir mitgebracht habe?«

»Ich kann es nicht.«

»Craig, das kann *niemand*.« Sie lachte. »Das einfach so freihändig zu zeichnen, das kannst du nicht können. Das ist unmöglich.«

»Wie zeichnen die denn dann die Landkarten?«

Mom verstummte.

»Siehst du? Siehst du? Irgendjemand kann es doch.«
»Die haben auch *Geräte* dafür, Craig. Das sind Erwachsene, und sie haben spezielle Werkzeuge, die sie dafür verwenden.«
»Dann brauch ich eben diese Werkzeuge.«
»Craig.«
»Kaufen wir welche!«
»Liebling.«
»Kosten die viel Geld?«
»Liebling.«
Mom setzte mich auf das Sofa, das sich nachts für sie und Dad in ein Bett verwandelte, und setzte sich neben mich. Ich weinte nicht mehr. Ich schlug nicht mehr um mich. Damals war mit meinem Kopf noch alles in Ordnung, ich landete nicht dauernd auf irgendwelchen toten Gleisen.

»Craig«, sagte sie seufzend und sah mich an. »Ich habe eine Idee. Anstatt die Manhattan-Karte nachzuzeichnen könntest du doch versuchen, eigene Karten zu machen, von Plätzen, die *du dir selber ausdenkst*.«

Näher bin ich einer Epiphanie bisher noch nicht gewesen.

Ich konnte mir eine eigene Stadt machen. Konnte meine eigenen Straßen nutzen. Konnte einen Fluss da hinzeichnen, wo ich ihn haben wollte. Konnte den Ozean da hinzeichnen, wo ich ihn haben wollte. Die Brücken genauso – wo ich wollte, und ich konnte einen großen Highway mitten durch die Stadt zeichnen, wie Manhattan einen haben sollte, aber nicht hatte. Ich konnte mir ein eigenes U-Bahnnetz ausdenken. Konnte Straßennamen so erfinden, wie ich wollte. Ich konnte mein eigenes Straßengitter haben, das sich bis zu den Rändern der Karte erstreckte. Ich lächelte und umarmte Mom.

Sie besorgte mir dicken Zeichenkarton – weißes Zeichenpapier. Als ich größer wurde, nahm ich dann lieber einfaches weißes Computerpapier. Ich kroch wieder in meine Höhle, schaltete das Licht an und begann mit meiner ersten Karte.

Und das tat ich die nächsten fünf Jahre lang – in der Schule hab ich nie irgendwie herumgekritzelt, sondern immer Karten gezeichnet. Und zwar Hunderte. Wenn ich eine fertig hatte, zerknüllte ich sie; ich hatte sie gezeichnet, darauf kam es an. Ich hab Städte im Ozean gemacht, Städte, in denen sich zwei Flüsse in der Mitte treffen, Städte mit einem breiten, gewundenen Fluss, Städte mit Brücken, mit verrückten Autobahnkreuzen, Kreisverkehren und Boulevards. Ich hab Städte erfunden. Das hat mich glücklich gemacht. Das war mein Anker. Und bis ich neun wurde und mit den Videospielen anfing, wollte ich das werden, wenn ich groß war: Kartograph.

vier

»Ich wollte Karten zeichnen«, sagte ich zu Dr. Minerva.
»Karten wovon?«
»Städten.«
»Am Computer?«
»Nein, von Hand.«
»Okay.«
»Ich glaube nicht, dass der Markt dafür sehr groß ist.« Ich lächle.
»Vielleicht nicht, vielleicht aber doch.«
Typisch Seelenklempner, diese Antwort.
»Mit einem Vielleicht kann ich nichts anfangen. Ich muss Geld verdienen.«
»Über Geld sprechen wir das nächste Mal. Wir müssen jetzt Schluss machen.«
Ich sehe auf die Uhr. 7:03. Sie gibt immer drei Bonusminuten.
»Was wirst du tun, wenn du hier wieder gehst, Craig?«
Das fragt sie jedes Mal. Was werde ich tun? Ich gehe heim und flippe aus. Ich setze mich mit meiner Familie hin und rede nicht über mich selbst und das, was schiefgelaufen ist, wenn ich es vermeiden kann. Ich werd versuchen, was zu essen. Dann werd ich versuchen, ein bisschen zu schlafen. In Bezug auf gutes Funktionieren kann ich nicht mit Glanzleistungen aufwarten.
He, Soldat, was ist?
Ich kann nicht schlafen und nicht essen, Sir!

Soll ich dich mit Blei vollpumpen, Soldat? Würde dich das motivieren?

Das kann ich nicht sagen, Sir. Vermutlich könnte ich immer noch nicht schlafen und nicht essen, hätte von dem Blei nur einen schwereren Kopf.

Los, hoch jetzt und kämpfen, Soldat! Der Feind ist da!

Der Feind ist zu stark. Ich kann ihn nicht bekämpfen. Der ist zu schlau.

Du bist auch schlau, Soldat.

Nicht schlau genug.

Du willst also einfach aufgeben?

Das ist der Plan.

»Ich werd einfach dranbleiben«, sage ich zu Dr. Minerva. »Mehr kann ich nicht machen. Ich bleibe dran und hoffe, dass es besser wird.«

»Nehmen Sie Ihre Tabletten?«

»Ja.«

»Nehmen Sie Ihre Termine bei Dr. Barney wahr?«

Dr. Barney ist der Psychopharmakologe. Er ist derjenige, der mir meine Medikamente verschreibt und mich zu Leuten wie Dr. Minerva schickt. Auf seine Art ist er selber wie ein Trip: ein kleiner, dicker Weihnachtsmann mit Ringen an den feisten Fingern.

»Ja, im Lauf der Woche.«

»Sie halten sich an seine Anweisungen.«

Ja, Doktor. Ich mach ja, was Sie sagen. Ich mach ja, was ihr alle sagt.

»Hier.« Ich reiche Dr. Minerva den Scheck von meiner Mutter.

fünf

Meine Familie hat es nicht verdient, sich mit mir herumplagen zu müssen. Sie sind gute Leute, solide, fröhlich. Wenn ich mit ihnen zusammen bin, denke ich manchmal, ich wär im Fernsehen.

Wir wohnen in einer Wohnung in Brooklyn – viel besser als die damals in Manhattan, aber immer noch nicht gut genug, nichts, auf das man *stolz* sein könnte. Brooklyn ist ein dicker, fetter Klecks mit einer hässlichen Form auf der gegenüberliegenden Seite von Manhattan. Es sieht aus wie Jabba the Hutt beim Geldzählen. Seine Brücken verbinden es mit Manhattan, es ist durchzogen von Kanälen und Bächen – dreckigen grünen Wasserstreifen, die einen daran erinnern, dass es früher mal ein Sumpf war. Bebaut ist es mit braunen Stein- und Kalksteinhäusern – hellen und dunklen, die dastehen wie Zaunpfähle und dauernd von Indianern renoviert werden, und alle sind verrückt auf diese Häuser und bezahlen Millionen von Dollar dafür, dass sie in einem wohnen können. Doch davon abgesehen macht Brooklyn nicht allzu viel her. Es ist eine Schande, dass wir aus Manhattan weggezogen sind, wo all die Leute wohnen, die wirklich was zu sagen haben.

Der Weg von Dr. Minervas Praxis bis zu unserer Wohnung ist nur kurz, aber wie zum Hohn voll von Läden. Lebensmittelläden. Das Essen ist der absolut schlimmste Teil am Deprimiertsein. Die Beziehung zum Essen ist eine der wichtigsten

Beziehungen eines Menschen. Die Beziehung zu den Eltern ist wahrscheinlich nicht so wichtig als diese. Manche Menschen kennen ihre Eltern nicht mal. Und die persönliche Beziehung zur Luft – die ist der Schlüssel zu allem. Mit der Luft kann man nicht Schluss machen. Sie und du, ihr seid unlöslich verbunden. Nur etwas weniger wichtig ist Wasser. Und dann kommt schon Essen. Du kannst Essen nicht den Laufpass geben und dir was anderes suchen. Du musst eine Übereinkunft mit ihm treffen.

Ich hab die üblichen amerikanischen Gerichte nie gemocht: T-Bone-Steaks, gebratene Lammkeule und solche Sachen … Ich mag sie immer noch nicht. Von Gemüse ganz zu schweigen. Ich mochte Essen, das in geometrischer Form existierte: Chicken Nuggets, Fruit Roll-Ups, Hotdogs. Ich mochte Fastfood. Ich konnte eine ganze Tüte Cheez Doodles vertilgen; das Zeug war mir so tief in die Haut eingezogen, dass ich es den ganzen Tag überall an mir schmeckte. Darum lief es so gut mit mir und dem Essen. Ich dachte daran, wie es jeder tut: wenn man Hunger hat, isst man was.

Dann passierte das im letzten Herbst und ich hörte auf zu essen.

Jetzt werde ich von diesen Lebensmittelläden verhöhnt, diesen Pizzabuden, Eisdielen, Delis, China-Imbissen, Bäckereien, Sushi-Theken, McDonald's. Die hocken da in den Straßen und strecken mir entgegen, woran ich keine Freude habe. Mein Magen muss geschrumpft sein oder so; er kann nicht mehr so viel aufnehmen, und wenn ich eine bestimmte Menge hineinzwängen will, lehnt er alles ab und schickt mich ins Bad, wo ich im Dunkeln alles wieder von mir geben muss. Es ist wie ein Nagen, ein Zerren an einem Seil, das ums Ende meiner Speiseröhre gewickelt ist. Da unten sitzt ein kleiner Mann, der was zu essen will, aber darum bitten kann er nur, indem er an dem Seil zerrt. Wenn er das aber tut, schließt es den Mageneingang ab, und ich kann nichts reingeben. Wenn er bloß lockerlassen, das Seil loslassen würde, dann könnte ich ihm alles zu essen geben, was er haben will. Aber er sitzt da unten und macht mich benommen und müde, und wenn ich an Restaurants vorbeikomme, wo es nach Öl und Bratfett riecht, zieht er noch mal extra.

Wenn ich etwas esse, läuft es auf eins von beidem hinaus: Kampf oder Gemetzel. Wenn ich böse bin – wenn meine Gedanken wie wild kreisen –, wird es ein Kampf. Jeder Bissen tut weh. Mein Magen will nichts damit zu tun haben. Alles ist erzwungen. Das Essen möchte auf dem Teller bleiben, und wenn ich es erst mal in mir habe, will es auf den Teller *zurück*. Die Leute sehen mich seltsam an. *Was hast du denn, Craig, warum isst du nicht?*

Aber dann gibt es Momente, da passt es. Die Wende ist noch nicht da, vielleicht kommt sie auch nie, und manchmal – eben oft genug, dass ich die Hoffnung nicht verliere – schwirren meine Gedanken dahin zurück, wo sie hingehören. Wenn ich das spüre (ich sage Falsche Wende dazu), müsste ich eigentlich immer etwas essen, tu es aber nicht, sondern will, eigensinnig und dämlich, wie ich bin, nur das Gefühl festhalten und Dinge erledigen, solange mein Gehirn ordentlich arbeitet, und achte nicht aufs Essen und bin dann natürlich wieder genau da, wo ich angefangen habe. Aber wenn ich in der Nähe von Essen auf einmal wieder okay bin, dann – Vorsicht! Dann schlinge ich alles in mich rein: Eier und Hamburger und Fritten und Eiskrem und Marmelade und Cornflakes und Kekse, sogar Brokkoli – und Nudeln und Sauce. Verflucht, ich ess euch alle auf! Ich bin Craig Gilner, und von euch werde ich groß und stark. Keine Ahnung, wann die Chemie meines Körpers das nächste Mal so auf Zack ist, dass ich was essen kann, und deshalb putz ich jetzt alles weg.

Und das fühlt sich so klasse an. Ich esse alles, und der Mann hat sein Seil losgelassen. Er ist da unten schwer damit beschäftigt, alles zu essen, was reingefallen kommt, rennt rum wie ein Huhn mit abgehacktem Kopf, und der Kopf liegt schon am Boden und mampft auch so vor sich hin. Und meine Zellen nehmen die Nahrung auf und finden das so gut und lieben meinen Kopf dafür, dass er es zulässt, und ich lächle und bin pappsatt. Ich bin pappsatt, funktioniere und kann alles machen, und wenn ich erst mal esse – das ist ja das Erstaunliche –, wenn ich esse, *schlafe* ich auch, ich schlafe, wie es sein sollte, wie ein Jäger, der gerade seine Beute nach Hause gebracht hat … aber dann wache ich auf, und der Mann ist wieder da, mein Magen hat sich verkrampft, und ich weiß nicht, wie es dazu kam, dass ich ein Essen erlebt habe, das wie ein Gemetzel war. Das kommt nicht vom Pot. Auch nicht von den Mädchen. Und nicht von meiner Familie. Ich glaub allmählich, dass das eine rein chemische Angelegenheit ist, und falls das stimmt, suchen wir nur danach, was die Wende bewirkt, und haben es noch nicht gefunden.

sechs

Der Abend bricht herein, am Himmel ist nur noch ein dünner grauer Streifen, die Bäume triefen vor Regen, und der Niesel fällt auf mich, während ich unser Haus erreiche. Regenbogen im Frühling – Fehlanzeige. Ich beuge mich vor und drücke auf die Klingel, die vom jahrelangen Gebrauch bronzene Streifen hat – es ist die am häufigsten gedrückte Klingel im ganzen Haus.

»Craig?«

»Hi, Mom.«

Brrrr. Ein tiefes Brummen, vom Hausflur verstärkt. (Hausflur – von wegen! Eher ein Postraum, bloß ein Kabuff für die Briefkästen.) Ich stoße eine Tür auf, dann die andere. Im Haus ist es warm und es riecht nach gekochter Stärke. Die Hunde empfangen mich.

»Hi, Rudy. Hi, Jordan.« Sie sind noch klein. Die Namen hat ihnen meine Schwester gegeben; sie ist neun. Rudy ist eine Promenadenmischung; mein Vater meint, eine Kreuzung aus Chihuahua und deutschem Schäferhund, was bestimmt ein toller Hundesex war. Ich hoffe, der deutsche Schäferhund war das Männchen. Denn sonst hat das Schäferhundweibchen womöglich nicht viel davon gehabt. Rudy hat einen ausgeprägten Unterbiss; er sieht wie zwei Hunde auf einmal aus, von denen der eine von unten den Kopf des anderen anfrisst, aber wenn ich ihn ausführe, gefällt er den Mädchen, und sie sprechen mich an. Doch dann merken sie, dass ich noch jung und/oder total verkorkst bin, und sie gehen weiter.

Jordan, ein Tibet-Spaniel, sieht wie ein kleiner brauner Löwe aus. Er ist klein und süß, aber völlig verrückt. Seine Rasse wurde in Tibet gezüchtet: als Wachhunde für Klöster. Als er zu uns kam, hat er sich darauf fixiert, unser Zuhause sei auch ein Kloster und das Badezimmer die heiligste Zelle darin. Meine Mutter ist für ihn die Äbtissin. Man kann sich ihr nicht nähern, ohne dass Jordan sie gleich beschützt. Wenn sie morgens im Bad ist, muss Jordan mit ihr zusammen da drin sein, er sitzt auf dem Bord neben dem Waschbecken, während sie sich die Zähne putzt.

Jordan bellt mich an. Seit ich durchgedreht bin, bellt er mich an. Aber das bringt keiner von uns zur Sprache.

»Craig, wie war's bei Dr. Minerva?« Mom kommt aus der Küche. Sie ist immer noch groß und dünn und sieht jedes Jahr besser aus. Ich weiß, es ist verrückt, so was zu denken, und außerdem – was soll's? Sie ist auch bloß eine Frau – zufällig meine Mutter. Schon erstaunlich, dass sie immer imposanter und selbstbewusster aussieht, je älter sie wird. Ich hab Fotos von ihr aus dem College gesehen, da hat sie nicht besonders toll gewirkt. Als hätte Dad jedes Jahr eine bessere Wahl getroffen, so sieht es aus.

»Es ... war okay.« Ich lege den Arm um sie. Sie hat sich so lieb um mich gekümmert, seit es mir schlecht geht; ich schulde ihr alles, und ich hab sie gern, und das sage ich ihr neuerdings auch, obwohl es jedes Mal, wenn ich es ausspreche, ein bisschen dünner wird. Ich glaub, bei jedem ist der Vorrat an *Ich hab dich lieb* irgendwann mal erschöpft.

»Bist du immer noch froh, dass du zu ihr gehst?«

»Ja.«

»Denn falls nicht, besorgen wir dir jemanden anders.«

Jemanden anders könnt ihr euch nicht leisten, denke ich beim Blick auf den Riss in der Wand – direkt da, wo meine

Mom steht. Dieser Riss in der Diele ist jetzt seit drei oder vier Jahren sichtbar. Dad überstreicht ihn mit Farbe, aber der Riss bricht einfach wieder auf. Wir haben ihn schon mit einem Spiegel verdecken wollen, aber der Platz – an einer Seite des Flurs – wäre seltsam für einen Spiegel. Und meine Schwester fing dann damit an, das sei ein Vampirspiegel, mit dem man herausbekäme, ob die Leute, die das Haus betreten, Vampire sind. Also haben wir ihn ein paar Wochen später, als ich zugedröhnt heimkam und reingestolpert bin, wieder abgehängt. Jetzt sieht man dort wieder den Riss in der Wand. Der wird nie repariert werden.

»Ihr braucht niemanden anders zu besorgen.«

»Wie ist es mit essen? Hast du Hunger?«

Ich glaub schon. Ich werde essen, was meine Mom für mich gekocht hat. Ich hab meinen Kopf immer noch unter Kontrolle, ich hab Medikamente, und ich sorge dafür, dass das passiert.

»Ja.«

»Gut. Dann in die Küche!«

Ich geh rein, alles ist für mich vorbereitet. Dad und meine Schwester Sarah sitzen an dem runden Tisch, Messer und Gabel schon in der Hand, und werfen sich für mich in Pose.

»Wie sehen wir aus?«, fragt Dad und klopft schon ungeduldig mit dem Silberbesteck. »Sehen wir aus, als ob wir Hunger hätten?«

Meine Eltern denken sich immer was Neues aus, damit ich wieder in Ordnung komme. Sie haben es mit Akupunktur probiert, mit Yoga, Kognitionstherapie, Entspannungsbädern, den verschiedensten Kraftsportarten (bis ich aufs Radfahren kam), Selbsthilfe-Büchern, Tae Bo und Feng Shui in meinem Zimmer. Sie haben eine Menge Geld für mich ausgegeben. Ich schäme mich.

»Iss! Iss! Iss!«, sagt Sarah. »Wir warten schon auf dich.«

»Muss das sein?« frage ich.

»Wir wollen es dir nur ein bisschen gemütlicher machen.« Mom bringt eine Bratpfanne auf den Tisch. Es riecht heiß und fruchtig. In der Pfanne sind große orange Dinger, in der Mitte aufgeschnitten.

»Es gibt Kürbis«, sagt sie und dreht sich wieder zum Herd um, »Reis und Huhn.« Sie hebt einen Topf weißen, mit Gemüsestückchen besprenkelten Reis herüber und eine Platte mit Hühnerpasteten. Ich stürz mich drauf – auf eine sternenförmige, eine dinoförmige. Sarah grabscht im selben Augenblick nach der dinoförmigen.

»Die Dinosaurier gehören mir.«

»Okay.« Ich lass sie ihr. Unter dem Tisch tritt mich Sarah.

»Wie geht's dir?«, flüstert sie.

»Nicht gut.«

Sie nickt. Sarah weiß, was das bedeutet. Es bedeutet, ich werde heute Abend auf der Couch liegen, mich herumwälzen, und Mom wird mir warme Milch bringen. Es bedeutet, ich werde vor dem Fernseher hocken, aber im Grunde nicht hinsehen, bloß in die Luft stieren und nicht mal lachen, während ich meine Hausaufgaben nicht mache. Sie reagiert gut. Sie macht noch mehr Hausaufgaben und hat noch mehr Spaß. Sie will nicht so enden wie ich. Wenigstens gebe ich jemandem ein Beispiel dafür, wie man es nicht machen soll.

»Tut mir leid. Sie wollen dir was Gutes tun.«

»Das weiß ich.«

»Also, Craig, wie war's heute in der Schule?«, fragt Dad. Er spießt die Gabel in den Kürbis und sieht mich durch seine Brille an. Er ist klein und trägt eine Brille, aber wenigstens hat er noch Haare, wie er immer sagt – dicke, dunkle Zausen, die er mir vererbt hat. Er sagt, ich hätte Schwein gehabt, die Gene seien auf beiden Seiten gut, und wenn ich jetzt auch meinte, ich hätte Depressionen, sollte ich mal überlegen, wie es wäre, wenn ich wie alle anderen Männer eine Glatze bekäme! Ha!

»Es ging«, sagte ich.

»Was hast du gemacht?«

»Im Unterricht gesessen und die Aufgaben erledigt.«

Wir machen uns über das Essen her. Ich nehme meinen ersten Bissen auf – eine sorgfältig zusammengestellte Gabel voll mit Huhn, Reis und Kürbis – und schaufle es mir in den Mund. *Ich werde das essen.* Ich kau es und merke, dass es gut schmeckt, schiebe meine Zunge nach hinten und schicke es runter. Ich behalte es bei mir. Gut. Es ist drin.

»Was hast du in ... lass mal überlegen ... amerikanischer Geschichte gemacht?«

»Die Stunde war nicht so gut. Der Lehrer hat mich aufgerufen, aber ich konnte nicht sprechen.«

»Oh, Craig ...«, fängt Mom an.

Ich stelle mir den nächsten Happen zusammen.

»Was meinst du damit, du konntest nicht sprechen?«, will Dad wissen.

»Ich hab die Antwort gewusst, aber ... ich konnte einfach ...«

»Du hast den Faden verloren«, sagt Mom.

Ich nicke und nehme mir den nächsten Happen.

»Craig, so kannst du nicht weitermachen.«

»Liebling –«, fängt Mom an.

»Wenn du die Antwort auf irgendetwas weißt, musst du den Mund aufmachen und sie sagen, was kann daran denn unklar sein?«

Dad schiebt sich mit der Gabel einen Berg Kürbis in den Mund und kaut ihn wie ein Feuerofen.

»Bedräng ihn nicht«, sagt Mom.

»Tu ich nicht, ich bin ganz freundlich.« Dad lächelt. »Craig, du bist mit einem scharfen Verstand gesegnet. Du brauchst bloß Vertrauen dazu zu haben und zu sprechen, wenn Leute dich ansprechen. Früher hast du das auch gemacht. Damals hat man dich bitten müssen, mal für einen Moment mit dem Reden *aufzuhören*.«

»Jetzt ist es anders ...« Der dritte Happen.

»Wissen wir. Deine Mutter und ich wissen das, und wir tun, was wir können, um dir zu helfen. Richtig?« Er sieht über den Tisch zu Mom hinüber.

»Ja.«

»Ich auch«, sagt Sarah. »Ich tu auch, was ich kann.«

»Das stimmt.« Mom streckt die Hand über dem Tisch aus und strubbelt ihr das Haar. »Du machst das ganz toll.«

»Gestern hätte ich was rauchen können, aber ich hab's nicht getan«, sage ich und schaue, über meinen Teller gebeugt, hoch.

»Craig!«, sagt Dad scharf.

»Darüber reden wir jetzt nicht«, sagt Mom.

»Aber ihr solltet es wissen, es ist wichtig. Ich mach Experimente mit meinem Kopf, ich will rauskriegen, wodurch er geworden ist, wie er jetzt ist.«

»Wovon *redest* du?«

»Nicht vor deiner Schwester«, sagt Mom. »Ich möchte euch was von Jordan erzählen.« Als er seinen Namen hört, kommt der Hund in die Küche gelaufen und postiert sich neben Mom. »Gestern war ich mit ihm beim Tierarzt.«

»Du bist gar nicht zur Arbeit gegangen?«

»Richtig.«

»Und deshalb hast du gekocht.«

»Genau.«

Ich bin eifersüchtig auf sie. Eifersüchtig auf die eigene Mutter, weil sie alles im Griff hat – ja, gibt's denn das? *Ich* hätte mir nicht einen Tag freinehmen, mit dem Hund zum Tierarzt gehen und Essen kochen können. Das ist dreimal mehr, als ich an einem Tag zustande brächte. Wie soll ich es da je zu einem eigenen Haus bringen?

»Du willst also nicht wissen, was beim Tierarzt war?«

»Es ist verrückt«, sagt Sarah.

»Wir sind wegen der Anfälle, die er manchmal hat, mit ihm hingegangen«, sagt Mom. »Und was der Arzt gesagt hat, das glaubst du nicht.«

»Was denn?«

»Das letzte Mal hatten sie schon ein paar Bluttests bei ihm gemacht, und jetzt sind die Ergebnisse da – ich hab mit Jordan in dem kleinen Raum gesessen; er war sehr brav. Der Arzt kommt rein, sieht auf seine Unterlagen und sagt: ›Mit solchen Zahlen kann man gar nicht leben.‹«

Ich muss lachen. Auf der Gabel vor mir liegt ein Essenshäufchen. Es zittert. »Was meinst du damit?«

»Das hab ich ihn auch gefragt. Und, wie sich herausstellt, sollte der Blutzuckerspiegel bei einem Hund irgendwo zwischen vierzig und einhundert liegen. Und weißt du, was Jordan *hat*?«

»Was?«

»Neun.«

»*Wuff!*«, bellt Jordan.

»Dann« – Mom muss inzwischen auch lachen – »gibt es noch eine andere Zahl, irgendeinen Enzymwert, der sollte zwischen zehn und dreißig liegen, und bei Jordan beträgt er *eins achtzig*.«

»Guter Hund«, sagt Dad.

»Der Tierarzt musste passen. Er hat mir gesagt, ich soll ihm weiter die Nahrungsergänzung und die Vitamine geben, aber im Grunde sei Jordan ein medizinisches Wunder.«

Ich sehe zu Jordan, dem Tibet-Spaniel, hinüber. Ein eingedrücktes Gesicht mit zotteligem Fell drumherum, eine schwarze Nase, große dunkle Augen, wie ich sie auch habe. Er hechelt und sabbert. Sitzt auf seinen behaarten Vorderpfoten.

»Er dürfte gar nicht am Leben sein, ist es aber«, sagt Mom.

Ich seh mir Jordan noch eine Weile an. Worüber machst du dir Sorgen? Du hast doch eine Ausrede. Du hast schlechtes Blut. Offenbar gefällt dir das Leben; würde es mir auch, wenn ich an deiner Stelle wäre. Du lebst von einer Mahlzeit zur anderen und bewachst Mom. Es ist ein Leben. Tests oder Hausaufgaben sind darin nicht enthalten. Zu kaufen brauchst du auch nichts.

»Craig?«

Du dürftest gar nicht am Leben sein und bist es doch. Möchtest du tauschen?

»Ich ... ich find das cool.«

»Es ist sehr cool«, sagt Mom. »Dieser Hund lebt durch die Gnade Gottes.«

Ah, ja, Gott. Den hatte ich ja ganz vergessen. Er wird, wenn es nach Mom geht, definitiv dazu beigetragen haben, wenn es mir mal wieder besser geht. Ich halte Gott aber als Seelenklempner für einen Stümper. Er hat sich die therapeutische Methode des Nichtstuns zu Eigen gemacht.

»Ich bin fertig«, sagt Sarah. Sie nimmt ihren Teller und trottet aus dem Zimmer, ruft Jordan zu sich. Er geht ihr nach.

»Ich kann auch nichts mehr essen«, sage ich. Fünf Bissen hab ich geschafft. Mir dreht sich der Magen um; jetzt macht er ganz dicht. Dabei war das ein so harmloses Essen, ich hätte eigentlich keine Schwierigkeiten damit haben sollen. Im Gegenteil, ich hätte drei Teller davon wegputzen können sollen. Ich bin noch im Wachstum; ich sollte auch keine Schlafschwierigkeiten haben; ich sollte Sport treiben! Ich sollte mich mit Mädchen treffen. Sollte herausfinden, was mir an dieser Welt gefällt. Ich sollte mit Volldampf essen und schlafen und trinken und lernen und fernsehen und *normal* sein.

»Probier doch, ob noch ein bisschen geht«, sagt Mom. »Ich will dich nicht drängen, aber essen solltest du schon.«

Sie hat recht. Ich werde essen. Ich teile mir, in Straßen und Avenues geschnitten, ein großes Stück Kürbis ab, spieße es mit meiner Gabel auf und schiebe es mir in den Mund. *Ich werde dich essen.* Ich zerkaue den Brocken, der weich ist, nachgiebig, sich leicht zu etwas formen lässt, das durch meine Kehle passt. Er schmeckt süß. *Jetzt drinbehalten.* Das Zeug ist in meinem Magen gelandet. Ich schwitze. Im Beisein meiner Eltern ist das Schwitzen jedes Mal schlimmer als sonst. Mein Magen hat ihn. Meinen Magen füllen sechs Bissen von dieser Mahlzeit. Ich kriege sechs Bissen runter. Ich verlier den Kampf nicht. Ich behalte die Mahlzeit bei mir, die meine Mutter gekocht hat. Wenn der Hund leben kann, kann ich auch essen. Ich behalte das Essen bei mir. Mache eine Faust. Spanne die Muskeln an.

»Bist du okay?«

»Moment«, sage ich.

Ich verliere den Kampf.

Mir hebt sich der Magen, als ich vom Tisch aufstehe.

Was sollte das werden, Soldat?

Ich wollte etwas essen, Sir!

Und, was ist passiert?

Mir ist ein blöder Gedanke dazwischengekommen, Sir!

Was denn für einer?

Dass ich weniger gern lebe als der Hund meiner Eltern.

Konzentrierst du dich immer noch auf den Feind, Soldat?

Ich glaube nicht.

Weißt du überhaupt, wer der Feind ist?

Ich glaube … ich selber.

So ist es.

Ich muss mich auf mich selber konzentrieren.

Ja. Aber nicht in diesem Moment, denn jetzt gehst du ins Bad, um dich zu übergeben! Ist schwer zu kämpfen, wenn man sich gerade übergibt.

Ich taumele ins Bad, schalte das Licht aus, schließe die Tür. Das Schreckliche ist, dass ich diesen Teil gern habe, denn wenn er vorbei ist, wird mir, wie ich weiß, warm sein. Ich werde in mir die Wärme eines Körpers haben, der gerade ein Trauma durchgemacht hat. Ich beuge mich im Dunkeln über die Toilette – ich weiß, wie ich mich halten muss – und mein Magen erhebt sich wieder und drischt auf mich ein. Ich mach auf und stöhne. Es kommt heraus. Ich hör meine Mutter draußen schniefen und meinen Vater, der sie vermutlich stützt. Ich fasse nach dem Griff und spüle ein paar Mal, fülle die Toilette und spüle runter, immer im Wechsel. Wenn ich damit fertig bin, geh ich schlafen und mache keine Hausaufgaben mehr; dem bin ich heute Abend nicht mehr gewachsen.

Und wie ich da unten kauere, denke ich:

Die Wende kommt. Die Wende muss kommen. Denn wenn du so weiterlebst, stirbst du.

TEIL ZWEI: WIE ICH DAHIN KAM

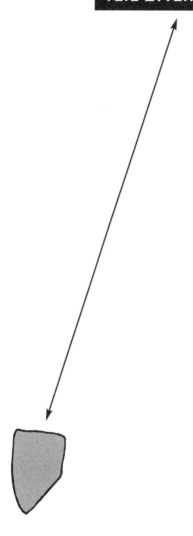

sieben

Warum hab ich eigentlich Depressionen? Das ist die Frage, Baby, die Millionenfrage; auf die weiß nicht mal die Eule eine Antwort. Ich auch nicht. Ich weiß nur, was vorher alles war.

Vor zwei Jahren kam ich an eine der besten Highschools von Manhattan: die Executive Pre-Professional High School. Das ist eine neue Schule, errichtet für die Ausbildung der Führungskräfte von morgen; Firmenpraktika im Lauf des Schuljahrs sind obligatorisch; hohe Tiere von Merrill Lynch kommen in die Schule und halten Vorträge und verteilen Kaffeebecher und Zeugs. Der milliardenschwere Philanthrop Bernard Lutz hat die Einrichtung, angegliedert an eine staatliche Schule, gebaut – eine Schule in der Schule sozusagen. Und um aufgenommen zu werden, braucht man bloß einen Test zu bestehen. Dann kriegt man die ganze Highschool-Zeit über ein Stipendium und außerdem Zugang zu 800 der intelligentesten, interessantesten Studenten auf der ganzen Welt, ganz zu schweigen von den Lehrern und den Herrschaften, die als Gastprofessoren auftreten. Als Absolvent dieser Schule kann man sofort an die Wall Street, was man freilich nicht tun *sollte*; man *sollte* als Absolvent nämlich erst an die Harvard University und anschließend Jura studieren. Und dann wird man ganz zuletzt, na ja, Präsident.

Ich geb's zu: irgendwie möchte ich schon Präsident werden.

Dieser Test – im Gedenken an die menschenfreundliche Gesinnung des Erfinders hat man ihn Bernard Lutz Philanthropic

Exam getauft – wurde also ziemlich wichtig in meinem Leben, wichtiger als zum Beispiel, äh, Essen. Ich kaufte mir das entsprechende Buch – Bernard Lutz bringt nämlich eine eigene Reihe von Büchern zur Vorbereitung auf seinen Test heraus – und büffelte damit drei Stunden täglich.

Ich war in der siebten Klasse und begann mich zum ersten Mal in meinem Zimmer wohlzufühlen – ich kam heim, warf meinen schweren Rucksack auf das Bett, sah zu, wie er gegen das Kissen sank, während ich mich auf meinen Stuhl setzte und das Testvorbereitungsbuch herauszog. Auf meinem Handy ging ich zu Extras, stellte den Countdown ein und machte mich an den zweistündigen Übungstest. Das Buch enthielt fünf solcher Übungstests, und als ich sie alle hinter mir hatte, entdeckte ich begeistert eine Anzeige für zwölf *weitere* Übungsbücher von Bernard Lutz. Ich trabte zu Barnes & Noble; dort waren nicht alle vorrätig – die hatten dort noch nie erlebt, dass jemand *alle* auf einmal hatte haben wollen –, und deshalb mussten sie sie für mich bestellen. Doch danach war mein Ehrgeiz gepackt. Ich machte praktisch jeden Tag einen Übungstest. Die Fragen umfassten den üblichen Müll, mit dem gecheckt wird, ob jemand ein Idiot ist oder nicht:

Lesefertigkeit. *Bitte lies diesen Auszug und finde heraus, welchen Baum sie retten wollen.*

Wortschatz: *Hast du dir ein Buch voll mit komischen Wörtern gekauft und sie auswendig gelernt?*

Mathe: *Bist du in der Lage, alles andere so auszublenden, dass du dir den Kopf mit Symbolen, die Regeln gehorchen, füllen kannst?*

Ich hab mich voll reingekniet in diesen Test. Hab die Übungen eine nach der anderen durchexerziert, mit den Büchern unterm Kopfkissen geschlafen und mein Gehirn zu einer wie wild ratternden Maschine gemacht, zu einer Kettensäge, die alles kleinkriegt. Ich spürte richtig, wie ich unter meiner Schreibtischlampe schlauer wurde. Spürte, wie ich mich vollstopfte.

Als ich in den Elite-Highschool-Modus wechselte, hing ich nicht mehr mit meinen Freunden ab. So viele Freunde hatte ich eh nicht - ich hatte die Leute, mit denen ich beim Mittagessen zusammensaß, das bloße Minimum. Doch als ich anfing, Lernkärtchen mit mir herumzutragen, ließen sie mich links liegen. Ich weiß nicht, was für ein Problem die hatten; ich wollte ja bloß meine Zeit maximal nutzen. Als ich meine Übungsbücher alle durch hatte, besorgte ich mir eine persönliche Tutorin, die mich für das Examen fit machen sollte. Nach der Hälfte der gebuchten Stunden teilte sie mir mit, dass ich sie nicht benötigte, behielt die siebenhundert Dollar meiner Mom aber trotzdem.

Von den achthundert möglichen Punkten bei diesem Test schaffte ich achthundert.

Der Tag, an dem ich meine Testergebnisse bekam – ein kalter, trauriger New Yorker Spätherbsttag –, war mein letzter guter Tag. Seitdem hab ich zwar ab und zu mal einen guten Moment gehabt, Zeiten, in denen ich glaubte, dass es mir besser ging, aber das war der letzte Tag, an dem ich *frohlockt* habe. Der Brief von der Executive Pre-Professional High School kam mit der Post, und Mom hatte ihn mir auf den Küchentisch gelegt, als ich vom Tae Bo im Anschluss an die Schule nach Hause kam. Mit dem Tae Bo wollte ich auch an der Highschool weitermachen, um es in meinem Lebenslauf bei den außerschulischen Betätigungen stehen zu haben, wenn ich mich fürs College bewarb – die nächste Hürde, der nächste Schritt.

»Craig, rat mal, was da ist?«

Ich warf meinen Rucksack ab und rannte an dem Vampirspiegel vorbei in die Küche. Da lag er: ein brauner Manila-Umschlag. Die Sorte Umschläge mit den guten Nachrichten. Wenn man den Test nicht bestand, bekam man einen kleinen; wurde man aber angenommen, bekam man einen großen.

»*Jaaaa!*«, schrie ich. Riss das Kuvert auf. Zog das lila-goldene Willkommens-Paket heraus und streckte es hoch wie den Heiligen Gral. Darauf hätte ich den Grundstein für eine eigene Religion legen können. Ich hätte es, na ja, glatt vögeln können. Ich küsste die Papiere und drückte sie so lange an mich, bis Mom sagte: »Craig, Schluss jetzt. Das ist doch krank. Wie wär's, wenn du deine Freunde anrufen würdest?«

Sie wusste allerdings nicht – denn ich hatte ihr nichts davon erzählt –, dass ich und meine Freunde uns ein bisschen auseinandergelebt hatten. Die sind sowieso untergeordnet, die Freunde. Ich meine, sie sind schon *wichtig* – das weiß jeder und man kennt das aus dem Fernsehen –, aber sie kommen und gehen. Mal verliert man einen Freund, mal gewinnt man einen neuen. Man braucht bloß mit Menschen zu reden, und das war ja auch die Zeit damals, als ich mit allen reden konnte. Meine Freunde – als ich noch welche hatte – zogen mich sowieso bloß dauernd auf und setzten sich auf meinen Stuhl, wenn ich den Raum verließ. Wozu also sollte ich die anrufen?

Mit Ausnahme von Aaron. Aaron war ein richtiger Freund; ich sollte ihn wohl als meinen besten Freund bezeichnen. Er war einer der ältesten Jungs aus meiner Klasse, sein Geburtstag fiel genau in diesen schmalen Korridor, wo man der Jüngste in einer Klasse von Älteren oder der Älteste in einer Klasse von Jüngeren sein kann. Seine Eltern hatten das Richtige getan und sich für letzteres entschieden. Er war intelligent und furchtlos, hatte dickes braunes, lockiges Haar und genau die Art Brille, mit der man bei Mädchen ankam: eine eckige schwarze. Er hatte Sommersprossen und redete viel. Wenn wir zusammen waren, führten wir Projekte durch: nahmen einen Wecker auseinander und hängten die Teile an die Wand, machten ein Stop-Motion-Video von Lego-Menschen beim Sex, gestalteten eine Webseite für Toilettenfotos.

Kennengelernt hatte ich ihn, als ich einmal während der Mittagspause zum Tisch gelaufen war, die Nase über Lernkärtchen, und als mich, ich wollte mich gerade setzen, einer seiner Freunde fragte, was ich hier verloren hätte. Und genau in dem Moment kam Aaron vorbei, von seinen Tacos hochrot im Gesicht, und rettete mich. Was ich lernte, wollte er wissen. Es kam dann raus, dass er und ich denselben Test ablegen wollten, aber Aaron lernte überhaupt nicht dafür – das hielt er für überflüssig. Am Tisch, sagte Aaron, redeten sie gerade darüber, wie Princess Zelda wohl im Bett wäre, und ich sagte, furchtbar, weil sie ja seit der Pubertät in einem Burgverlies eingesperrt war. Aber Aaron meinte, genau deshalb müsste sie eigentlich *superheiß* sein.

An diesem Freitagabend rief Aaron mich an.

»Willst du rüberkommen und dir ein paar Filme mit mir ansehen?«

»Klar.« Ich war mit meinem Übungstest für den Tag fertig.

Aaron wohnte in einem kleinen Apartment in einem großen Haus in Downtown Manhattan, unweit der City Hall. Ich nahm die U-Bahn (meine Mom musste Aarons Mom das Okay geben – grässlich), nannte dem feisten Wachmann in Aarons Haus meinen Namen und fuhr mit dem Fahrstuhl rauf in seine Etage. Aarons Mom begrüßte mich und führte mich (vorbei an seinem Dad, der in einem gefängniszellenähnlichen Raum schrieb und ab und zu die Stirn auf den Schreibtisch schlug, als ihm Aarons Mutter Tee brachte) in Aarons frisch gelüftetes Zimmer. Dort ließ ich mich auf sein Bett plumpsen, das noch nicht von den Flecken bedeckt war, die sich in der Zukunft darauf finden würden. Mich irgendwo hin*plumpsen* zu lassen ist eine meiner Stärken.

»Hey«, sagte Aaron. »Willst du ein bisschen mitkiffen?«

Ah. *Das* hatte ich mir also unter Filme ansehen vorzustellen. Ich rief mir kurz ins Gedächtnis, was ich über Drogen wusste: Meine Mutter hatte mir eingeschärft, die ja nicht anzurühren; mein Dad hatte mir eingeschärft, damit ja nicht *vor* den Eignungstests für die Uni anzufangen, und da Mom Dad übertrumpft hatte, hatte ich geschworen, sie überhaupt zu lassen – doch was, wenn mir jemand welche *aufdrängte?* Ich glaubte, Drogen seien etwas, was andere einem *antaten,* indem sie einem zum Beispiel eine Spritze ins Fleisch rammten, während man sich um seine eigenen Angelegenheiten kümmerte.

»Was, wenn mir jemand welche aufdrängt, Mom?«, hatte ich sie gefragt. Unsere Unterhaltung über Drogen fand auf einem Spielplatz statt, und ich war zehn. »Was, wenn sie mir eine Waffe an den Kopf halten und mich zwingen, die Drogen zu nehmen?«

»So ist das bei den Drogen eigentlich nicht, Liebling«, antwortete sie. »Die Leute nehmen Drogen, weil sie es *wollen.* Du brauchst es also bloß nicht zu wollen.«

Und jetzt saß ich hier bei Aaron und wollte. In seinem Zimmer roch es wie in bestimmten Gegenden im Central Park, unten am See, wo Weiße mit Dreadlocks auf Bongos rumklöppelten.

Meine Mom ging mir im Kopf herum.

»Nö«, sagte ich.

»Kein Problem.« Er öffnete ein stechend riechendes Tütchen und schüttete ein Bröckchen seines Inhalts in ein faszinierendes kleines Ding, das wie eine Zigarette aussah, jedoch aus Metall war. Das zündete er mit einem Gasfeuerzeug an, das eine Flamme produzierte, ungefähr so groß wie mein Mittelfinger. Er blies den Rauch direkt an die Wand.

»Machst du kein Fenster auf?«

»Nein, ist doch mein Zimmer; hier mach ich, was ich will.«

»Macht das deiner Mom nichts aus?«

»Sie hat schon mit Dad alle Hände voll zu tun.«

Das Stück der Wand, gegen das er seinen Rauch pustete, sollte sich im Laufe der nächsten zwei Jahre verfärben. Später hängte er dort wie auch sonst überall in seinem Zimmer Poster von Rappern mit Goldzähnen auf.

Aaron zog drei-, viermal an seiner Metallzigarette, wovon es in dem Zimmer gleich staubig und heiß wirkte, und sagte:

»Los, motivieren wir uns, Alter! Was möchtest du haben?«

»Action.« Ähm. Ich ging in die siebte Klasse.

»Ja, gut! Weißt du, was ich möchte?« Aarons Augen leuchteten auf. »Ich möchte einen Film mit einer Felsklippe.«

»Mit Bergsteigen und so?«

»Bergsteigen *muss* nicht das Thema sein. Mir reicht eine Szene, wo ein paar Kerle kämpfen und einer von einer Klippe geschmissen wird.«

»Sagt dir Paul Stojanovich was?«

»Wer ist das?«

»Der Produzent, der *Die weltweit unglaublichsten Verfolgungsjagden der Polizei* erfunden hat.«

»Im Ernst? Der macht diese Sendung?«

»Nein, er ist der Produzent. Der Ansager im Studio lässt es aber auch richtig krachen.«

Wir gingen, Aaron mir voraus, aus seinem Zimmer, vorbei an seinem Vater – der vor sich hin tippte und sich den Schweiß abwischte, im Grunde mit seinem Computer verwachsen war – und zur Wohnungstür, wo uns seine Mom, die langes, aschblondes Haar hatte und einen Overall trug, anhielt und uns Kekse und unsere Mäntel gab.

»Mir gefällt mein Leben«, sagte Aaron. »Ciao, Mom.« Den Mund voller Kekse, stiegen wir in den Fahrstuhl ein.

»Okay, was wolltest du sagen? Ich find diese Serie mit den *Die unglaublichsten*... total gut.« Aaron schluckte. »Wenn der eine sagt« – Aaron wechselte in einen strengen, überdeutlich artikuliert irischen Akzent – »die beiden Banditen glaubten zwar, für sie gelte das Gesetz nicht, aber im Revier des Sheriffs von Broward County wurden sie eines Besseren belehrt – und *prompt ins Gefängnis geschickt.*«

Ich musste so lachen, dass die Kekskrümel in meinem Mund durch die Gegend flogen.

»Stimmen nachmachen kann ich gut. Willst du mal hören, wie Jay Leno vom Leder zieht? Hab ich von Bill Hicks, dem Comedian.«

»Ich war mit Paul Stojanovich noch nicht fertig«, sagte ich.

»Mit wem?«

Der Fahrstuhl kam in Aarons Lobby an. »Der Produzent der *unglaublichsten Polizeiverfolgungsjagden ...*«.

»Ach ja, richtig.« Aaron stieß die Glastür auf. Nach ihm trat ich auf die Straße, zog meine Kapuze hoch und mummelte mich darin ein.

»Steht er da mit seiner Verlobten, für ein Hochzeitsfoto oder so. Sie sind dafür in Oregon, direkt vor einer riesigen Felsklippe. Der Fotograf macht dauernd: ›Noch ein bisschen zurück, noch ein bisschen weiter nach links.‹ Das haben sie gemacht, und *er ist den Abhang runterstürzt.*«

»Oh, mein Gott!« Aaron schüttelte den Kopf. »Wo erfährst du denn solches Zeug?«

»Internet.« Ich lächelte.

»Das ist ja zu geil. Was war mit dem Mädchen?«

»Ihr ist nichts passiert.«

»Sie sollte den Fotografen verklagen. Haben die den verklagt?«

»Keine Ahnung.«

»Sollte sie mal lieber. Ich würd's machen. Weißt du was, Craig« – Aaron sah mich an, sein Blick war zwar ruhig, die Augen aber rot und doch lebendig und strahlend – »ich werd mal Anwalt.«

»Ach ja?«

»Ja. Mein Dad ist eine Niete. Der macht überhaupt keine Kohle. Der ist so armselig. Da, wo wir wohnen, wohnen wir bloß, weil der Bruder meiner Mom Anwalt ist, der hat sich die Wohnung damals gekauft. Früher war das mal die Wohnung meines Onkels. Und weil er jetzt für das Gebäude arbeitet, haben sie Mom gute Konditionen geboten. Alles Gute, was ich hab, verdanke ich Anwälten.«

»Vielleicht möchte ich auch Anwalt werden«, sagte ich.

»Warum nicht? Da wirst du reich!«

»Ja.« Ich sah hoch. Wir gingen einen hellen, kalten, grauen Bürgersteig in Manhattan entlang. Alles kostet so viel Geld. Ich sah zu dem Mann rüber, der die Hotdogs verkaufte – das billigste, was es hier gab –, und sogar bei dem musste man drei oder vier Scheine lassen, wenn man was haben wollte.

»Wir sollten zusammen als Anwälte arbeiten«, sagte Aaron. »Pardis und ... wie heißt du mit Nachnamen?«

»Gilner.«

»*Pardis & Gilner.*«

»Okay.«

Wir gaben uns die Hand, ohne stehen zu bleiben, hätten beinahe ein fein herausgeputztes kleines Mädchen umgerannt, das uns entgegenkam. Dann bogen wir in die Church Street ein und liehen uns die Reality-TV-DVD aus, *Life Against Death*, auf der *massenhaft* Felsklippen vorkommen, und dazu Brände, Angriffe wilder Tiere und Unfälle beim Fallschirmspringen. Ich saß auf Aarons Bett, er rauchte Gras, ich nicht oder höchstens passiv mit, und sagte, ich glaubte, ich wär auch high, allein schon durch den Körperkontakt, aber eigentlich hatte ich nur das Gefühl, in eine ganz neue Richtung zu gehen. Bei besonders coolen Stellen hielten wir die DVD an und zoomten uns rein: mitten ins Zentrum einer Explosion, zwischen die schlingernden Räder nach LKW-Unfällen oder in einen Gorilla-Käfig, in dem einer durchdrehte und mit einem Felsbrocken beworfen wurde. Wir sprachen davon, eines Tages selber einen Film drehen zu wollen.

Ich ging erst um vier schlafen, wachte aber – da ich bei andern Leuten übernachtete – trotzdem früh auf, um acht und mit dieser verrückten Energie, die man hat, wenn man nicht zu Hause schläft. Ich kam an Aarons Vater, der vor dem Computer saß, vorbei und zog mir in ihrem Wohnzimmer ein Buch aus dem Regal – *Grundkurs Latein*. Damit büffelte ich den ganzen Vormittag für den Test.

So fing es an. Danach trafen wir uns regelmäßig. Einen festen Rahmen haben wir unseren Treffen nie gegeben, nicht mal einen Namen ... Aaron rief mich nur immer freitags an und fragte, ob wir uns Filme ansehen wollen. Ich glaube, er war einsam. Wie auch immer, er war jedenfalls der Einzige, mit dem ich nach der Junior High weiter Kontakt haben wollte. Und jetzt, ein Jahr später, saß ich in unserer Küche, hielt meine Aufnahmebestätigung in der Hand und fragte mich, ob er auch eine bekommen hatte.

»Ich ruf Aaron an«, sagte ich zu Mom.

acht

»Ey, Alter, was ist los? Bist du angenommen?!«
»Ja!«
»*Guuut!*«
»*Saustaaark!*«
»Geil!«
»Ge-nau!«
»Aber du hast gebüffelt. Und ich kein bisschen«, sagte er.
»Stimmt. Ich sollte mich glücklich schätzen, überhaupt mit dir zu reden. Du bist ja ein richtiger Herkules.«
»Ja, Augiasställe ausmisten und so. Ich schmeiß ne Party.«
»Wann? Heute Abend?«
»Genau. Meine Eltern sind nicht da. Ich hab sturmfrei. Du kommst doch, oder?«
»Eine richtige Party? Ohne Kuchen?«
»Absolut.«
»Aber immer!« Ich ging in die achte Klasse und war an der Highschool angenommen worden und würde zu einer Party gehen. Mein Leben lag vor mir!
»Kannst du was zu trinken mitbringen?«
»Du meinst, Alkohol?«
»Craig, Mann, ja doch. Kannst du was mitbringen?«
»Ich hab keinen Ausweis.«
»Craig, *niemand* von uns hat einen Ausweis! Ich meinte doch, kannst du bei deinen Eltern was mitgehen lassen?«

»Ich glaub nicht, dass sie so was ...« Aber ich wusste, dass das nicht stimmte.

»*Irgendwas* werden sie schon haben.«

Ich hielt die Hand über mein Handy, damit mich meine Mutter nicht hören konnte. »Scotch. Sie haben eine Flasche Scotch.«

»Was für welchen?«

»Woher soll ich das denn wissen.«

»Na ja, bring mit. Kannst du irgendwelche Mädchen einladen?«

Ich hatte ein Jahr lang in meinem Zimmer gelernt. »Nein.«

»In Ordnung, bring ich die Mädchen mit. Willst du mir wenigstens beim Vorbereiten helfen?«

»Klar!«

»Dann komm rüber.«

»Ich fahr zu Aaron«, sagte ich zu meiner Mutter und schaltete mein Telefon aus. Ich hatte immer noch das Willkommenspaket in der Hand, gab es ihr, damit sie es in mein Zimmer legte.

»Was willst du denn dort?«, fragte sie und strahlte erst die Unterlagen und dann mich an.

»Öh ... drüben schlafen.«

»Wollt ihr feiern? Denn feiern solltet ihr das schon.«

»He, ja!«

»Craig, ganz ehrlich, ich hab noch nie jemanden erlebt, der so hart wie du dafür gearbeitet hätte, an diese Schule zu kommen. Du hast dir eine kleine Pause verdient und kannst mit Recht stolz auf dich sein. Du bist begabt, und das merkt man auch. Das ist der erste Schritt auf einer erstaunlichen Reise –«

»Schon gut, Mom, bitte.« Ich umarmte sie.

Ich schnappte mir meinen Mantel, setzte mich an den Tisch und tat so, als schriebe ich eine SMS. Als Mom das Zimmer verließ, ging ich an den Schrank über der Spüle, holte die eine Flasche Scotch (Glenlivet) herunter und zog hinten aus dem Geschirrschrank die Thermoskanne hervor, in der ich während der Grundschulzeit mein Mittagessen mitgenommen hatte. Das würde bei einer Party richtig gut kommen. Ich füllte etwas von dem Scotch hinein und dann etwas Wasser in die Scotchflasche für den Fall, dass sie den Inhalt überprüften, und stopfte mir die Thermoskanne in die große Jackentasche, bevor ich das Haus verließ und Mom noch zurief, dass ich sie später anrufen würde.

Ich fuhr ohne ein Buch auf dem Schoß, in dem ich unterwegs hätte lesen können, mit der U-Bahn zu Aaron – das erste Mal seit einem Jahr. An seiner Haltestelle sprang ich die Treppen hoch auf die graue Straße, schlüpfte in sein Haus, nickte dem Wachmann zu, er solle mich oben anmelden, drückte den Daumen auf den Fahrstuhlknopf und zog ihn mit einer eleganten kleinen Drehung wieder weg. Im sechzehnten Stock stand Aaron, hatte die Wohnungstür schon geöffnet, Rapmusik über das Töten von Menschen im Hintergrund, und streckte mir seine Metallzigarette entgegen.

»Rauch. Zur Feier des Tages.«

Ich blieb stehen.

»Wenn überhaupt, dann jetzt.«

Ich nickte.

»Komm rein, ich zeig's dir.« Aaron nahm mich mit rein, ließ mich auf seine Couch und machte mir vor, wie ich die Zigarette halten sollte, damit ich mich nicht am Metall verbrannte. Er erklärte mir, dass man den Rauch in die Lunge bringen musste, nicht in den Bauch – »Nicht schlucken, Craig, so gehen Hits verloren« – und dass man so langsam, wie man konnte, den Rauch durch Mund oder Nase wieder rauslassen musste. Der Punkt war, den Rauch so lange es ging drinzubehalten. *Zu* lange aber auch wieder nicht. Dann musste man nämlich *husten*.

»Wie brenn ich die an?«, fragte ich.

»Mach ich dir«, sagte Aaron. Er kniete auf der Couch vor mir – und ich ließ den Blick durch sein Zimmer schweifen –, umzäunt von Bücherregalen, die vom Boden bis zur Decke reichten, vollgestellt mit einem Couchtisch, einem großen Standaschenbecher, einem Porzellanhund und einem kleinen Keyboard. Ich wollte mir alles einprägen für den Fall, dass es sich später veränderte. Bis jetzt hatte ich in meinem Leben bloß richtig wild geschaukelt – das einzige, von dem die Leute sagen, es sei *ungefähr* wie Kiffen –, doch Aaron hatte gemeint, wer immer das gesagt hatte, derjenige war bestimmt high, als er auf der Schaukel saß.

Die Gasflamme sprang auf.

Ich zog an der Metallzigarette, als hätte ein Arzt mich dazu aufgefordert.

Mein Mund füllte sich mit dem Geschmack, den ich aus Aarons Zimmer so gut kannte – einem Geschmack nach Chemie, wabernd und leicht. Mit aufgeblasenen Backen sah ich Aaron an. Er löschte die Flamme und lächelte.

»Nicht in die Backen!«, sagte er. »Du siehst ja aus wie Dizzie Gillespie! In die Lunge! Du musst es in die Lunge ziehen!«

Ich setzte andere Muskeln in Bewegung. Der Rauch in mir fühlte sich wie ein Lehmklumpen an.

»Genau, jetzt halten, halten ...«

Meine Augen tränten, wurden heiß.

»Halten, halten. Willst du noch mal?«

Entsetzt schüttelte ich den Kopf. Aaron lachte.

»Okay, Alter, du bist gut. Du bist gut, Alter!«

Pffffft. Ich pustete Aaron die ganze Ladung ins Gesicht.

»Mann, das war ein Ding, großer Gott!« Aaron zerwedelte die Wolke, die aus mir herauskam. »Bist du sicher, dass du das noch nie gemacht hast?«

Ich keuchte, atmete die Luft, in der immer noch meine Rauchwolke hing. »Was passiert jetzt?«, fragte ich.

»Vermutlich gar nichts«, sagte Aaron, nahm seine Zigarette wieder, legte sie auf dem großen Standascher ab. Dann griff er mit ausgestreckter Hand nach unten – ich rechnete damit, dass er mir die Hand schütteln wollte, doch er zog mich von der Couch. »Glückwunsch.«

Wir umarmten uns, Mund an Ohr. Es war eine Umarmung unter Kumpels, mit einem Schulterklopfen zum Abschluss. Ich richtete mich auf und packte ihn lächelnd an den Armen.

»Dir auch, Mann. Das wird richtig toll.«

»Ich sag dir, was richtig toll wird: diese *Party!*«, sagte Aaron und fing an, hin und her zu gehen und an den Fingern abzuzählen. »Du musst los und Wasser besorgen, für Gespritzte. Dann müssen wir die Bücher und die Schreibsachen meines Dads wegräumen, damit die nichts abkriegen. Drittens, ruf dieses Mädchen an; ihr Dad hat gedroht, er würde die Cops alarmieren, wenn ich noch mal anrufe; sag, du wärst bei Greenpeace.«

»Das kann ich mir nicht alles merken, mach mal langsam«, sagte ich und nahm mir eine Karteikarte von Aarons Couchtisch. Ich nummerierte sie gerade, bei eins beginnend, mit einem Sharpie, als das Marihuana bei mir ankam.

»U-ha. Wow!«

»Äh-uh«, sagte Aaron. Er sah hoch.

»U-a.«

»Spürst du's?«

Fliegt dir gerade das Gehirn aus dem Schädel? dachte ich.

Ich schaute nach unten auf die Karteikarte, wo 1) *Wasser holen* stand, aber so zurückgebogen, als ob der Schriftzug vom Papier fallen wollte. Ich sah hoch zu Aarons Bücherregalen, aber die schienen mir unverändert. Doch als ich mich umdrehte, bewegten sie sich in den Rahmen. Es war nicht die Langsamkeit, die man wahrnimmt, wenn man unter Wasser ist; es war, als befände ich mich unter *Luft*, die mir nachkommen wollte. Und für *High*-Sein fühlte sie sich ziemlich schwer an.

»Spürst du's?«, fragte Aaron noch einmal.

Ich sah mir seinen Standaschenbecher an, in dem zerdrückte Zigarettenkippen und diese eine gerade, glänzende Metallzigarette lagen.

»Als wär ich der König der Zigarettenstummel!«, sagte ich.

»Oh, Mann«, sagte Aaron. »Craig, was meinst du? Ob du fähig bist, die Sachen für die Party zu erledigen?«

Ob ich fähig war? Ich war zu *allem* fähig. Wenn ich hier schon so schlaue Sprüche wie den vom »König der Zigarettenstummel« machte, wozu war ich dann vielleicht noch fähig, wenn ich erst rausging?

»Was als Erstes?«, fragte ich.

Aaron gab mir ein paar Dollar für das Wasser, doch als ich die Tür öffnete, um in die Welt hinauszugehen, läutete genau in dem Moment seine Klingel.

»Das ist Nia«, sagte Aaron und rannte zur Sprechanlage in die Küche, die voll war mit Grapefruits und dunklen Holzschränken.

»*Die* kommt?«, fragte ich.

Nia ging in unsere Klasse; sie war halb Chinesin und halb Jüdin und immer gut angezogen. Jeden Tag hatte sie was anderes – eine Kette aus SpongeBob-Figuren von Burger King um den Hals, einen asymmetrischen, riesig großen roten Ohrreifen aus Plastik, schwarze Clownskreise auf den Wangen. Mit diesen Accessoires wollte sie, glaub ich, von ihrem zarten Luxuskörper und ihrem Puppengesicht ablenken. Wenn sie gar nichts gemacht und ihre Haare einfach hätte wehen lassen, wie es geschehen wäre, wäre Nia auf freiem Feld aufgewachsen, im Wind, hätten wir Jungs alle nicht an uns halten können.

»Nia ist ganz schön heiß, was?«, sagte Aaron und legte den Hörer auf.

»Sie ist okay.«

Wir setzten uns und starrten auf die Tür, als ob wir auf unsere Vogelmutter warteten, die uns das Futter brachte. Es klopfte.

»*Heyyyy*«, rief Aaron und boxte mich.

»Hi!«, sagte ich. Wir sausten zur Tür. Aaron sandte einen Blick aus, zog die Tür zu sich, und da stand Nia – in einem grünen Kleid mit einem Regenbogen aus flauschigen Ketten um einen Knöchel. Ihre Augen waren so groß und so dunkel, dass sie noch zarter und spilleriger wirkte als sonst auf ihren hochhackigen Schuhen, in denen sie nach vorn geschoben wurde, uns entgegen, und die ihr das Kleid an die kleinen Brüste drückten.

»Jungs«, sagte sie. »Hier hat doch einer Gras geraucht.«

»Ausgeschlossen«, sagte Aaron.

»Meine Freunde kommen. Wann fängt die Party an?«

»Vor fünf Minuten«, sagte Aaron. »Möchtest du Scrabble spielen?«

»Scrabble!« Nia stellte ihre Tasche ab – sie war wie ein Nilpferd geformt. »Wer spielt denn Scrabble?«

»Na, ich schon, und Craig auch«, – das tat ich nicht – »und wir sind schlaue Burschen, schließlich sind wir angenommen worden.«

»Das hab ich gehört!« Nia griff nach ihrer Nilpferdtasche und schlug Aaron damit. »Bin ich auch!« Als sei es ihr nachträglich eingefallen, schlug sie mich auch noch. »Glückwunsch!«

»Alle Mann umarmen!«, verkündete Aaron, und wir stellten uns zusammen – dreistöckig: Nias Kopf an meinem Kinn, mein Kopf an Aarons Kinn. Ich legte den Arm um Nias Taille und spürte, wie warm und schmächtig sie war. Ihre Hand umfasste meine Schulter. Wir rückten wie in einem Ballett unsere Körper zusammen. Nias Atem zog zwischen uns durch. Ich drehte den Kopf und schaute –

»Scrabble!«, sagte Aaron. Er ging ins Wohnzimmer hinüber, zog das Spiel aus einem der Bücherregale. Er legte es auf den Boden, und wir setzten uns, Aaron zwischen mir und Nia und der Standascher an der vierten Stelle.

»Hausregeln«, sagte Aaron, als er die Steine umdrehte. »Wenn man keine Wörter zum Anlegen hat, kann man welche erfinden, sofern man eine Definition dafür im Kopf hat. Wenn diese Definition die anderen zum Lachen bringt, kriegt man die Punkte. Wenn nicht, *verliert* man die Punkte.«

»Wir können uns Wörter ausdenken?«, fragte ich. Da schwirrte einem ja der Kopf vor Möglichkeiten. Ich konnte zum Beispiel *verniat* bilden – Definition: wenn Nia einen berührt, wird man *verniat*. Da würde sie lachen. Oder auch nicht.

»Was ist mit chinesischen Wörtern?«, wollte Nia wissen.

»Wenn du weißt, was sie bedeuten, und es erklären kannst.«

»Oh. *Das* dürfte kein Problem sein.« Sie lächelte böse.

»Wer fängt an?«

»Dürfen wir rauchen?«

»So anspruchsvoll.« Aaron reichte ihr die Metallzigarette – ich lehnte diesmal ab; ich hatte genug.

Als erstes Wort legte Nia M-U-W-L-I.

»Was ist das?«, fragte ich.

»Ein chinesisches Wort.«

»Was soll das heißen?«

»Äh, Katze.«

»Das ist lächerlich. Woher sollen wir wissen, dass es *Muwli* wirklich gibt?«, sagte ich mit einem Blick zu Aaron.

Er zuckte die Achseln. »Im Zweifel ja?«

Nia streckte mir die Zunge heraus, und es war eine süße Zunge. Ist das ein Ring?, dachte ich. Das kann nicht sein. Schwups – schon war er wieder weg.

»Ich *schwöre*«, sagte sie. »›Komm her, kleine *Muwli*!‹ Seht ihr?«

»Beim nächsten Mal prüf ich deins nach«, sagte ich.

»Das Internet ist da drüben«, sagte Aaron.

»Aber solange du dransitzt, geben wir dir hier lauter Konsonanten.« Nia lächelte.

»Bin ich jetzt dran?« Ich legte M-O-P-P an ihr M-U-W-L-I an. Zehn Punkte.

Aaron machte mit K-L-E-P-S von M-O-P-P aus weiter. »Das ist eine Mischung aus einen Klaps geben und kleben. Ich kleps dir gleich eine.«

Nia lachte und ich lachte auch. Kicherte, obwohl ich das gar nicht wollte. Aaron bekam die Punkte.

Nia legte T-R-I-I-L-E-R.

»Was ist das?«, sagte ich.

»Ein Triller, weißt du, wie auf der Flöte, nur dass das erste L kleingeschrieben und das zweite großgeschrieben ist.«

»Da steht aber nicht Triller, sondern Tri-iler!«

»Na schön.« Sie vertauschte die Buchstaben. Jetzt stand T-R-I-L-L-I-E-R da.

»Tri-lier?! Was ist ein Tri-lier?«

»Etwas, worüber man nicht spricht.«

Aaron brüllte los, er schüttete sich so aus vor Lachen, dass er mit Nia in Berührung kommen, sich an ihre Schulter anlehnen *musste*. Sie schob ihn weg, kehrte ihm die Seite zu.

Mir war klar, wohin der Hase lief. Ich stellte Blickkontakt mit Nia her, und ihre Augen teilten mir Folgendes mit:

Craig, wir kommen alle auf dieselbe Schule. Ich werd einen Freund brauchen, der auch dahin geht und der mir ein bisschen Stabilität gibt, ein bisschen Rückhalt, verstehst du? Nichts Ernstes. Du bist cool, aber nicht so cool wie Aaron. Der hat Gras und er ist viel entspannter als du; du hast das ganze Jahr für diesen Test gebüffelt; er hat keinen Finger krummgemacht. Das heißt, er ist klüger als du. Nicht dass du nicht auch klug wärst, aber Intelligenz ist bei einem Jungen sehr wichtig – eigentlich sogar das Wichtigste, und dazu kommt noch Humor. Und Humor hat Aaron ja auch mehr als du. Dass er größer ist, tut nicht weh. Und sei nicht eifersüchtig. Das wäre für jeden von uns die reine Zeitverschwendung.

Wir spielten weiter. Aaron und Nia rückten immer näher, bis sich ihre Knie schließlich berührten, und ich konnte bloß versuchen, mir vorzustellen, was für eine Energie durch diese Knie floss. Vielleicht, dachte ich, beugen sie sich gleich vor zu ihrem ersten Kuss (oder gar dem zweiten? Nein, das hätte Aaron mir gesagt), egal, ob ich auch da bin. Doch da klingelte es wieder.

Es war Nias Freundin Cookie. Sie hatte einige Flaschen Bier mitgebracht. Wir brauchten zehn Minuten, um sie zu öffnen, und schlugen sie schließlich gegen die Kante der Arbeitsplatte in Aarons Küche, um die Verschlüsse abzukriegen. Dann sagte Nia, Cookie hätte sich welche mit Abdrehern geben lassen sollen, und Cookie fragte, was denn Abdreher wären, und wir lachten alle. Cookie hatte blonde Haare und überall am Nacken Flitter. Sie ging nicht auf die Executive Pre-Professional, aber das war okay, weil sie in Kanada auf die Highschool gehen würde. Der Mensch in dem kleinen Laden hatte ihr das Bier verkauft, nachdem sie sich über den Tresen gebeugt hatte – Cookie war schon frühreif und hatte üppige, reizvolle Brüste, die gegen den Rhythmus wippten, wenn sie ging.

Wir packten das Scrabble weg – niemand hatte gewonnen. Die Rapmusik schien mit einer Art internetfähigen Abspielliste verkoppelt zu sein und lief immer weiter, ohne sich je zu wiederholen, während nach und nach noch mehr Gäste kamen. Da war Anna – sie nahm Ritalin und schnupfte es vor Tests von ihrem kleinen Kosmetikspiegel; Paul – er stand auf der landesweiten Liste von *Halo 2* und trainierte fünf Stunden pro Tag mit seinem »Team« in Seattle (das wollte er bei seinen Bewerbungen fürs College angeben); Mika – sein Vater war bei der Behörde für Taxi- und Limousinenlizenzen ein höheres Tier und hatte irgendeinen Ausweis, mit dem er jederzeit und überall umsonst Taxi fahren konnte. Mit der Zeit kamen Leute, bei denen ich keine Ahnung hatte, wer die waren, zum Beispiel ein gedrungener Weißer in einem Eight-Ball-Jackett, das – wie er gleich beim Reinkommen verkündete – in den Neunzigern so populär war, dass man gleich abgestochen wurde, wenn man eins hatte, und *keiner* hatte so viel alte Sachen wie *er*.

Es kam sogar einer mit Batman-Maske – unfassbar! Sein Name war Race.

Ein kleiner, streitsüchtiger Kerl, der einen Schnurrbart hatte, brachte einen ganzen Rucksack voller Pot mit und machte im Wohnzimmer seinen Laden auf.

Ein Mädchen mit Hanf-Armbändern in verschiedenen feinen Farbabstufungen verkündete, wir *müssten* uns Sublimes *40oz. to Freedom* anhören. Als Aaron nicht wollte, fing sie an, sich wie ein Derwisch im Kreis zu drehen und belegte Aaron mit einem Fluch. »*Diablo Tantunka*«, sagte sie, die Finger wie kleine Hörnchen an den Kopf gehalten, und: »*Fffffft! Fffff!*«

Ich rauchte noch mehr Gras. Die Party war wie ein Film – sie hätte ein Film *sein sollen*. Es war nämlich der beste Film, den ich je gesehen hatte – wo sonst bekam man das alles auf einmal geboten: splitterndes Glas, jemanden, der in einem Wohnzimmer breakdancen wollte, ein Wörterbuch, das auf eine Kakerlake geschmissen wurde, einen Jungen, der seinen Kopf in den Eisschrank steckte, weil man davon angeblich high wurde, oranges Erbrochenes, das in einem Halbkreis in der Spüle klebte, Leute, die im Chor zum Fenster hinausriefen, »Scheiß Schule«, Rapmusik, in der es hieß »Ich will Bier trinken und Shit rauchen«, und einen armen Kerl, der sich einen Pixie Stik reinzog und hinterher lila Staub ins Klo spie …? Nirgends.

neun

Aaron und Nia unterhielten sich auf der Couch. Ich nahm meine Thermoskanne mit dem Scotch – bloß um was in der Hand zu haben; ich öffnete sie nicht – und beobachtete, wie die zwei sich bewegten, so minimal aufeinander zu und wieder voneinander weg, dass sie es selber wahrscheinlich nicht mal merkten. In meinen Augen waren sie langsam keine Menschen mehr, sondern verwandelten sich in Sexualorgane – ein männliches und ein weibliches – auf Kollisionskurs.

»Was ist los, Mann?«, fragte Ronny. Ronny hatte seinen ersten Schmuck noch nicht bekommen; er befand sich sozusagen noch im Larvenstadium. »Hast du Spaß?«

Ich hatte Spaß an allem – außer an Aaron und Nia. Und außer am Scotch. Ronny sollte aber wenigstens glauben, dass ich am Scotch Spaß hatte.

»Magst du dieses Zeug?«, fragte ich und schraubte meine Thermoskanne auf.

»Was ist das?« Er schnupperte. »He, Kumpel, das ist starkes Zeug. Das sollte man langsam trinken.«

Ich hob mir die Kanne an den Mund. Ich schluckte nicht mal was davon, ließ den Scotch nur an mich herankommen und probierte, wie er war. Er brannte, schmeckte scheußlich und roch bitter –

Ronny schob mir die Kanne an den Mund.

»*Kleine* Schlucke!«

»He!« Ich wich zurück, als mir Scotch auf das Hemd tropfte; er fühlte sich leichter, glatter und wärmer an als Wasser. »Was bist du doch für ein Arschloch!«

»Pause!« Ronny rannte durchs Zimmer, verpasste einem, der Asen hieß, einen Stoß, erzählte ihm, er hätte mit seiner Mutter geschlafen, und warf mit einem Kissen nach Aaron und Nia, die auf der Couch lagen und sich jetzt an den Lippen hingen.

Dass es überhaupt so weit gekommen war, machte mich gar nicht so wütend. Ich war bloß ärgerlich, weil ich verpasst hatte, *wie* es dazu gekommen war. Ich hatte nicht gesehen, wie er – oder sie – sich vorgebeugt hatte, wollte für die Zukunft aber Bescheid wissen, für irgendein Mädchen, das nicht so begehrenswert war. Jetzt jedoch bekam ich zumindest eine Show geboten; ich konnte sehen, wie Aaron die Hände bewegte. Er hatte die rechte Hand auf Nias Gesicht, überall da, während seine Linke an ihrer Taille nach hinten fuhr und sie im Kreuz fester drückte. Seine Hände spielten Guter-Cop-böser-Cop.

In der Thermoskanne war noch ein bisschen Scotch. Ich trank davon. Der Geschmack störte mich nicht mehr, seit Ronny sie mir an die Lippen gedrückt hatte.

»Ich wusste gar nicht, dass du trinkst, Craig«, sagte eine Stimme hinter mir. Julie, die immer in einer Trainingshose mit dem Schriftzug *Netter Versuch* auf dem Hintern rumlief, stieß mit ihrer Bierflasche an meine Thermoskanne an.

»Tu ich eigentlich auch nicht«, sagte ich.

»Ich dachte, du bist bloß dauernd am Lernen. Ich hab gehört, dass du von der Schule angenommen bist. Was willst du jetzt machen?«

»Na, hingehen.«

»Nein, ich meine, mit deiner *Zeit*.«

Ich zuckte die Achseln. »Ich werd an der Schule hart arbeiten, gute Zensuren kriegen, an ein gutes College gehen, einen guten Job kriegen.«

»Wie viel du gebüffelt hast – das war ja irre. Immer bist du mit diesen Lernkärtchen rumgerannt.«

Ich sah auf die Kanne mit dem Scotch. Meine Kehle war schon total verbrannt, aber ich trank noch was.

»Hast du gesehen, wie Aaron und Nia rumgemacht haben? Die sind so süß!«

»Sie machen *rum*?« Ich war schockiert.

»Ja, hast du's nicht gesehen?«

»Ich hab gesehen, wie sie sich *befummelt* haben«, erklärte ich und sah aus der Küche raus nach den beiden. »Ich glaub nicht, dass sie *Sex hatten*.«

»Hatten sie auch nicht.«

»Ich dachte, rummachen bedeutet Sex haben.«

»Mann, Craig, nein. Rummachen ist rummachen.«

»Ist das dasselbe wie fummeln?«

»Na ja, fummeln kann schon Sex haben bedeuten. Du hast da was durcheinandergebracht.«

Aaron und Nia waren jetzt völlig beschäftigt. Eine seiner Hände war nicht zu sehen, erforschte magische beige Gegenden.

»Solltest du dir auf eins deiner Kärtchen schreiben.«

»He!« Ich lächelte.

Julie machte einen Schritt auf mich zu. »Eigentlich möchte ich jetzt auch mit jemandem rummachen.«

»Oh, cool.«

»Ich hab schon gesucht und gesucht, mit wem.«

»Ähm ...« Ich musterte sie. Ihr kurzes blondes Haar umrahmte ein Gesicht, in dem die Zähne sehr auffielen und das im unteren Teil ein bisschen breit und ringsrum irgendwie rot war. Ich wollte nicht mit ihr fummeln oder rummachen oder was auch immer. Diejenige, die ich wollte, war vier Meter weit weg. *Das* würde mein erster Kuss sein, falls sie es mir anbot. Mädchen sagten gern, sie wollten mit »jemandem« gehen, obwohl sie es doch genau auf dich abgesehen hatten. Julie aber senkte mit

geschlossenen Augen den Kopf in den Nacken. Ich sah ihre Lippen an, wollte mich dazu aufraffen, sie zu küssen, besann mich aber anders. Bei meinem ersten Kuss wollte ich keine Kompromisse machen. Julie öffnete wieder die Augen.
»Alles klar bei dir, Mann?«
»Ja, ja. Ich hab bloß ...« Hui. *Ich bin betrunken und zugedröhnt, Julie. Lass mich in Ruhe.*
»Schon okay.« Sie verließ den Raum und, bald danach, auch die Party. Ich hatte sie gekränkt, wie ich später erfahren sollte; ich hatte nicht gewusst, dass ich dazu überhaupt imstande war.
Ich wanderte zu dem Laptop, der die Stereoanlage mit Musik versorgte. Daneben stand die Plattensammlung von Aarons Vater, alte Vinylscheiben, ins Bücherregal einsortiert. Auf einmal musste ich mir konkrete Fakten in den Kopf tun, musste das wegschieben, was da lagerte, und zog deshalb eine Platte heraus.
Led Zeppelin III.
Die Scheibe war groß – so groß wie der Laptop – und das Cover zierten spiralförmig angeordnete Bilder: Männerköpfe mit jeder Menge Haare, Regenbogen, kleine Luftschiffe (die Zeppeline, wie ich vermutete), Blumen, Zähne. An der rechten Seite lugte eine Ecke hervor, so ähnlich wie die Reiter in mehrteiligen Notizblöcken, und ich zog an dem Ding, um zu sehen, was passiert. Es drehte sich, und als es sich drehte, drehte sich eine ganze Scheibe hinter dem Cover, und die Bilder, die man durch die kleinen Löcher sah, wechselten: Regenbogen wurden zu Sternen, Luftschiffe zu Flugzeugen, Blumen zu Libellen. Es war verdammt großartig. Eins der in einem Kreis erscheinenden Symbole sah aus wie die Level von Q-Bert, einem der besten alten Videospiele – ich wusste gar nicht, dass Led Zeppelin die Erfinder von Q-Bert waren!
Ich sah hoch – Aaron und Nia waren immer noch beschäftigt. Jetzt hatte er seine Hand in ihren Haaren und zog sie

an sich wie eine Gasmaske. Ich hielt das Album hoch, um ihre Köpfe zu verdecken. He!

Nahm das Album wieder runter. Aaron und Nia. Hielt es hoch. Neue Bilder. So als gehörten sie zu dem Cover.

Die Wohnung wurde allmählich voll. Die Leute mussten sich schon anstellen, wenn sie in eins der mit Büchern vollgestellten Zimmerchen kommen wollten. Sie wollten nicht rummachen oder so – einer, der John hieß, hatte damit angegeben, dass er da drin Pfefferspray versprüht hatte, und die Leute gingen rein und testeten, ob sie das aushielten. Einer nach dem anderen kamen die Jungs und ein paar Mädchen wieder raus, jammerten: »Oh, meine Augen!«, und rannten, um sie sich auszuspülen. Aber das hielt die hinter ihnen in der Schlange Stehenden nicht ab. Außer mir waren wohl alle von der Party da drin.

Ich sah mir noch mehr Platten an, das *White Album* der Beatles, das zu meinem Erstaunen wirklich weiß war, und jedes Mal, wenn ich den Kopf hob, hielten Aaron und Nia sich noch fester umschlungen. Auf einmal war ich richtig müde, mir war warm, bestimmt vom Scotch, ich lehnte mich an den Plattenstapel und wollte für einen Moment die Augen zumachen. Als ich aufwachte, schaute ich instinktiv zu Aaron und Nia hinüber; sie waren verschwunden. Ich beugte mich von meinem Sitzplatz nach vorn und sah auf die Uhr über dem Fernseher; irgendwie war es 2:07 Uhr geworden.

zehn

Die Wohnung hatte sich stark geleert.
    Himmel. Ich erhob mich. Die Wiedergabeliste auf dem Laptop war durch. Meine Nacht war vorüber. Ich hatte nichts anderes getan als mir Platten anzusehen und beinahe mit einem Mädchen zusammenzukommen, hatte aber trotzdem das Gefühl, etwas geschafft zu haben.
    »Äh, Ronny?«, fragte ich.
    Ronny spielte auf Aarons Couch PlayStation. Das PlayStation-Kabel ringelte sich durchs Zimmer. Er hob den Blick.
    »Was?«
    »Wo sind denn alle?«
    »Im Bett mit deiner Mom.«
    Neben Ronny lag ein Mädchen namens Donna zusammengerollt an einem Ende der Couch. Der Junge mit dem Eight-Ball-Jackett saß in einem Sessel. Einem, der schreiend nach mehr Musik verlangte, gab Ronny, gleichfalls schreiend, Antwort: *Fresse, Alter!* Überall in der Wohnung standen Tassen, Kaffeebecher und Gläser – als hätten sie sich während der Party vermehrt.
    »Weiß jemand, wo Aaron ist?«
    »Pause.« Mehr brachte Ronny nicht heraus.
    »Aaron!«
    »Halt die Klappe, Mann! Der ist mit seiner Mieze zusammen.«

»Ich bin ja da, ich bin ja da!« Aaron kam aus seinem Zimmer, zog seine Hose zurecht. »Großer Gott.« Er betrachtete das Chaos. »Was ist los? Hast du gut gepennt?«
»War total weg, ja. Wo ist Nia?«
»Schläft.«
»Hast's ihr gut besorgt, was?«, sagte Ronny. »Die Eroberung Asiens.«
»Halt die Klappe, Ronny.«
»Das asiatische Fieber.«
»Halt die Klappe.«
»Die Chinapfanne.«
Mit einem Ruck zog Aaron seinen Controller aus der PlayStation.
»*Al-der!*« Ronny griff hektisch danach.
»Möchtest du vielleicht einen kleinen Spaziergang machen?«, fragte Aaron.
»Klar.« Ich holte meine Jacke.
Aaron weckte Eight-Ball-Jackett und Donna und schmiss sie raus; Ronny bugsierte er unter dessen heftigem Protest ebenfalls aus der Wohnung. Wir fuhren alle mit dem Fahrstuhl nach unten; Eight-Ball-Jackett und Ronny fuhren nach Uptown; Donna und zwei andere stiegen in ein Taxi, und ich und Aaron schlugen instinktiv den Weg in Richtung Brooklyn Bridge ein, die sich ungefähr drei Blocks von Aarons Wohnung entfernt schimmernd in die Nacht emporschwang.
»Willst du über die Brücke gehen?«, fragte Aaron.
»Nach Brooklyn?«
»Ja. Du kannst heimgehen oder wir können mit der U-Bahn wieder zu mir fahren.«
»Wann wird es hell?«
»In drei, vier Stunden.«
»Ja dann, also los, gehen wir. Ich geh zu Hause vorbei und hol uns Frühstück.«

»Cool.«

Wir gingen im gleichen Schritt. Mir war kein bisschen kalt an den Füßen. Aber schwindlig. Ich sah kahle Bäume und fand sie sehr schön. Besser hätte es nur noch sein können, wenn es auch geschneit hätte. Dann wären Flocken auf mich gefallen und ich hätte sie mit dem Mund auffangen können. Hätte mir nichts ausgemacht, wenn Aaron das gesehen hätte.

»Also, wie geht's dir?«, sagte ich.

»Wie meinst du das denn?«, entgegnete er.

»Du weißt schon«, sagte ich.

»Warte mal.« Aaron hatte eine Flasche Snapple-Eistee an der Bordsteinkante erspäht; sie sah aus, als sei sie mit Urin gefüllt, was man in Manhattan häufiger sieht. Ich weiß nicht warum, aber die Obdachlosen pinkeln in die Flaschen und haben nicht mal den Anstand, sie anschließend in den Müll zu werfen. Es konnte aber auch Apfelsaft sein – gab's das bei der Marke? Aaron machte einen Satz darauf zu und schoss sie über die Straße, wo sie nach dreimaligem Aufschlagen wieder an der Bordsteinkante landete und unter dem gelben Licht der Straßenlaterne zersprang.

»*Rrrrums!*«, schrie Aaron. Dann sah er sich um. »Cops siehst du hier auch keine, oder?«

Ich musste lachen. »Nein.« Wir kamen an den Aufgang zur Brücke. »Also mal im Ernst, wie war's?«

»Sie ist unglaublich. Ich meine, sie mag alles – mag es wirklich. Sie mag ... Sex.«

»Du hattest Sex mit ihr?«

»Nein, aber das merk ich. Sie mag ja auch alles andere.«

»Was hast du gemacht?«

Er erzählte es mir.

»Gibt's doch gar nicht!« Ich schob ihn, als wir zur Brücke hinaufstiegen. Luft aus dem kalten New York Harbor wehte uns ins Gesicht, und ich zog meine Kapuze über den Kopf und zog die Kordel fester. »Wie war es?«

»Total verrückt«, sagte Aaron. »Es fühlt sich an wie deine Wange von innen.«
»Im Ernst?« Ich zog die Hand aus meiner Hosentasche.
»Ja.«
Ich steckte einen Finger in den Mund und schob ihn an die Seite. »So ist das?«
»Genau so«, sagte Aaron. Er hatte ebenfalls einen Finger im Mund. »Im Ernst, das ist so geil.«
»Aha.«
Wir liefen schweigend weiter, die Finger im Mund.
»Hast du jemanden aufgegabelt?«
»Nö. Julie wollte aber.«
»Die ist nett. Nicht mal bisschen was gelaufen?«
»Was? *Nein.*«
»Du warst ganz schön platt da im Korridor.«
»Ich hatte den Scotch von meiner Mom getrunken und hab mir die Platten von deinem Dad angesehen.«
»Du bist schon eine Marke, Craig.«
»Ganz schön kalt hier draußen.«
»Sieht auch ganz schön kalt aus.«
Wir waren noch kein Zehntel der Strecke über die Brücke gegangen, und es sah echt kalt aus. Hinter uns führte der Fußweg zur City Hall, da war die Stadt finanziell für ein paar Strahler eingesprungen, die die Kuppel des Gebäudes beleuchteten. Es sah aus wie eine weiße Perle, eingekuschelt zwischen Riesen, wie etwa dem Woolworth-Gebäude, das Ayn Rand – hatte ich in Englisch gelernt – als »Finger Gottes« bezeichnet hatte. Und das stimmte auch. Es war oben an der Spitze grün und weiß und sah aus wie das meistdekorierte Pfefferminz der Welt. Zu unserer Linken lagen die anderen Brücken von Manhattan: hintereinander angeordnet wie wechselnde *Sinus*- und *Kosinus*-Wellen, trugen sie ein paar spätnächtliche Trucks, hinter deren Dächern Nebelfahnen wehten.

Zu unserer Rechten gab es den schönsten Blick: die New York Harbor. Größtenteils schwarz. Die Freiheitsstatue war erleuchtet, kam mir aber ein bisschen geschmacklos vor, wie sie da herumstand – so niedlich. Richtig ging die Post an den Seiten ab: Manhattan hat sein effizientes, nüchternes Zentrum, wo *Geld gemacht* wird, und auf der anderen Seite lag Brooklyn, schläfrig und dunkel, aber mit einer Trumpfkarte – den Containerkränen, die nicht bloß fürs Auge oder aus Betreiberstolz beleuchtet waren, sondern weil dort *gearbeitet* wurde, sogar um diese Zeit – Schiffe entluden Fracht, die bekanntlich nicht nach terroristischem Gefährdungspotential durchsucht wurde und uns trotzdem noch nicht in die Luft gejagt hatte. Brooklyn war ein Hafen. New York war ein Hafen. Wir bekamen Sachen erledigt. Ich hatte auch schon Sachen erledigt bekommen.

Zwischen Brooklyn und Manhattan, meilenweit hinter dem Wasser, sahen wir den letzten Vorhang von New York City – die Verrazano Narrows Bridge. Sie überspannte den Eingang in den Hafen, ein stahlblaues Oberlippenpaar, das die Schwärze grüßte.

Ich konnte überall alles machen, in alle vier Richtungen.

»Craig?«, meldete sich Aaron.

»Was ist?«

»Was ist mir *dir*? Alles klar?«

»Ich bin glücklich«, sagte ich.

»Warum nicht?«

»Nein, ich sagte, ich bin *glücklich*.«

»Ich weiß. Warum auch nicht?«

Wir kamen zum ersten Brückenturm, an dem eine Plakette den Namen ihres Erbauers mitteilte; ich blieb stehen und las. John Roebling. Assistiert von seiner Frau und danach auch von seinem Sohn. Er starb während der Bauzeit. Aber hey, war doch möglich, dass die Brooklyn Bridge achthundert Jahre hier stand. Etwas Vergleichbares wollte ich ebenfalls hinterlassen.

Ich wusste zwar nicht, wie ich das anstellen sollte, doch mir war, als hätte ich bereits den ersten Schritt dazu getan.

»Das richtig Coole an Nia ...«, sagte Aaron und breitete anatomische Details aus, erzählte Dinge von ihr, die ich nicht zu wissen brauchte; ich blendete ihn aus, wusste, dass er eigentlich nur Selbstgespräche führte. Das nämlich machte ihn glücklich. Ich freute mich über andere Sachen. Ich war glücklich, denn eines Tages würde ich über diese Brücke gehen und diese Stadt sehen, und ein Teil davon würde mir gehören, weil ich dann auch etwas geleistet hätte.

»Ihr Hintern ist ... ich glaub, nach ihrem Hintern haben sie das Herz-Logo entworfen ...«

Wir kamen zur Mitte der Brücke. Beiderseits von uns rauschten Autos vorüber, rot auf der linken und weiß auf der rechten Seite, die Fahrbahnen flankiert von schmalen Überbauten, die vom Fußgängerweg ihren Ausgang nahmen.

Plötzlich überkam mich der Drang, auf einen dieser Überbauten hinauszusteigen und mich der Welt zu erklären. Einmal auf die Idee gekommen, wurde ich den Gedanken nicht wieder los.

»Keine Ahnung, ob es *richtig* –« sagte Aaron gerade.

»Ich möchte mich außen über das Wasser stellen«, sagte ich zu ihm.

»*Was?*«

»Komm mit. Willst du auch?«

Er blieb stehen.

»Ja«, sagte er. »Ja, ich sehe, was du vorhast.«

Auf den Überbauten befanden sich oben schmale Fußwege, Stellen, von wo aus die Brückenarbeiter zu den Drahtseilen steigen und sie reparieren konnten. Ich kraxelte auf einen auf der Hafenseite, der Seite, die von der Verrazano gekrönt war, hielt mich am Handlauf fest und balancierte, einen Fuß vor dem anderen, auf einem Stück Metall, knapp zehn Zentimeter breit. Unter mir surrten Taxis und Geländewagen vorbei. Vor mir waren das schwarze Wasser, der schwarze Himmel und die Kälte.

»Du bist verrückt«, sagte Aaron.

Ich ging einige Schritte vorwärts. Es war leicht. Das sind solche Sachen immer. Das, was einem die Erwachsenen verbieten, ist immer am leichtesten.

Unter mir befanden sich drei Fahrspuren; ich hatte die erste hinter mich gebracht und war schon halb über der zweiten, als Aaron schrie:

»Was zum Teufel willst du da draußen?!«

»Ich will bloß nachdenken!«, schrie ich zurück.

»Worüber denn?«

Ich schüttelte den Kopf. Das konnte ich nicht erklären. »Es dauert nicht lange.«

Aaron kehrte mir den Rücken zu.

Ich war an der zweiten Spur vorbei, hielt den Blick auf den Horizont geheftet, sah auch das ganze Stück über die dritte Spur hinweg nur dorthin und packte in raschem Wechsel abwechselnd mit der linken und der rechten Hand das Geländer. Ich kam an den Rand der Brücke und war ein bisschen überrascht, dass es dort keine Begrenzung gab. Nichts hielt einen von einem Absturz zurück, bloß die eigenen Hände und der eigene Wille. Ich umfasste die Stangen, die sich auf beiden Seiten befanden – sie waren eiskalt –, ließ dann los und breitete die Arme weit aus, fühlte, wie der Wind mich peitschte und an mir zerrte, als ich mich über das Wasser hinausbeugte wie ... na ja, wie Jesus wahrscheinlich.

Ich schloss die Augen und öffnete sie wieder, und der einzige Unterschied war das Gefühl des Windes auf meinen Augäpfeln, denn wenn ich die Augen schloss, sah ich die Lichtpunkte trotzdem ganz genau. Ich warf den Kopf zurück und schrie. Als Kind hatte ich die Bücher aus der Redwall-Serie gelesen,

Fantasy-Geschichten über einen Haufen von Killermäusen. Und diese Killermäuse hatten einen Schlachtruf, den ich immer cool fand: »Eulalia«.

Und wie ein Idiot schrie ich genau das von der Brooklyn Bridge:

»Eulaliaaaaaaaaaaaaa!«

Danach hätte ich glatt sterben mögen.

Und wenn man bedenkt, wie es mit mir weiterging, hätte ich das mal besser auch getan.

elf

Eine Depression beginnt schleichend. Als ich von der Brooklyn Bridge wieder heruntergestiegen war, ging ich nach Hause und fühlte mich großartig. Aaron sagte »Machs gut« und fuhr mit dem Nachtzug zurück nach Manhattan. Er hatte schwer damit zu tun, die Wohnung wieder aufzuräumen und Nia ihren Eltern zurückzubringen. Ich ging, aß irgendwo ein paar Eier und Toastbrot und kam um zehn zu Hause an, sagte zu Mom, ich hätte bei Aaron geschlafen und haute mich ins Bett. Als ich am Nachmittag aufstand, waren Formulare wegen meiner Aufnahme in die Highschool gekommen, die ich unterschreiben und weswegen ich einen Termin für eine ärztliche Untersuchung ausmachen musste. Ausnahmsweise freute ich mich mal darauf, dass der Arzt meine Eier anfasste und mir sagte, ich solle mal husten, auch wenn ich nach wie vor nicht kapiere, warum die das machen.

Der Rest an der Junior High war ein Witz. Ich brauchte nichts zu tun außer darauf zu achten, dass ich in keinem Fach Mist baute und die Zulassung zu der Eliteschule wieder verlor, und hing deshalb jeden Tag mit Aaron rum. Jetzt, wo wir die Marihuana-Schranke niedergerissen hatten, hockten wir nur noch grandios bedüselt vor dem Fernseher und gröhlten ihn an; wir nannten es nicht mehr »Filme ansehen«, sondern sagten von jetzt an »chillen«.

»Willst du chillen?«, fragte Aaron, und ich fuhr rüber.

Ronny war nie weit weg. Seine Beleidigungen hörten nicht auf, obwohl sie freundlicher wurden, aber das war Nebensache, denn er entwickelte sich zu einem zuverlässigen Dealer. Er ging nicht auf dieselbe Highschool wie wir – soweit wir wussten, ging er auf gar keine –, denn er wollte einen Schmuckladen aufmachen, Drogen verkaufen und Beats basteln, *das* stand fest.

Nia war auch immer in der Nähe. Sie und Aaron waren ungefähr so weit auseinander wie ich und meine rechte Hand. Ich bildete mir ein, es im Griff zu haben, aber wenn ich sie sah – wie sie, bei Aaron zu Hause oder in der Öffentlichkeit, nebeneinander saßen, *auf*einander saßen, einer die Hand am Hintern des andern hatte, wie sie lächelten und sich küssten –, ging mir das immer mehr auf die Nerven. Es war geradezu so, als rieben sie es mir rein, obwohl mir schon klar war, dass das nicht mit Absicht geschah – genauso wie alle das von meiner Lernerei mitgekriegt hatten, ohne dass ich es darauf angelegt hätte. Warum sonst hätten sie sich – vor mir! – dauernd zuflüstern sollen, wie sehr sie sich wollten? Warum sonst hätte Aaron mir in aller Ausführlichkeit von dem ersten Mal berichtet, als sie Sex hatten? Eines Tages verkündete Aaron mir und Ronny, als wir gerade MTV sahen: »Wisst ihr was? Seit ich mit Nia gehe, hab ich das Masturbieren glatt vergessen.«

»Ich auch, seit ich deine Mom kenne.«

»He!«, sagte ich. Es gab mir einen Stich im Magen.

»Im Ernst! Ich weiß gar nicht mehr, wie das geht!«, sagte Aaron und griente.

Toll, Mann. Super. *Wie* das Masturbieren geht, hatte ich in den letzten Monaten der Junior High gelernt, als ich bei AOL anfing, mit Mädchen zu chatten, die sich »LittleLolita42« oder so ähnlich nannten. Keine Ahnung, ob das wirklich Mädchen waren. Ich war bloß einsam und wollte es machen, damit ich, wenn ich mit einer ging, halbwegs Ahnung hatte, was zu tun war.

Das Dumme war, dass ich, egal, mit welchem Mädchen ich online redete, ins Bad rennen musste, wenn ich ans Ende kam. Und dass ich, wenn ich vor der Toilette kniete, in den letzten Millisekunden immer an Nia dachte.

An der Highschool hatte ich schon Hausaufgaben, da hatte die Schule noch gar nicht angefangen. Sie gaben mir eine Wahnsinnslektüreliste, auf der unter anderem auch *Unter dem Vulkan* und *David Copperfield* standen. Ich hab versucht, diese Bücher alle zu lesen, hab mir alle Mühe gegeben, aber es war was ganz anderes als Lernkärtchen. Ich war *tagelang* beschäftigt. Mom las ja sogar die von der Schule mitgeschickten Briefe und klärte mich darüber auf, dass ihre Mission darin bestand, uns zu *vielseitigen, allgemeingebildeten Trägern der Visionen von morgen* zu machen. Ich sollte mich also besser darauf einstellen, Englisch und Mathematik als Leistungskurse zu belegen, doch ich stellte fest, dass ich eher die Leute beneidete, die die Bücher schrieben. Sie waren tot und beanspruchten doch meine Zeit. Wofür hielten die sich? Viel lieber hätte ich bei Aaron gechillt, in meinem Zimmer gesessen, wäre ins Internet gegangen und anschließend ins Bad: Spülung, zurück und das Ganze von vorn. Schließlich hatte ich keines der Bücher von der Lektüreliste für den Sommer zu Ende gelesen.

Das war nicht gut, als es Zeit für den Beginn der Highschool wurde. Am ersten Tag gab es einen Test zu den Sachen, die ich über den Sommer hätte lesen sollen. Ich bekam eine 70, und so etwas hatte ich mein ganzes Leben lang noch nie auf einem Blatt Papier gesehen. Wo sieht man schon mal die Zahl 70? Es gibt keine Siebzigdollarscheine; es gibt keinen Grund, einen Scheck über 70 Dollar zu kriegen. Ich sah diese 70 an, als hätte sie mich bestohlen.

Aaron, der in acht meiner neun Kurse landete, bekam beim Schulanfangs-Lesetest eine 100. Er hatte die Bücher in Europa gelesen, wo er den Sommer über gewesen war, weil die Bücher *seines* Dads da drüben populär waren. Als er wiederkam, war er nicht bloß vollgestopft mit Bildern und Wissen, sondern hatte auch massenhaft Geschichten über die europäischen Mädchen auf Lager, die er dort aufgegabelt hatte. Er sagte, er und Nia hätten drüber geredet, und Nia sei wegen der anderen Mädchen total cool; er sagte, er sei damit beschäftigt, einen *Freak* aus ihr zu machen, jemanden, der zu allem bereit war. Wenn wir jetzt zusammen waren, redete ich nicht mehr halb so viel wie an jenem ersten Abend; ich hörte bloß zu und blieb beeindruckt, bemühte mich, meinen Unterleib unter Kontrolle zu behalten, wenn Nia dabei war, und stellte sie mir als Vorrat für den späteren Abend in verschiedenen Posen vor.

Die Executive Pre-Professional High School war die *Härte*.

Die Lehrer sagten mir alle, ich bekäme täglich vier Stunden Hausaufgaben auf, aber das glaubte ich nicht – außerdem bildete ich mir ein, damit zurechtzukommen. Ich war an die Schule gekommen, also war ich imstande, alles zu packen, was ich dort aufgetischt bekam, oder?

Im ersten Semester hatte ich einen Kurs, der sich Einführung in die Wall Street nannte und für den ich zusätzlich zur Lektüreliste jeden Tag die *New York Times* und das *Wall Street Journal* lesen musste. Wie sich herausstellte, hätte ich das den Sommer über auch schon tun sollen – das stand auf irgendeinem Infoblatt, das in meiner Post gefehlt hatte. Ich sollte ein Portfolio mit Artikeln zu aktuellen Ereignissen und ihrem Einfluss auf Aktienkurse anlegen und dazu Hintergrundinformationen zusammentragen. Das Internet durfte ich dafür aber nicht benutzen; der Lehrer hielt mich an, in die *Bibliothek* zu gehen und Mikrofiches auszuwerten, was ungefähr so ist, als wollte man die Verfassung der Vereinigten Staaten von einer Briefmarke lesen. Als ich damit zwei Wochen in Verzug geriet, musste ich außerdem noch die Zeitungen von diesen zwei Wochen nacharbeiten. Die Zeitungen waren so *lang*, unglaublich, wie viele

Nachrichten es jeden Tag gab. Und die sollte ich alle wenigstens querlesen? Wie war so etwas zu schaffen? In meinem Zimmer stapelte sich das Papier, und jeden Tag sah ich es mir an, wenn ich nach Hause kam, und wusste, dass ich es bewältigen konnte, dass ich, wenn ich die erste aufschlug, alle würde durchsehen und die Aufgabe erledigen können.

Stattdessen aber legte ich mich aufs Bett und wartete darauf, dass Aaron anrief.

Ungefähr um diese Zeit fing ich auch an, manche Dinge als Tentakel zu bezeichnen. Ein paar davon musste ich kappen. Doch ich konnte es nicht, sie waren alle viel zu stark und hatten mich zu fest umschlungen, außerdem hätte ich, um sie kappen zu können, etwas Verrücktes tun und zugeben müssen, dass ich für die Schule nicht das nötige Rüstzeug besaß.

Die anderen Kinder waren Genies. Ich hatte mich ja für sonst was gehalten wegen der 800 Punkte in dem Test – dabei hatte die ganze neu aufgenommene Klasse 800 gekriegt. Hinterher erfuhr ich, dass der Test in meinem Jahr »geteilt« worden war; sie hatten ihn »neu ausgerichtet«, um ihn weniger formelhaft zu machen – damit zum Beispiel weniger Leute wie ich reinkamen. An der Schule hatten wir Kinder aus Uruguay und aus Korea, die gerade erst Englisch gelernt hatten, aber Zusatzpunkte bekamen für die Aktuellen Ereignisse im Wall-Street-Einführungskurs und das *Barron's Magazine* und das *Crain's Business Daily* lasen. Es gab Erstsemester, die höhere Analysis belegt hatten, während ich mich noch mit der Mathematik herumplagte, die im Anschluss an Algebra kam und die der Lehrer schon am ersten Tag als »Schmalspur-Mathe« abgetan hatte, wo er keinen Grund sehe, dass wir nicht für alles 100 Punkte erhalten könnten. Für meinem ersten Test bekam ich eine 85 – und als Quittung eine gerunzelte Stirn.

Damit nicht genug, gab es auch noch außerschulische Betätigungen. Andere Kinder machten *alles*: die waren im

Schülerrat, trieben Sport, leisteten ehrenamtliche Arbeit, machten bei der Schulzeitung mit, hatten einen Filmklub, einen Literaturklub, einen Schachklub, beteiligten sich an landesweiten Wettbewerben um die Konstruktion von Robotern aus Zungenspateln, halfen den Lehrkräften nach dem Unterricht, besuchten Kurse an städtischen Colleges, assistierten bei »Orientierungstagen«. Ich beschäftigte mich mit nichts außer Schule und Tae Bo, wo ich keine Fortschritte mehr machte. In der Schule zogen mich die anderen auf, ließen mich meine Schein-Kämpfe austragen und meine nicht ganz körpergerechten Pushups machen, doch der Lehrer wusste, dass ich eigentlich keine rechte Freude daran hatte. Ich stieg aus. Das war der einzige Tentakel, den ich je kappte.

Warum schnitten die anderen Kinder besser ab als ich? Weil sie *besser* waren, deshalb. Das wusste ich jedes Mal, wenn ich mich ans Internet setzte oder mit der U-Bahn zu Aaron fuhr. Andere Leute rauchten und wichsten nicht, und diejenigen, die das taten, waren *begabt* – konnten gleichzeitig leben *und* am Wettbewerb teilnehmen. Ich war nicht begabt. Mom lag falsch. Ich war bloß intelligent und fleißig. Ich hatte mich zu dem Fehlglauben hinreißen lassen, das sei für die übrige Welt von Bedeutung. Andere haben mich in dieser Täuschung bestärkt. Niemand hatte mir gesagt, ich sei ganz gewöhnlich.

Damit soll nicht gesagt sein, dass ich an der Highschool grässlich versagte – ich bekam 93 Punkte. Meine Eltern fanden das gut. Das Dumme ist bloß, in der realen Welt sind 93 ein mieses Ergebnis; Colleges wissen, was das heißt – du bist gerade gut genug, die 90er Grenze zu überschreiten. Solche wie dich gibt es viele. Du kommst nicht bis an die oberste Spitze; wenn du außerschulisch nichts tust, bist du *erledigt*. In späteren Jahren kannst du noch was machen, aber mit 93 im ersten Highschooljahr hast du einen ziemlich schweren Klotz am Bein.

Im Dezember, ich war jetzt drei Monate an der Elite-Highschool, habe ich mich zum ersten Mal aus Stress übergeben. Es passierte, als ich mit meinen Eltern in einem Restaurant war; ich aß ein Thunfischsteak mit Spinat. Sie hatten mit mir essen gehen wollen, weil Weihnachten war und sie mit mir reden wollten. Sie merkten nichts. Ich saß da, schaute auf meinen Teller, dachte an die Tentakel, die zu Hause auf mich warteten, und da trat der kleine Mann in meinem Magen zum ersten Mal in Erscheinung und sagte, ich würde aber auch gar nichts kapieren; ich sollte besser gleich einen Rückzieher machen, Freundchen, denn sonst würde das noch böse enden.

»Wie kommst du im Biologiekurs voran?«, wollte Mom wissen.

Biologie war die Hölle. Ich musste all die Hormone auswendig lernen und was sie bewirkten und hatte mir noch gar keine Lernkärtchen machen können, weil ich mit dem Ausschneiden von Zeitungsartikeln nicht nachkam.

»Prima.«

»Und Einführung in die Wall Street, wie ist das?«

Ein Mensch von Bear Stearns war bei uns im Unterricht gewesen, ein dünner Glatzkopf mit einer goldenen Uhr. Wenn wir daran interessiert wären, im Investmentbanking zu landen, hatte er uns erzählt, müssten wir *hart* und *smart* arbeiten, weil schon heute viele Maschinen Investmententscheidungen treffen können und in der Zukunft alles durch Computerprogramme gesteuert werden würde. Er wollte wissen, wie viele von uns Computerwissenschaft belegt hatten, und bis auf mich und das eine Mädchen, das nicht Englisch sprach, hoben alle die Hand.

»Großartig, ausgezeichnet«, hatte der Bankmensch gesagt. »Und ihr andern seid arbeitslos! Haha! Lernt Computerwissenschaft!«

Bitte hör sofort auf, sagte ich mir stumm immer wieder, während in meinem Kopf immer mehr gleichzeitig vor sich ging. Das Karussell der Gedanken hatte eingesetzt, allerdings nicht mit einem Paukenschlag. Und ich hatte selber noch keine richtige Vorstellung, was da eigentlich vor sich ging.

»Wall Street ist prima«, sagte ich über den Tisch hinweg zu meinem Vater. Wir saßen in einem Brooklyner Restaurant, das zu den in einem *Times*-Artikel erwähnten gehörte, die ich fürs Aktuelle noch lesen musste. Ich glaube, leisten konnten wir es uns eigentlich nicht, und verzichtete deshalb auf die Vorspeise.

Der Spinat und der Thunfisch gingen mir im Magen herum. Mein ganzer Körper schien verkrampft. Warum war ich hier? Warum saß ich nicht irgendwo und lernte?

Soldat, was ist denn das Problem?

Ich kann das nicht essen. Ich sollte es aber runterkriegen, ich weiß.

Bring's hinter dich. Iss es.

Ich kann nicht.

Weißt du, warum das so ist?

Warum denn?

Weil du deine Zeit verplemperst, Soldat! Dass die US-Army nicht aus Kiffern besteht, hat seinen Grund. Du verbringst deine ganze Zeit bei deinem dauergeilen Freund, und wenn du wieder nach Hause kommst, kriegst du nicht mehr fertig, was du tun musst!

Ich weiß. Keine Ahnung, wie ich auf der einen Seite so ehrgeizig und gleichzeitig auf der anderen so faul sein kann.

Ich sag dir, warum, Soldat. Es liegt daran, dass du nicht ehrgeizig bist. Du bist nur faul.

»Entschuldigt mich bitte«, sagte ich zu meinen Eltern und eilte mit jenem schnellen Ich-muss-mich-übergeben-Schritt durch das Restaurant – bloß raus, und das schnell! –, den ich im folgenden Jahr zu perfektionieren lernte. Ich kam auf die chromblitzende Toilette und erleichterte mich über dem Becken. Hinterher saß ich da, schaltete das Licht aus und pinkelte. Wollte gar nicht wieder aufstehen. Was war mit mir los? Wo hatte ich den Zug verpasst? Ich musste aufhören, rumzukiffen. Ich musste aufhören, bei Aaron rumzuhängen. Ich musste eine Maschine werden.

Ich kam erst wieder aus der Toilette raus, als jemand anklopfte.

Als ich wieder bei meinen Eltern am Tisch saß, sagte ich: »Ich glaub, ich hab Depressionen.«

zwölf

Der erste Arzt war Dr. Barney. Er war klein und dick und hatte ein runzliges, ausdrucksloses Gesicht wie ein sehr ernster Gnom.

»Was ist denn los mit Ihnen?« Er lehnte sich auf seinem kleinen grauen Stuhl zurück. Was er da sagte, klang ziemlich roh und gefühllos, aber wie er es sagte, so leise und teilnahmsvoll, das gefiel mir.

»Ich glaub, ich hab eine schwere Depression.«

»Hm-hm.«

»Angefangen hat es vorigen Herbst.«

»In Ordnung«, notierte er sich in Steno auf dem Block auf seinem Schreibtisch. Neben dem Schreibblock stand eine Tasse mit der Aufschrift *Zyprexa*, dem verrücktesten Namen für ein Medikament, den ich bisher gehört hatte. (Wie sich herausstellte, war das eine Tablette für Psychotiker, und ich überlegte, ob ein Psychotiker seinen Arzt vielleicht mal einen »Zyprexa« genannt und die Firma deshalb das als Namen für das Medikament genommen hatte.) Alles in Dr. Barneys Sprechzimmer trug einen Firmennamen: auf den Post-it-Zetteln stand Paxil; seine Stifte waren alle von Prozac; auf dem Tischkalender prangte auf jeder Seite Zoloft.

»Ich bin auf die Highschool gekommen und hätte der glücklichste Mensch auf der Welt sein müssen«, erzählte ich weiter. »Aber ich hab mich immer mehr hängen lassen, und dann ging's mir immer dreckiger.«

»Hm-hm. Sie haben Ihren Patientenbogen ausgefüllt, wie ich sehe.«

»Ja.« Ich hielt das Blatt Papier hoch, das man mir im Wartezimmer gegeben hatte. Es war ein Standardbogen, wie er offenbar allen Neuankömmlingen im Anthem Mental Health Center ausgehändigt wurde, dem Gebäude in downtown Brooklyn, wo diese Evaluierung der psychischen Verfassung stattfand. Auf dem Bogen stand eine Latte Fragen zu Gefühlen, die man in den vergangenen vierzehn Tagen gehabt hatte, und zu jeder gab es vier Kästchen, wo man das Zutreffende ankreuzen konnte. Zum Beispiel *Gefühle der Hoffnungslosigkeit und des Versagens. Appetitstörungen. Gefühl, dem Alltag nicht gewachsen zu sein.* Bei jeder Frage konnte man auswählen unter 1) Nie, 2) Manchmal, 3) Fast täglich oder 4) Ständig.

Ich war die Fragenliste durchgegangen und hatte meine Kreuzchen meistens bei 3) oder 4) gemacht.

»Diese Bögen würden wir gern jedes Mal ausfüllen lassen, wenn Sie herkommen, um Aufschluss über Ihr Befinden zu gewinnen«, fuhr Dr. Barney fort, »aber auf Ihrem hier ist heute ein Punkt, über den wir uns gleich unterhalten sollten.«

»Hm-hm.«

»›Sie haben Selbstmordgedanken oder denken daran, sich selbst zu verletzen.‹ Da haben Sie die ›3) Fast täglich‹ angekreuzt.«

»Richtig, tja, ich will mich *nicht selbst verletzen*. Mich ritzen oder so einen Blödsinn, das würde ich nicht versuchen. Wenn ich das wollte, würde ich es einfach tun.«

»Selbstmord.«

War komisch, das zu hören. »Richtig.«

»Haben Sie einen Plan?«

»Brooklyn Bridge.«

»Sie würden von der Brooklyn Bridge springen.«

Ich nickte. »Bei der kenn ich mich aus.«

»Wie lange denken Sie über so etwas schon nach, Craig?«
»Seit vorigem Jahr hauptsächlich.«
»Und davor?«
»Na ja ... ich *hatte* sie schon seit Jahren. Bloß weniger intensiv. Ich dachte, so was gehört, na ja, einfach dazu, wenn man erwachsen wird.«
»Selbstmordgedanken.«
Ich nickte.
Dr. Barney sah mich an, die Lippen gespitzt. Weswegen war der so ernst? Wer hat denn als Kind *nicht* mal daran gedacht, sich umzubringen? Wie soll das gehen: in so einer Welt aufwachsen und *nicht* daran denken? Das ist eine Option, die *viele* erfolgreiche Leute wählen: Ernest Hemingway, Sokrates, Jesus. Sogar schon vor der Highschool hab ich gedacht, es wäre doch eigentlich cool, das zu machen, falls ich jemals richtig berühmt würde. Wenn ich zum Beispiel weiter meine Stadtpläne zeichnete und ein Kunstsammler die entdeckte und dafür sorgte, dass sie Hunderttausende Dollar wert wurden. Wenn ich mich auf dem Höhepunkt dieser Entwicklung umbrachte, waren sie anschließend *Millionen* von Dollar wert, und ich wäre nicht mehr für sie verantwortlich. Ich hätte etwas hinterlassen, das für sich selbst sprach, wie die Brooklyn Bridge.

»Ich dachte immer ... man hat gar nicht richtig *gelebt*, bevor man über Selbstmord nachgedacht hat«, sagte ich. »Ich dachte, es wäre toll, wenn man einen Reset-Schalter hätte wie bei den Videospielen, wo man wieder von vorn anfangen kann, sehen, ob es auch woanders langgeht.«

Dr. Barney sagte: »Es klingt, als schlügen Sie sich schon lange mit dieser Depression herum.«

Ich verstummte. Nein, so war es nicht .... *Doch, so war es.*

Dr. Barney sagte nichts.

Dann fügte er hinzu: »Sie haben Affektverflachung.«

»Was ist das?«

»Sie drücken bei diesen Dingen nicht viel Emotion aus.«
»Oh, ja. Die sind zu groß.«
»Verstehe. Erzählen Sie mir ein bisschen von Ihrer Familie.«
»Mom designt Postkarten, Dad arbeitet bei einer Krankenversicherung«, sagte ich.
»Leben sie zusammen?«
»Ja.«
»Geschwister, haben Sie welche?«
»Eine Schwester. Jünger. Sarah. Sie macht sich Sorgen um mich.«
»Und warum?«
»Sie will dauernd von mir wissen, ob ich gut oder schlecht bin, und wenn ich sage, ich bin schlecht, sagt sie: ›Bitte, Craig, werd besser, das versuchen alle.‹ Solche Sachen. Das macht mich echt fertig.«
»Aber sie hat Sie gern.«
»Ja.«
»Ist Ihre Familie dafür, dass Sie hierher kommen?«
»Als ich zu Hause davon erzählte, haben meine Eltern keine Zeit verloren. Sie sagen, es wäre eine Störung des chemischen Gleichgewichts – und wenn ich die richtigen Medikamente dafür bekäme, ginge es mir wieder gut.« Ich sah mich im Zimmer nach den Namen der richtigen Medikamente um. Wenn ich alles verschrieben bekam, was Dr. Barney hier aufzuweisen hatte, würde ich wie ein alter Mann jeden Morgen meine Tabletten abzählen.
»Sie besuchen die Highschool, richtig?«
»Ja.«
»Und Ihre Schwester?«
»Vierte Klasse.«
»Sie wissen, dass Ihre Eltern zur Erklärung ihres Einverständnisses zahlreiche Formulare ausfüllen müssen, damit wir Ihnen helfen können –«

»Sie unterschreiben alles. Sie wollen, dass es mir wieder besser geht.«

»Unterstützendes familiäres Umfeld«, kritzelte Dr. Barney auf seinen Block. Er sah zur Seite und verzog den Mund zu dem, was bei ihm ein Lächeln war, und zwar ein zustimmendes: die Lippen kaum verzogen, die Unterlippe leicht vorgeschoben.

»Wir werden schon damit fertig, Craig. Aber mal von Ihrem persönlichen Standpunkt gesprochen, warum haben Sie die Depression, was glauben Sie?«

»Ich kann in der Schule nicht mithalten«, sagte ich. »Die andern sind alle viel klüger.«

»Wie heißt Ihre Highschool?«

»Executive Pre-Professional.«

»Genau. Von der hab ich gehört. Jede Menge Hausaufgaben.«

»Ja. Wenn ich von der Schule nach Hause komme, weiß ich, ich muss diese ganze Arbeit machen, aber dann fängt in meinem Kopf das Karussell an.«

»Das Karussell?«

»Dann gehen mir immer wieder dieselben Gedanken durch den Kopf. Immer im Kreis, sie überschlagen sich richtig.«

»Gedanken an Selbstmord?«

»Nein, bloß das, was ich alles zu tun habe. Die Hausaufgaben. Fällt mir eine ein, die ich aufhab, und ich schau sie mir an und denke: ›Das werde ich nicht schaffen.‹ Und danach verschwindet sie wieder und die nächste fällt mir ein. Und als Nächstes denke ich dann: ›Du müsstest außerschulisch noch mehr tun‹, denn das *sollte* ich wirklich, auf dem Gebiet tu ich nicht annähernd genug, und danach tritt das wieder zurück und stattdessen kommt die größte Frage: ›An welches College wirst du gehen, Craig?‹ Und diese Frage ist dann echt der Untergang, denn an ein gutes werd ich mit Sicherheit nicht kommen.«

»Welches wäre denn ein gutes.«

»Harvard. Yale. Oder so.«

»Aha.«

»Und dann geht das Gedankenkarussell wieder los, und ich leg mich aufs Bett und denk der Reihe nach über alles nach. Früher hab ich mich nie irgendwo hingelegt; ich war immer auf den Beinen und hab irgendwas gemacht, aber wenn das Karussell erst mal losgeht, kann ich stundenlang bloß daliegen und an die Decke sehen, und die Zeit geht langsam und gleichzeitig richtig schnell vorbei – und dann ist es Mitternacht und ich muss schlafen gehen, denn am nächsten Morgen muss ich ja in der Schule sein. Die dürfen nicht erfahren, was mit mir los ist.«

»Haben Sie Schlafstörungen?«

»Nicht immer. Wenn aber doch, dann ist es schlimm. Ich liege da und denke, alles, was ich bisher gemacht habe, war vergebens, ist Tod und Verderben, und ich ende bestimmt mal als Obdachloser, weil ich es nie schaffen werde, einen Job zu behalten, wenn die andern alle so viel klüger sind.«

»Aber das sind doch nicht *alle*, Craig, oder? Es müssen doch auch welche weniger klug sein als Sie.«

»Ja, aber um die brauch ich mir keine Gedanken zu machen! Aber so viele sind klüger, und die werden überall auf mir rumtrampeln. Wie mein Freund Aaron –«

»Wer ist das?«

»Mein bester Freund. Er hat eine Freundin, mit der ich auch befreundet bin.«

»Wie fühlen Sie denn in Bezug auf sie?«

»Nicht so viel ... mal mehr, mal weniger.«

»Hm-hm.« Dr. Barney notierte sich etwas.

»Jedenfalls ...«, wollte ich zusammenfassen. Ich belog diesen Mann; das hieß, eigentlich wussten wir einer über den anderen Bescheid. »Es geht darum, ein vernünftiges Leben zu führen. Und ich glaube nicht, dass ich eins haben werde.«

»Ein vernünftiges Leben.«

»Ja, genau, mit einem richtigen Job und einem richtigen Haus und allem.«

»Und einer Familie?«

»Natürlich. Das gehört doch dazu. Was soll denn das für ein Erfolg sein – ohne Familie?«

»Hm-hm.«

»Und um das alles zu kriegen, muss ich jetzt die Weichen stellen, aber ich kann nicht, weil mir dauernd dieser Mist im Kopf rumgeht. Ich *weiß* ja, dass die Gedanken auf meinem Karussell sinnlos sind und denke: ›Hör auf!‹«

»Aber Sie können nicht aufhören.«

»Ich kann nicht aufhören.«

»Gut.« Er klopfte mit seinem Prozac-Stift auf den Tisch. »Sie wissen, dass Sie die Gedanken eigentlich nicht wollen. Das ist schon mal gut.«

»Ja.«

»Hören Sie manchmal Stimmen?«

Oh-oh. Jetzt ging's ans Eingemachte. Dr. Barney war ja ganz knuddelig, aber wenn man ihm eine Zwangsjacke reichte, konnte er bestimmt gut damit umgehen, da war ich mir sicher; er schwatzte sie einem auf und führte einen in einen *sehr gemütlichen* Raum mit gepolsterten Wänden und einer Bank, und da konnte man dann sitzen und in einen von einer Seite durchschaubaren Spiegel glotzen und anderen erzählen, man sei Dagobert Duck. (Wie wurden solche Spiegel überhaupt gemacht?) Klar, ich hatte Probleme, aber auch klar, ich war nicht verrückt. Ich war nicht *schizo*. Ich hörte keine Stimmen. Na gut, eine Stimme hörte ich, die des Mannes aus der Armee, aber das war *meine* Stimme, das war bloß ich, der mich selber motivieren wollte. Mich würden sie nicht in die Klapsmühle stecken.

»Stimmen? Nein.« Gelogen, genau genommen. Wieder gelogen.

»Craig, wissen Sie etwas über die chemischen Prozesse im Gehirn?«

Ich nickte. Blätterte im Geiste in meinem Biologie-Lehrbuch ein paar Seiten nach vorn.

»Wissen Sie, was bei Depression vor sich geht?«

»Ja.« Die Erklärung war leicht. »Man hat Chemikalien im Gehirn, die Botschaften von einer Hirnzelle zur anderen tragen. Die heißen Neurotransmitter. Und einer davon ist Serotonin.«

»Ausgezeichnet.«

»Und das, so glaubt die Wissenschaft, ist der Neurotransmitter, der bei Depressionen eine Rolle spielt ... Wenn man von diesem Stoff zu wenig hat, kann man eine Depression bekommen.«

Dr. Barney nickte.

»Also«, fuhr ich fort, »nachdem das Serotonin die Botschaft von der einen Zelle an die nächste übertragen hat, wird es in die erste Zelle zurückgesaugt, um wieder eingesetzt zu werden. Das Problem ist bloß, manchmal saugen die Gehirnzellen zu viel zurück« – ich musste lachen – »und dann bleibt nicht mehr genug Serotonin für die Übertragung von Botschaften im Kreislauf. Und deshalb gibt es Medikamente, die selektive Serotoninwiederaufnahmehemmer heißen, und die verhindern, dass das Gehirn zu viel Serotonin zurücksaugt, damit mehr im Kreislauf bleibt. Auf diese Weise fühlt man sich besser.«

»Craig, ausgezeichnet. Sie wissen eine Menge. Wir werden Ihnen Medikamente geben, die genau das bewirken.«

»Toll.«

»Bevor ich ein Rezept ausstelle – haben Sie eigentlich Fragen an *mich*?«

Klar hatte ich die. Dr. Barney sah glücklich aus. Er hatte einen hübschen goldenen Ring und eine glänzende Brille.

»Wie haben Sie angefangen? Wie haben Sie es bis hierher gebracht?«, fragte ich. »Interessiert mich immer, wie Leute mal angefangen haben.«

Dr. Barney beugte sich nach vorn; sein Bauch verschwand in seinem Schatten. Er hatte buschige dunkle Augenbrauen und bekam ein finsteres Gesicht.

»Nach dem College hatte ich meinen eigenen Mist durchzustehen und kam zu dem Schluss, dass alles körperliche Leid trotzdem nicht mit seelischer Angst zu vergleichen ist«, sagte er. »Und nachdem ich mich davon befreien ließ, beschloss ich, anderen zu helfen.«

»Sie haben sich davon befreien lassen?«

»Ja.«

»Was hatten Sie denn?«

Er seufzte. »Dasselbe wie Sie.«

»Was?«

»Haargenau.«

Ich beugte mich über den Tisch – unsere Gesichter waren nur noch einen halben Meter voneinander entfernt. »Wie haben Sie es wieder hingekriegt?«, fragte ich bettelnd.

Er zog einen Mundwinkel hoch. »Genauso, wie Sie es wieder hinkriegen. Aus eigener Kraft.«

Was? Was war das denn für eine Antwort? Ich sah ihn verärgert an. Ich war hier, weil ich *Hilfe* suchte, nicht weil ich es aus eigener Kraft wieder hinkriegen wollte. Wenn ich es aus eigener Kraft wieder hinkriegen wollte, würde ich eine Busreise nach Mexiko machen –

»Wir beginnen mit Zoloft«, sagte Dr. Barney.

O-ho!

»Es ist ein großartiges Medikament, hilft vielen Menschen. Es ist ein Serotoninwiederaufnahmehemmer, wird also auf das Serotonin in Ihrem Gehirn so einwirken, wie Sie es erläutert haben. Sie sollten aber keine Sofortwirkung erwarten, denn bis es in Ihrem Organismus richtig eingreift, vergehen Wochen.«

»*Wochen?*«

»Drei bis vier Wochen.«

»Gibt es nicht eine schnell wirkende Version davon?«

»Sie nehmen Zoloft mit dem Essen ein, einmal pro Tag. Wir stellen Sie für den Anfang auf fünfzig Milligramm ein. Von den Tabletten wird ihnen ein bisschen schwindlig sein, aber das ist nur die Nebenwirkung, abgesehen von sexuellen Nebenwirkungen.« Dr. Barney sah von seinem Block auf. »Sind Sie sexuell aktiv?«

Ha-ha-ha-ha-ha. »Nein.«

»In Ordnung. Außerdem, Craig, glaube ich, Sie könnten davon profitieren, wenn Sie sich mit jemandem treffen würden.«

»Ich weiß! Glauben Sie nicht, ich hätte es nicht probiert. Aber mit Mädchen reden, da bin ich nicht gerade gut.«

»Mädchen? Nein, ich meinte, einen *Therapeuten.* Sie sollten einen Therapeuten aufsuchen.«

»Wie wär's mit Ihnen?«

»Ich bin Psychopharmakologe. Ich überweise Sie an den Therapeuten.«

Wie mühsam! »Okay.«

»Na, dann wollen wir mal nach einem schauen.« Dr. Barney schlug ein Buch auf seinem Schreibtisch auf, das aussah wie die Gelben Seiten, und ratterte eine Liste von Namen und Adressen herunter, als ob die mir was sagen würden. Dr. Abrams in Brooklyn, Dr. Fieldstone in Manhattan, Dr. Bok in Manhattan … Dr. Bok, den Namen fand ich cool, deshalb vereinbarten wir einen Termin bei ihm – den ich allerdings nicht einhielt, weil ich im Lauf der Woche ein Projekt in Geschichte machen musste und mich so schämte, dass ich nicht angerufen und den Termin abgesagt hatte, dass ich Dr. Bok nie sah. Beim nächsten Termin bei ihm mussten Dr. Barney und ich einen neuen Seelenklempner aussuchen und dann noch einen und später noch einen, darunter auch eine kleine alte Dame, die mich fragte, ob ich sexuell missbraucht worden sei, und die hübsche

Rothaarige, die wissen wollte, warum ich so viele Probleme mit Frauen hatte, und den Mann mit dem Schnauzer, der zu einer Hypnosebehandlung riet. Es war, als ginge ich zu Dates (bloß ging ich nicht hin, um mit den Mädchen rumzumachen) und als wäre ich bi, weil ich auch zu Männern ging.

»Ich unterhalte mich gern mit Ihnen«, sagte ich zu Dr. Barney.

»Gut, wir sehen uns in einem Monat wieder und schauen dann mal, wie die Medikamente anschlagen.«

»Sie machen die Therapie nicht selber?«

»Die anderen Ärzte sind großartig, Craig; sie helfen Ihnen.«

Dr. Barney stand auf – er war etwas über eins siebzig – und schüttelte mir mit weichem, fleischigem Griff die Hand. Er gab mir das Zoloft-Rezept und beauftragte mich, es sofort einzulösen, was ich auch tat, sogar noch bevor ich in die U-Bahn stieg.

dreizehn

Das Zoloft wirkte, und es dauerte keine Wochen – die Wirkung begann gleich nachdem ich es an dem Tag zum ersten Mal genommen hatte. Keine Ahnung, wieso, aber auf einmal sah ich mein Leben wieder *positiv* – warum auch nicht! Ich war noch ein Kind; Vieles stand mir noch bevor; ich hatte zwar schon einigen Mist durchgemacht, zog aber Lehren daraus. Mit diesen Tabletten wurde ich wieder, wie ich vorher war: fähig, alles anzupacken, praktisch und effizient. Ich redete in der Schule mit Mädchen und gab denen gegenüber zu, dass ich verkorkst *war*, dass ich Probleme *gehabt*, mich denen aber gestellt hatte. Und die Mädchen sagten, sie fänden mich mutig und sexy und wollten, dass ich sie anrufe.

Es muss ein Placeboeffekt gewesen sein, aber es war ein toller Placeboeffekt. Wenn sich mit Placebos so tolle Effekte erzielen ließen, sollte man dazu übergeben, Placebos zu *der* Methode für die Behandlung von Depressionen zu machen – und vielleicht taten sie das ja auch; vielleicht bestand Zoloft aus Maisstärke. Mein Kopf sagte *ja, ich bin wieder da*, und ich glaubte, die ganze Sache sei ausgestanden.

Das war mein erstes Erlebnis einer Falschen Wende. Es war furchtbar gemein: du schneidest bei einem Test gut ab, du bringst ein Mädchen zum Lachen, eine Online-Unterhaltung hat deinen Unterleib besonders in Wallung gebracht und du rennst ins Bad; du glaubst, alles ist ausgestanden. Doch das macht es nur schlimmer, wenn du am nächsten Tag aufwachst und es mit aller Böswilligkeit wieder da ist und dir zeigt, wer hier der Boss ist.

»Ich fühl mich großartig!«, sagte ich zu Mom, als ich nach Hause kam.

»Was hat der Arzt denn gesagt?«

»Ich nehm jetzt Zoloft!« Ich zeigte ihr die Flasche.

»Hu, das nehmen viele bei mir im Büro.«

»Ich glaub, das wirkt.«

»Es kann noch nicht wirken, Liebling. Beruhige dich.«

Ich nahm meine Zoloft-Tablette jeden Tag. Manchmal erwachte ich morgens, stand auf und putzte mir die Zähne wie jeder normale Mensch; manchmal lag ich im Bett und sah an die Decke und überlegte, welchen Sinn es eigentlich haben sollte, aufzustehen und wie jeder normale Mensch mir die Zähne zu putzen. Doch ich hab es immer geschafft, die Tablette zu nehmen – allerdings auch nie mehr als eine; so eine Droge war das nicht. Davon hat man nichts Besonderes empfunden, und nach einem Monat, wie Dr. Barney gesagt hatte, merkte ich allmählich, dass da eine Boje war, die mich über Wasser hielt, wenn ich mich mies fühlte. Wenn das Karussell wieder losging, gab es einen mit meinen guten Gedanken verkoppelten Panikschalter; den konnte ich drücken und über meine Familie nachdenken, über meine Schwester, meine Freunde, meine im Internet verbrachte Zeit, die guten Lehrer an der Schule – über meine Anker.

Ich verbrachte sogar Zeit mit Sarah. Sie war so klug, klüger als ich sowieso. Sie wäre in der Lage, mit dem, was ich durchmachte, fertigzuwerden, auch ohne dafür zu Ärzten gehen zu müssen. Ihre Hausaufgaben berührten bereits das Gebiet der Algebra, obwohl sie erst in die vierte Klasse ging, und ich half ihr dabei, kritzelte manches Mal Spiralen oder zeichnete Muster auf die Ränder der Seiten, während sie arbeitete. Stadtpläne zeichnete ich keine mehr.

»Die sind cool, Craig«, sagte sie.
»Danke.«
»Warum machst du nicht öfter Kunst?«
»Keine Zeit.«
»Quatsch. Du hast immer Zeit.«
»Ah ja.«
»Ja. Zeit ist ein von Menschen gemachter Begriff.«
»Wirklich? Wo hast du das denn gehört?«
»Das hab ich erfunden.«
»Ich weiß nicht, ob das stimmt. Wir leben alle in der Zeit. Sie beherrscht uns.«
»Ich benutze meine Zeit, wie ich will, und so beherrsche ich *sie*.«
»Du solltest Philosophin sein, Sarah.«
»Würrrg, nein. Was ist das? Innenarchitektin.«

Mein Essen kam wieder zurück: vorneweg der Mocca-Joghurt, dann Bagels, danach Huhn. Das Schlafen glich unterdessen einem Zwei-Schritte-vor-einen-zurück. (Das ist eine der goldenen Regeln der Psychologie: Die Therapeuten sagen, alles im Leben verliefe nach dem Muster Zwei-Schritte-vor-einen-zurück, und rechtfertigen damit, dass du zum Beispiel Lösungsmittel getrunken hast und dich von einem Dach stürzen wolltest. Das war aber nur der *eine Schritt zurück*.) Manchmal konnte ich eine Nacht nicht schlafen und schlief dafür die nächsten beiden ganz großartig. Ich träumte sogar: Träume vom Fliegen oder davon, dass ich Nia im Bus traf und mit ihr redete, sie ansah, ein paar Stationen mit ihr mitfuhr. (Leider nie davon, dass ich Sex mit ihr hatte.) Träume, in denen ich von einer Brücke sprang, auf riesigen Schaumstoffwürfeln landete und springend den Hudson River von Manhattan nach New Jersey überquerte, mich lachend nach den Würfeln umdrehte und die Augen von denen zählte, auf denen ich gelandet war.

Wenn ich jedoch nicht schlafen konnte, machte mich das ganz schön fertig. Dann dachte ich darüber nach, dass meine Eltern mir nicht viel Geld vererben würden und vielleicht nicht mal genug hatten, um meine Schwester aufs College zu schicken, und daran, dass ich ein Geschichtsprojekt bearbeiten musste und wieso ich heute nicht in die Bibliothek gegangen war und meine E-Mails schon seit Tagen nicht abgerufen hatte – was fehlte mir denn da? Warum machte ich mir so viel Sorgen um E-Mails? Warum schwitzte ich ins Kissen? Es war doch nicht heiß. Wieso hatte ich heute Gras geraucht *und* gewichst? – Ich hatte mir nämlich eine Regel auferlegt: an den Tagen, an denen du wichst, kiffst du nicht, und an den Tagen, an denen du kiffst, wichst du nicht. Denn die Tage, an denen du beides machst, sind echt verplempert, sind Tage, an denen du *drei* Schritte zurückgehst.

Phasenweise arbeitete ich ein bisschen. Drei Wochen lang war ich cool, funktionierte, fühlte mich gut. Und sogar wenn ich wie am Schnürchen funktionierte, war ich niemand, auf den sonderlich geachtet wurde; andere sahen mich nicht in der Schule durch einen Flur gehen und dachten: »Da geht Craig Gilmer – ich wüsste ja zu gern, was *der* jetzt gerade vorhat.« Wenn andere mich sahen, dachten sie: »Was steht da auf dem Plakat hinter dem Typ – ist heute Anime-Klubtreffen?«

Dann sackte ich ab. Im Allgemeinen passierte das nach einem Chill-Abend bei Aaron, nach einem dieser tollen Male, wo wir richtig high geworden waren und uns einen *richtig* schlechten Film angesehen hatten, irgendwas mit Will Smith, wo wir mit dem Finger auf das viele Product Placement und Fehler im Plot zeigen konnten. Ich wachte dann auf der Couch in Aarons Wohnzimmer auf (ich schlief da, während er hinten mit Nia schlief) und wollte sterben. Kam mir vollkommen überflüssig und ausgebrannt vor, hatte meine Zeit und Kraft vergeudet und meine Wörter und mein Herz umsonst verausgabt.

Ich dachte dann, ich müsste sofort nach Hause und für die Schule arbeiten, aber ich hatte nicht die Kraft, zur U-Bahn zu gehen. Noch fünf Minuten hier liegen. Und dann noch fünf. Und noch mal fünf. Schließlich stand Aaron auf, ich ging pinkeln und zwang mich dazu, mit ihm zu kommunizieren, mir etwas zum Frühstück zu nehmen und wenigstens ein paar Bissen drinzubehalten. Nia fragte mich dann: »Alles klar mit dir?«, und an einem Samstagvormittag, Aaron war gerade rausgegangen, frischen Kaffee kaufen, sagte ich: nein.

»Was ist los?«

Ich seufzte. »Ich hab dieses Jahr eine richtige Depression. Ich nehm Tabletten.«

»Craig, du meine Güte! Das tut mir leid.« Sie kam rüber und drückte mich mit ihrem schmächtigen Körper. »Ich weiß, wie das ist.«

»Ach?« Ich drückte sie wieder. Ich bin keiner, der schnell heult; ich lege alles in den Blick; und ich bin ein Drücker. Dämlich, ich weiß. Ich zögerte die Umarmung so lange hinaus, wie ich konnte, bis es peinlich wurde.

»Ja, ich nehm Prozac.«

»Das gibt's nicht!« Ich ließ sie abrupt los. »Das hättest du mir sagen müssen!«

»Das hättest *du* mir sagen müssen! Wo wir doch Leidensgenossen sind.«

»Wir sind die Kränkesten!« Ich stand auf.

»Was nimmst du?« fragte sie.

»Zoloft.«

»Das ist was für Schwächlinge.« Sie streckte mir die Zunge raus. Sie hatte ein Piercing drin. »Die *richtig* Kaputten sind auf Prozac.«

»Gehst du zu einem Therapeuten?« Ich hatte »Seelenklempner« sagen wollen, aber laut ausgesprochen hörte sich das komisch an.

»Zweimal die Woche!« Sie lächelte.

»Himmel! Was stimmt bloß nicht mit uns?«

»Keine Ahnung.« Sie tanzte. Es lief zwar keine Musik im Radio, aber wenn Nia tanzen wollte, tanzte sie halt. »Wir sind Teil der verkorksten Generation amerikanischer Kinder, die dauernd auf Drogen sind.«

»Das glaub ich nicht. Ich glaub nicht, dass wir verkorkster sind als irgendjemand vor uns.«

»Craig, achtzig Prozent der Leute, die *ich kenne*, nehmen Medikamente. Gegen ADS oder was auch immer.«

Das war mir ja auch bekannt, aber ich dachte nicht gern daran. Vielleicht war es dumm und eigenbrötlerisch, aber ich dachte gern über *mich* nach. Ich wollte nicht Teil eines Trends sein. Ich wollte damit kein Bekenntnis zu irgendeiner Mode ablegen.

»Keine Ahnung, ob die die wirklich alle brauchen«, sagte ich. »Ich jedenfalls brauch meine.«

»Glaubst du, du bist der Einzige?«

»Nicht dass ich der Einzige bin ... sondern bloß, dass es etwas Persönliches ist.«

»Okay, gut, Craig.« Sie hörte auf zu tanzen. »Dann werd ich's nicht erwähnen.«

»Was?«

»Mann! Weißt du, warum du kaputt bist? Das kommt davon, dass du keine *Verbindung* zu anderen Leuten hast.«

»Das stimmt nicht.«

»Hier bin ich, ich hab dir gerade gesagt, ich hab dasselbe Problem wie du –«

»Vielleicht ist es ja doch nicht dasselbe.« Ich hatte keinen Schimmer, was Nia hatte; vielleicht eine *manische* Depression. Eine manische Depression war viel cooler als eine echte Depression, weil man da die manischen Anteile abkriegte. Ich hatte gelesen, dass da nur die Post abgeht. Es war so unfair!

»Siehst du? Genau das meine ich. Du baust *Mauern* auf.«

»Was für Mauern?«
»Wie vielen Leuten hast du gesagt, dass du deprimiert bist?«
»Meiner Mom. Meinem Dad. Meiner Schwester. Ärzten.«
»Und Aaron?«
»Er braucht das nicht zu wissen. Wie vielen hast *du* es denn erzählt?«
»*Natürlich* muss Aaron das wissen! Er ist dein bester Freund!«
Ich sah sie an.
»Ich glaub, Aaron hat auch eine Menge Probleme, Craig.« Nia setzte sich neben mich. »Es könnte ihm nützen, sich Tabletten verschreiben zu lassen, glaub ich, aber das würde er nie zugeben. Vielleicht tut er's, wenn du es ihm sagst.«
»Hast du es ihm denn gesagt?«
»Nein.«
»Na, siehst du? Und überhaupt, wir kennen uns zu gut.«
»Wer? Ich und du? Oder du und Aaron?«
»Vielleicht wir alle.«
»Das glaub ich nicht. Ich bin froh, dass ich dich kenne, und ich bin froh, dass ich ihn kenne. Du kannst mich anrufen, wenn du dich schlecht fühlst, weißt du.«
»Danke. Ich hab aber deine neue Nummer nicht.«
»Hier.«
Und sie gab sie mir, eine magische Zahl: Ich speicherte sie, Nias Namen in Großbuchstaben, in mein Telefon ein. *Das ist ein Mädchen, das mich retten kann*, dachte ich. Die Therapeuten erzählten einem zwar, dass man das Glück erst in sich selbst finden musste, bevor man es von einem anderen bekam, aber ich hatte das Gefühl, dass ich, wäre Aaron nicht auf der Welt und hielte ich Nia nachts in den Armen und atmete auf ihr, ich ganz schön glücklich wäre. Das wären wir beide.
Zu Hause ließ ich die schlechten Episoden Revue passieren, indem ich mich auf die Couch legte, das Wasser trank, das

meine Eltern mir brachten, die elektrische Heizdecke einschaltete, um mich zu wärmen und es auszuschwitzen. Ich wollte mich mit dem Satz »Meine Depression lebt sich heute aus« bei anderen dafür entschuldigen, dass ich mich nicht mit ihnen traf, hab aber nie geschafft, das tatsächlich durchzuziehen. Dabei wäre das zum Brüllen komisch gewesen. Nach ein paar Tagen stand ich von der Couch auf und wurde wieder zu dem Craig, der keine Ausreden für sich zu erfinden brauchte. In solchen Momenten rief ich Nia an und sagte ihr, dass es mir besser ging, worauf sie sagte, es ginge auch ihr gut; vielleicht seien wir ja synchronisiert. Und darauf ich wieder, sie solle mich nicht aufziehen. Worauf sie durch die Leitung lächelte und sagte: »Aber das kann ich doch so *gut*.«

Im März hatte ich noch acht Tabletten meines letzten Rezepts und dachte allmählich, dass ich das Zoloft nicht mehr brauchte.

Es ging mir besser. Okay, vielleicht ging es mir nicht besser, aber ich war *okay* – es war ein komisches Gefühl, so eine Schwerelosigkeit im Kopf. In meinen Kursen in der Schule hatte ich den Rückstand aufgeholt. Hatte Dr. Minerva gefunden – die sechste Therapeutin, die Dr. Barney und ich ausprobierten – und fand, dass sie mit ihrer stillen, sachlichen Art gut zu den Themen passte, um die es bei mir ging. Ich bekam immer noch 93 Punkte, aber – und wenn schon – einer musste sie ja schließlich kriegen.

Das Tablettennehmen, was sollte das eigentlich? Ich hatte halt ein kleines Problem gehabt, war ein bisschen aus der Spur gekommen und brauchte Zeit, um mich wieder einzukriegen. Jeder konnte ein Problem bekommen, wenn er an eine neue Schule kam. Wahrscheinlich hätte ich gar nicht erst zum Arzt gehen müssen. Warum denn – weil ich mich übergab? Ich musste mich nicht mehr übergeben. Manche Tage aß ich nichts, aber das machten die Leute aus den Zeiten der Bibel andauernd – Fasten war ein wichtiger Teil der Religion, hat mir Mom erzählt. Wir waren in Amerika schon so fett, musste ich auch noch Teil dieses Problems sein?

Und deshalb nahm ich, nachdem ich die letzte Flasche Zoloft aufgebraucht hatte, keine mehr. Ich rief auch Dr. Barney nicht an. Ich schmiss die Flasche einfach weg und sagte mir: *Okay, wenn ich mich noch mal mies fühle, denk ich daran, wie gut ich mich in der Nacht auf der Brooklyn Bridge gefühlt hab.* Tabletten waren was für Schwächlinge, und das war nun vorbei; ich hatte es hinter mir, war wieder ich.

Aber man kommt immer wieder dahin zurück, wo man angefangen hat, Baby, und zwei Wochen später kniete ich wieder im Bad und beugte mich im Dunkeln über die Toilette.

TEIL DREI: *B-BUMM*

vierzehn

Meine Eltern sind draußen und hören, wie ich das Abendessen rauswürge, das ich gerade mit ihnen gegessen habe. Ich sperre die Tür ab und bilde mir ein, ich könnte hören, wie Dad den letzten Bissen kaut, den er in den Mund gesteckt hat, als er vom Tisch aufstand.

»Craig, sollen wir jemanden rufen?«, fragt Mom. »Ist das ein Notfall?«

»Nein«, sage ich und stehe auf. »Das wird schon wieder.«

»Ähm, ja, hey, ich hatte deiner Mutter ja gesagt, sie soll keinen Kürbis machen«, sagt Dad.

»Hm«, sage ich und rappele mich hoch zum Waschbecken. Ich spüle mir den Mund mit Wasser und dann mit Mundwasser und dann noch mal mit Wasser. Meine Eltern löchern mich mit Fragen.

»Sollen wir Dr. Barney anrufen?«

»Sollen wir Dr. Minerva anrufen?«

»Möchtest du Tee?«

»Tee? Gib dem Mann Wasser. Möchtest du Wasser?«

Ich knipse das Licht an.

»Oh! Er hatte das Licht aus. Alles in Ordnung, Craig? Bist du ausgerutscht?«

Ich betrachte mich im Badezimmerlicht. Ja, ich bin okay. Ich bin okay, denn ich habe einen Plan und weiß eine Lösung. Ich werde mich umbringen.

Ich werde es in dieser Nacht tun. Die ganze Sache hier ist doch eine Farce. Ich hab mich für besser gehalten und bin nicht besser. Ich wollte Stabilität gewinnen und kann es nicht. Ich wollte auf eine andere Schiene, aber es gibt keine Schienen. Ich kann nicht essen, nicht schlafen; ich vergeude bloß Rohstoffe.

Für meine Eltern wird das hart. Sehr hart. Und für meine kleine Schwester. So ein hübsches, kluges Mädchen. Kein Blindgänger wie ich, das steht fest. Es wird hart sein, sie zu verlassen. Ganz zu schweigen davon, wie es sie aufwühlen wird. Meine Eltern werden auch meinen, sie hätten versagt. Werden sich die Schuld geben. Es wird das wichtigste Ereignis in ihrem Leben sein, über das sich andere Eltern auf Partys nur flüsternd und hinter ihrem Rücken unterhalten.

Hast du das von ihrem Sohn gehört?
Sich umbringen, schon als Teenager.
Da kommen die nie drüber weg.
Das würde ja auch niemand.
Offenbar haben sie die Warnzeichen nicht erkannt.

Ich sag's mal so: Für mich ist es Zeit, nicht mehr ständig die Gefühle anderer vor meine eigenen zu stellen. Für mich ist es Zeit, mir selbst treu zu bleiben, wie Popstars das immer ausdrücken. Und mein wahres Ich möchte diesen Felsen zersprengen.

Diese Nacht werd ich es tun. Spät in der Nacht. Früh morgens, um ganz genau zu sein. Ich steh auf und fahre mit dem Rad zur Brooklyn Bridge und stürze mich runter.

Bevor ich aber gehe, schlafe ich ein letztes Mal in Moms Bett. Sie hat mich schon bei sich schlafen lassen, wenn es mir mies ging, obwohl ich dafür eigentlich zu alt bin – Dad wird im Wohnzimmer schlafen. Neben ihr ist noch massig Platz, und es ist ja nicht so, als würden wir uns *anfassen* oder so; sie ist einfach bloß da, um mir warme Milch und Haferflocken zu bringen.

Diese Nacht, bin ich ihr schuldig: ihr einziger Sohn verbringt Zeit mit ihr, bevor er geht. Es wäre herzlos, das nicht zu tun. Meinen Dad und meine Schwester werd ich auch umarmen. Einen Abschiedsbrief werde ich aber nicht hinterlassen – so was ist Mist.

»Ich bin okay«, sage ich, sperre die Badtür auf und trete heraus. Meine Eltern bauen sich um mich herum zu einer Umarmung auf, die wie eine Nachahmung der Umarmung aus Aarons Kifferparty ist, als wir uns gegenseitig versicherten, eine strahlende Zukunft liege vor uns.

»Wir haben dich lieb, Craig«, sagt Mom.
»Das stimmt«, sagt Dad.
»Hm«, sag ich.

Mit Dr. Minerva spreche ich über meine Tentakel und Anker. Hier hab ich was für Sie, Frau Doktor: Meine Eltern gehören jetzt zu den Tentakeln und meine Freunde auch. Meine Tentakel haben Tentakel, und die werde ich nie kappen. Mein Anker dagegen, das ist leicht: mich umbringen. Auf die Weise kann ich den Tag bewältigen. Mit dem Wissen, dass ich es tun könnte. Dass ich stark genug bin, um es zu tun, und dass ich das kann.

»Kann ich heute Abend bei dir im Bett schlafen?«, frage ich Mom.

»Klar, Liebling, natürlich.«

Dad nickt mir zu.

»Dann bin ich jetzt bettgehfertig.« Ich gehe in mein Zimmer und such mir die Sachen heraus, in denen ich schlafen will, und mach einen zweiten Stapel mit denen, in denen ich sterben will. Ich hol sie mir, wenn ich am Morgen gehe. Mom verkündet, dass sie warme Milch macht – die wird mir beim Einschlafen helfen. Ich geh zu meiner Schwester ins Zimmer. Sie ist auf und zeichnet an ihrem Schreibtisch eine Küche.

»Ich hab dich lieb, Kleine«, sage ich zu ihr.

»Alles okay?«, fragt sie zurück.
»Ja.«
»Du hast gekotzt.«
»Das hast du gehört?«
»Es klang ungefähr wie öcccchhhhö ecccchhhhö brrriiccchh, na klar hab ich es gehört.«
»Ich hab das Wasser laufen lassen!«
»Ich hab gute Ohren.« Sie zeigt auf ihre Ohren.
»Du bringst die Kotz-Impressionen aber auch gut rüber«, sage ich.
»Ja.« Sie sieht wieder auf ihr Skizzenblatt. »Vielleicht könnte ich, wenn ich groß bin, Comedian werden und auf die Bühne gehen und einfach solche Geräusche machen.«
»Nein«, sage ich, »du könntest was anderes machen, oder vielmehr ich, da ich das ja so gut kann, nämlich auf die Bühne gehen und *wirklich* kotzen. Und die Leute müssten bezahlen, wenn sie da zusehen wollen, so als wär ich ein Profi-Kotzer.«
»Craig, das ist wirklich eklig.«
Ich finde das nicht eklig. Ich halte das sogar für eine gute Idee. Wie hat die Performance-Kunst denn schließlich angefangen?

Lass dich nicht ablenken, Soldat.

Richtig, ich pass auf.

Du hast deine Entscheidung getroffen und hältst auch daran fest, ist das richtig?

Ja, Sir.

Dass du in diesem Zimmer bist, dient dazu, deiner Schwester auf Wiedersehen zu sagen, stimmt's?

Absolut, Sir.

Tut mir leid zu sehen, dass es so weit gekommen ist, Soldat. Ich dachte, du hast eine Zukunft. Aber du musst tun, was du tun musst, und manchmal muss man eben Harakiri begehen, verstehst du?

Ja, Sir.

Ich umarme Sarah. »Du bist sehr lieb und klug und hast tolle Ideen. Halte daran fest.«

»Natürlich.« Sie sieht mich an. »Was hast du denn?«

»Ich bin okay.«

»Dir geht's mies. Versuch nicht, mich für blöd zu verkaufen.«

»Morgen geht es mir besser.«

»Okay. Gefällt dir meine Küche?«

Sie hält sie hoch. Es ist praktisch eine fertige Skizze für eine Einrichtung, aus der Draufsicht, mit Viertelkreisen als Türen und Spüle und Kühlschrank in genauen Details. Sie sieht aus, als würde jemand dafür zahlen.

»Das ist erstaunlich, Sarah.«

»Danke. Was willst du jetzt machen?«

»Ich geh früh ins Bett.«

»Ich wünsch dir, dass es dir besser geht.«

Ich verlasse ihr Zimmer. Mom hat mir schon die warme Milch gemacht und meinen Platz in ihrem Bett hergerichtet.

»Geht's dir besser?«

»Klar.«

»*Wirklich*, Craig?«

»Himmel, ja, klar.«

»Lehn dich an die Kissen.« Ich steige in ihr Bett – die Matratze ist fest und real. Ich ziehe die Füße unter die Decke und koste das Gefühl richtig aus – frisches Leinen, das sich wie kleine Berggipfel um die Füße bauscht. Das ist ein Gefühl, an dem sich jeder erfreuen kann. Mom reicht mir die Milch.

»Es ist erst neun, Craig; du wirst nicht schlafen können.«

»Ich les noch was.«

»Gut. Morgen machen wir einen Termin bei Dr. Barney aus, damit er dir hilft. Vielleicht brauchst du ein neues Medikament.«

»Vielleicht.«

Ich sitze im Bett und trinke die warme Milch und denke an nichts. Das ist eine Gabe, die ich entwickelt hab – ich habe das erst vor Kurzem gelernt. Wie man nichts denkt. Der Trick ist: sich nicht für das zu interessieren, was dich umgibt, nichts für die Zukunft zu erhoffen und es warm zu haben.

Verdammt. Da ist doch jemand, den ich anrufen sollte. Ich ziehe das Handy aus meiner Hosentasche und blättere im Telefonbuch bis zu dem Namen in Großbuchstaben. Drücke WÄHLEN.

»Nia?«, frage ich, als sie rangeht.
»Hi, ja, was gibt's?«
»Ich wollte mit dir reden.«
»Worüber?«
Ich seufze.
»*Ohhh*. Bist du okay, Mann?«
»Nein.«
»Wo bist du«
»Zu Hause. Genau genommen lieg ich bei meiner Mutter im Bett.«
»Hui, wir haben größere Probleme als wir dachten, Craig.«
»Nein! Ich bin bloß hier, weil ich hier besser schlafen kann. Erinnerst du dich nicht mehr, als du klein warst, wenn du im Bett deiner Eltern schlafen durftest, das war doch eine Wonne?«
»Na ja, mein Dad ist gestorben, als ich drei war.«
Mist. Stimmt ja. Manche von uns haben wirklich Grund zum Klagen.
»Richtig, tut mir leid, äh, ich –«
»Ist schon okay. Manchmal hab ich bei meiner Mom geschlafen.«
»Tust du aber wahrscheinlich jetzt nicht mehr.«
»Doch, schon. In denselben Situationen wie du, wette ich.«
»Hm. Was machst du gerade?«
»Sitz zu Hause am Computer.«

»Wo ist Aaron?«

»Zu Hause an seinem Computer. Was willst du, Craig?«

Ich hole Luft. »Nia, erinnerst du dich an die Party, die wir hatten, als wir erfuhren, dass wir alle an die Executive Pre-Professional kommen?«

»Jaaa ...«

»Als du auf die Party kamst, wusstest du da schon, dass du mit Aaron rummachen würdest?«

»Craig, darüber reden wir lieber nicht.«

»Bitte, mach, ich muss wissen, ob ich eine Chance gehabt hätte.«

»Hast du mich gehört?«

»Bitte. Tu so, als würde ich sterben.«

»Gott, du bist richtig melodramatisch.«

»Ja, und?«

»Auf der Party hab ich mein grünes Kleid angehabt, daran erinnere ich mich noch.«

»Ich auch!«

»Und Aaron war sehr nett zu mir.«

»Er hat beim Scrabble neben dir gesessen.«

»Ich wusste schon, dass er mich mag. Aber eine Beziehung mit jemandem, das wollte ich aufschieben, bis ich weiß, was mit der Highschool wird, denn ich wollte mich nicht davon ablenken lassen. Und du und Aaron, ihr wart im Rennen. Ihr habt beide mit mir geredet. Aber du hattest dieses Muttermal am Kinn.«

»*Was?*«

»Weißt du nicht mehr, diese große, haarige Warze? Sie war pockennarbig und eklig.«

»*Ich hatte kein Muttermal!*«

»Craig, ich mach doch nur Spaß.«

»Ach so.« Wir müssen beiden lachen. Ihr Lachen klingt voll, meins leer.

»Du versprichst mir, dass du das nicht falsch auffasst, Craig?«
»Klar«, lüge ich.
»Wenn du aktiv geworden wärst, hätte ich wahrscheinlich, hm, na ja, mitgemacht. Aber du hast nichts getan.«
Verderben.
»Glaub mir, ich hab's langsam satt, mit Aaron zu reden.«
»Warum denn?«
»Er spricht immerzu von sich selber und von seinen Problemen. Wie du. Ihr seid beide so ich-zentriert. Nur dass du nicht so eine hohe Meinung von dir hast, da ist es erträglicher. Aber er hat eine *ganz hohe* Meinung von sich. Das ist anstrengend.«
»Danke, Nia, du bist sehr lieb.«
»Ich geb mir Mühe, weißt du.«
»Was, wenn ich es jetzt versuchen würde?«, frage ich. Ich hab nichts zu verlieren.
»Was denn?«
»Du weißt schon. Wenn ich rüberkommen und sagen würde, scheiß drauf, und vor deinem Haus stehen würde, bis du rauskommst, und dich packen und küssen würde?«
»Ha! Das würdest du doch nie tun.«
»Was, wenn doch?«
»Würde ich dich klepsen.«
»Du würdest mich *klepsen!*«
»Ja. Weißt du noch? Das war so witzig.«
Ich wechsle mit dem Handy ans andere Ohr.
»Gut, ich wollte das nur aufklären.« Ich muss lächeln. Und das stimmt auch. Ich will alles abschließen, wo noch etwas offen ist. Will wissen, wo ich stehe. Bei Nia steh ich im Grunde nirgends, wir sind bloß Freunde. Bei ihr hab ich eine Gelegenheit versäumt, aber das ist okay, das ist mir schon öfter passiert. Ich habe viel zu bereuen.
»Ich mach mir Sorgen um dich, Craig«, sagt Nia.
»Was?«

»Mach keinen Blödsinn, okay?«

»Nein, mach ich nicht«, sage ich zu ihr, und das ist nicht mal gelogen. Was ich tun werde, ist sehr sinnvoll.

»Ruf mich an, wenn du meinst, du machst was Dummes.«

»Bye, Nia«, sage ich. Und forme mit dem Lippen *Ich liebe dich* vor der Sprechmuschel für den Fall, dass einige ihrer Zellen die Schwingungen noch aufnehmen und mir das in meinem nächsten Leben weiterhilft. Falls es ein nächstes Leben gibt, hoffe ich, dass das in der Vergangenheit liegt; ich glaube, die Zukunft wird unbeherrschbar sein.

»Bye, Craig.«

Ich drücke ENDE. Und finde es schon ein bisschen krass, dass dieser Knopf so rot ist.

fünfzehn

Ganz schön dämlich von mir zu glauben, ich würde diese Nacht schlafen können. Nachdem ich die Lampe ausgeschaltet und die Tasse zur Seite gestellt habe, bekomme ich das bekannte Nicht-Schlafenkönnen-Gefühl: als fühle man, wie sich die vier apokalyptischen Reiter im Hinterkopf aufbäumen und ein paar Seile um das Gehirn schlingen und es nach vorn zerren, zum Schädel. *Vergiss es, Kleiner!* sagen sie. *Wen glaubst du denn zum Narren halten zu können? Dachtest du ernsthaft, du wirst um drei in der Nacht aufwachen, um dich von der Brooklyn Bridge zu stürzen, ohne die ganze Zeit über wachzuliegen? Ein bisschen was kannst du uns schon zutrauen!*

In meinem Kopf geht das Karussell los. Ich weiß, es wird schlimmer denn je. Immer wieder ringsherum, eine Karussellfahrt von Aufgaben, von Verpatztem, von Problemen. Ich bin noch jung und vermassele mir schon mein Leben. Ich bin intelligent – aber nicht genug – nur intelligent genug, um Probleme zu haben. Nicht intelligent genug, um gute Noten zu bekommen. Nicht intelligent genug, um eine Freundin zu haben. Mädchen halten mich für schräg. Ich gebe nicht gern Geld aus. Jedes Mal, wenn ich was bezahlen muss, komme ich mir wie beraubt vor. Haschisch rauchen gefällt mir gar nicht, aber ich rauch trotzdem welches und kriege Depressionen. Ich hab nicht genug aus meinem Leben gemacht. Ich treibe keinen Sport. Das Tae Bo hab ich sausen lassen. Mit irgendwelchen sozialen Anliegen hab ich nichts zu tun. Mein einziger Freund baut immer nur Mist, er ist ein Genie und seine Freundin ist das hübscheste Mädchen auf der ganzen Welt – und er weiß es nicht mal. Ich musste eigentlich noch so viel mehr machen. Ich sollte erfolgreich sein und bin's nicht, andere – Jüngere – dagegen schaffen das. Leute, jüngere als ich, sind im Fernsehen und werden bezahlt und gewinnen Stipendien und bringen ihr Leben in Ordnung. Ich bin immer noch ein Niemand. Wann werde ich endlich mal kein Niemand sein?

In meinem Gehirn jagt ein Gedanke den anderen, rennt von hinten nach vorn und fällt vorn bis unter mein Kinn: Ich bin niemand; ich werd es im Leben nie schaffen; ich werde als einer entlarvt, der nicht echt ist, die anderen wissen eh schon Bescheid, dass ich nicht echt bin, ich weiß das bloß noch nicht; ich weiß bloß, dass ich nicht echt bin, aber so tue, als träfe das Gegenteil zu. Und die vielen guten Gedanken – die normalen, solche Gedanken, die seit vorigem Herbst ab und zu aufgetaucht sind – krabbeln vorn aus meinem Kopf weg vor lauter Schreck, was ich da im Hinterkopf hab und was mir aus dem Mark kriecht. Schlimmer kann es nicht werden.

Vor meinen geschlossenen Augen schwimmen die Hausaufgaben vorbei – das Aktienspiel für den Kurs *Einführung in die Wall Street*, der Aufsatz zur Geschichte der Inka, der Mathematiktest; sie erscheinen wie Inschriften auf einem Grabstein. Bald ist das alles vorbei.

Mom steigt neben mir ins Bett. Das bedeutet, es ist immer noch früh. Nicht mal elf. Die Nacht wird so lang werden. Jordan, der Hund, der eigentlich gar nicht am Leben sein dürfte, klettert zu ihr ins Bett, und ich lege die Hand auf ihn, will seine Wärme spüren und mich an ihm trösten. Er bellt mich an.

Ich drehe mich auf den Bauch. Vom Schweiß wird mein Kissen ganz nass. Ich drehe mich auf den Rücken. Der nässt das

Kissen in der anderen Richtung. Ich drehe mich wie ein kleines Kind auf die Seite. Schwitzen Babys? Wie ist das im Mutterleib, schwitzt man da? Diese Nacht wird nie enden. Mom regt sich.
»Craig, bist du noch wach?«
»Ja.«
»Es ist halb eins. Möchtest du Müsli? Manchmal bist du nach einer Schüssel Müsli gleich total weg.«
»Klar.«
»Cheerios?«
Cheerios, die krieg ich sicher runter. Mom steht auf und holt mir welche. Die Schüssel hat einen Berg, so voll ist sie, und ich mache mich mit einer Gier darüber her, wie sie die letzte Mahlzeit im Leben eines Menschen verdient hat – ich schaufele sie in mich rein, als wär das Leben mir was schuldig. Das hier werde ich nicht erbrechen.

Moms Atemzüge neben mir werden gleichmäßig. Ich beginne zu überlegen, wie ich das praktisch anstellen will. Ich werde mein Fahrrad nehmen, so viel weiß ich schon. Diese eine Sache, die wird mir fehlen: an den Wochenenden wie ein Verrückter durch Brooklyn zu radeln, den Autos und Trucks und Geländewagen auszuweichen, aus denen Rohre herausragen, mich mit Ronny zu treffen und dann die Räder an der U-Bahn-Station anzuschließen, um zu Aaron zu fahren. Radfahren ist etwas Reines, Simples: für Ronny ist es die größte Erfindung, die die Menschheit gemacht hat, und obwohl ich das anfangs für dämlich gehalten habe, bin ich mir da jetzt nicht mehr so sicher. Mom erlaubt mir nicht, das Rad zur Schule zu nehmen, deswegen bin ich noch nie über eine Brücke gefahren – das wird das erste Mal sein. Meinen Helm setz ich da wohl nicht auf.

Ja. Ich nehme das Rad, es ist ja eine laue Frühlingsnacht. Ich brause die Flatbush Avenue lang – die Lebensader des wohlhabenden Brooklyn – direkt neben dem Brooklyner Aufgang zur Brücke, wo die Schlaglöcher sind und Cops die ganze Nacht über Wache schieben. Mich würdigen die sowieso keines zweiten Blickes – warum auch? Ist das etwa illegal, ein Junge, der über eine Brücke radelt? Ich fahr die Rampe hoch und gleich in die Mitte, dorthin, wo ich damals schon war, und dann geh ich über die Fahrbahn rüber und werfe einen letzten Blick auf die Verrazano-Brücke.

Was soll ich dann eigentlich mit dem Rad machen? Wenn ich es abschließe, bleibt es an der Brücke stehen, als Indiz, und nach einer Weile brechen sie das Schloss auf oder sägen das Kettenschloss durch. Und das war teuer! Aber wenn ich es *nicht* abschließe, nimmt es erst recht bald jemand mit – es ist ein gutes Rad, ein Raleigh. Und dann gibt es kein Anzeichen dafür, dass ich überhaupt jemals dort war.

Das Rad darf ich nicht verlieren. Ich beschließe, den Schlüssel mitzunehmen, wenn ich runterspringe, dann wissen Mom und Dad, wo ich geblieben bin. Die Cops finden das Rad und benachrichtigen sie. Das wird zwar hart werden, aber dann wissen sie wenigstens Bescheid. Besser, als wenn ich gar nichts hinterlassen hätte.

Wie spät ist es? Für mich ist die Zeit stehen geblieben. Da ich nicht schlafen kann und immer noch schwitze, kann ich, wie mir einfällt, auch irgendetwas tun, das mich ermüdet: Liegestütze. Ich will nicht einschlafen, ich will mich nur körperlich erschöpfen und ein bisschen ausruhen, damit ich die Fahrt zur richtigen Zeit antreten kann, in einer Stunde oder so. Ich stütze mich im Bett auf und nehme die Liegestützposition ein, die auch die richtige Sexposition ist, wie mir einfällt. Dabei hab ich noch nicht mal Sex gehabt – ich werde als Jungfrau sterben. Bedeutet das, dass ich in den Himmel komme? Nein, laut Bibel ist Selbstmord eine Sünde und ich fahre direkt zur Hölle. Schöner Mist.

Liegestütze hab ich beim Tae Bo trainiert. Ich kann das gut. Ich kann sie auf den Fingern und auf den Fäusten und mit flach aufgestützten Händen. Hier neben meiner Mom – von der Seite aus gefilmt, würde eine solche Szene *sehr* schräg aussehen – fange ich an, die Arme zu beugen, eins, zwei, drei ... Ich bewege mich sehr langsam, damit Mom nicht aufwacht – sie hat einen festen Schlaf und bekommt von meiner Übung nichts mit, ihr Kopf ist in die andere Richtung gedreht. Als ich zehn gemacht habe, zähle ich rückwärts: fünf, vier, drei ... bis ich bei fünfzehn aufhöre. Ich sacke auf das Bett.

Dadurch, dass ich in den letzten vierundzwanzig Stunden nur die Cheerios bei mir behalten habe, bin ich so schwach, dass ich nicht mehr kann. Fünfzehn Liegestütze – und ich bin vollkommen fertig. Doch ich spüre etwas in dem Bett. Ich spüre mein Herz schlagen. Es schlägt gegen die Matratze, und durch die Verstärkung hallt es nicht nur im Bett wider, sondern auch in meinem Körper. Ich spüre es in den Füßen, den Beinen, im Bauch und in den Armen. Es schlägt überall.

Ich stütze mich noch einmal auf die Hände. Eins, zwei, drei ... Meine Arme brennen. Mein Hals verbiegt sich. Ein Bett ist nicht der beste Platz für Liegestütze, man sinkt ein. Diese Runde fällt noch schwerer als die vorherige. Doch bei fünfzehn angelangt, mache ich weiter: bis zwanzig. Ich strenge mich an und halte beim Letzten ein Stöhnen zurück und lasse mich auf die Matratze plumpsen.

B-bumm. B-bumm. B-bumm.

Mein Herz hämmert jetzt regelrecht. Es schlägt überall. Es trifft alle Stellen in meinem Körper, und ich spüre, wie das Blut durch mich hindurchgepumpt wird, durch die Handgelenke, die Finger, den Hals. Es will das tun, will die ganze Zeit über so pochen. Törichtes kleines Ding, dieses Herz.

B-bumm.

Fühlt sich gut an, wie es mich reinigt.

B-bumm.

Scheiß drauf. Ich will mein Herz.

Ich will mein Herz, aber mein Kopf funkt mir dazwischen. Ich möchte leben, aber ich möchte auch sterben. Was soll ich machen?

Ich steige aus dem Bett, schaue zur Uhr. Es ist 5:07. Keine Ahnung, wie die Nacht vergangen ist. Mein Herz strahlt dieses Pochen aus, und deshalb bleib ich stehen und schlurfe ins Wohnzimmer und zieh mir ein Buch aus dem Regal meiner Eltern.

Es heißt *Wie man den Verlust einer Liebe übersteht* und hat einen pink-grünen Umschlag. Von dem Buch wurden zwei Millionen Exemplare verkauft; es ist einer dieser Ratgeber, die die Leute überall kaufen, um eine Trennung zu überwinden. Meine Mom hatte es gekauft, als ihr Dad starb, und uns ewig vorgeschwärmt, wie gut es sei. Sie hatte mir auch den Umschlag gezeigt.

Ich blätterte es durch, um zu sehen, wovon es handelte. Im ersten Kapitel hieß es: »Wenn Sie den Drang verspüren, sich selbst zu verletzen, schlagen Sie bitte Seite 20 auf.« Und das hielt ich für ziemlich albern, so wie diese Bücher mit dem Tipp: Suchen Sie sich das Abenteuer, das zu Ihnen passt. Und ich blätterte auf Seite 20, und dort stand dann, man solle die Telefonseelsorge anrufen, weil Selbstmordgedanken ein medizinischer Notfall seien und man sofort medizinische Hilfe benötige.

Im Dunkeln gehe ich jetzt von *Wie man den Verlust einer Liebe übersteht* zu Seite 20.

»Jede Stadt unterhält eine Suizid-Hotline, die Sie unter den Behörden und Abteilungen der Stadtverwaltung in den Gelben Seiten finden«, steht da.

Okay. Ich gehe in die Küche und schlage die Gelben Seiten auf.

Die Einträge der Stadtverwaltung zu finden ist nicht leicht. Ich hatte geglaubt, das wären die grün eingefärbten Seiten, aber wie sich herausstellt, sind das die Seiten mit den Restaurants.

Die Seiten der Stadtverwaltung sind blau und ganz vorn, aber da stehen bloß lauter Telefonnummern für wohin man sich wenden muss, wenn das Auto abgeschleppt wurde, wenn es Rattenbefall im Haus gibt ... Ah, hier: *Gesundheit*. Giftnotruf, dringende medizinische Hilfe, *psychische Gesundheit*. Es gibt eine ganze Latte von Nummern. Die erste in der Rubrik heißt schon »Suizid«. Es ist ein Ortsruf, und ich wähle die Nummer.

Ich stehe im Wohnzimmer, die Hände in den Hosentaschen, und höre das Freizeichen.

sechzehn

»Hallo.«

»Hi, ist da die Suizid-Hotline?«

»Hier spricht das Brooklyner Zentrum für Angst-Management.«

»Oh, äh ...«

»Wir arbeiten mit den Samaritern zusammen. Wir übernehmen die Anrufe der New Yorker Suizid-Hotline, wenn der Ansturm dort zu groß wird. Mein Name ist Keith.«

»Die Suizid-Hotline ist im Moment *überlastet*?«

»Ja – es ist Freitagnacht. Das ist unser schlimmster Tag.«

Großartig. Noch im Selbstmord bin ich ganz gewöhnlich.

»Wie stellt sich das, äh, Problem bei Ihnen denn dar?«

»Eigentlich bin ich nur, äh, ich bin sehr deprimiert und möchte mich umbringen.«

»Hm-hm. Wie ist Ihr Name?«

»Ähm ...« *Was nehm ich schnell als Pseudonym, was nehm ich schnell als Pseudonym?* »Scott.«

»Und wie alt sind Sie, Scott?«

»Fünfzehn.«

»Und warum wollen Sie sich umbringen?«

»Ich habe eine echte Depression, ich meine, ich bin nicht bloß ... niedergeschlagen oder sonst was. Ich bin an eine neue Schule gekommen und kriege das dort nicht hin. Ich fühl mich inzwischen so schlecht wie in meinem ganzen Leben noch nicht, und ich will mich einfach nicht mehr damit rumplagen.«

»Sie sagen, Sie haben eine echte Depression. Nehmen Sie Medikamente?«

»Hab ich. Zoloft.«

»Und, was ist passiert?«

»Ich hab damit aufgehört.«

»Aha. Das war vielleicht keine gute Idee, wissen Sie.«

Keith hört sich an, als wolle er gerade den ganzen Beratungssermon ablassen. Vor meinem geistigen Auge sehe ich einen dünnen Kerl im College-Alter mit einer Nickelbrille, der an einem Schreibtisch sitzt, von einer kleinen Leselampe beleuchtet, aus dem Fenster sieht und zu dem guten Werk, das er gerade tut, dauernd nickt.

»Viele bekommen Schwierigkeiten, wenn sie ihre Medikamente nicht mehr nehmen.«

»Na ja, egal warum, ich komm eben jetzt nicht mehr klar.«

»Haben Sie eine Vorstellung, wie Sie sich umbringen würden?«

»Ja. Ich würde von der Brooklyn Bridge springen.«

Ich höre Keith irgend etwas tippen.

»Also, Scott, wir sind nicht die Suizid-Hotline, aber wenn Sie das wollen, wir bieten eine fünfstufige Übung zur Angstbewältigung an. Würden Sie es damit probieren wollen?«

»Ähm ... sicher.«

»Könnten Sie sich einen Stift und ein Blatt Papier holen?«

Ich gehe zu den Schubladen im Wohnzimmer und nehme mir einen Bleistift und Papier. Damit gehe ich ins Bad und setze mich mit Keith auf die Toilette. Das Licht ist an.

»Erstens, okay? Notieren Sie sich ein Ereignis aus Ihrem Leben. Irgendwas, das Sie erlebt haben.«

»Egal, was für eins?«

»Ja, genau.«

»Okay ...« Ich schreibe *Vorige Woche Pizza gegessen* auf.
»Fertig?«, fragt Keith.
»Ja.«
»Jetzt notieren Sie dazu, wie Sie sich dabei *gefühlt* haben.«
»Okay.« Ich schreibe: *Gut gefühlt, gesättigt.*
»Jetzt notieren Sie, was Ihnen zu dem Ereignis einfällt, wenn Sie ›ich wäre‹ oder ›ich hätte sollen‹ überlegen.«
»Was zum Beispiel?«
»Dinge, die Sie da bedauert haben oder Dinge, bei denen Sie dachten, dadurch wäre es noch besser gewesen.«
»Moment, äh, ich glaub, dafür hab ich nicht das richtige Ereignis aufgeschrieben.« Hektisch radiere ich meine erste, mit 1. gekennzeichnete Aussage aus. Anstelle von *Pizza gegessen* notiere ich bei 1) *Moms Kürbis erbrochen*, bei 2) *Dachte dabei, dass ich mich umbringen will*, und sage gleichzeitig dauernd zu Keith, er soll dranbleiben, ich hätte es falsch gemacht.

»Ruhig noch die ›ich wäre‹ und ›ich hätte sollen‹ dazuschreiben«, redet er mir zu.

Na, ich *hätte* den Kürbis bei mir behalten sollen, dann *wäre* ich auch satt gewesen. Ich schreibe das auf.

»Jetzt notieren Sie zu dem Erlebnis *nur das, was Sie tatsächlich tun mussten.*«
»Was ich tun *musste*?«
»Genau. Denn auf der Welt gibt es kein *wäre* oder *hätte sollen.*«
»Das gibt's gar nicht?« Ich beginne gerade ein bisschen an Keith zu zweifeln. Für jemanden, der auf dem Gebiet der Angstbewältigung arbeitet, stellt er mir eine Aufgabe, die ziemlich irritierend und angstauslösend klingt.

»Nein«, sagt er. »Es gibt nur Dinge, die *anders ausgegangen sein könnten.* Wäre und hätte gibt es im Leben nicht, verstehen Sie? Es gibt nur Dinge, die anders hätten kommen können.«
»Ah.«

»Man kann nicht wissen, was wirklich passiert wäre, wenn man dem *ich wäre* oder *ich hätte* gefolgt wäre. Vielleicht hätte das Leben einen noch schlechteren Verlauf genommen, könnte doch sein?«

»Na ja, eigentlich doch nicht, denn schließlich sitze ich jetzt mit Ihnen am Telefon.«

»Worum es wirklich im Leben geht, sind *Bedürfnisse*, und Bedürfnisse hat man nur drei: Nahrung, Wasser, Wohnung.«

Und *Luft*, denke ich. Und *Freunde*. Und *Geld*. Und *die eigenen Gedanken*.

»Als nächsten Schritt notieren Sie einfach, was Sie bei dem Ereignis tatsächlich tun *mussten*, und vergleichen das mit den *wäre* und *hätte*, die Sie bei sich angegeben haben.«

»Wie viele Schritte sind das denn hier?«

»Fünf. Der fünfte ist der wichtigste. Wir sind bei vier.«

»Wissen Sie, eigentlich wollte ich, äh –« ich schaue auf das Blatt Papier, das mit halb wieder ausradiertem Gekritzel über Pizza und Kürbis bedeckt ist – »wollte ich mit den Leuten von der Suizid-Hotline reden, mir geht es nämlich wirklich ... schlecht.«

»In Ordnung«, sagt Keith seufzend.

Ich bin besorgt, dass er denkt, er hätte seine Sache nicht gut gemacht, und sage deshalb: »Ist schon okay. Sie haben mir echt geholfen.«

»Es ist schwer mit jungen Leuten«, sagt er. »Es ist wirklich sehr schwer. Haben Sie die 1-800-SUIZID angerufen?«

1-800-SUIZID! Natürlich! Darauf hätte ich gleich kommen können. Wir sind in Amerika. Alle haben eine 1-800er Nummer.

»Das ist der Notruf, der gilt landesweit. Und dann gibt es noch die örtliche Suizidprävention ...« Keith gibt mir eine zweite Nummer.

»Danke.« Ich schreibe mir beide auf. »Vielen Dank.«

»Keine Ursache, Scott«, sagt er. Ich drücke AUFLEGEN – das sind die ersten Anrufe seit Langem, die ich nicht mit dem Handy mache – und wähle 1-800-SUIZID.

Echt bequem, dass Suizid sechs Buchstaben hat, denke ich.

»Hallo«, sagt eine Frau.

»Hi, ich ...« Ich erzähl die Geschichte, wie ich sie eben schon Keith erzählt habe. Der Name der Frau ist Mariza.

»Sie haben also mit dem Zoloft aufgehört?«, fragt sie.

»Ja.«

»Na ja, das sollten Sie eigentlich aber schon länger nehmen ... ein paar Monate oder so.«

»Ich *hab* es ein paar Monate lang genommen.«

»Manche brauchen das über Jahre. Mindestens vier bis neun Monate.«

»Hm, ich weiß, aber es ging mir besser.«

»Okay, und wie geht es Ihnen jetzt?«

»Ich möchte mich umbringen.«

»Okay, Scott, also, Sie wissen, dass Sie noch sehr jung sind, und Sie hören sich sehr klug an.«

»Danke.«

»Highschool kann die Härte sein, ich weiß.«

»So hart ist es gar nicht. Ich komm nur einfach nicht klar damit.«

»Wissen Ihre Eltern, wie es Ihnen geht?«

»Sie wissen, dass ich schlecht drauf bin. Sie schlafen gerade.«

»Wo sind Sie?«

»Ich sitze im Bad.«

»Zu Hause?«

»Ja.«

»Sie wohnen bei Ihren Eltern?«

»Ja.«

»Wenn Sie Selbstmord begehen wollen, wissen Sie, betrachten wir das als medizinischen Notfall. War Ihnen das klar?«

»Hm, ein Notfall.«

»Wenn Ihnen danach ist, müssen Sie ins Krankenhaus gehen, okay?«

»So?«

»Ja, Sie gehen gleich zur Notaufnahme, und dort wird man sich um Sie kümmern. Die Leute da wissen, was zu tun ist.«

Die Notaufnahme? Da war ich seit der Grundschule nicht mehr, und damals war ich mal von einem Schlitten angefahren worden und hatte das Bewusstsein verloren. Blut kam aus einem Ohr, und als ich wieder aufwachte, war mir, als ob ich drei Tage geschlafen hätte, und ich wusste nicht genau, welches Jahr wir schrieben. Die haben mich damals über Nacht in der Notaufnahme behalten und eine Magnetresonanztomographie mit mir gemacht, um auszuschließen, dass mein Gehirn gequetscht war, und mich dann nach Hause entlassen.

»Gehen Sie in die Notaufnahme, Scott?«

»Äh ...«

»Sollen wir Ihnen einen Krankenwagen rufen? Wenn Sie nicht selber in die Notaufnahme gehen können, können wir Ihnen einen Krankenwagen schicken.«

»Nein, nein. Das ist nicht nötig.« Dass die Nachbarn sehen, wie ich weggekarrt werde, kann ich *nicht* brauchen. Außerdem, aber das merke ich jetzt erst, wohne ich *direkt* neben einem Krankenhaus. Es ist zwei Blocks entfernt – eine hohes graues Gebäude mit großen Tanks voll mit gefrorenem Sauerstoff an der Frontseite und Bauwagen, die ständig neue Flügel an das Gebäude anfügen. Das Argenon-Krankenhaus. Da kann ich sogar hinlaufen. Das ist vielleicht nicht mal schlecht. Und wenn ich erst mal dort bin, brauch ich nichts mehr zu machen. Ich sage denen einfach, was mit mir los ist, und die geben mir Medikamente. Vielleicht geben sie mir irgendwelche neuen Tabletten – vielleicht ist das schnell wirkende Zoloft ja inzwischen erfunden. Und ich komm gleich wieder nach Hause. Mom und Dad kriegen es nicht mal mit.

»Scott?«

»Ich geh. Ich muss ...«

»Müssen Sie Ihre Sachen anziehen?«

»Genau.«

»Das ist großartig. Das ist wundervoll. Sie tun das Richtige.«

»Okay.«

»Sie sind noch sehr jung. Wir wollen Sie nicht verlieren. Sie sind gerade sehr tapfer.«

»Danke.« Ich finde meine Schuhe. Nein, zuerst die Hose. Ich ziehe meine Khakihose an. Ich finde aber bloß meine guten Schuhe, das Paar, das ich an dem einen Nachmittag trug, als ich bei Dr. Minerva war, eine Ewigkeit ist das her. Sie sind von Rockport, glänzen und sind vorne spitz.

»Sind Sie noch dran?«

»Ja, ich hol mir nur gerade meine Kapuzenjacke.« Ich nehme sie vom Haken und streife sie über. Fasse wieder nach dem Telefon.

»Okay.«

»Sie sind sehr tapfer, Scott.«

»Danke.«

»Sie gehen ins Krankenhaus, ja? In welches?«

»Argenon.«

»Die Leute da sind wunderbar. Ich bin stolz auf Sie, Scott. Sie tun das Richtige.«

»Danke, Mariza. Vielen Dank.«

Ich lege auf und gehe zur Tür hinaus. Jordan kommt angetappt, als ich gerade zur Tür rauswill, schaut mich mit schräg gehaltenem Kopf an. Er bellt nicht.

TEIL VIER: KRANKENHAUS

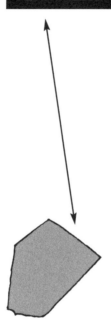

siebzehn

Um halb sechs am Morgen ist die Notaufnahme fast leer – keine Ahnung, wie ich so ein Glück haben konnte. Eine lange Bank aus Blech ist mit ein paar Leuten gesprenkelt. Ein spanisches Pärchen läuft herum, die Frau jammert über ihr Knie. Eine alte Frau und ihr bulliger Sohn, beides Weiße, füllen nebeneinander Formulare aus. Ein Schwarzer mit Brille sitzt am Bankende, knackt Erdnüsse und steckt die Schalen in seine linke Westentasche und die Nüsse in die rechte. Im Grunde könnte das ein altmodisches Wartezimmer einer Arztpraxis sein. Wenn der mit den Erdnüssen nicht wäre.

Ich gehe zum Empfang. ANMELDUNG. Die ist mit zwei Angestellten besetzt; die eine sitzt, die zweite steht hinter ihr. Die zweite, die steht, sieht ungefähr so alt aus wie ich – vermutlich kriegt sie das als Zusatzpunkte in der Schule angerechnet.

»Ich muss, äh, aufgenommen werden. Mich anmelden«, sage ich.

»Füllen Sie ein Formular aus, dann kommt die Schwester bald zu Ihnen«, sagt die Sitzende. Die Stehende füllt Briefumschläge und beäugt mich. Kenne ich die von irgendwoher? Um mein Gesicht zu verstecken, schnuppere ich an meinen Achseln.

Ich nehme den fotokopierten Bogen, der mir gereicht wird. Darauf werden Geburtsdatum und Anschrift, die Namen der Eltern und Telefonnummern und Name der Krankenversicherung erfragt. Mit Krankenversicherungen kenne ich mich nicht besonders aus, aber ich weiß, dass meine Sozialversicherungsnummer quasi meine Ausweisnummer ist, und trage deshalb die ein. Das Formular ausfüllen, das fühlt sich irgendwie gut an, so als bewürbe ich mich bei einer besonderen Akademie.

Ich lege den ausgefüllten Bogen in einen kleinen schwarzen Korb, der an der Seite der Anmeldung hängt. Vor meinem Bogen liegt nur noch ein weiterer; ich setze mich neben den Mann mit den Erdnüssen. Starre den Boden an, der mit etwa dreißig Zentimeter langen roten und weißen Kacheln ausgelegt ist. Es sieht wie ein Schachbrett aus, und stelle mir vor, wie ein Springer da drüber zieht. Ich bin so verrückt. Bin total abgedreht. Das hier wird nichts bringen. Ich sollte gehen. Ist es zu spät? Mein Fahrrad steht bei mir zu Hause im Flur. Ich kann es machen. Ich bin stark genug.

»Craig?« Eine Frau steckt den Kopf zu einer Tür am Ende der Anmeldung heraus.

Ich stehe auf. Das spanische Pärchen protestiert – sie waren vorher da. Jemand kommt heraus und spricht auf Spanisch mit ihnen. Tut uns leid, Leute.

»Komm«, lockt sie mich. »Ich bin die Schwester.«

Ich gebe ihr die Hand.

»Setz dich.« Ich betrete ihr langes, schmales Zimmerchen, in dem ein Computer und zwei Stühle stehen und eine Ansammlung von Schläuchen und Mänteln an Haken an der Wand hängt. Durch ein Fenster am Ende des Schlauchzimmers geht die Sonne auf. Mir gegenüber hängt ein Plakat zum Thema häusliche Gewalt: *Wenn Ihr Mann Sie schlägt, Sie zum Sex zwingt, über Ihr Geld verfügt oder Sie wegen der Einwanderungspapiere unter Druck setzt, sind Sie ein Opfer!*

Die Schwester – klein, lockiges Haar und ein plumpes Gesicht – greift zu den Haken hinter sich und faltet eine Blutdruckmanschette auf. Die hab ich immer gern gehabt. Nicht dass sie so angenehm wären, es fühlt sich nur immer an, als könnte es noch schlimmer sein. Die Schwester befestigt sie an einem Lesegerät und pumpt mich auf.

»Also, was fehlt uns denn, Sorgenkind?«, fragt sie.

Sorgenkind? Ich weihe sie ein.

»Hast du dir was angetan? Wolltest du dich ritzen, wolltest du dir etwas antun, bist du vielleicht sogar schon wo gewesen?«

»Nein. Ich hab die 1-800-SUIZID angerufen, und die haben mich hier hergeschickt.«

»Gut. Wunderbar. Du hast das Richtige getan. Die sind wirklich großartig.«

Sie nimmt die Manschette ab, dreht sich um und tippt Informationen in den Computer. Sie liest auf meinem Bogen, der auf einem Tablett rechts neben dem Monitor liegt, die Spalte, wo ich »möchte mich umbringen« als Grund für mein Kommen eingetragen habe.

»Also, nimmst du irgendwelche Medikamente?«

»Zoloft. Aber ich hab damit aufgehört.«

»Du hast aufgehört?« Sie reißt die Augen auf. »Das bekommen wir oft zu hören.« Sie tippt. »Eigentlich solltest du das nicht machen.«

»Ich weiß.« Ich bin froh, dass ich etwas Konkretes habe, das ich angeben kann, etwas, worauf alle mit dem Finger zeigen können.

»Jetzt konzentrier dich mal und überleg, wie es dir jetzt geht. Ich möchte, dass du dir das merkst – fürs nächste Mal, wenn du meinst, du brauchst deine Medikamente nicht mehr zu nehmen. Abgemacht?«

»Okay.« Ich tu es in den Speicher; ich fühle mich tot, ausgelaugt, grässlich, am Boden und zu nichts zu gebrauchen. So ein Gefühl vergisst man nicht.

»Alles wird gut, mein Sorgenkind«, sagt sie.

Ich linse auf den Schirm, was sie in den Computer tippt. Unter »Grund für die Aufnahme« schreibt sie SELBSTMORDGEDANKEN.

Wäre ein ganz guter Bandname, fällt mir ein.

»Komm mit«, sagt sie und steht auf. Der Drucker dahinter spuckt ächzend und ratternd irgendetwas aus. Die Schwester greift nach hinten und zieht zwei Aufkleber hervor, klebt sie auf ein Plastikarmband, das an ihrem Gürtel hängt, der wie ein Handwerkergürtel mit Taschen aussieht, und bindet es mir um das rechte Handgelenk.

Ich schaue nach unten. Auf beiden Aufklebern steht *Craig Gilner* und daneben meine Sozialversicherungsnummer und ein Barcode.

»Warum krieg ich zwei?«, will ich wissen.

»Weil du etwas *ganz* Besonderes bist.«

Sie geht mit mir aus ihrem Zimmerchen in die eigentliche Notaufnahme. Wir passieren Kabinen, deren Vorhänge teils zu- und teils aufgezogen sind; es ist eine bunt zusammengewürfelte Truppe, die sich am frühen Sonntagmorgen hier eingefunden hat. In ihrer übergroßen Mehrheit sind es alte Leute – vor allem Frauen, Weiße, in denen Schläuche stecken und die schreien und stöhnen. Sie schreien nach Wasser – »*Waaa-ssaaa, Waaa-ssaaa!*« – und finden kein Gehör. Die Ärzte – Ärzte sind doch die mit den weißen Kitteln, Krankenschwestern und Pfleger tragen blau, oder? – schlendern vorbei, Klemmbretter vor der Brust. Einer hat einen so zotteligen blonden Bart, wie ich ihn bei einem Arzt niemals erwartet hätte – sein Name ist Dr. Kepler. Auf seinem Schildchen steht ARZT IM PRAKTIKUM, er ist also noch am College. Das ist eines von den Dingen, die ich werden könnte, wenn ich nicht so kaputt wäre.

»Hier lang«, sagt die Schwester.

Piepsen begleitet uns auf unserem Weg. Es kommt von überall, ein Dutzend verschiedener Geräusche – laute und beängstigende und Zufallspiepser. Ich frage mich gerade, ob die auch mal alle gleichzeitig ertönen, da kommen wir an zwei riesigen fahrbaren Metallwagen vorüber, in denen blassgelbe, in Plastik eingehüllte Tabletts stehen. Das Krankenhausfrühstück. Eine Schwester fährt sie durch eine Tür mit der Aufschrift ESSENSZUBEREITUNG.

Wir passieren eine Gruppe junger Chicanos auf Tragen, die aussehen, als wären sie alle an derselben Kneipenschlägerei beteiligt gewesen. Einer hat einen Verband im Gesicht, einer zeigt, an einen Arzt gewandt, auf seine Brust, und noch einer rollt sein Hosenbein hoch und weist auf etwas hin, das wie der Biss eines Hais aussieht. Der Arzt herrscht ihn auf Spanisch an, und der Mann lässt sein Hosenbein wieder herunter. Wir kommen an einer Batterie von Computern vorbei, und hier sagt die Schwester, ich soll warten – und winkt einen Arzt herbei, einen Inder. Der nimmt eine fahrbare Trage, ein sehr kompliziertes und womöglich teures Gerät, wie sich aus der Nähe erweist, aus dem überall rote und schwarze Hebel herausstehen, und schiebt sie in einen seitlich abgehenden Raum mit der Nummer 22.

Viel mehr als die Trage passt in den Raum auch nicht hinein. Eine Tür ist nicht dran, nur ein kleiner Vorraum. Die Wände sind gelb. Die Schwester bringt mich hier hinein.

»Der Arzt kommt gleich zu dir«, sagt sie.

Es ist hell. Höllisch hell. Und ich habe nicht geschlafen. Ich setze mich auf die Trage. Was soll ich hier machen? Ich kann nichts tun. Es gibt nicht mal Kleiderhaken.

Vor der 22 liegt ein Schwarzer mit Dreadlocks neben einem Vorhang auf einer Trage. Er ist gut gekleidet, dunkelbraun, dazu schwarze Schuhe wie meine, und er hält sich die Hüfte und *windet sich* vor Schmerzen. So etwas habe ich bisher nur in Filmen gesehen: einen Mann, der sich ein Körperteil hält, das Gesicht verzieht und sich herumwälzt, stoßweise atmet, die

Zähne bleckt und ständig »Schwester, Schwester, *bitte*« hervorpresst. Es scheint, als habe er sich die Hüfte verrenkt. Er rollt sich auf die Seite und dann wieder auf den Rücken, aber nichts scheint zu helfen.

Wer ist schlechter dran, Soldat, du oder er?

Ich weiß es nicht, Sir!

Das war eine Fangfrage, Soldat.

Na ja, offenbar wohl er. Ich meine, ich sitze hier gemütlich; er stirbt praktisch da draußen.

Ich habe mehr von dir erwartet, Junge.

Wieso?

Du bist ein kluger Bursche. Du müsstest es merken, wenn jemand etwas vortäuscht. Und, Soldat –

Ja.

– Gute Arbeit da draußen. Ich bin froh, dass du noch an Bord bist.

Ich fühl mich aber nicht besser.

Im Leben geht es nicht darum, sich besser zu fühlen. Da tut man, was getan werden muss.

Ich sehe mir den Schwarzen noch einmal an, und als ich das gerade tue, betritt ein bulliger Polizist die Bühne, der kurz geschnittenes Haar und diese komischen Fettfalten an der Hinterseite des Halses hat; der Polizist hat eine Zeitung und einen Becher Kaffee dabei. Er nimmt sich einen orangen Plastikstuhl und setzt sich draußen hin, direkt vor mich, zwischen Raum 22 und Raum 21, der genauso winzig und offen ist.

»Hey, wie geht's?«, sagt der Polizist. Er spricht langsam und ruhig. »Ich heiße Chris. Wenn du was brauchst, sag mir Bescheid.« Er lehnt sich an und schlägt die Zeitung auf.

Der Schwarze stöhnt jetzt in einem fort und verrenkt die Augen nach jeder vorübergehenden Schwester. Er hält sich seine Hüfte mit beiden Händen. Vielleicht ist es ein Heroinsüchtiger. Die kommen ins Krankenhaus und tun so, als seien sie verletzt, um Morphium zu kriegen. Ich schaue ihm minutenlang zu, will herauskriegen, ob er echt oder ein Schwindler ist. Uhren gibt es hier keine, nur Piepser.

Chris raschelt mit der Zeitung. Auf Seite zwei steht ein Artikel »86 Stockwerke nach unten: Mann stürzt sich vom Empire State.«

»Großer Gott«, sage ich. Ich kann es gar nicht glauben. »Geht's da um einen, der vom Empire State Building gesprungen ist?«

»Nein.« Chris lächelt, sieht über die Schulter hinweg zu mir herüber. »Keineswegs.« Er schlägt die Zeitung wieder um. »Du sollst das gar nicht sehen.«

Ich muss lachen. »Das ist zu viel.«

»Er hat überlebt!«, sagt Chris.

»Klar, aber immer.«

»Doch. Und das wirst du auch.«

Hat dem jemand erzählt, was ich vorhatte? Oder werden alle mit psychischen Problemen in Raum 22 gebracht?

»Wie hat er das gepackt? Ist er an einem Baum hängen geblieben?«

Aber Chris hat schon zur Seite vier umgeblättert. »Du sollst das gar nicht sehen.«

Jemand muss ihm was gesteckt haben. Er ist ein Cop und dafür verantwortlich, dass in der Notaufnahme alles in Ordnung ist, und jemand wird ihm gesagt haben, dass in 22 ein Junge mit Depressionen sitzt, und jetzt will er mir halt helfen.

Ich lege mich auf meine Trage, ziehe die Kapuzenjacke aus und lege sie mir übers Gesicht. Es ist nicht dunkel genug. Ich werde nicht schlafen können. Ich schwitze. Ich möchte Liegestütze machen, aber das kann ich auf der Trage nicht, und sie auf dem gekachelten Boden zu machen ist wahrscheinlich keine so gute Idee, denn wie frisch gewischt sieht der nicht aus. Es ist ja nicht nötig, dass ich wegen Depressionen das

Argenon-Krankenhaus aufsuche und mit einer Diphtherie wieder rauskomme.

»Schwester! Schwester! *Bitte!*«, stöhnt der Schwarze.

»*Waaa-ssaaa. Waaa-ssaaa*«, krächzt eine Frau.

»Hey, was gibt's?« Chris hat sein Telefon abgenommen.

»Nein, ich bin dran.«

Piep, irgendetwas piept.

Das sind die Geräusche im Krankenhaus, Krankenhaus, Krankenhaus.

»Hallo, Craig.«

Eine Ärztin betritt meinen Raum 22. Sie hat langes, dunkles Haar, ein rundes Gesicht und hellgrüne Augen.

»Hey.«

»Ich bin Dr. Data.«

»Dr. *Data?*«

»Ja.«

Hm. Ich möchte sie fragen, ob sie ein Android ist, aber das wäre nicht gerade respektvoll, außerdem bin ich nicht dazu aufgelegt.

»Was ist los?«

Ich erzähl ihr die Geschichte. Sie wird jedes Mal kürzer. Ich wollte mich umbringen, ich hab die Nummer angerufen, ich bin hergekommen. *Bla-bla-bla.*

»Du hast das Richtige getan«, sagt sie. »Das passiert vielen: Sie setzen ihre Medikamente ab und kommen in große Schwierigkeiten.«

»Das hat man mir auch gesagt.«

»Und, abgesehen davon, dass du von der Brooklyn Bridge springen wolltest, hast du noch irgendwas? Hast du Dinge gesehen? Gehört?«

»Nö.« Über den von der Armee sag ich nichts. Dieselbe Regel wie bei Dr. Barney.

»Wissen deine Eltern, dass du hier bist?«

»Nein.«

»Okay, dann sag ich dir mal, was wir für dich tun können, Craig.« Sie zieht ihr Stethoskop hervor, hält es in den Händen und verschränkt die Arme. Sie ist hübsch. Ihre Augen schauen ernst und schön. »Heute ist Samstag, und samstags sind unsere besten Psychologen hier, die richtig guten. Ich empfehle dir, dass du mit Dr. Mahmoud sprichst. Er wird bald kommen, und er wird dir die Hilfe geben, die du brauchst.«

Sofort sehe ich vor meinem geistigen Auge, wie mich Dr. Mahmoud in sein Sprechzimmer bringt, ein besonderes Psychiaterzimmer hier im Argenon-Krankenhaus. Es muss sehr nett und spartanisch sein. Vermutlich steht da eine schwarze Couch, es hat ein breites Fenster und ein paar Picassos. Da geht er mit mir hin; wir machen ein bisschen Notfall-Therapie; ihm gelingt das Kunststück, das Dr. Minerva bei mir nicht fertiggebracht hat, er bringt die Wende zustande, verschreibt mir noch einmal Zoloft (vielleicht das schnell wirkende!), und schwups, bin ich wieder draußen.

»Klingt ganz vernünftig.«

»Also, du musst deine Eltern informieren, wo du bist, denn wenn Dr. Mahmoud zu dir kommt, braucht er sie. Sie müssen für dich unterschreiben.«

»*Oh!*«

»Ist das ein Problem?«

»Nein. Das geht schon.«

»Wo sind deine Eltern?«

»Zwei Blocks entfernt.«

»Sie leben zusammen? Unterstützen dich?«

»Ja.«

»Sind sie einverstanden, dass du hier bist?«

Ich seufze. »Ja. Der Einzige, der nicht okay ist, bin … ich.«

»Keine Sorge, so was passiert *vielen*. Das hängt oft mit Stress zusammen. Atme doch mal, Craig.« Sie hält das Stethoskop an meinen Rücken und lässt mich dreimal tief Luft holen, husten, die übliche Prozedur. Die Eier braucht sie nicht zu untersuchen, und das ist cool – schließlich haben wir hier ja keine Tür.

Ich sehe nach draußen, während sie mich untersucht. Bei dem Schwarzen ist eine Schwester, die sich über ihn beugt.

»Dr. Mahmoud kommt bald runter. Bitte ruf deine Eltern an und sorg dafür, dass sie innerhalb von zwei Stunden da sind.

Zwei Stunden, Mann. Ich muss noch zwei Stunden warten?

»Verstanden.«

Dr. Data nickt mir zu. »Wir werden dir helfen.«

»Okay.« Ich versuche zu lächeln.

Sie geht hinaus. Das mit den Eltern, denke ich, bringe ich wohl so bald wie möglich hinter mich. Ich klappe mein Handy auf. In der Notaufnahme ist kein Empfang. Ich verlasse den Raum, um ein Telefon zu suchen.

Chris erhebt sich von seinem Stuhl.

»Hey du, hab ich dir nicht gesagt, du sollst es mir sagen, wenn was ist? Was brauchst du?«

Ich drehe mich um und sehe ihn an, betrachte seine Marke und seinen Schlagstock. Jetzt begreife ich, was er ist. Er ist nicht sowieso hier oder weil es die Notaufnahme ist; er ist zu *meinem Schutz* da. Wenn man mit einer psychischen Störung ein Krankenhaus aufsucht, *stellen die einem einen Cop zur Seite, damit man sich nichts antut.* Ich bin als Suizidgefährdeter unter Beobachtung. Sie wollen sich umbringen und rufen die 1-800-SUIZID an, und prompt stellt man Sie unter Beobachtung.

»Ähm, ich muss meine Mom anrufen.«

»Kein Problem. Die Telefone sind gleich hier. Die Neun vorwählen.« Er nickt.

Die Telefone sind ungefähr einen Meter entfernt. Aber Chris stemmt die Hände in die Seiten und passt auf wie ein Schießhund, als ich einen Hörer abhebe.

achtzehn

Hi, Mom, ich bin im Krankenhaus. Nein.
Hey, Mom, sitzt du gerade? Hm.
Mom, du glaubst nicht, von wo ich dich gerade anrufe! Gar nicht.
»Hey, Mom«, sage ich, als ich ihr gestöhntes Hallo höre.
»Wie geht's?«
»Craig! *Wo bist du?* Ich bin grad – du hast mich gerade geweckt, und du bist nicht im Bett! Bist du okay?«
»Ich bin okay.«
»Bist du bei Aaron?«
»Äh ...« Ich sauge Luft durch die Zähne. »Nein, Mom. Ich bin nicht bei Aaron.«
»Wo bist du?«
»Ich, äh ... ich hab die Nacht echt nicht mehr weiter gewusst und es ging mir total schlecht, da bin ich, äh, ins Argenon-Krankenhaus gegangen.«
»Ach du lieber Gott.« Sie verstummt, hält den Atem an. Ich höre, wie sie sich setzt und tief ausatmet. »Du ... bist du okay?«
»Na ja – ich wollte mich umbringen.«
»Oh, *Craig!*« Sie bricht nicht in Tränen aus, aber ich höre, wie sie ihr Gesicht auf die Hände sinken lässt.
»Es tut mir leid.«
»Nein, nein! Es tut *mir* leid. Ich hab geschlafen! Ich hab es nicht gewusst!«

»Bitte, Mom, woher solltest du das denn auch wissen?«

»Ich wusste, dass es dir schlecht geht, aber *das* war mir nicht klar. Was hast du gemacht? Wie bist du da hingekommen?«

»Mach dir keine Sorgen. Ich hab nichts gemacht. Ich hab dein Buch in der Hand gehabt.«

»Was, die Bibel?«

»Nein, dieses *Wie man den Verlust einer Liebe verkraftet*. Wunderbares Buch.«

»Übersteht. *Wie man den Verlust einer Liebe übersteht*. Wunderbares Buch.«

»Da drin steht als Empfehlung, man soll die dort angegebene Suizid-Hotline anrufen, und das hab ich gemacht.«

»Ist das dieses Blatt Papier neben dem Telefon?«

»Ja, du kannst es wegwerfen. Die haben gesagt, weißt du ... wenn ich das Gefühl hätte, es sei ein Notfall, sollte ich in die Notaufnahme gehen, und ich hab meine Schuhe angezogen und bin hergegangen.«

»Oh, Craig, du hast dir doch nichts angetan?« Sie verstummt.

»Nein, ich hab mich hier angemeldet.«

Ich höre, wie ihr der Atem stockt, und sehe sie, ein paar Blocks entfernt, da stehen, die Hand auf der Brust. »Ich bin so stolz auf dich.«

»Du?«

»Das ist das Mutigste, was du je getan hast.«

»Ich ... danke.«

»Du hast ja gesagt zum Leben, Craig, so deutlich wie nie. Du hast dich für das Richtige entschieden. Ich hab dich lieb. Du bist mein einziger Sohn, und ich hab dich lieb. Bitte denk daran.«

»Ich hab dich auch lieb, Mom.«

»Ich dachte, ich wäre eine schlechte Mutter, aber ich bin eine gute Mutter, wenn ich dich gelehrt habe, auf dich aufzupassen. Du hattest das Rüstzeug zu wissen, was du tun kannst. Und das ist so wichtig. Die werden *großartig* sein da drüben; es ist ein ausgezeichnetes Krankenhaus. Ich komme gleich rüber – möchtest du, dass ich deinen Vater mitbringe?«

»Ich weiß nicht. Wäre vielleicht besser, es kämen so wenig Personen wie möglich her, wenn das geht.«

»Wo bist du gerade?«

»In der Notaufnahme. Sie wollen, dass du ein paar Formulare unterschreibst.«

»Wohin bringen sie dich?«

»Zum Gespräch mit einem Arzt, Dr. Mahmoud.«

»Und wie fühlst du dich?«

»Ich weiß nicht. Es kommt mir alles ein bisschen unwirklich vor. Ich hab ja die Nacht überhaupt nicht geschlafen.«

»Oh, *Craig* – wenn ich das gewusst hätte ... das hab ich nicht gewusst ...«

Ich lächle. »Ich hab dich lieb, Mom. Ich muss jetzt Schluss machen.« Chris sieht mich an.

»Ich hab dich auch lieb. Ich bin so stolz auf dich.«

Ich lege auf. Dass ich ins Krankenhaus gegangen bin, scheint meine Mutter mehr zu freuen als damals, als ich an die Highschool gekommen bin.

Ich drehe mich zu Chris um und sehe, dass der Raum neben ihm, Raum 21, jetzt belegt ist. Ein Schwarzer ist dort drin, er sitzt auf einer Trage. Er ist kahl, aber nicht, weil er sich den Schädel geschoren hat, sondern alt-kahl mit feinen weißen Härchen als Kranz an seinem Hinterkopf. Sein Gesicht ist unrasiert, die Arme liegen über kreuz auf seinen Oberschenkeln. Er ist mager, hat eine Trainingshose und ein weißes T-Shirt an, über das sich vom Hals abwärts ein unidentifizierbarer dunkler Streifen zieht. Er dreht das Gesicht zur Wand, und ich sehe eine Narbe, die sich von seinem Ohr bis zum Hals erstreckt. Dann schaut er wieder in meine Richtung. Das Einzige, was man zu seinen Gunsten sagen kann, ist, dass er noch alle Zähne hat und die weiß sind und dass er lächelt.

Ich schleiche in Raum 22 zurück und beobachte weiter den mit den Dreadlocks. Er zappelt nicht mehr; offenbar hat die Schwester ihm gegeben, was er brauchte, denn er sitzt da, die Augen geschlossen und die Hosenbeine bis zu den Knien hochgerollt, und kratzt sich überall – an den Unterschenkeln, der Brust, im Gesicht – und schaukelt, vor sich hinbrabbelnd, vor und zurück. Das Kratzen ist aber nur leicht und sieht nicht aus, als wolle er damit ein Jucken lindern. Langsam und im Rhythmus des Piepsens, das ringsum überall ertönt, schaukelt er vor und zurück und öffnet die Augen immer ein bisschen weiter.

Vielleicht sollte ich das sein. Wenn ich mit Drogen so gut zurechtkäme, hätte ich vielleicht gar keine Zeit, deprimiert zu sein. Das ist Heroin, stimmt's? Genau! Das brauche ich: Heroin.

Aber ich überlege es mir noch einmal. Erstens wäre es ganz schön schwer, meine Freunde zu fragen: *Hey, weiß jemand, wo ich Heroin herkriegen kann?* Die würden meinen, ich hätte einen Witz gemacht. Außerdem hat es schreckliche Decknamen, »Aetsch« zum Beispiel, oder? Nach »Aetsch« fragen, ohne lachen zu müssen, das würde ich nicht hinkriegen. Und wenn ich Heroin nähme, wäre ich ein depressiver Teenager *auf Aetsch*. Und dem Klischee musste ich ja nun wirklich nicht entsprechen.

»Möchtest du was frühstücken?«, fragt Chris, und noch bevor ich nein sagen kann, wird mir eins dieser traurigen gelben Tabletts hereingeschoben. Darauf steht ein Viertelliter, wie es aussieht, Haferflocken, ein hartgekochtes Ei, in einen Styropor-Behälter mit Deckel gequetscht, ein Kaffee (das weiß ich, weil der Deckel Kaffeeflecke hat), ein mit Folie abgedeckter Becher Orangensaft und eine Scheibe Weißbrot, einzeln verpackt. Außerdem Gabel, Löffel, Messer, Salz, Pfeffer, Zucker. Es ekelt mich. Ich habe an nichts davon Interesse. Aber möglicherweise werde ich überwacht und packe deshalb die Scheibe Brot aus und zwinge mich, sie Stück für Stück zu essen und mit Orangensaft runterzuspülen. Ich bitte eine der Schwestern um Tee, und sie bringt mir noch einen Kaffee. Ich schnuppere daran, aber der Kaffee riecht ziemlich gefährlich und ich biete, bloß um ihn zu ärgern, Chris was davon an.

»Ich hab selber welchen«, sagt er und hält den Kaffee einer weltweit beliebten Marke hoch. Seltsam, im Krankenhaus Markennamen zu sehen.

Während Chris in sein Handy quasselt (ich wüsste ja gern, über welche Gesellschaft man hier drin telefonieren kann, damit könnten sie Reklame machen: sagt einer hinter einer gepolsterten Wand: »Hörst du mich jetzt?«), kommt Dr. Data wieder mit Formularen zu Alter und Wohnort, die unterschrieben werden sollen. Formulare bringt sie auch dem älteren Mann neben mir in Raum 21.

»Wie geht es Ihnen, Jimmy?«, fragt sie dort drüben. Sie muss sehr laut sprechen.

»Ich hab's Ihnen gesagt: Sie werden es erleben!«, brüllt er in einem lakonischen Südstaaten-Ton zurück.

Dr. Data macht *ts-ts.* »Wieso sind Sie denn schon wieder hier, Jimmy? Wir dachten, wir sehen Sie jetzt lange nicht mehr.«

»Ich, ich, ich bin aufgewacht, da hat das Bett *gebrannt.*«

Mittlerweile ist mir klar, dass Mom sich verspäten wird. Vermutlich wird sie mir eine Tasche mit Zeug packen, mit dem ich mich hier beschäftigen kann. Ich müsste wirklich ein bisschen schlafen. Ich haue mich auf die Trage, ziehe mir niedergeschlagen die Kapuze übers Gesicht, aber mir geht viel zu viel durch den Kopf. Was soll ich nur tun? Während ich da drunter liege, dämmert es mir langsam. Ich bin *im Krankenhaus.* Eigentlich wollte ich heute Abend was machen. Es gibt eine Party – eine große – bei Aaron. Ob ich da hingehen kann? Und wenn ich nicht komme, was soll ich sagen? Und was ist die Alternative? Soll ich zu Hause bleiben und versuchen zu lernen, es aber nicht können und zuletzt wieder nicht schlafen? Noch mal eine schlaflose Nacht, das kann ich nicht.

Woher weiß man, dass man ganz unten angekommen ist? Ganz unten, da gehört Obdachlosigkeit bestimmt dazu, überlege ich, im Krankenhaus sein reicht nicht. Aber das Karussell geht wieder los, und ich kann damit nicht umgehen. Das ist wie ganz unten. Ich setze mich auf, schiebe die Kapuze herunter.

»Kann ich mal auf die Toilette?«, frage ich Chris.

Er geht mit mir an den plappernden Chicanos vorbei zu einem Badezimmer ganz aus Chrom und Kacheln, in dem sich vermutlich schon einige unschöne Dinge abgespielt haben. Chris bleibt draußen. Ich schau mich um und überlege, wie ich mich hier umbringen könnte, wenn es wirklich nicht mehr anders ginge – ich müsste mir den Schädel auf dem Toilettenbecken zerschlagen. *Autsch!* So was hab ich noch nicht mal in einem Horrorfilm gesehen. Beim Blick auf die Toilette entscheide ich mich für Stehenbleiben. Ich werde mich nie mehr wie ein geprügelter Hund hinsetzen. Ich bleibe stehen, pinkle volle Kanne, wasch mir die Hände und geh wieder raus.

»Wow, das ging aber schnell«, sagt Chris.

Auf dem Rückweg kommen wir an Jimmy in 21 vorbei. Er hat die Hände immer noch über kreuz auf dem Schoß liegen, und Dr. Data versucht ihm Fragen zu stellen.

»Ich sag's nur einmal: *und das stimmt*. Wenn du diese Zahlen spielst, *wirst du's erleben.*«

Der mit den Dreadlocks ist immer noch weggetreten.

Ich lege mich hin. Eine Schwester kommt mit einem Wagen, auf dem sich – bitte nicht! – vielleicht noch mehr Essen befindet. Sie klopft – als wäre eine Tür da – und sagt, sie müsse meine Herzfrequenz messen. Dazu gehört, dass sie überall an meinem Körper klebrige, an Kabeln hängende Saugnäpfe befestigen muss. Weh tun die nicht, aber vielleicht, wenn sie wieder abgemacht werden. Ich dreh mich zu dem Wagen, während sie sie an mir anklebt, und ein Arm aus Metall liest wie eine Plattennadel meinen Puls ab. Ich sehe zu: eine Spitze, dann eine flachere Spitze, dann ein kurzes Abfallen nach unten und dann dasselbe von vorn. *Das bist du. Das ist dein Herz.*

»In Ordnung«, sagt die Schwester. Sie zieht die Saugnäpfe von meiner Haut. Es tut nicht weh – das Klebemittel ist leicht und weich. Meine Saugnäpfe hängen wie ein wirres Wurzelgeflecht an dem davonrollenden Wagen. Für einen kurzen Moment tu ich mal gar nichts, dann zieh ich mir das Hemd wieder über, danach meine Kapuze. Wie lange bin ich schon hier drin? Ich klappe mein Handy auf. Zweieinhalb Stunden.

»Mr. Gilner?«

Ein Mann in dunklem Anzug und mit grauem Schlips steht am Vorraum zu meinem Zimmer. Er füllt den kleinen Eingang fast vollständig aus, ist groß und hat die Statur einer Tonne, außerdem ein breites, von Narben übersätes Gesicht, graue Haare, buschige Augenbrauen und einen festen Händedruck.

»Ich bin Dr. Mahmoud, ja. Und Sie fühlen sich – wie? Warum sind Sie hier?«

Ich erzähle ihm die Geschichte.

»Sind Ihre Eltern hier?«

»Hm, ich hab angerufen, aber ...«

»Hier, okay, danke!« Ich höre Moms Stimme draußen. Lasse den Kopf auf meine Hände sinken.

»Er ist hier? Zweiundzwanzig?«

Dr. Mahmoud tritt zur Seite, und da ist Mom, gefolgt von der Krankenschwester, die mich hergebracht hat; am linken Arm hat sie eine vollgestopfte Einkaufstasche hängen, am rechten Jordan.

»Miss!«, schreit die Schwester. »Hunde sind hier aber wirklich nicht erlaubt!«

»Was für Hunde?«, sagt Mom und schiebt Jordan in die Einkaufstasche. Er reckt den Kopf in meine Richtung, bellt und taucht in die Tasche ab.

Mit einem Mal sind alle in der Notaufnahme still. Sogar der abgedrehte Mensch mit den Dreadlocks sieht meine Mom an. Chris kommt auf sie zu; die Schwester, die mich hergebracht hat, zeigt auf mich –

»Augenblick bitte«, sagt Dr. Mahmoud. »Mrs. Gilner?«

»Ja? Craig! Ach du meine Güte!«

Sie lassen sie alle zu mir ins Zimmer durch. Die anderen drei bilden draußen einen Halbkreis, während meine Mutter mich umarmt, so fest die Arme um mich schlingt wie früher, als ich fünf war, Hin- und Herwiegen inklusive. Jordan knurrt mich an.

»Ich musste ihn mitnehmen; er hat Theater gemacht. Ich hab dich so lieb«, flüstert sie mir heiß und spuckesprudelnd ins Ohr.

»Ich weiß.« Ich schiebe sie von mir weg.

»Mrs. Gilner –«

»Mit dem Hund kann sie hier nicht bleiben«, sagt die Schwester.

»Sie hat einen Hund dabei? Hunde sind gegen die Vorschriften«, sagt Chris.

»Nur einen Augenblick«, sagt Dr. Mahmoud.

Wir sehen ihn alle an.

»Also, Mrs. Gilner, wenn Sie schon da sind, Ihr Sohn hat sich hier angemeldet und Selbstmordgedanken und eine akute Depression als Gründe angegeben, verstehen Sie?«

»Ja.«

»Er hatte Zoloft genommen, dann aber mit den Tabletten aufgehört.«

»Stimmt das?« Mom sieht mich an.

»Ich fand es besser so«, sage ich achselzuckend

»Genauso eigensinnig wie dein Vater. Ja, Doktor?«

»Also, die nächste Frage geht an Craig. Craig, möchtest du ins Krankenhaus eingeliefert werden?«

Eingeliefert. Das heißt vermutlich, in das Spezialzimmer, wo ich mit Dr. Mahmoud sprechen kann. Ein kurzer Aufenthalt, dann bin ich wieder weg. Hinterher werde ich glauben, ich hätte etwas geleistet und nicht bloß in der Notaufnahme herumgetrödelt.

»Ja«, sage ich.

»Gute Entscheidung«, sagt Mom.

»Mrs. Gilner, Sie müssen diese Entscheidung Craigs durch Ihre Unterschrift bestätigen«, sagt der Arzt. Er schwenkt mit seinem Klemmbrett von mir weg und zu meiner Mutter hinüber, hält es ihr hin. Oben auf der Seite steht furchtbar viel in einer ganz kleinen Schrift, und auf der unteren Hälfte sogar noch mehr davon; in der Mitte weist so was wie ein Äquator auf die Stelle, wo man unterschreiben soll.

»Ein Hinweis noch«, sagt der Arzt. »Im Krankenhaus finden derzeit Renovierungsarbeiten statt, und da unsere Platzkapazitäten deswegen stark eingeschränkt sind, wird ihr Sohn bei den Erwachsenen eingeliefert.«

»Entschuldigung, wie bitte?«

»Er wird bei unseren erwachsenen Patienten eingeliefert, nicht in der ausschließlich für Teenager reservierten Abteilung.«

Oh, dann sitze ich zusammen mit alten Leuten im Wartezimmer, wenn ich zu Dr. Mahmoud komme? »Das macht mir nichts aus«, sage ich.

»Gut.« Der Doktor lächelt.

»Ist er da sicher?«, fragt Mom.

»Absolut. Wir haben hier die beste Betreuung von ganz Brooklyn, Mrs. Gilner. Und die Renovierung ist nur eine vorübergehende Maßnahme.«

»In Ordnung, Craig, bist du damit einverstanden?«

»Klar. Wie sie wollen.«

Mom setzt ihre verschlungene, unentzifferbare Unterschrift auf das Blatt.

»Großartig. Wir bereiten alles für dich vor, Craig«, sagt Dr. Mahmoud. »Du wirst dich viel besser fühlen.«

»Okay«, sage ich und gebe ihm die Hand. Er kehrt mir den Rücken zu und geht hinaus, ein großer, breiter Anzug, der links und rechts die Patienten in der Notaufnahme grüßt.

Die Schwester tippt Mom auf die Schulter. »Es tut mir leid, aber mit dem Hund müssen Sie wirklich hinausgehen, Ma'am.«

»Kann ich meinem Sohn eine Tasche mit Sachen geben?«

»Wofür brauch ich denn Klamotten?«, frage ich. Ich linse in die Tasche hinein: nicht nur sind da Sachen drin, und nicht nur sind es genau die Sachen, die ich hasse, sondern Jordan sitzt auch noch oben auf ihnen drauf.

»Wenn Sie ihm bestimmte Dinge bringen wollen, können Sie die später im Krankenhaus abgeben«, erwidert die Schwester.

»Wo kommt er denn hin?«, fragt meine Mutter, als wäre ich gar nicht da.

»Six North«, antwortet die Schwester. »Sie brauchen nur nach ihm zu fragen. Kommen Sie jetzt.«

»Ich hab dich lieb, Craig.«

»Bye, Mom.«

Eine schnelle Umarmung, und sie macht sich auf den Weg – von Chris, der die Hände in die Seiten stemmt, aufmerksam beobachtet. Ich bin wirklich neugierig, wie er sich als Krankenhaus-Wachmann macht.

»Was ist Six North?«, frage ich ihn.

»Ah, hm, wir sollen uns nicht unterhalten«, sagt er und setzt sich mit seiner Zeitung wieder hin. Ich schau zur Tür raus, ob sich irgendetwas Neues tut, aber alles ist unverändert. Es ist ein beschissener Ort hier. Ich wünschte, ich hätte keine Depression, dann brauchte ich nicht hier zu sein.

»Mr. Gilner?«, spricht mich schließlich jemand an. Ein mir neuer, dünner, etwas älter aussehender Hippie-Typ, zwar ohne lange Haare, aber mit kurzem Bart und einer Brille, kommt an die Tür. Der hat weder einen weißen noch einen blauen Kittel und auch keine Cop-Uniform an. Er trägt eine Jeans, ein Hemd mit blauem Kragen und, wie es aussieht, eine Lederweste.

»Ich bin Smitty. Wir sind jetzt so weit, dass wir Sie raufbringen können.«

»Es sind zwei!«, sagt eine Ärztin, die gerade vorübergeht. »Einundzwanzig *und* zweiundzwanzig.«

»Für Mr. Einundzwanzig hab ich aber keine Papiere dabei.« Smitty schüttelt den Kopf. »Ich nehm also erst mal Mr. Gilner mit rauf und komm gleich noch mal wieder, in Ordnung? Hey, ist das *Jimmy*?«

»Er ist wieder da«, sagt die Ärztin stöhnend.

»Hey, heute ist Samstag, Baby. Alles wird gut. Mr. Gilner?«, sagt er und sieht mich an.

»Äh, ja.«

»Sind Sie bereit, dem Wahnsinn hier den Rücken zu kehren?«

»Werde ich Dr. Mahmoud sehen?«

»Klar. Im Lauf des Tages.«

»Kommen Sie mit dem klar, Smitty?«, fragt Chris.

»Ich glaub nicht, dass Sie mir Schwierigkeiten machen, Mr. Gilner, oder?«

»Äh, nein.«

»Okay, haben Sie Ihre Sachen?«

Ich sehe noch mal nach allem: die Armbänder, meine Schlüssel, mein Handy, meine Brieftasche. »Hab ich!«

»Gehen wir.«

Ich hüpfe von der Trage, nicke Chris zu und folge Smitty in seinem gemächlichen Tempo durch die Notaufnahme. Wir öffnen eine Tür in der Nähe der Toilette und gelangen durch einen schmalen Korridor in eine vollkommen andere Abteilung des Krankenhauses – roter Backstein, ein Atrium mit Bäumen, Bilder von angesehenen Ärzten, die hier praktiziert haben. Smitty führt mich durch das Atrium hindurch zu den Fahrstühlen.

Er drückt den Aufwärtsknopf, stellt sich neben mich und nickt. Ich bemerke eine Plakette zwischen den beiden Aufzügen, auf der steht, was sich in den jeweiligen Etagen befindet.

4 – Pädiatrie
5 – Entbindungsstation
6 – Erwachsenenpsychiatrie

Oh, er kommt rauf nach Six North.

»Wir fahren in die Erwachsenenpsychiatrie, ja?«, frage ich Smitty.

»Na ja, für die Geriatrische bist du noch nicht alt genug«, sagt er und sieht mich lächelnd an.

Der Fahrstuhl macht pling, wir steigen ein und drehen uns um, jeder in eine Ecke. Smitty führt mich nach links, als wir in der Sechsten angekommen sind. Ich komme an einem Poster vorbei, auf dem ein pausbäckiger Chicano im blauen Kittel die Hand vor den Mund geschlagen hat: Ruhe! Behandlung. Dann führt Smitty so etwas wie eine Karte vor einer zweiflügeligen Tür entlang, die sich öffnet – und wir gehen durch.

Es ist ein leerer Gang, so breit, dass ein Erwachsener mit über den Kopf erhobenen Armen quer darin liegen könnte. Am Ende des Gangs befinden sich zwei große Fenster und eine Ansammlung von Sofas. Auf der rechten Seite liegt ein kleines Büro, in dessen Glastür ein Gitter aus feinen Drähten eingelassen ist; darin sitzen Schwestern an Computern. Direkt im Anschluss an das Büro zweigt rechts ein weiterer Gang ab. Ich folge Smitty, und als wir an die Kreuzung dieser beiden Flure kommen, schaue ich in den rechten rein.

Ein Mann steht dort, auf das Geländer gestützt, das sich zu beiden Seiten des Gangs entlangzieht, obwohl es hier keine Treppen gibt. Der Mann ist klein und gedrungen; er hat vorquellende Augen, ein aufgedunsenes Gesicht und eine kaum sichtbare Hasenscharte. Ein Zottelbart hängt über seinem Hals und ein dichter Schopf schwarzen Haars bedeckt seinen kleinen Kopf. Er sieht mich mit dem Blick eines Obdachlosen an, so als wäre ich gerade aus einem Straßenschacht gestiegen und hätte ihm wertvolle Briefklammern vom Mond angeboten.

Oh, mein Gott, trifft es mich wie ein Schlag. *Ich bin in der Geschlossenen.*

TEIL FÜNF: SIX NORTH, SAMSTAG

neunzehn

»Hier lang, bitte, wir checken Sie jetzt durch«, sagt Smitty und zeigt mir in dem kleinen Büro einen Platz. Er fährt einen Rollwagen herüber und misst mit zarten Fingern meinen Blutdruck und meinen Puls. Trägt auf ein vor ihm liegendes Blatt Papier die Werte ein: *120/80.*
»Einhundertzwanzig zu achtzig, das ist stinknormal, nicht?«, frage ich ihn.
»Ja.« Smitty lächelt. »Stinken muss trotzdem nicht sein.« Er legt die Blutdruckmanschette wieder zusammen. »Bleiben Sie hier, wir schicken Ihnen eine Pflegerin rein, die mit Ihnen sprechen wird.«
»Eine Pflegerin? Was sind *Sie* denn?«
»Ich bin einer der Leiter der Tagesschicht auf dieser Etage.«
»Und was genau ist diese Etage?«
»Eine Kurzzeit-Einrichtung in der Erwachsenenpsychiatrie.«
»Also eine Station für Geisteskranke?«
»Keine Station, ein Krankenhaus. Die Schwester beantwortet Ihnen alle Fragen.« Er geht aus dem Zimmer und lässt mich bei einem Formular sitzen: Name, Anschrift, Sozialversicherungsnummer. Dann – Moment mal – das hab ich doch schon gesehen! Es sind die Fragen aus Dr. Barneys Praxis:
Gefühl, dem Alltag nicht gewachsen zu sein: 1) Nie, 2) Manchmal, 3) Fast täglich, 4) Ständig.

Was soll's, ich bin im Krankenhaus; also kreuze ich die ganze Reihe runter Vieren an – es sind ungefähr zwanzig Stichpunkte –, ausgenommen die Fragen, wo es um Selbstverstümmelung geht oder um Alkohol und Drogen (ich trage *nichts* über Hasch ein, so lautet die Regel, wie Aaron sie mir mitgeteilt hat – du gibst *unter keinen Umständen* zu, dass du kiffst, nicht bei Ärzten, nicht bei Lehrern und auch bei sonst keinem, der etwas zu sagen hat, egal, ob du ihm vertraust; diese Leute können dich jederzeit ans FBI melden für die Liste der Haschkonsumenten). Als ich gerade fertig werde, sehe ich eine stämmige schwarze Pflegerin mit freundlichem breiten Lächeln und straff geflochtenem Haar auf mich zukommen. Mit stark karibischen Akzent stellt sie sich vor.

»Craig, ich bin Monica, und arbeite auf dieser Etage. Ich stelle Ihnen gleich ein paar Fragen zu Ihren Gefühlen, damit wir herausfinden, wie wir Ihnen helfen können.«

»Ja, äh ...« Zeit für mich, Tacheles zu reden. »Ich bin hierher gekommen, weil ich echt fertig war, wissen Sie, und ich hab mich unten angemeldet, aber ich wusste überhaupt nicht, wohin ich komme, und jetzt ... jetzt bin ich hier und weiß eigentlich gar nicht –«

»Moment bitte, ich muss Ihnen kurz etwas zeigen.« Schwester Monica steht über mir, obwohl sie so klein ist, dass wir eigentlich fast gleich groß sind, und zieht eine Fotokopie des Formulars hervor, das meine Mom unten vor einer Stunde unterschrieben hat.

»Sehen Sie das hier? Diese Unterschrift bestätigt, dass Sie sich freiwillig im Argenon-Krankenhaus in psychiatrische Behandlung begeben haben, oder?«

»Ja ...«

»Und sehen Sie das? Hier steht, dass Sie ganz nach Ermessen des Arztes entlassen werden, wenn er einen Entlassungs*plan* für Sie vorgelegt hat.«

»Ich komme hier nicht raus, bis mich ein Arzt *von sich aus* rauslässt?«

»Nein, hören Sie.« Sie setzt sich. »Wenn Sie das Gefühl haben, dass das hier *nicht* der richtige Ort für Sie ist, können Sie nach fünf Tagen einen Antrag stellen – den sogenannten 5-Day-Letter – und erläutern, warum Sie meinen, dass Sie *nicht* hierher gehören. Den prüfen wir dann und lassen Sie gehen wenn Sie die Entlassungsbedingungen erfüllen.« Sie lächelt.

»Ich muss also mindestens *fünf Tage* hier bleiben?«

»Es kommt vor, dass hier Leute schon nach zwei Tagen raus können. Aber definitiv bleibt hier niemand länger als dreißig.«

Puuuh! Aber was will ich meckern? Es *ist* die Unterschrift meiner Mutter. Ich lehne mich auf meinem Stuhl zurück. Heute Morgen war ich noch ein ziemlich gut funktionierender Teenager. Jetzt bin ich Psychiatriepatient. Aber so gut habe ich nun auch wieder nicht funktioniert. Ist das besser? Nein, schlimmer. Es ist *viel* –

»Unterhalten wir uns doch darüber, aus welchem Grund Sie hierher gekommen sind«, sagt Monica.

Ich erzähl ihr die Geschichte.

»Wann waren Sie das letzte Mal im Krankenhaus?«

»Ist ungefähr vier Jahre her. Das war nach einem Schlittenunfall.«

»Sie sind also noch nie wegen psychischer Probleme im Krankenhaus gewesen?«

»Äh, nö.«

»Gut. Jetzt möchte ich, dass Sie sich einmal diese Schmerzskala ansehen. Bitte hier?«

Auf dem Blatt Papier, das vor ihr liegt, ist eine kleine Skala von 0 bis 10 abgebildet.

»Das ist die Schmerzskala. Ich möchte, dass Sie mir sagen, ob Sie körperliche Schmerzen haben, und wenn ja, wie stark auf dieser Skala zwischen Null und Zehn.«

Ich sehe mir den Bogen genauer an. Unterhalb der Null steht *schmerzfrei*, unterhalb der Zehn steht *unerträglicher, peinigender Schmerz*. Ich muss mir auf die Zunge beißen.

»Null«, bringe ich heraus.

»In Ordnung, und jetzt, noch eine sehr wichtige Frage«, sagt sie und beugt sich zu mir herüber, »haben Sie sich schon einmal eine Verletzung zugefügt, bevor Sie hierher gekommen sind?«

Ich spüre, dass das wirklich eine wichtige Frage ist. Ihre Beantwortung könnte darüber entscheiden, ob ich in ein normales Zimmer mit Fernsehen komme oder in einem Spezialzimmer angeschnallt werde.

»Nein.« Ich sage es besonders deutlich.

»Sie haben nichts genommen? Nichts ausprobiert, nicht den *guten Schlaf* haben wollen?«

»Bitte?«

»Den guten Schlaf, wissen Sie? So nennen die es doch. Wenn man Tabletten nimmt und Alkohol trinkt um nicht mehr aufzu ...«

»Ach so, das. Nein«, sage ich.

»Ah, das ist gut«, sagt sie. »Wir wollen Sie nicht verlieren. Denken Sie an Ihre Begabungen. Denken Sie an das Rüstzeug, das Sie haben, angefangen von den Händen bis zu den Füßen.«

Ich denke daran. Denke an meine Hände, mit denen ich Formulare unterschreibe, und an meine Beine, daran, wie ich sie beim Rennen beuge, wenn ich in eine Unterrichtsstunde sprinte, für die ich schon spät daran bin. Bestimmte Sachen kann ich einfach gut.

»So, für uns wird es jetzt Mittagszeit«, sagt Monica. »Sind Sie Christ?«

»Äh, ja.«

»Vegetarier?«

»Nein.«

»Also keine Besonderheiten bei der Ernährung, gut. Sie müssten bitte mal diese Regeln durchlesen.« Sie legt vier Blatt Papier vor mich hin. »Hier geht es um das Verhalten auf der Etage.« Mein Blick fällt auf Punkt 6: *Die Patienten erscheinen frisch rasiert. Das Rasieren findet jeden Tag nach dem Frühstück unter Aufsicht eines Mitarbeiters statt.*

»Ich weiß nicht, ob es Ihnen schon aufgefallen ist, aber sehen Sie den ersten Punkt auf der Liste?«

»Hm ... ›Keine privaten Handys auf dieser Etage.‹«

»Das ist richtig. Haben Sie eins?«

Ich spüre es in meiner Hosentasche. Ich möchte es nicht verlieren. Es ist eins der wenigen Dinge, durch die ich im Augenblick noch ich bin. Ohne mein Handy, wer bin ich da? Ich werde keine Freunde mehr haben, weil ich ihre Telefonnummern nicht auswendig weiß. Ich werde auch kaum noch eine Familie haben, weil ich deren Handynummern nicht kenne, nur die Nummer von Zuhause. Ich wäre ja wie ein Tier.

»Bitte deponieren Sie es hier«, sagt Monica. »Wir bewahren es bis zu Ihrer Entlassung in Ihrem Schrank auf, oder Sie können es einem Besucher übergeben.«

Ich lege es auf den Tisch.

»Bitte schalten Sie es aus.«

Ich klappe es auf – zwei neue SMS, *von wem bloß?* – und drücke AUFLEGEN. *Bye-bye, kleines Handy.*

»Und jetzt, das ist sehr wichtig, haben Sie irgendetwas Spitzes bei sich?«

»Meine Schlüssel?«

»Die bewahren wir auf. Genauso wie Ihr Handy.«

Ich lasse sie in einem Haufen auf den Tisch plumpsen, und Monica schiebt sie mit der Handbewegung eines Flughafen-Security auf ein Tablett.

»Wunderbar – fällt Ihnen noch irgendetwas ein?«

Monica, ich habe nichts mehr als meine Brieftasche und die Kleider, die ich am Leib trage. Ich schüttele den Kopf.
»Gut, warten Sie bitte einen Moment.« Sie steht auf. »Bobby wird Sie gleich bei uns herumführen.« Monica nickt mir zu, behält meine Schmerzkurve, lässt mich die Hausordnung lesen und geht in den Gang. Einen Moment später kommt sie mit einem ausgemergelten, eingefallenen Mann wieder, der tiefe Ringe unter den Augen und eine Nase hat, die aussieht, als wäre sie mindestens an drei Stellen gebrochen. Im Widerspruch zu den Regeln hat er Bartstoppeln rings ums Kinn. Er ist schon älter, hat aber noch volles Haar, einen eindrucksvollen grauen, nur halbherzig gekämmten Wust. Außerdem hält sich der Mann ein bisschen komisch, geht weit nach hinten gebeugt, als ruhe sein Kopf auf einer Kopfstütze.
»Himmel, du bist ja noch ein Kind!«, sagt er und verzieht den Mund. Er streckt eine Hand nach mir aus, die irgendwie seitwärts nach vorn kommt, der eingeknickte Daumen nach oben.
»Ich bin Bobby«, sagt er.
Auf seinem Sweatshirt prangt Marvin der Marsmensch und darunter das Wort WELTBEHERRSCHER.
»Craig.« Ich stehe auf.
Er nickt, und sein Adamsapfel, auf dem ein paar besonders graue Haare sprießen, hüpft. »Fertig für den großen Rundgang?«

zwanzig

Mit seinem seltsamen Gang geht Bobby mir in den hell erleuchteten Flur voraus.

»Die sind jetzt gerade alle im Speiseraum«, sagt er. Während wir den seitlichen Flur entlanggehen, den, der von dem ersten abzweigt, durch den ich mit Smitty gekommen bin, zeigt er mal hierhin und mal dahin. Ich schaue nach links – der Speiseraum, blau gestrichen, überwacht von einem Fernseher, möbliert mit runden Tischen, vom Gang abgeteilt durch das Glas mit dem Drahtnetz darin. Die Tische hat man zur Seite geschoben, ein bunter Strauß von Leuten sitzt in einem lockeren Kreis.

Ich kann sie einzeln gar nicht alle aufnehmen: es ist der buntste Haufen von Leuten, den ich je gesehen habe. Ein alter Mann mit einem verrückten Bart (was ist mit dem Rasieren?) schaukelt hin und her; eine riesige fette Schwarze stützt ihren Kopf auf einen Stock; ein ausgebrannt aussehender Mann fährt sich dauernd mit der Hand durch sein langes blondes Haar; ein stämmiger Glatzkopf mit Augen, so schmal wie Schlitze, kratzt sich unter der Achsel und schaut grimmig; eine ältere Frau mit Brille macht, wie es scheint, einen Adler nach, redet und dreht sich dann um und inspiziert die Lehne ihres Stuhls. Der kleinere Mann, den ich im Gang gesehen habe, zuckt mit einem Bein. Ein Mädchen mit einer blauen Strähne in ihrem dunklen Haar sitzt so zusammengesackt da, als sei sie noch kaputter als die anderen; ein großes, kräftiges Mädchen macht ein verärgertes

Gesicht und dreht, nach hinten gelehnt, Däumchen; ein junger Schwarzer mit einer Nickelbrille sitzt versteinert da, und hey – da ist Jimmy, den ich schon von unten kenne. Er hat immer noch sein fleckiges T-Shirt an und sieht zu den Lampen hinauf. Offenbar ging die Aufnahmeprozedur bei ihm schnell, weil er vorher schon mal hier war.

Wer das Meeting leitet, erkenne ich sofort: eine dünne Frau mit kurzem, dunklem Haar. Unter ungefähr einem Dutzend Leuten ist sie die Einzige, die einen Anzug anhat. Manche Leute haben nicht mal ihre Sachen an, sondern sitzen hier in dunkelblauen Bademänteln, die nur lose zugebunden sind.

»Hey«, sagt Bobby und zieht mich den Gang runter. »Wenn dich das interessiert, kannst du dich gleich zu dem Meeting dazusetzen.«

»Nein, ich –«

»Ich führ dich ja nur rum, ich kann das auch gern abbrechen.«

»Hm.«

»Die Raucherecke ist ... Moment, du rauchst doch nicht, oder?«

»Äh ... ich rauche *manches*.«

»Ich rede von Zigaretten.«

»Nein, die nicht.«

»Haben die dich danach gefragt?«

»Nein.«

»Das liegt wahrscheinlich daran, dass du noch minderjährig bist. Wie alt bist du?«

»Fünfzehn.«

»Großer Gott! Okay, also Raucherpause ist nach dem Frühstück, nach dem Mittagessen, um drei Uhr Nachmittags, nach dem Abendbrot und bevor abends das Licht ausgemacht wird. Fünfmal am Tag.«

»In Ordnung.«

»Die meisten rauchen. Und wenn du gesagt hättest, dass du rauchst, hätten die dir vielleicht Zigaretten gegeben.«

»Mist.« Ich muss lachen.

»Das ist eins der wenigen Krankenhäuser, in denen man noch rauchen darf.« Bobby weist nach hinten. »Das Raucherzimmer ist im anderen Gang.«

Wir kommen an einem dritten Gang vorbei, rechts von dem gelegen, in dem wir gerade sind. Ich begreife, dass Six North wie ein H geformt ist: der Eingang befindet sich am unteren Ende des linken Beins; das Schwesternzimmer ist an der Kreuzung von linkem Bein und Mittellinie; der Speiseraum an der Kreuzung von Mittellinie und rechtem Bein; die Zimmer liegen an den Beinen links und rechts. Und an denen kommen wir auf unserem Weg zum oberen Ende des rechten Arms gerade vorbei: Es sind einfache Türen, außen dran kleine Schlitze, darin Schilder mit den Namen der Bewohner und des für sie zuständigen Arztes. Die Patienten sind mit Vornamen aufgeführt, die Ärzte mit Nachnamen. Ich sehe *Betty/Dr. Mahmoud, Peter/Dr. Mullens, Muqtada/Dr. Mahmoud.*

»Wo ist mein Zimmer?«

»Sie sind wahrscheinlich mit dem Herrichten noch nicht ganz fertig; aber nach dem Mittagessen ist es dann bestimmt so weit. Okay, hier ist die Dusche –« Er zeigt nach rechts auf eine Tür mit einem rosa Plastikriegel zwischen den Wörtern FREI und BESETZT.

»Wenn du drin bist, solltest du den Riegel auf BESETZT stellen, aber es kommt trotzdem vor, dass die Leute nicht aufpassen, und weil die Tür kein Schloss hat, bleibe ich beim Duschen zur Sicherheit immer dicht dahinter stehen. Aber das erschwert die Sache, weil das Wasser nicht so weit reicht.«

»Wie stelle ich das ›Besetzt‹ ein? Von innen?«

»Nein, hier.« Bobby schiebt den Riegel weiter. Er bedeckt jetzt FREI, und nur BESETZT ist noch zu lesen.

»Ist ja cool.« Ich schiebe ihn zurück. Es ist ein einfaches System, aber ohne Bobbys Vorführung hätte ich es nicht kapiert.

»Gibt es ein Bad für Männer und eins für Frauen?«

»Das ist kein Bad, sondern nur eine Dusche. Ein eigenes Bad hast du in deinem Zimmer. Aber es ist unisex, das schon. In dem anderen Gang befindet sich ebenfalls eine Dusche« – wir gehen weiter – »aber die würde ich nicht benutzen. Das stört Solomon.«

»Wer ist Solomon?«

Wir kommen ans Ende des Gangs. Die Fenster haben zwei Scheiben hintereinander und irgendwie dazwischen angebrachte Jalousien. Draußen: ein mit Wolken gesprenkelter Maitag in Brooklyn. Das Gangende ist von Stühlen gesäumt. Als wir näherkommen, schaut ein blondes kleines Mädchen, das sehr schlapp aussieht und Schnittnarben im Gesicht hat, von seinem Schreibblock auf und verschwindet hastig in ein Zimmer in der Nähe.

»Manchmal werden hier Filme gezeigt.« Bobby zuckt mit den Achseln. »Manchmal aber auch in dem anderen Gang beim Raucherzimmer.«

»Hmhm. Wer war das?«

»Noelle. Sie ist aus der Kinderabteilung hierher verlegt worden.« Wir machen kehrt. »Die Medikamentenausgabe erfolgt nach dem Frühstück, vor dem Mittagessen und vor der Nachtruhe. Wir nehmen sie hier drüben ein.« Bobby zeigt auf einen Schalter gegenüber dem Speiseraum, wo Smitty sitzt und Sodawasser ausschenkt. »Das ist die Schwestern*station*, der andere Raum dort ist das Schwestern*zimmer*. Die Spinde sind alle hinter der Schwesternstation.«

»Sie haben mein Handy einkassiert.«

»Ja, ist hier üblich.«

»Was ist mit Mails?«

»Was?« Wir sind wieder am Speiseraum. Ich gehe langsamer. Dort drin redet gerade der stämmige Mann mit den huschenden Äuglein, der ein so finsteres Gesicht machte. Er spricht langsam und in kläglichem Ton.

»... gibt Leute hier, die einen behandeln, als hätten sie keinen Respekt für dich als Menschen, was ich persönlich als Beleidigung auffasse, und bloß weil ich zu meinem Arzt gegangen bin und ihm gesagt hab: ›Ich hab keine Angst vorm Sterben, ich hab bloß Angst vorm Leben‹, heißt das noch nicht, dass ich vor irgendeinem von *euch* Angst habe.«

»Konzentrieren wir uns in unserem Gespräch doch auf Dinge, die uns glücklich machen, Humble«, sagt der Psychologe.

»Und ich weiß auch Bescheid über die Psychologen. Wenn die aufschreiben, was du sagst, schreiben sie in Wirklichkeit auf, wie viel Geld sie kriegen, wenn sie ihre neueste Yacht wieder verkaufen, denn das sind alles Yuppies ohne Respekt...«

»Komm weiter.« Bobby tippt mir an die Schulter.

»Humble, heißt er so?«

»Ja. Er ist aus Bensonhurst.« Bensonhurst ist ein altes und mittlerweile wieder schickes Viertel von Brooklyn, in dem viele Italiener und Juden leben und wo es einem Mädchen immer noch passieren kann, dass es eine Straße langgeht und ein voll mit Jungs besetztes Auto an sie heranfährt: *Hey, Baby, willst du mitfahren?*

»Von wo sind Sie?«, frage ich.

»Sheepshead Bay.« Noch so ein alter Brooklyner Kiez. Russisch geprägt. Beide Viertel sind weit draußen.

»Ich bin von hier«, sage ich.

»Was, aus dieser Gegend? Das hier ist ein schönes Viertel.«

»Ja, find ich auch.«

»Mann, ich würd das eine Ei, das ich noch hab, hergeben, wenn ich hier wohnen könnte, das sag ich dir. Ich probier schon, in ein Heim hier reinzukommen, hier beim Y.

Jedenfalls – da ist das Telefon.« Er zeigt nach links. Dort hängt ein Münztelefon mit einem gelben Hörer. »Das ist bis zehn Uhr abends an«, sagt er. »Die Nummer hier, unter der man sich zurückrufen lassen kann, steht drauf, und sie steht auch auf deinem Zettel für den Fall, dass jemand dich anrufen muss. Keine Sorge, wenn jemand für dich anruft, findet sich immer einer, der dir Bescheid sagt.«

Bobby hält einen Moment inne.

»Das wäre alles.«

Es ist eigentlich ganz simpel.

»Was *machen* wir hier drin?«, will ich wissen.

»Es gibt Veranstaltungen; einer kommt und spielt Gitarre, oder Joanie kommt her, bei ihr kann man Kunst und kunsthandwerklichen Kram machen. Ansonsten halt sich anrufen lassen, im Grunde versuchen, hier rauszukommen.«

»Wie lange bleiben die Leute hier drin?«

»Kinder wie du, die Geld haben, eine Familie, die sind in ein paar Tagen wieder draußen.«

Ich sehe Bobbys tief eingefallene Augen, und kriege das Gefühl – keine Ahnung, woher ich die Regeln der Etikette in der Geschlossenen kenne, vielleicht bin ich mit denen schon zur Welt gekommen, vielleicht wusste ich aber auch, dass ich hier enden würde – ich kriege jedenfalls das Gefühl, dass man andere hier nicht fragt, warum sie eigentlich hier gelandet sind. Das wäre ein bisschen so, als ginge man zu einem, der im Gefängnis sitzt, hin und brüllte den an: »Na, und? Wie ist es nun, hä? Hast du jemanden umgebracht, hä? *Hast Du?*«

Ich habe aber auch den Eindruck, dass man *von selber* hier jederzeit sagen kann, wie es bei einem selbst gekommen ist, und dass einen niemand deswegen verurteilen wird; niemand wird denken, du wärst ja zu verrückt oder umgekehrt nicht verrückt genug, und auf die Art kann man Freundschaften schließen. Worüber soll man sonst auch reden? Deswegen sage ich zu Bobby: »Ich bin hier, weil ich eine schwere Depression habe.«

»Ich auch.« Er nickt. »Seit ich fünfzehn bin.« Und seine Augen funkeln vor Schwärze und Entsetzen. Wir geben uns die Hand.

»Hey, Craig!«, sagt Smitty von seinem Schreibtisch. »Wir haben dein Zimmer fertig, möchtest du deinen Zimmergenossen kennenlernen?«

einundzwanzig

Mein Zimmergenosse heißt Muqtada.

Er sieht ungefähr so aus, wie man das bei jemandem mit dem Namen Muqtada erwarten würde: groß und kräftig, ein glatter grauer Bart, ein breites, faltiges, dunkelhäutiges Gesicht; eine Brille mit einem weißen Plastikgestell. Er besitzt offenbar keine eigenen Sachen, denn er trägt einen dunkelblauen Bademantel, der stark nach seinen Körperausdünstungen riecht. Nicht, dass es einfach wäre, das, was ihm gehört, gleich zu identifizieren, denn als ich in das Zimmer komme, hat er sich tief in sein Bett vergraben.

Smitty schaltet das Licht an. »Muqtada! Es ist fast Mittagszeit! Wach auf. Du hast einen neuen Zimmergenossen!«

»Hm?« Er linst unter seiner Decke hervor. »Wer ist da?«

»Ich bin Craig«, sage ich, die Hände in den Hosentaschen.

»Hm. Ist ziemlich kalt hier drin, Craig. Wird dir nicht gefallen.«

»Muqtada, waren die Männer, die die Heizung reparieren sollten, nicht da?«

»Ja, die haben gestern repariert, sehr kalt. Haben heute repariert, heute Abend sehr kalt.«

»Es ist Frühling, Junge, da wird es nicht kalt.«

»Hm.«

»Craig, das ist dein Bett da drüben.«

Das Bett in der äußersten Ecke ist für mich gemacht, wenn man das so nennen kann. Es ist das kärglichste Bett, das ich je gesehen habe: schmal und blassgelb, mit einem Laken, einem zweiten Betttuch zum Zudecken und einem Kissen. Keine Bettdecke, keine Stofftiere, keine Schubladen darunter, keine Muster, keine Kerzen, kein Kopfteil. Es spiegelt den Stil des ganzen Raums wider, dessen Einrichtung sich de facto auf ein Fenster (wieder mit der eingebauten Jalousie) beschränkt, einen verkleideten Heizkörper, zwei Bettstellen, einen Tisch, der zwischen ihnen steht, darauf zwei seltsam geformte Krankenhauskrüge mit Wasser, Lampen, einen Schrank und ein Bad. Es sind keine Muster an der Wand, nur an der Decke hängen einige bereits porös gewordene Platten, deren Betrachtung Spaß machen könnte. Ich schaue mir den Schrank von innen an. Muqtada hat eine müde Hose auf dem unteren Fach liegen. Der ganze restliche Platz gehört mir. Ich ziehe meinen Kapuzenpulli aus und stopfe ihn da rein.

»Okay?«, fragt Smitty. »Mittagessen in fünf Minuten.« Er lässt die Tür offen.

Ich setze mich auf mein Bett.

»Tür zumachen, bitte«, sagt Muqtada. Ich schließe sie, komme zurück. Er sieht durch mich durch, als ob ich Luft wäre. »Danke.«

»Was gibt es denn zum Mittagessen?«, frage ich.

»Hm.«

Ich weiß nicht, wie ich darauf reagieren soll. Ich habe ihm ja eine *was*-Frage gestellt. »Äh ... Ist das Essen gut?«

»Hm.«

»Ah ... Woher kommst du?«

»Ägypten«, sagt er kurz und knapp, und das ist das erste Wort aus seinem Mund, das sich für mich so angehört hat, als mache es ihn glücklich. »Wo bist *du* her? Wer ist deine Familie?«

»Weiße. Deutsche und Iren und Tschechen. Ein bisschen jüdisch ist auch dabei, glauben wir. Aber ich bin wohl Christ.«

Das bringt mich auf was: Ist es denkbar, dass selbst in diesem sparsam möblierten Zimmer eine Gideon-Bibel zu finden ist? Die Gideons legen ja in *jedes* Motel der Welt eine, da sollten sie auch hier vorbeigekommen sein. Ich sehe in den Schubladen nach, unter den Wasserkrügen: nichts. Außerhalb des Einflussbereichs der Gideons. Das ist schon *ernst*.

»Hä«, sagt Muqtada, »wonach guckst du denn dauernd? Hier ist nichts.« Er stiert weiter vor sich hin.

Ich möchte mich hinlegen, den Schlaf nachholen, den ich diese Nacht nicht bekommen habe, doch irgendetwas an der Art, wie mein Zimmergenosse in seinem Bett liegt, weckt in mir den Wunsch rauszugehen und herumzulaufen. Vielleicht ist es aber auch gut, mit einem wie ihm zusammenzusein, mit einem, dem es noch schlechter zu gehen scheint als mir. Darüber hab ich noch nie nachgedacht, aber es gibt Menschen, die schlechter dran sind als ich, oder? Ich meine, es gibt Menschen, die wirklich obdachlos sind oder die nicht aus dem Bett aufstehen können und die niemals einen Job bekommen und, wie in Muqtadas Fall, ernste Probleme mit der Temperatur haben, und das alles, weil sie im Kopf kaputt sind. Verglichen mit denen bin ich .... na ja, ein verwöhntes reiches Kind. Und das ist wieder etwas, weswegen ich mich mies fühle. Tja, wem geht es denn schlechter?

Ich gehe in den Gang hinaus und renne beinahe mit dem Kopf voran in einen der riesigen Metallwagen voller Tabletts. Der Wagen verströmt Wärme und riecht nach frischgekochtem salzigem Essen. Er wird von einem Mitarbeiter mit einem Käppchen auf dem Kopf geschoben.

»Vorsicht!«, schreit er mir zu.

Oh, nein. Jetzt muss ich was essen. Jetzt kriegen die zum ersten Mal mit, wie schlimm es mit mir ist – das Ei unten in der

Notaufnahme hab ich nicht essen können, und ich bring auch jetzt nichts runter. Was, wenn ich Stress kriege und der Typ in meinem Bauch an seinem Seil zieht und ich mich im Speiseraum übergebe? Das wäre ein gelungener Einstieg.

»Mittagessen!«, ruft der Mann mit der Beinahe-Hasenscharte durch den Gang. Er kommt aus dem Speiseraum gesprungen, geht runter bis zum Fenster am anderen Ende und zurück, klopft an alle Türen, auch wenn die Leute auf sind und vor seiner Nase stehen. »Komm, Candace! Los geht's, Bernie! Du auch, Kate! Essenszeit! Los, komm, Muqtada!«

»Das ist Armelio«, sagt eine Stimme hinter mir. Ich drehe mich um; es ist Bobby in seinem Marsmenschen-Sweatshirt. »Sein Spitzname hier ist der Präsident. Er managt den ganzen Gang.«

»Hi, wer bist du denn?«, fragt Armelio, als er zu mir kommt.

»Craig.« Ich gebe ihm die Hand.

»Toll, dich kennenzulernen. In Ordnung! Leute! Wir haben einen Neuen! Großartig, Kumpel! Mein neuer Freund! Große Klasse ist das! Zeit zum Mittagessen! Solomon, raus aus deinem Zimmer, mach keine Schwierigkeiten, komm und iss. Jeder muss was essen!«

Ich gehe mit dem brüllenden Armelio in den Speiseraum und suche mir einen Platz neben dem Glatzköpfigen aus, neben Humble, der immer noch von Psychologen und Yachten spricht.

zweiundzwanzig

Wie stehen denn die Chancen, dass das Argenon-Krankenhaus unter allen möglichen Mahlzeiten genau das Essen rausgefischt hat, das ich in meiner derzeitigen Lage bewältigen kann? Unter Fisch-Nuggets und Kalb Marsala und einer Quiche in Technicolor und anderen ekeligen Sachen, die die anderen auf Tabletts ausgehändigt kriegen (Armelio, der Präsident, gibt sie ihnen, und sagt dazu jedes Mal den Namen des Empfängers: »Gilner, Gilner, das ist mein neuer Freund!«), erwische ich Hühnerbrust in Curry: richtiges flüssiges Curry ist nicht dran, nur eine hübsche Infusion gelber Gewürze und zum Schneiden Messer und Gabel aus Plastik. Es ist auch Brokkoli dabei, mein Lieblingsgemüse, und Karotten mit Kräutern. Ich mache den Plastikdeckel ab und muss grinsen, weil ich weiß, dass in meinem Magen etwas passiert ist – nicht die ganz große Wende, sondern etwas Bestimmtes, Kleines. Also werde ich das essen. Außer dem Huhn mit dem Gemüse sind auf dem Tablett noch Kaffee, heißes Wasser, ein Teebeutel, Milch, Zucker, Salz, Pfeffer, Saft, Joghurt und ein Plätzchen. Nach allem, was ich weiß, sieht diese Mahlzeit prima aus. Ich zerschneide das Huhn.

»Hat jemand Salz übrig?« Humble, der mir gegenüber sitzt, reckt den Kopf in den Raum.

»Hier.« Ich reiße ihm mein Salztütchen auf. »Ich wollte mit dir zusammensitzen.«

»Du hast aber nicht mit mir gesprochen«, sagt Humble, streut Salz auf sein Hühnchen und sieht mich an. Um seine Augen ist die Haut sehr dünn und schimmert lila, so als habe er vor einer Woche auf beiden ein dickes Veilchen gehabt. »Da dachte ich natürlich, du wärst einer von diesen Yuppies.«

»Bin ich aber nicht.« Ich schiebe mir einen Bissen Huhn in den Mund. Es schmeckt gut.

»Gibt viele Yuppies hier, und du hast so ein bisschen was davon, weißt du – diesen Yuppie-Blick der Leute mit Geld.«

»Ja.«

»Leute, die sich um andere nicht *scheren*. Im Unterschied zu mir. Weißt du, ich mach mir wirklich Gedanken um andere. Aber heißt das auch, dass ich manchmal Lust dazu hab, jemanden windelweich zu prügeln? Nein, aber das liegt an meiner Umwelt. Ich bin wie ein Tier.«

»Wir sind alle wie Tiere«, sage ich. »Vor allem jetzt, wo wir alle in einem Raum sitzen und essen. Erinnert mich an die Highschool.«

»Du bist intelligent, ich merk das. Wir sind alle Tiere, ob Highschool oder nicht, nur Tiere, aber manche von uns sind animalischer als andere. In *Farm der Tiere*, das ich gelesen habe, sind alle Tiere von Natur aus gleich geschaffen, aber einige sind gleicher als andere. Hier in der wirklichen Welt sind alle Gleichen als Tiere geschaffen, und manche sind animalischer als andere. Warte, lass mich das aufschreiben.« Humble greift hinter sich an das eine Fenster, das es hier im Speiseraum gibt und unter dem die Brettspiele liegen. Er zieht das Scrabble herunter, das oben auf dem Stapel liegt, angelt sich einen Stift aus der Schachtel, entfernt das Spielbrett, dreht es um und schreibt auf die schon mit Gekritzel bedeckte Rückseite –

»Humble!« sagt Smitty von der Tür.

»Hey, hey, schon gut!« Humble wirft die Arme hoch. »Ich hab's nicht gemacht.«

»Wie oft müssen wir dir noch sagen, auf das Scrabble-Brett wird nicht geschrieben? Brauchst du Bleistift und Papier?«

»*Egal*«, sagt er. »Ist eh alles hier drin.« Er zeigt auf seinen Kopf und wendet sich wieder mir zu, so als habe nichts unser Gespräch gestört. »Du und ich, wir könnten Gleiche sein, nur bin ich ein bisschen animalischer.«

»Aha.« Ganz klar, ich hab mir den richtigen Platz ausgesucht.

»Ich muss in jeder beliebigen Situation das Alpha-Männchen sein. Deswegen hab ich mir gleich, als ich dich sah, ein Urteil gebildet. Ich hab gesehen, dass du noch sehr jung bist. In der Wildnis, wenn da ein Löwe Jungtiere aus einem anderen Rudel, einem anderen Wurf sieht, tötet er die und frisst die Jungen auf, damit er seinen eigenen Nachwuchs aufziehen kann. Aber hier« – Humble weist in den Raum, so als müsse man erläutern, was »hier« ist, so als wäre es nicht selbstverständlich, dass man drin ist – »herrscht ein ausgeprägter Mangel an Weibchen, die mein Potential zur Erzeugung von Nachwuchs erkennen. Und deswegen bist du mit deiner Jugend keine Gefahr für mich.«

»Verstehe.« Auf der anderen Seite des Raums versucht Jimmy seinen Saft mit einer Hand zu öffnen. Die andere behält er seitlich am Körper, ich weiß nicht, ob er sie nicht bewegen kann oder bloß einfach nicht will. Smitty geht rüber und hilft ihm.

»Du wirst es erleben!«

»Hast du das Gefühl, dass ich eine Gefahr für dich bin?«, fragt Humble.

»Nein, du bist doch, glaub ich, ein ziemlich cooler Junge.« Ich mampfe.

Humble nickt. Sein Essen, das eben noch unschuldig und unbeachtet auf dem Teller vor ihm lag, wird in den nächsten zwanzig Sekunden, in denen er die Hälfte davon verschlingt, vollkommen durcheinandergewirbelt. Ich esse weiter langsam und gleichmäßig.

»Als ich so alt war wie du – du bist fünfzehn, oder?«
Ich nicke. »Woher weißt du das?«
»Mir macht niemand was vor, was das Alter angeht. Als ich fünfzehn war, hatte ich eine Freundin, die war achtundzwanzig. Keine Ahnung, wieso, aber sie hat mich *geliebt*. Na ja, ich hab damals ziemlich gekifft, Kiffen war mein ganzer Lebensinhalt ...«

Dass sich der Magen auf einmal wieder normal benehmen kann, ist schon komisch. Ich blende Humble aus und esse, aber nicht, weil ich das möchte, nicht weil ich über irgendwas hinwegkommen muss, nicht weil ich mich vor irgendwem beweisen müsste, sondern *weil es einfach so ist*. Ich esse, weil *man das macht*. Und manchmal, wenn einem von einer Institution Essen hingestellt wird, wenn da eine große, graue Macht dahintersteht und man keinem dafür dankbar sein muss, hat man den animalischen Instinkt, es verschwinden zu lassen, bevor ein Rivale wie Humble kommt und es einem wegschnappt. Während ich vor mich hinkaue, glaube ich, mein Problem könnte sein, dass ich mir zu viele Gedanken mache.

Deswegen musst du in die Armee eintreten, Soldat.
Ich dachte, ich bin bereits in der Armee, Sir!
Du bist in Gedanken in der Armee, Gilner, nicht in der Armee der Vereinigten Staaten.
Ich soll also zur Armee gehen?
Das kann ich dir nicht sagen: kommst du damit klar?
Keine Ahnung.
Ordnung und Disziplin scheinen dir doch zu gefallen. Und genau das bietet die Armee jungen Männern wie dir, Gilner, und das bekommst du dort auch.
Aber ich möchte nicht in der Armee sein, ich möchte normal sein.
Dann musst du gut überlegen, Soldat, denn normal ist, was mich betrifft, kein Job.

»Hast du eine Freundin?«, fragt Humble.

»Was?«

»Hast du? Irgendwo da draußen. Hast du da eine richtig heiße Fünfzehnjährige?« Er streckt seine vom Essen gefärbte Gabel in meine Richtung.

»Nein!« Ich muss lächeln, weil mir Nia einfällt.

»Es gibt aber ganz Süße.« Humble fährt sich mit der Hand durch Haare, die er nicht mehr auf dem Kopf hat. Er hat behaarte dunkle Arme mit Tattoos von Gauklern, Schwertern, Bulldoggen und Piratenschiffen. »Die machen die Mädchen einfach immer süßer.«

»Das sind alles die Hormone«, sage ich.

»Stimmt. Du bist sehr intelligent. Hast du Zucker?«

Ich reiche ihm ein Zuckertütchen. Mit meinem Huhn bin ich fertig, ich könnte ehrlich gesagt sogar noch mehr vertragen, weiß aber nicht, wen ich fragen soll. Genausogut kann ich mir den Tee machen. Ich öffne den Teebeutel, auf dem »Swee-Touch-Nee« steht, eine Marke, von der ich noch nie gehört habe und die, wie ich glaube, auch nicht existiert, und färbe mein Wasser, indem ich den Beutel ein paar Mal kräftig eintunke. Als ich fertig bin, kommt Smitty mit einem zweiten Tablett Essen, das genauso wie das erste aussieht.

»Du machst einen Eindruck, als könntest du noch Nachschlag vertragen«, sagt er.

»Danke«, sage ich.

»Aufessen.«

Ich mache mich über die zweite Portion Huhn her. Ich bin eine Maschine. Ein Teil von mir ist in Gang gekommen, der früher noch nie betätigt worden ist.

»Die Mädchen, die trinken alle diese Milch mit Kuhhormonen«, sage ich zwischen zwei Happen, »und sind viel früher entwickelt.«

»Brauchst du mir nicht zu sagen!«, sagt Humble. »Ist doch verrückt, hm, aber zu meiner Zeit waren die Mädels viel, viel besser als die Mädels, die mein Vater hatte. Bin gespannt, wie die nächste Generation sein wird.«

»Sexroboter.«

»Hä hä. Woher bist du?«

»Von hier um die Ecke.«

»Aus diesem Viertel? Schön. War ja dann wohl nur eine kurze Fahrt. *Falls* du mit dem Krankenwagen gekommen bist. Damit will ich nichts gesagt haben, ich bin bloß neugierig.« Er schiebt sich zwei riesige Bissen seines Essens in den Mund, kaut und redet weiter. »Wieso bist du hier?«

Er hat die Regel von Six North gebrochen. Aber vielleicht ist es ja auch keine Regel. Oder sie gilt nicht mehr, wenn man mit einem anderen zusammen isst.

»Ich hab mich angemeldet.«

»Was? *Warum?*«

»Mir ging's ziemlich schlecht; ich wollte mich umbringen.«

»Mann, genau dasselbe hab ich vorige Woche meinem Arzt auch gesagt. ›Doc‹, hab ich gesagt, ›vorm Sterben hab ich keine Angst, ich hab bloß Angst vorm Leben, und ich möchte mir am liebsten ein Bajonett in den Bauch rammen‹, und dann hab ich aufgehört, meine Tabletten zu nehmen. Ich hab nämlich Bluthochdruck, und die Tabletten kommen zu allem andern noch dazu, zu dem Zeug, das die mir geben und wovon ich dauernd *total irre bin im Kopf*. Wenn ich nicht viel Salz esse, um meinen Blutdruck zu regulieren, sterbe ich, deshalb hat der Doc mich auch für verrückt erklärt, als ich ihm sagte, dass ich meine Tabletten nicht mehr nehme. ›Willst du dich *umbringen?*‹, hat er gesagt. Und da hab ich ihn voll angesehen und gesagt: ›Ja.‹ Und die haben mich hierher gekarrt.«

»Puh.«

»Das Dumme ist, ich hab das letzte Jahr über in meinem Auto gelebt. Ich habe nichts, nur die Klamotten, die ich am Leibe trage, das ist alles. Das Einzige, was ich sonst besitze, ist das Auto, und jetzt ist das abgeschleppt worden, aber da sind alle meine Sachen drin, Filmausrüstung im Wert von dreitausendfünfhundert Dollar.«

»Wow.«

»Ich muss in den nächsten Tagen beim Polizeirevier anrufen, auf dem Autohof, mir eine Unterkunft in einem Obdachlosenheim suchen und mit meiner Tochter sprechen. Sie ist ungefähr so alt wie du. Mit der Mutter bin ich fertig, aber die Tochter hab ich zum Sterben gern. Die Mutter könnte ich zum Sterben gern haben.«

»Hähä.«

»Du brauchst mir keinen Gefallen zu tun, lach bloß, wenn es witzig ist.«

»Ist es!«

»Gut. Denn im Moment hab ich dich nicht unter Yuppie einsortiert. Du bist was andres. Ich bin noch nicht sicher, was, aber ich werde es rauskriegen.«

»Cool.«

»Ich krieg jetzt meine Tabletten, damit ich den Nachmittag rumbringe und total gaga bin.« Und weg ist Humble; ich esse mein Huhn weiter. Als ich es auf habe – den ganzen Teller leergeputzt – fühl ich mich so gut wie schon lange nicht mehr nach irgendetwas, vielleicht schon ein Jahr lang nicht. *Das* ist alles, mehr brauche ich nicht zu tun. Keith aus dem Zentrum für Angstbewältigung war zwar etwas zurückhaltend, aber er hatte recht – man braucht nur Nahrung, Wasser und eine Wohnung. Und hier hab ich alle drei Dinge. Was jetzt weiter?

Ich schaue mich im Speiseraum um. Drei der Jüngeren – das große, dicke Mädchen, das Mädchen mit dem dunklen Haar und der blauen Strähne und die Blonde mit den Schnitten im Gesicht – sitzen alle zusammen.

»Komm rüber.« Blaukopf strahlt.

dreiundzwanzig

Es ist schon eine Weile her, dass Mädchen mich an ihren Tisch gerufen haben. In Wahrheit ist es sogar das erste Mal.
»Ich?« Ich zeige auf mich.
»Nein, der andere Neue«, sagt Blaukopf.
Ich bin unsicher, was ich mit meinem Tablett machen soll. Ich stehe auf, schau zurück, schau wieder zu den Mädchen, drehe mich im Kreis –
»Auf den Wagen«, sagt Blaukopf. Sie sieht die Große, Kräftige an. »Gott, er ist richtig *süß*!«
Hat sie das wirklich gerade gesagt? Ich schiebe mein Tablett in den Wagen und setze mich auf den freien Stuhl zu den Mädchen.
»Wie heißt du?«, fragt Blaukopf.
»Äh, Craig.«
»Und, wie ist das, wenn man der heißeste Junge hier drin ist, Craig?«
Mich juckt und durchzuckt es am ganzen Körper, so als hinge der an mehreren miteinander verbundenen Flaschenzügen. Sie fasst das vollkommen falsch auf – *sie* ist hier die Heiße. Schwer zu entscheiden, welches Weiß das vollkommenere ist: das ihrer Zähne oder das ihrer Haut. Sie hat dunkle Augen und volle Lippen, und die sind leicht geöffnet; die blaue Strähne betont den Kontrast zwischen Haar und Gesicht, und sie lächelt mich an – ein Lächeln ist das auf jeden Fall. Keine Ahnung, warum ich nicht vorhin schon, beim Blick in den Speiseraum, gemerkt habe, wie heiß sie ist.

»Jennifer«, sagt die Große, Kräftige. Sie beugt sich zu mir herüber. »Ich bin Becca. Nutz Jennifer nicht aus; sie ist sexsüchtig.«

Jennifer schnalzt mit den Lippen. »Halt den Mund!« Schaut wieder mich an. »Ich bin nur noch einen Tag hier.« Sie schiebt sich schlangenartig nach vorn. »Möchtest du den mit mir verbringen?«

Ich überlege, was Humble jetzt sagen würde. *Ja, absolut*, würde er sagen, weil er das Alpha-Männchen ist. Ich will es ihm nachtun und meine Antwort lässig ausfallen lassen, sage mit tiefer, ruhiger Stimme: »Ja, absolut.«

»Gut«, antwortet sie, und mir kriecht Hitze übers Knie und eine Hand am Bein hinauf. Sie beugt sich herüber. »Du bist wirklich *heiiiß*.« Die Hand umschließt meinen Schenkel. »Ich hab hier ein eigenes Zimmer, ich bin so verkorkst, dass die mich nicht mit jemandem zusammen schlafen lassen wollen.«

»Du hast ein eigenes Zimmer, weil du eine Schlampe bist!«, widerspricht Becca, und Jennifer verpasst ihr unter dem Tisch einen Tritt.

»Au!«

Urplötzlich steht das blonde Mädchen mit den Schnittnarben im Gesicht vom Tisch auf und geht schnell hinaus. Ich seh ihr durchs Fenster nach: nichts.

»Vergiss sie«, sagt Jennifer. »Sie ist nicht gut für dich.« Und dann sehe ich, als sei ich aus mir herausgetreten und träume es oder als sei ich gestorben und in einer schrecklichen Hölle gelandet, wie sie mit der Zunge rings um ihre Lippen fährt, ein perfektes O macht.

Im Gang bewegt sich etwas. Das blonde Mädchen flitzt zum Fenster. Sicher, dass sie es ist, bin ich aber nicht. Ich meine, etwas Weibliches ist es schon – es hat Brüste. Ich bilde mir auch ein, ihren schmalen Körper und ihr Unterhemd zu erkennen.

Doch ich kann ihr Gesicht nicht sehen, weil sie ein Blatt Papier gegen die Scheibe presst:

WARNUNG VOR DEM PENIS

Das Schild gleitet wie in einem Fahrstuhl nach unten.

»Wo siehst du denn hin?«, fragt Jennifer und wendet sich um. Ich betrachte ihren Körper, als sie herumfährt. Von der Taille aufwärts sieht sie nicht so aus, als ob sie einen Penis hätte. Ich behalte den Gang aus dem Augenwinkel im Blick, für den Fall, dass der Bote noch einmal auftaucht.

»Ha!«, macht Becca. »Noelle hat dich wieder verraten.«

»Sie hat was?« Jennifer ist schon auf den Beinen. Sie hat eine runde, durch und durch weibliche Figur. Ihre Beine stecken in Jeans, die am Hintern Fransen haben.

»Ich *glaub's* einfach nicht ... *hey.*« Sie dreht sich wieder um. »Siehst du dir meine Hose an?«

»Ja«, sage ich schluckend. Ich habe jegliche Alpha-Männlichkeit eingebüßt. Ob ich vielleicht so etwas wie ein Theta-Männchen bin? Irgendwann müssen die auch mal Glück haben. Sich an der Spitze der sexuellen Nahrungskette zu halten bringt einen ganz schön unter Druck.

»Hab ich selbst gemacht«, sagt sie. »Ich bin Modedesignerin.«

»Wow, echt? Das ist ja ein richtiger Job.« In meinem Kopf dreht sich alles, urplötzlich sind die Gedanken von der Sex-Schiene in die Highschool-Logik umgesprungen. »Ich dachte, du wärst in meinem Alter – wo hast du denn gelernt, Kleider zu entwerfen –«

»So, gut jetzt.« Smitty schreitet ein. »Die große Pause ist vorbei. Komm, Charles.«

»Verdammt noch mal!« Jennifer springt vor Wut regelrecht in die Luft und stampft mit den Füßen auf. Dann – Schreck lass nach! – fällt ihre Stimme zwei Oktaven. »Ihr gönnt mir aber auch keinen Spaß!«

Es ist, sogar für einen Mann, eine unschöne Stimme, wie Froschquaken. Becca lacht aus vollem Hals, wirft sich auf dem Stuhl hin und her vor Lachen, und ich halte unweigerlich den Atem an und starre perplex Jennifer an. Das kann doch gar nicht sein. Sie ist flachbrüstig, das ist alles. Sie hat große Hände, aber das haben viele Mädchen. Sie hat keinen Adamsapfel – oh, halt, sie hat ja einen Rollkragenpullover an.

»Mach schon, lass Craig in Ruhe«, sagt Smitty.

»Aber er ist so süß!«

»Er ist nicht süß, er ist Patient in diesem Krankenhaus – wie du. Du sollst morgen entlassen werden, vermassel dir das nicht. Hast du deine Tabletten schon genommen?«

»Hormonbehandlung.« Jennifer/Charles zwinkert mir zu.

»Es reicht jetzt.«

Becca lacht und seufzt. »Ach, die hat dich aber ganz schön reingelegt. Ich hol mir jetzt meine Tabletten.«

Als sie gehen, schaue ich auf den Tisch. *Ich* brauche ein paar Medikamente. Ich schaue hoch und sehe, dass die Patienten eifrig am Schalter neben dem Telefon, der Schwesternstation, anstehen; jeder vertreibt sich auf seine Art ein bisschen die Zeit – Präsident Armelio hüpft von einem Bein aufs andere, Jimmy hält sich die Hand, die ihm den Dienst verweigert –, bevor er seine Tabletten in kleinen Plastiknäpfchen ausgehändigt bekommt. Schließlich tauchen Jennifer/Charles und Becca am Ende der Schlange auf, plappern und fuchteln mit den Händen herum, und Jennifer/Charles wirft mir eine Kusshand zu. Direkt hinter den beiden brauche ich mich ja nicht unbedingt einzureihen. Außerdem soll ich nur morgens Zoloft kriegen; wenn sie mir mittags auch etwas hätten geben wollen, hätten sie es mir gesagt.

Als Becca und Jennifer/Charles weg sind und ich immer noch erschüttert am Tisch sitze, erscheint ein neues Schild am Fenster. Diesmal rutscht es zentimeterweise von unten nach oben, als werde es an Spinnweben heraufgezogen.

MACH DIR NICHTS DRAUS. ER/SIE/ES LEGT ALLE REIN. WILLKOMMEN IN SIX NORTH!

Als ich rausgehe und sie suchen will, ist sie nicht da. Ich erkundige mich bei der Schwester, die nach der Tablettenausgabe ihre Sachen zusammenräumt, ob ich jetzt auch was brauche, und sie sagt, ich sei überhaupt nicht für Medikamente eingeteilt. Ich frage, ob ich welche haben *darf*. Sie fragt zurück, wofür ich sie brauche. Ich sage, um an diesem verrückten Ort klarzukommen. Sie sagt, wenn es dagegen Tabletten geben würde, brauchte es doch gar nicht erst solche Krankenhäuser zu geben.

vierundzwanzig

»Na, wie ist es hier?«, fragt Mom und hält eine Einkaufstüte mit Toilettenartikeln hoch; Dad und Sarah sitzen neben ihr. Wir sind am Ende des Flurs im rechten Arm des H, ich auf einem Stuhl den dreien gegenüber. Besuchszeit ist samstags von 12 bis 20 Uhr.

Sarah kommt mir mit der Antwort zuvor.

»Das ist wie in *Einer flog über das Kuckucksnest!*«, sagt sie aufgeregt. Sie hat sich für den Besuch in der Klinik extra in Jeans und ihre Samtjacke geschmissen. »Die Leute hier sehen alle aus wie ... total Verrückte!«

»Pst«, sage ich. »Da ist doch Jimmy.« Jimmy sitzt hinter ihr am Fenster, wie immer mit verschränkten Armen. Statt seinem Hemd trägt er jetzt einen sauberen marineblauen Bademantel.

»Wer ist Jimmy?«, fragt Mom neugierig.

»Der Typ, mit dem ich unten reingekommen bin. Ich glaub, der ist schizophren.«

»Heißt das nicht, dass er zwei Persönlichkeiten hat?«, fragt Sarah und dreht sich um. »Dass er also nicht nur Jimmy ist, sondern auch noch Molly oder so was?«

»Nein, du würdest staunen, aber der ist *anders*.« Ich ziehe eine Braue hoch. »Jimmy ist bloß ein bisschen ... zerstreut.«

Jimmy merkt, dass ich ihn ansehe, und grinst. »Ich sag dir, wenn du diese Zahlen spielst, wirst du's *erleben!*«, zwitschert er.

»Ich glaub, er redet von Lottozahlen«, erkläre ich. »So verstehe ich das jedenfalls.«
»Oh, *Mann*.« Meine Schwester hält sich die Hände vors Gesicht.
»Nein, Sarah, lass das, sieh hin«, sagt Mom. Sie dreht sich um. »Recht herzlichen Dank, Jimmy.«
»Ich sag dir: Das ist die *Wahrheit*.«
»Mir gefällt es hier.« Mom dreht sich wieder zu uns um. »Hier sind lauter nette Leute.«
»Mir gefällt's hier *wirklich*.« Dad beugt sich vor. »Und wann kann *ich* hier rein?« Aber als niemand lacht, lehnt er sich zurück und faltet seufzend die Hände.
»Ist das ein *Transvestit*?«, fragt Sarah. J/C ist irgendwo hinten im Flur, circa fünfzehn Meter weit entfernt, und ich kapiere einfach nicht, wie Sarah aus der Entfernung etwas erkennen kann, das ich nicht mal aus nächster Nähe bemerkt habe.
»Nein, jetzt hör mal zu –«
»Oder doch?«, fragt Dad zwinkernd.
»Leute!«
»Trans-*vestit*!«, kreischt Jimmy. Und zwar aus vollem Hals – so laut habe ich ihn noch nie gehört. Der ganze Flur, in dem sich zugegebenermaßen sonst niemand befindet außer mir, meiner Familie, J/C und der Alten mit der Brille, die aussieht wie eine Professorin, erstarrt vor Schreck.
»Ich sag's dir: Du wirst es *erleben*!«
J/C kommt auf uns zu. »Reden wir von *mir*?«, fragt er mit seiner Männerstimme. Er zeigt auf Jimmy. »Hey, Jimmy.« Er stellt sich zwischen mich und meine Schwester. »Craig. So heißt du doch, oder?«
»Ja«, murmele ich.
»Wow, ist das deine Familie?«
»Ja.« Ich zeige reihum – meine Hand auf Höhe der Rüschen an seiner Hose. »Mein Dad« – er schiebt die Unterlippe vor –

»meine Mom« – sie nickt ihm strahlend lächelnd zu – »und meine Schwester, Sarah« – sie hält ihm die Hand hin.

»O mein Gott, ganz reizend!«, sagt J/C. »Ich bin Charles.« Er schüttelt allen die Hand. »Ihr Sohn wird hier bestens versorgt. Er ist ein guter Junge.«

»Und Sie? Weshalb sind Sie hier?«, fragt Dad. Ich trete ihn ans Schienbein. Hat er denn gar kein Taktgefühl?

»Schon gut, Craig!« J/C tätschelt mir die Schulter. »Mann, hast du etwa deinen Dad *getreten*? Nicht mal *ich* hab das jemals getan.« Und an Dad gewandt: »Ich bin manisch-depressiv, Sir; ich hatte einen Anfall, also hat man mich hergebracht. Heute geh ich wieder nach Hause. Aber die Ärzte hier kümmern sich sehr um einen, und der Durchlauf geht zügig.«

»Wunderbar«, sagt Mom.

»Natürlich« – J/C zeigt auf uns – »ist es viel besser, wenn man Unterstützung durch die Familie hat. Die wollen sicher sein, dass sie einen in ein sicheres Umfeld entlassen. So was hab ich nicht.« Er schüttelt den Kopf. »Craig, du bist ein echter Glückspilz.«

Ich sehe sie an: mein sicheres Umfeld. Ehrlich gesagt wäre ich nicht überrascht, irgendeinen von ihnen in Six North zu sehen.

»Ich geh dann mal, macht euch noch einen schönen Nachmittag«, sagt J/C und schleicht davon.

Jimmy gibt ein unverständliches Winseln von sich.

»Das soll Beifall sein, oder?«, fragt Dad und zeigt mit dem Daumen hinter sich. »Gefällt mir.«

»Die *Hose* ist einfach irre«, sagt Sarah.

»Okay, kommen wir zur Sache, Craig«, sagt Mom. »Was brauchst du?«

»Eine Telefonkarte. Ich möchte, dass ihr mein Handy mitnehmt und angeschaltet lasst, damit die Anrufe auch ankommen. Ich brauche Sachen zum Anziehen, wie du sie mir schon mal mitgebracht hast, Mom. Handtücher brauche ich nicht; davon gibt's hier genug. Zeitschriften wären nicht schlecht. Und was zum Schreiben, Stifte und Papier. Das wäre klasse.«

»Das lässt sich machen. Was für Zeitschriften?«

»Wissenschaftliche! Die liest er gern«, sagt Dad.

»Wissenschaftlichen Zeitschriften ist er jetzt vielleicht nicht gewachsen«, sagt Mom. »Möchtest du was Leichteres?«

»Sollen wir dir den *Star* mitbringen?«, fragt Sarah.

»Sarah, wie kommst du darauf, dass ich den *Star* lesen will?«

»Weil der *irre* ist.« Sie greift in ihre Handtasche – ihre erste, schwarze, neulich von Mom gekauft – und zieht ein Hochglanzmonster in Pink heraus, ein *Fachblatt* mit den aktuellsten Fotos von Promibrüsten.

Ich halte es Jimmy hin.

»Mmmmmmm-hmmmmmm«, sagt er. »Ich sag's dir. Ich sag's dir. Du *wirst* es *erleben!*«

»Das ist sehr hübsch«, sagt die Professorin mit ihren Glubschaugen; ich hatte gar nicht mitbekommen, dass sie sich hinter mich geschoben hatte. »Oh, Entschuldigung«, sagt sie und blickt auf. »Ich habe Ihre Unterhaltung ganz bestimmt nicht belauscht.« Sie schreitet aus dem Zimmer.

»Ähm ...«, sagt Sarah.

»Ich nehm es«, sage ich und lege es unter meinen Sitz. »Die anderen in der Abteilung haben bestimmt Spaß daran.«

»Täusche ich mich, oder entwickelst du hier schon Zugehörigkeitsgefühle?«, fragt Dad.

»Pst.« Ich grinse.

»Craig, nächster Tagesordnungspunkt: Hast du Dr. Barney angerufen?«

»Nein.«

»Hast du Dr. Minerva angerufen?«

»Nein.«

»Aber die beiden müssen wissen, wo du bist, erstens wegen der Krankenversicherung und zweitens, weil sie deine Ärzte sind und sich Sorgen um dich machen und diese Sache sehr wichtig für sie ist.«

»Ich hab ihre Nummern in meinem Handy gespeichert.«

»Dann rufen wir sie an; wir haben uns dein Handy mitgeben lassen.« Mom greift in ihre Tasche –

»Nein!« Dad hält ihre Hände fest. »Nicht das Handy herausnehmen!«

»Mach dich nicht lächerlich, Schatz. *Craig* darf es nicht benutzen, wir aber schon.«

»Ich, äh, finde bloß, wir sollten unseren Sohn nicht in Schwierigkeiten bringen. In einem solchen Haus möchte man nicht unbedingt in eine *Auszeit* geschickt werden.«

Ich sehe ihn an. »Das ist wirklich nicht komisch.«

»Was? Oh, entschuldige«, sagt er.

»Nein, Dad, im Ernst. Das ist nicht ... ich meine, das ist eine ernste Sache.«

»Ich versuche nur, die Stimmung aufzuheitern, Craig –«

»Ja, das versuchst du immer. Aber hier kannst du es mal sein lassen.«

Dad nickt und sieht mir in die Augen; langsam und mit Bedauern lässt er das Lächeln von seinem Gesicht verschwinden, und dann ist er ausnahmsweise einmal nur mein Dad, der seinen so tief gefallenen Sohn ansieht. »Also gut.«

Wir bleiben stumm.

»Ist das wahr, Jimmy?«, frage ich, ohne ihn anzusehen.

»Es ist die Wahrheit, und du wirst es *erleben!*«

Ich lächle.

»Das mit dem Handy besprechen wir später«, fasst Dad zusammen.

»Nächster Tagesordnungspunkt?«, fragt Mom.

»Wie lange ich hier bleiben soll, finde ich.«

»Was glaubst du, wie lange?«

»Ein paar Tage. Aber ich habe noch nicht mit dem Arzt gesprochen. Dr. Mahmoud.«

»Und, was denkst du? Ist er gut?«

»Weiß ich nicht, Mom. Du kennst ihn genauso lange wie ich. Wenn er demnächst seine Visite macht, kann ich mit ihm reden.«

»Ich denke, du solltest hier so lange bleiben, bis es dir besser geht, Craig. Wenn du zu früh gehst, musst du nachher womöglich noch mal rein; und am Ende wirst du hier Stammkunde.«

»Richtig. Okay. Das gehört bei solchen Häusern offenbar dazu: hier herrschen Zustände, dass man *nicht zurückkommen will*.«

»Wie ist das Essen?«, fragt Sarah.

»Ah, hab ich beinah vergessen.« Ich sehe meine Familie an. »Ich ... ich weiß, ich sollte nicht stolz darauf sein; eigentlich ist es traurig, dass das meine große Leistung des Tages ist ... aber ich habe heute Mittag alles aufgegessen.«

»Tatsächlich?« Mom steht auf, zieht mich hoch und umarmt mich.

»Ja.« Ich mache mich los. »Es gab Huhn. Hab zwei Portionen verdrückt.«

»Junge, das ist phantastisch.« Dad steht auf und schüttelt mir die Hand.

»Nein, ist es nicht, ist doch ganz einfach, alle tun das, nur für mich ist es ein Triumph, so was Bescheuertes –«

»Nein«, sagt Mom und sieht mir in die Augen. »Ein Triumph ist, dass du heute früh aufgewacht bist und beschlossen hast *zu leben*. *Das* ist ein Triumph. Das ist deine Leistung des Tages.«

Ich nicke ihr zu. Wie gesagt, ich bin keine Heulsuse.

»Ja, weil, wenn du gestorben wärst ...«, sagt Sarah, »das wär echt Scheiße gewesen.« Sie verdreht die Augen und umschlingt meine Beine.

Ich setze mich wieder. »Wenn das Essen erst mal vor einem steht, dann gibt's nur noch eins: *essen*. Das sind schließlich Profis hier; die wissen, wie man mit Leuten umgeht. Man verpasst ihnen einen Tagesablauf, bei dem sie immer was zu tun haben.«

»Da hast du recht«, sagt Mom. »Was hast du als Nächstes vor?«

»Ich glaub, da ist was geplant –«

»Hey, Craig, ist das deine Familie?« Präsident Armelio betritt den Schauplatz. Meine Schwester bekommt einen Schreck, als sie seine Hasenscharte und Frisur erblickt, aber seine gnadenlose Begeisterung für – keine Ahnung – das *Leben* – vertreibt jede Angst, die man vor ihm haben könnte. Er gibt allen die Hand und sagt, wir seien eine schöne Familie und ich sei ein guter Junge, das könne er beurteilen.

»Craig ist mein Kumpel! Hey, Kumpel – willst du Karten spielen?«

Präsident Armelio hält einen Packen Spielkarten hoch, als habe er ihn gerade aus dem Meer geangelt.

»Klar, aber immer!«, sage ich und stehe auf. Wann habe ich das letzte Mal Karten gespielt? Vor dem Test wahrscheinlich – vor der Highschool.

»Prima!«, sagt Armelio. »Spitzenklasse! Los geht's! Ich hab schon überall gesucht: keiner hier spielt so gern Karten wie ich! Was willst du spielen? Pik? Du hast *keine Chance*, Kumpel. Ich mach dich fertig.«

Ich sehe meine Eltern an. »Wir rufen dich an«, sagt Mom. »Und, hey – wie sieht's mit Schlafen aus?«

»Im Moment bin ich ziemlich aufgedreht«, sage ich. »Aber ich werd schon schlafen. Außerdem krieg ich Kopfschmerzen.«

»Kopfschmerzen? Kumpel, wenn ich dich beim Pik geschlagen habe, kriegst du noch viel schlimmere Kopfschmerzen!«

Armelio trollt sich in den Speisesaal, um die Karten auszuteilen.

»Wir sehen uns«, sagt Sarah und umarmt mich.

»Bis bald, Junge.« Dad schüttelt mir die Hand.

»Ich hab dich lieb«, sagt Mom. »Ich ruf an und geb dir die Nummern von den Ärzten durch.«

»Und bring mir eine Telefonkarte mit.«

»Und ich bring dir eine Telefonkarte. Du wartest hier, Craig.«

»Ja, mach ich.« Und sobald sie verschwunden sind, gehe ich in den Speisesaal und lasse mir den ganzen Nachmittag lang beibringen, wie man Pik spielt. Doch gegen Armelio hab ich wirklich keine Chance.

fünfundzwanzig

Ich habe Angst zu telefonieren. Am Telefon in Six North ist der Teufel los. Bobby und der ausgebrannte Blonde, der Johnny heißt – beide sprechen, nehme ich an, mit ihren jeweiligen weiblichen Gegenstücken. Bobby beginnt seine Gespräche gutgelaunt und sagt ziemlich oft »Baby«, wird dann aber wütend, knallt den Hörer auf und sagt »Miststück«; Smitty ermahnt ihn, er solle das lassen; Bobby schreitet übertrieben aufrecht von dannen, als ginge ihn das alles nichts an. Fünf Minuten später kommt ein neuer Anruf für ihn, und schon ist er wieder bei »Baby«. Er selbst geht aber nie ans Telefon, wenn es klingelt; das ist Präsident Armelios Job. Wenn er abnimmt, sagt er jedes Mal »Joes Pub« und sucht dann den, für den der Anruf ist.

Als Johnny und Bobby endlich mal das Telefon in Ruhe lassen, gehe ich mit der Telefonkarte hin, die Mom mir zwanzig Minuten nach ihrem Abzug mit Dad und Sarah noch gebracht hat. Ich hebe ab, höre das Freizeichen und wähle die 800er Nummer für die Karte ... und dann geb ich auf. Ich schaff das nicht. Ich will damit einfach nichts zu tun haben.

Die Leute draußen haben keine Ahnung, was mit mir los ist – ich stecke jetzt sozusagen im Stau. Alles ist unter Kontrolle. Aber der Damm wird brechen. Selbst wenn ich hier nur bis Montag bleibe, wird die Gerüchteküche überkochen, und die Hausaufgaben werden auch nicht weniger.

Wo ist Craig?

Der ist krank.

Der ist nicht krank, der hat eine Alkoholvergiftung, weil er keinen richtigen Schnaps vertragen kann.

Ich hab gehört, er hat irgendwelche Tabletten geschluckt und ist ausgeflippt.

Ich hab gehört, er ist schwul und versucht jetzt damit klarzukommen.

Ich hab gehört, seine Eltern wollen ihn auf eine andere Schule schicken.

Hier hat er sowieso kein Bein auf die Erde gekriegt. Der ist doch die geborene Niete.

Der hat nur noch seinen Computer im Kopf. Kann sich nicht mehr bewegen. Totalausfall.

Er denkt, er ist ein Pferd.

Na, egal, kommen wir zu Frage drei.

Ich hatte zwei Nachrichten auf meinem Handy, als ich hier reinkam, und jetzt sind es wahrscheinlich noch einige mehr, und jede einzelne müsste ich eigentlich zurückrufen, und jeder Rückruf würde den Angerufenen wiederum zu einem Rückruf veranlassen – Tentakel –, bis ich am Ende wieder da wäre, wo ich letzte Nacht aufgehört habe. Ich kann da nicht hin, also warte ich. Ich kann fünf Minuten warten. Aber dann hängt Bobby wieder an der Strippe. Und dann warte ich noch mal fünf Minuten. Und die Nachrichten stapeln sich. Und da sind die E-Mails noch nicht mal mitgezählt. Kann sein, dass die Lehrer mir jede Menge blödsinniger Aufgaben gemailt haben.

»Entschuldigung, willst du telefonieren?«, fragt die riesige Schwarze mit dem Stock, weil ich das Telefon so anstarre.

»Äh, ja.« Ich nehme den Hörer in beide Hände. »Ja. Ja, das will ich.«

»Okay.« Sie lächelt, aber man sieht nur das Zahnfleisch, nicht die Zähne. Ich fange an zu wählen, geb meine PIN ein und dann meine eigene Nummer.

»Bitte geben Sie Ihr Passwort ein und bestätigen mit der Rautetaste.«
Ich gehorche.
»Sie haben – drei – neue Nachrichten.«
Eine mehr als vorher. Nicht übel.
»Erste neue Nachricht: Nachricht als dringend markiert.«
Oh-oh.
»Hey, Craig, ich bin's, Nia, ich wollte nur, äh ... du hast dich echt schlimm angehört, als wir uns letztes Mal unterhalten haben. Ich wollte nur hören, ob bei dir alles in Ordnung ist, und weil du nicht rangehst – okay, es ist zwei Uhr morgens, warum solltest du da rangehen? –, aber irgendwie mach ich mir Sorgen, ob du vielleicht meinetwegen was Dummes angestellt hast. Tu das nicht. Ich meine, das ist nett, aber tu's nicht. Okay, das war's. Ich bin bei Aaron, das ist vielleicht ein Arsch. Bye.«
»Zum Löschen dieser Nachricht –«
Ich drücke die 7.
»Nächste Nachricht.«
»Craig, hier ist Aaron, ruf mich zurück, Alter! Wir sollten –«
Ich drücke 7-7.
»Nächste Nachricht.«
»Hallo, Mr. Gilner, hier spricht Ihr Physiklehrer, Mr. Reynolds. Ich habe Ihre Telefonnummer aus dem Schülerverzeichnis. Wir müssen über Ihre fehlenden Hausaufgaben reden. Insgesamt vermisse ich bereits fünf –«
7-7.
»Keine neuen Nachrichten.«
Ich lege den Hörer hin wie ein gefährliches Tier. Dann hebe ich wieder ab und rufe zu Hause an. Kann jetzt nicht aufhören.
»Sarah, kannst du mir die Nummern von Nia und Aaron aus meinem Handy geben? Und sieh mal die letzten verpassten Anrufe durch, ob da was aus Manhattan dabei ist. Ich muss meinen Physiklehrer anrufen.«

»Klar. Wie geht's dir so?«

Ich sehe nach links. Ein chassidischer Jude – weiße Hose, Jarmulke, baumelnde Quasten, Zöpfe und Sandalen – rennt durch den Flur auf mich zu. In seinem dunklen Bart hängen rote Essensreste, und seine Augen flackern wie wild. »Ich bin Solomon«, sagt er zu mir.

»Ah, ich habe von dir gehört. Ich bin Craig, aber ich telefoniere grade.« Ich lege eine Hand auf die Sprechmuschel.

»Ich möchte dich bitten, leise zu sein! Ich versuche mich auszuruhen!« Er dreht sich um, packt seine Hosenbeine und rennt davon.

»Oooh! Solomon hat sich dir *vorgestellt*!«, johlt die Frau mit dem Stock. »Starkes Stück.«

»Das ist normal«, erkläre ich meiner Schwester.

»Okay, pass auf.« Sie diktiert mir die Nummern von Nia und Aaron und dem Lehrer; ich notiere sie auf ein Stück Papier, das Smitty mir gegeben hat. Eigentlich hätte ich sie wissen müssen. Die von Nia sieht gut aus – irgendwie gesund und brauchbar. Die von meinem Physiklehrer sieht schroff und böse aus. Vor morgen bringe ich es wohl nicht fertig, ihn anzurufen.

»Danke, Sarah – bye.«

Ich lege auf und drehe mich zu der Frau mit dem Stock um.

»Hey, ich bin Craig«, sage ich.

»Ebony.« Sie nickt. Wir geben uns die Hand.

»Ebony, kann ich noch einen einzigen Anruf machen?«

»Selbstverständlich.«

Ich wähle die 800er Nummer, gebe meine PIN ein, wähle Nia.

»Hallo?«

»Hey, Nia, ich bin's.«

»Craig, wo bist du?«

Komisch, dass einen die Leute das am Telefon immer als Erstes fragen. Denke mir, das ist ein Nebenprodukt der Handys: die Leute – besonders Mädchen und Mütter – wollen einen immer genau orten. Dabei kann man mit einem Handy ja überall und nirgends sein, und deshalb sollte es eigentlich keine Rolle spielen, wo man ist. Aber jetzt wird man das immer als Erstes gefragt.

»Ich bin bei einem Freund. In Brooklyn.«

Ich frage mich auch, wie viel mehr *Lügen* die Handys eigentlich in die Welt gebracht haben.

»Ach, Craig, das glaub ich nicht.«

»Was soll das heißen?« Ich wische mir Schweiß von der Stirn. Geht das wieder los. Gar nicht gut. Unten in der Notaufnahme hatte ich geschwitzt, aber nicht beim Mittagessen.

»Du bist nicht bei einem Freund. Ich glaub eher, du bist bei einem Mädchen.«

Ich sehe Ebony an. Sie lächelt und beugt sich auf ihrem Stock nach vorn. »Ja, du hast es erfasst.«

»Ich kenne dich doch. Gestern Abend hattest du mich am Telefon; heute Abend triffst du dich mit einer anderen.«

»Ja ja, Nia –«

»Im Ernst, wie *geht's* dir? Danke, dass du zurückgerufen hast. Ich hab mir Sorgen gemacht.«

»Ich weiß, ich hab deine Nachricht erhalten.«

»Ich will nicht, dass du wegen *mir* ausflippst. Reg dich ab und denk nicht dauernd an mich. Denk lieber mal an jemanden anders. Weil, na ja, kann schon sein, dass wir ganz gut zusammenpassen, aber ich hab schon einen, verstehst du?«

»Ja … äh … aber gestern Abend *bin* ich gar nicht wegen dir ausgeflippt.«

»Nein?«

»Nein, das hatte mit ganz anderen Sachen zu tun. Ich hatte einen schlimmen Durchhänger, und ich wollte mit jemandem reden, der mich versteht.«

»Aber du hast mich gefragt, ob das mit uns beiden jemals was hätte werden können.«

»Ich hab halt versucht, das zu klären, weil ich ... weil ich was ziemlich Dummes vorhatte.«

Sie senkt die Stimme: »Du wolltest dich umbringen?«

»Ja.«

»Du wolltest dich umbringen, wegen *mir?*«

»Nein!« Jetzt bin ich sauer. »Ich war nur echt übel drauf, und natürlich lag das auch an dir, schließlich bist du ein Teil meines Lebens, genau wie Aaron und meine Familie ein Teil davon sind, aber ich dachte, du könntest mir etwas erklären, bevor ich ...«

»Craig, ich fühle mich sehr geschmeichelt.«

»Nein, du verstehst mich nicht. Du brauchst dich nicht geschmeichelt zu fühlen.«

»Aber ja doch! Ich hatte noch nie einen Jungen, der sich meinetwegen umbringen wollte. Das ist doch total romantisch.«

»Nia, *es war nicht wegen dir.*«

»Bist du sicher?«

Ich schaue an mir runter, und die Antwort liegt schreiend in meiner Brust. »*Ja. Ich hab größere Probleme als dich.*«

»Aha, okay.«

»Du solltest dir nicht einbilden, dass sich alles immer nur um dich dreht.«

»Also gut. Was fehlt dir?«

»Nichts. Eigentlich ist jetzt alles viel besser.«

»Du bist vielleicht ein Arsch. Kommst du heute Abend?«

»Ich kann nicht.«

»Hat Aaron dich angerufen? Wir machen eine große Party bei ihm zu Hause.«

»Sicher. Aber ich werde wohl für ... na ja ... für *einige Zeit* keine Partys feiern können. Vielleicht auch *nie* mehr.«

»Ist denn jetzt alles in Ordnung?«

»Ja, ich bin bloß ... ich muss mal über einiges nachdenken.«

»Bei deinem Freund.«

»Du sagst es.«

»Hast du Crack eingeworfen oder was?«

»Nein!«, schreie ich, und in dem Augenblick kommt Präsident Armelio auf mich zu: »Hey, Kumpel, willst du Pik spielen? *Ich mach dich fertig.*«

»Jetzt nicht, Armelio.«

»Wer ist das?«, fragt Nia.

»Lass ihn in Ruhe, er redet mit seiner *Freundin*«, sagt Ebony und gibt Armelio einen Klaps mit ihrem Stock.

»Das ist nicht meine Freundin«, flüstere ich ihr zu.

»Und wer ist *das?*«

»Mein Freund Armelio.«

»Nein, das Mädchen.«

»Meine Freundin Ebony.«

»Wo *bist* du, Craig?«

»Ich muss gehen.«

»Na gut ...« Nias Stimme entfernt sich. »Freut mich, dass es dir ... äh ... besser geht.«

»Ja, sehr viel besser«, sage ich.

Das mit ihr hat sich erledigt, denke ich. *Es hat sich erledigt, und du bist mit ihr fertig.*

»Wir sehen uns, Craig.«

Ich lege auf.

»Ich glaub, das ist vorbei«, sage ich zu mir selbst.

Dann finde ich, alle sollen das hören: »Ich glaube, das ist *vorbei!*« Ebony stampft mit ihrem Stock auf und Armelio klatscht.

Irgendwo unter meinem Herzen, tief in meinen Eingeweiden hat etwas seine Lage verändert, um es sich bequemer zu machen. Das ist nicht Die Wende, aber eine Wende ist es immerhin. Ich stelle mir Nia vor, ihr hinreißendes Gesicht und ihren kleinen Körper, ihre schwarzen Haare und ihren

Schmollmund, alles von Aarons Händen befummelt, aber ich denke auch an ihre Kifferei und die Pickel auf ihrer Stirn und dass sie sich dauernd über andere Leute lustig macht und wie stolz sie immer auf ihre Kleidung ist. Und ich stelle mir vor, wie sie allmählich verblasst.

Ich spiele mit Armelio Karten im Speisesaal, bis Bobby zur Tür hereinschaut:

»Craig? An deiner Tür steht, dein Arzt ist Dr. Mahmoud. Er macht jetzt Visite.«

sechsundzwanzig

»Ich möchte nicht hier sein«, erkläre ich ihm vor meinem Zimmer, wo ich ihn erwische, bevor er Muqtada besucht. »Ich glaub, das ist hier nicht das Richtige für mich.«

»Selbstverständlich.« Dr. Mahmoud nickt. Er hat denselben Anzug an wie am Vormittag, aber mir kommt es vor wie letztes Jahr. »Wenn es Ihnen hier gefallen würde, wäre die Prognose ganz und gar nicht gut!«

»Stimmt«, kichere ich. »Na ja, klar, alle sind freundlich zu mir, aber mir geht's schon viel besser, und ich finde, ich könnte jetzt eigentlich gehen. Vielleicht am Montag? Ich will nicht zu viel in der Schule verpassen.«

Außerdem, Doc, stapeln sich bei mir die Mailbox-Nachrichten und E-Mails, und die Gerüchteküche brodelt über. Ich habe eben mit diesem Mädchen gesprochen – und ich hab's gut hingekriegt. Aber die Tentakel sind eingerollt und der Druck nimmt zu, und wenn ich gehe, stürzt das alles auf mich ein. Wenn ich zu lange hier bleibe, hab ich um so mehr zu tun, wenn ich rauskomme.

»Wir dürfen nichts übers Knie brechen«, sagt Dr. Mahmoud. »Wichtig ist erst einmal, dass es Ihnen besser geht. Wenn Sie zu früh hier rauswollen – auf einmal ist alles besser? –, werden wir Ärzte misstrauisch.«

»Oh. Und natürlich will man vermeiden, dass der Arzt, der einen aus der psychiatrischen Klinik entlassen kann, misstrauisch wird.«

»Richtig. Sie machen jetzt in der Tat einen viel besseren Eindruck auf mich, aber es könnte sich dabei um eine unechte Genesung handeln –«
»Eine Falsche Wende.«
»Verzeihung?«
»Eine Falsche Wende. So nenne ich das. Wenn man meint, man hätte was hinter sich, aber das stimmt überhaupt nicht.«
»Genau. Das können wir nicht brauchen.«
»Also muss ich so lange hier bleiben, bis ich die echte Wende schaffe?«
»Das ist mir zu hoch.«
»Ich muss hier bleiben, bis ich geheilt bin?«
»Das Leben wird nicht geheilt, Mr. Gilner.« Dr. Mahmoud beugt sich vor. »Das Leben wird *gemanagt*.«
»Okay.«
Offenbar bin ich davon nicht so beeindruckt, wie er es gern hätte. Er rückt von mir ab. »Wir behalten Sie nicht hier, bis Sie geheilt sind oder so was; wir behalten Sie hier, bis Sie stabil sind – wir nennen das ›eine Grundlage schaffen‹«.
»Okay, und wann ist meine Grundlage fertig?«
»Wahrscheinlich in fünf Tagen.«
Eins, zwei, drei ... »*Donnerstag?* Bis Donnerstag kann ich nicht warten, Doktor. Ich muss zur Schule. Ich kann doch nicht vier Tage Schule versäumen. Da komme ich dann ja niemals mehr mit. Und meine Freunde ...«
»Ja?«
»Meine Freunde werden rauskriegen, wo ich bin!«
»Ach. Ist das ein Problem?«
»Ja!«
»Warum?«
»Weil ich *hier* bin!« Ich zeige in den Flur hinaus. Solomon schlurft hektisch auf seinen Sandalen vorbei und sagt jemandem, er soll leise sein, er versuche sich auszuruhen.

»Mr. Gilner.« Dr. Mahmoud legt mir eine Hand auf die Schulter. »Sie sind chemisch aus dem Gleichgewicht geraten. Das ist alles. Wenn Sie Diabetiker wären – würden Sie sich dann schämen, hier zu sein?«

»Nein, aber –«

»Wenn Sie Insulin nehmen müssten und damit aufhören würden, und dann würde man Sie ins Krankenhaus bringen – wäre das nicht vernünftig?«

»Das ist doch was anderes.«

»Inwiefern?«

Ich stöhne. »Ich hab keine Ahnung, wie viel davon wirklich auf Chemie beruht. Manchmal denke ich, Depression ist auch bloß eine Art, mit der Welt klarzukommen. Die einen betrinken sich, andere nehmen Drogen, andere kriegen Depressionen. Es gibt so viel *Zeug* da draußen, dass man einfach irgendwas tun muss, um damit fertig zu werden.«

»Ach. Und genau deshalb müssen Sie länger hier bleiben: um über diese Dinge zu sprechen«, sagt Dr. Mahmoud. »Sie haben doch einen Psychologen? Haben Sie Ihren Psychologen angerufen?«

Mist. Wusst ich doch, dass ich was vergessen hatte.

»Sie müssen ihn anrufen. Ihr Psychologe kommt dann hier her, um Sie zu besuchen. Wie heißt er? Oder sie?«

»Dr. Minerva.«

»Oh!«, sagt Dr. Mahmoud; seine Lippen kräuseln sich zu einem verträumten Lächeln. »Wunderbar. Holen Sie Andrea her.«

»Andrea?« Ihren Vornamen hatte ich nie erfahren. Daraus macht sie ein großes Geheimnis. Sogar auf ihren Diplomen hat sie ihn ausgelöscht. Sie sagt, das gehöre zu ihren Methoden.

Er wedelt mit der Hand. »Machen Sie einen Termin mit ihr; dann können wir schneller einen Behandlungsplan für Sie

entwickeln, damit Sie so bald wie möglich entlassen werden können. Zunächst bleibt es bei Donnerstag.«
»Früher geht nicht.«
»Richtig.«
»*Donnerstag*«, brumme ich und sehe zu Muqtada hinüber, der bäuchlings auf seinem Bett liegt.
»Fünf Tage, und das war's! Alles wird gut, Mr. Gilner. Ihr Leben *wartet* auf Sie. Nehmen Sie an den Gruppenaktivitäten teil und rufen Sie Dr. Minerva an. Und wenn Sie später dann mal reich und glücklich sind, denken Sie an mich, okay?«
»Okay.«
»Tür bitte zumachen«, sagt Muqtada von seinem Bett aus.
»Mister Muqtada, Sie sind der Nächste: Wie können Sie bloß immer nur schlafen, schlafen, *schlafen*?«
Dr. Mahmoud geht an mir vorbei. Ich rufe Mom an, um ihr das Neueste zu erzählen, und dann rufe ich Dr. Minerva an. Sie sagt, es tue ihr leid, dass es sich bei mir zum Schlechten gewendet habe, aber so sei das nun mal, zwei Schritte vor, einer zurück.
»Wenn das mein einer Schritt zurück ist«, sage ich, »was kommt dann jetzt? Ein Lottogewinn? Meine eigene Fernsehshow?«
Das wäre eine gute Fernsehshow, denke ich. *Insasse eines Irrenhauses landet Volltreffer im Lotto.*
Morgen ist Sonntag, da kann Dr. Minerva nicht kommen, aber Montag komme sie, sagt sie. Dass es da einen Unterschied gibt, verblüfft mich. Aber in Six North macht das wahrscheinlich nichts.

siebenundzwanzig

»Hab gehört, heut Abend gibt's eine Pizzaparty«, erzählt mir Humble beim Abendessen. Es gibt Hähnchenfilets mit Kartoffeln und Salat und eine Birne. Ich esse alles auf. »Aber das sagen sie jeden Tag.«

»Pizzaparty? Was ist das?«

»Wir legen Geld zusammen und lassen uns Pizza bringen. Das ist schwierig, weil hier ja kaum jemand Bargeld hat. Meistens sind wir schon zufrieden, wenn wir nur die Peperoni kriegen.«

»Ich habe acht Dollar.«

»Pst. Erzähl das bloß keinem!« Er hört auf zu kauen. »Die Leute hier drin *haben* kein Geld. Bei mir ist nur Ebbe in der Tasche.«

Ich nicke. »Hab ich noch nie gehört.«

»Nein? Gefällt's dir?«

»Ja.«

»Und was ist mit: *Ich hab keinen Koffer und nicht mal nen Griff, an dem ich ihn wegschmeißen kann?*«

»Nie gehört.«

»Oder: *Ich hab nichts, aber davon eine ganze Menge?*«

»He. Nein! Wo hast du bloß solche Sprüche her?«

»Aus meinem alten Viertel. *Ich glaub, mein Schwein pfeift. Halt die Ohren steif.* So red ich am liebsten.«

»Ein *Schwein pfeift?* Was soll denn das?«

»Du fragst wie ein Yuppie.«

Humble sieht sich nach Leuten um, über die er tratschen kann. Er redet gern über andere Leute – er redet überhaupt gern, aber besonders gern redet er über andere Leute. Und wenn er das tut, senkt er die Stimme zwar nicht gerade zu einem Flüstern, spricht aber so leise, dass niemand etwas mitbekommt. Außerdem gelingt es ihm irgendwie, die Schallwellen nur in mein linkes Ohr zu lenken.

»Ich nehme an, inzwischen hast du die reizende Kundschaft auf unserer Etage kennengelernt. Präsident Armelio ist der Präsident.« Er zeigt mit einer Kopfbewegung auf Armelio, der als Erster mit dem Essen fertig ist und schon aufsteht, um das Tablett zurückzubringen. »Siehst du, wie schnell er isst? Wenn man ihm ein Viertel seiner Energie abzapfen könnte, könnte man ganz Manhattan mit Strom versorgen. Kein Scherz. Einer wie er wäre genau der Richtige, um mit Leuten wie uns zu arbeiten. Er hat so ein gutes Herz und ist immer guter Laune.«

»Und warum ist er hier?«

»Weil er eine Psychose hat. Du hättest ihn mal sehen sollen, als er eingeliefert wurde. Hat wie am Spieß nach seiner Mama geschrien. Er ist Grieche.«

»Aha.«

»Dann haben wir Ebony, die Herrin des Hinterns. Ich hab noch nie im Leben einen so dicken Hintern gesehen. Ich steh ja nicht so auf Ärsche, aber falls du auf so was stehst – Mann, da könntet du dich komplett drin verkriechen. Das ist ein ganzer Planet. Deswegen braucht sie wohl auch den Stock. Außerdem ist sie die einzige Frau, die ich kenne, die Samthosen trägt; wahrscheinlich muss man so einen Hintern haben, um Samthosen zu tragen. Die gibt's nämlich bloß in XXXL.«

»Ist mir noch gar nicht aufgefallen.«

»Na, das kommt schon noch. Nach ein paar Tagen fängst du an, auf die Kleidung der Leute zu achten, und dann siehst du, dass sie immer dieselben Sachen anhaben.«

»Und wenn was schmutzig wird?«

»Dienstag und Freitag wird die Wäsche abgeholt. Wer hat dich denn hier rumgeführt, als du gekommen bist?«

»Bobby.«

»Das hätte er dir sagen müssen.« Humble sieht sich um, dann sagt er: »Also, Bobby und Johnny« – beide sitzen wie beim Mittagessen zusammen an einem Tisch – »die zwei waren in den Neunzigern die größten Chrystal-Meth-Süchtigen von New York, Punkt. Man nannte sie Fiend One und Fiend Two. Jede Party ging erst richtig los, wenn die beiden auftauchten.«

Das muss ein tolles Gefühl gewesen sein, selbst wenn man so zugedröhnt war, denke ich. In ein Haus zu kommen, und alle springen auf und begrüßen einen: »Endlich kommst du!«, »Schön, dich zu sehen!«, »Alles klar, Mann?« Das macht wahrscheinlich genauso süchtig wie die Amphetamine. Aaron ist auch so einer, auf den die Leute fliegen.

»Und was ist dann passiert?«

»Wie es eben so geht. Irgendwann waren sie kaputt, und pleite obendrein. Dann sind sie hier gelandet. Keine Familie, keine Frauen – obwohl, ich glaub, Bobby hat eine.«

»Er telefoniert mit ihr.«

»Das besagt doch nichts. Hier tun alle dauernd so, als ob sie telefonieren. Die da zum Beispiel« – er schielt zu der Glubschäugigen hinüber, die hinter mir gestanden hatte, als ich mit meiner Familie herumspaziert war. »Die Professorin. Die hab ich am Telefon erwischt, als sie mit Dr. Freizeichen telefoniert hat. Sie arbeitet an der Universität. Hier ist sie gelandet, weil sie denkt, jemand habe versucht, ihre Wohnung mit Insektengift zu verseuchen. Sie sammelt Zeitungsausschnitte zu dem Thema und so was alles.«

Humble schielt in eine andere Richtung. »Der Schwarze mit der Brille sieht ziemlich normal aus, aber in Wirklichkeit ist der ganz übel drauf. Er kommt nur selten aus seinem

Zimmer. Und zwar, weil er Angst hat, dass die Gravitation sich umkehrt und er dann an die Decke fällt. Wenn er rausgeht, bleibt er immer in der Nähe von Bäumen, damit er was hat, woran er sich festhalten kann, wenn die Gravitation plötzlich aufhört. Er müsste ungefähr siebzehn sein. Hast du schon mit ihm gesprochen?«

»Nein.«

»Er redet auch nicht viel. Keine Ahnung, ob die hier was für ihn tun können.«

Der Junge hebt den Kopf, starrt schaudernd den Deckenventilator an und schaufelt sich Essen in den Mund.

»Und dann haben wir Jimmy. Jimmy ist oft hier. Ich bin seit vierundzwanzig Tagen hier drin, und ich hab ihn schon zweimal kommen und gehen sehen. Du magst ihn, oder?«

»Wir sind zusammen hier reingekommen.«

»Der ist cool. Und er hat gute Zähne.«

»Ja, hab ich auch schon bemerkt.«

»Perlweiße Zähne. Das haben hier drin nicht viele Leute. Ich möchte zum Beispiel wissen, was mit Ebonys Zähnen passiert ist.«

»Was stimmt denn nicht damit?«

»*Nicht hinsehen*. Sie hat keine mehr, ist dir das noch nicht aufgefallen? Sie nimmt nur flüssige Nahrung zu sich. Nur noch Zahnfleisch im Mund. Vielleicht hat sie die ja verkauft, einen Zahn nach dem anderen ...«

Ich beiße mir auf die Zunge. Ich kann nichts dagegen tun. Ich sollte über diese Leute nicht lachen, und Humble sollte das auch nicht tun, aber vielleicht ist es irgendwie in Ordnung, weil wir uns ja des Lebens freuen? Ich bin mir nicht sicher. Jimmy, der zwei Tische weiter sitzt, sieht mein unterdrücktes Lachen, lächelt mich an und lacht dann selbst laut auf.

»Ich hab's dir gesagt: Du wirst es *erleben*!«

»Da hast du's. Was geht da bloß in ihm *vor*?«, sagt Humble.

Ich kann nicht mehr. Das ist zu viel. Ich lache aus vollem Hals. Soße und Hähnchenfetzen sprühen auf meinen Teller.

»Ah, jetzt hab ich dich«, fährt Humble fort. »Und hier kommt der Ehrengast: Solomon.«

Der chassidische Jude tritt ein, und wie immer hält er seine Hose fest. Er hat noch Essensreste im Bart. Er nimmt sein Tablett, öffnet ein in der Mikrowelle erhitztes Päckchen Spaghetti und schaufelt sich das Zeug laut schlürfend und schmatzend in den Mund.

»Der isst nur eine Mahlzeit am Tag, aber dabei führt er sich auf, als ob es sein letzter Tag auf Erden wäre«, sagt Humble. »Ich glaub, der ist von allen hier der schrägste Vogel. Der hat eine Direktleitung zu Gott.«

Solomon blickt auf, dreht den Kopf hin und her und isst weiter.

Jetzt senkt Humble seine Stimme wirklich zu einem Flüstern. »Der hat ein paar hundert Acidtrips auf einmal eingeworfen, und seitdem gehen seine Pupillen nicht mehr zu.«

»Das gibt's doch nicht.«

»Aber ja doch. Es gibt da so eine Sekte bei den Chassiden: die jüdischen Acidheads. Irgendwie steht in ihren heiligen Schriften, dass sie auf diese Weise mit Gott reden können. Aber er hat es übertrieben.«

Solomon steht auf, lässt sein Tablett angewidert auf dem Tisch stehen und verschwindet in alarmierendem Tempo aus dem Saal.

»Der rennt wie ein Maulwurf zurück in seinen Bau«, sagt Humble. »Aber die echten Maulwürfe hier sind die Magersüchtigen; die kriegt man überhaupt nie zu sehen.«

»Wie viele Leute gibt es hier eigentlich?«, frage ich.

»Offiziell fünfundzwanzig«, sagt Humble. »Die blinden Passagiere nicht mitgezählt.«

Ich sehe mich um. J/C ist nicht da.

»Ist dieser, äh, dieser *Charles* – ist der schon weg?«

»Ja, die Transe hat sich verzupft. Heute Nachmittag. Hat er versucht, dich anzubaggern?«

»Allerdings.«

»Smitty lässt ihm das durchgehen. Macht ihm Spaß.«

»Ist er wirklich einfach so *gegangen*? Feiert man hier denn keine Party, wenn man entlassen wird?«

»Von wegen. Die Leute *wollen* doch gar nicht hier raus. Rauskommen heißt, zurück auf die Straße oder in den Knast. Oder man muss versuchen, aus einem beschlagnahmten Auto seine Sachen rauszuholen, so wie ich. Einer wie du, mit Eltern und Zuhause: so was ist hier ganz selten. Außerdem kommen und gehen hier so viele Leute, dass wir schon verrückt sein müssten, jedes Mal eine Party zu schmeißen. Da würden wir ja enden wie Fiend One und Fiend Two.«

Mein ganzes Tablett ist mit Fleischbröckchen und Soße besprüht. »Ich lach mich noch tot, Humble«, sage ich.

»Kann ich mir denken. Mich findet jeder amüsant. Nur schade, dass ich hier drin bin – und nicht draußen auf einer Bühne – und Geld dafür bekomme.«

»Schon mal versucht, öffentlich aufzutreten?«

»Bin zu alt.«

»Ich hol mal ein paar Servietten.« Ich stehe auf, gehe zu Smitty und lasse mir einen ganzen Stapel geben. Dann wische ich mein Tablett sauber und mach mich über die Birne her.

»Du hast eine heimliche Flamme«, sagt Humble. »Hätte ich mir denken können. Ich kenn deine Tricks.«

»Was?«

»Sie war eben hier. Sieh dir deinen Stuhl an.«

Ich steh auf und sehe nach. Auf der Sitzfläche liegt ein Zettel. Ich drehe ihn um und lese: HOFFE ES GEFÄLLT DIR HIER. BESUCHSZEIT MORGEN VON 19:00 UHR BIS 19:05 UHR. NICHTRAUCHERIN.

»Siehst du? Das hat die Kleine mit dem zerschnittenen Gesicht da hingelegt.« Humble steht auf. »Ich hab's geahnt. Du wirst mir noch Konkurrenz machen. Ich muss dich im Auge behalten.«

Er bringt sein Tablett weg und stellt sich für seine Medikamente an. Ich falte den Zettel zusammen und stecke ihn in die Tasche, in der ich sonst immer mein Handy habe.

achtundzwanzig

»Craig! Hey, Kumpel! Telefon!«

Es ist 22 Uhr, Zigarettenpause, und ich sitze mit Humble vor dem Raucherzimmer und denke daran, was ich das letzte Mal um 22 Uhr getan habe: Da bin ich in Moms Bett gestiegen. Humble raucht nicht, er findet das abscheulich, sagt er, aber praktisch alle anderen hier sind Raucher, auch der Schwarze, der Angst vor der Schwerkraft hat, und die Dicke, Becca – ich hatte beide für minderjährig gehalten. Armelio, Ebony, Bobby, Johnny, Jimmy … ganz gleich, wie verrückt sie zu sein scheinen, sie alle finden problemlos den Weg in den linken Arm des H, nehmen auf den Sofas Platz und warten geduldig auf die von ihnen gewünschte Zigarettenmarke; die wird ihnen allerdings nicht von der Klinik zur Verfügung gestellt – vielmehr bringen sie die Päckchen selber mit, und die Schwestern bewahren sie für sie auf. Jeder nimmt sich eine Zigarette aus seinem Päckchen, und dann gehen sie im Gänsemarsch durch eine rote Tür, vorbei an Schwester Monica, deren Aufgabe es ist, jedem von ihnen Feuer zu geben. Die Tür wird geschlossen, der Qualm dringt unten durch die Ritze, und man hört Stimmen – alle quasseln auf einmal los, als hätten sie sich ihre Reden für eine Zeit aufgespart, wo sie mit den Wörtern zugleich auch Rauch ausstoßen können.

»Wie geht's dir an deinem ersten Tag, Craig?«, fragte mich Schwester Monica vor fünf Minuten, als sie die Tür schloss. »Wie ich sehe, rauchst du nicht.«

»Stimmt.«

»Das ist gut. Schreckliche Angewohnheit. So viele Leute in deinem Alter geraten da hinein.«

»Viele meiner Freunde rauchen. Ich, na ja ... mir hat das einfach nie geschmeckt.«

»Wie ich sehe, hast du dich schon ganz gut in der Abteilung eingelebt.«

»Ja.«

»Sehr schön, das ist *so* wichtig. Morgen sprechen wir noch ausführlicher über deine Situation und deine Gefühle.«

»Okay.«

»Vor dem müssen Sie sich in Acht nehmen«, sagte Humble. »Der ist schlau.«

»Ach ja?«, fragte Monica.

Ich sah mich nach der Blonden um, Noelle – ich musste mit ihr reden –, aber sie war nicht da. Solomon auch nicht. Neben Humble saß die Frau, die er die Professorin nannte, und beobachtete uns mit ihren Glubschaugen. Plötzlich fing Humble an, mir und Monica von einer alten Freundin zu erzählen: »Die hatte superlange Nippel, die haben sich richtig geschlängelt.« Monica bekam sich vor Lachen gar nicht mehr ein. Die Professorin sagte, Humble sei widerlich. Monica sagte, ab und zu dürfe man ruhig mal lachen, und ob sie nicht auch was zu erzählen habe?

»Ja, wir wissen doch alle, dass Sie in Ihrer Jugend einige unbesonnene Dinge getan haben, Professorin«, sagte Humble.

Die Professorin bekam einen verträumten Blick. Ich dachte schon, sie kriegt einen Anfall. Und dann sagte sie leise und irgendwie durch die Nase: »Ich hatte viele Kerle, aber nur einen einzigen *Mann*.«

Ich fragte mich, wo ich das schon mal gehört hatte, als Armelio dazwischenfunkte.

»Hey, Kumpel! Telefon für dich!«

»Okay.« Ich stehe auf.

»Glück gehabt, Kumpel. Es ist schon nach zehn. Normalerweise wird das Telefon um zehn Uhr abgestellt.«

Das Telefon abgestellt. Ich sehe einen großen Hebel vor mir, und einen Mann, der ihn runterwuchtet.

»Und wie ist das, wenn jemand anruft und das Telefon ist abgestellt?«

»Dann hört der Anrufer es klingeln und klingeln«, schreit Humble, »und weiß, dass er nicht mehr in Kansas ist.«

Ich gehe den Flur hinunter. Der Hörer des Münztelefons hängt baumelnd an der Strippe. Ich schnappe ihn mir.

»Hallo?«

»Hey, ist da die Klapsmühle?« Aaron. Aaron, zugekifft.

»Woher hast du diese Nummer?«, frage ich. Der Mann mit dem Bart, der im Speisesaal vor sich hin geschaukelt hatte, als ich zum ersten Mal dort gewesen war, schreitet durch den Flur und starrt mich an.

»Von meiner Freundin, was glaubst du denn? Wie ist es denn da so, Alter?«, fragt Aaron.

»Woher weißt du, dass ich hier bin?«

»Ich hab recherchiert, Mann! Hältst du mich für einen Idioten? Ich geh auf dieselbe Schule wie du! Ich habe ne Invers-Suche gemacht, und ich weiß genau, wo du steckst: Argenon-Krankenhaus, Psychiatrische Klinik für Erwachsene! Wie bist du bloß zu den *Erwachsenen* reingekommen? Gibt's da auch Bier bei euch?«

»Aaron, lass den Quatsch.«

»Nein, im Ernst. Wie sieht es mit Mädchen aus? Laufen da irgendwelche scharfen Weiber bei euch rum – *aua!*«

Im Hintergrund lacht jemand, ich höre Stimmengewirr. »Gib mir den Hörer!«, quäkt Ronnys Stimme durch die Leitung. »Ich will auch was sagen!«

Ronny wird deutlicher. »Alter, kannst du mir Vicodin besorgen?«

Gelächter. Lautes Gejohle. Nias protestierende Stimme: »Lasst ihn doch in Ruhe!«

»*Gib her* – Craig, nein, im Ernst.« Das ist jetzt wieder Aaron. »Tut mir echt leid, Alter. Ich ... Mann, sag doch, wie *geht's* dir?«

»Mir geht's ... gut.« Ich fange an zu schwitzen.

»Was ist denn passiert?«

»Ich hatte keine gute Nacht, da bin ich in die Klinik gegangen.«

»Was soll das heißen: ›keine gute Nacht‹?«

Der Mann in meinem Magen ist wieder da und zerrt an mir. Am liebsten würde ich durch das Telefon kotzen.

»Ich bin deprimiert, Aaron, okay?«

»Ja, ich weiß, aber weswegen?«

»Nein, Mann, ich bin *ganz allgemein* deprimiert. Ich hab echt Depressionen.«

»Gibt's doch nicht! Du bist so ziemlich der glücklichste Mensch, den ich kenne!«

»Wovon *redest* du?«

»Sollte ein Scherz sein, Craig. Du bist so ziemlich der verrückteste Mensch, den ich kenne. Weißt du noch, auf der Brücke? Aber das Problem ist, du bist nicht *locker* genug. Zum Beispiel, sogar wenn du hier bist, machst du dir dauernd Sorgen wegen der Schule und so. Du kannst nicht einfach mal alles hinter dir lassen, verstehst du? Wir machen heut Abend Party – und wo bleibst du?«

»Aaron, wer ist da noch bei dir?«

»Nia, Ronny, Scruggs, äh ... meine Freundin Delilah.« Von Delilah hab ich noch nie gehört.

»Und die wissen jetzt alle, wo ich bin.«

»Mann, wir finden das total irre, wo du bist! Wir wollen dich besuchen!«

»Das glaub ich jetzt nicht.«

»Was?«

»Dass du so was tun kannst.«

»Sei nicht so zickig. Wenn *ich* im Irrenhaus wäre, würdest du mich auch anrufen und mich ein bisschen verarschen. Wir sind doch Freunde, Mann!«

»Das ist kein Irrenhaus.«

»Was?«

»Das ist eine psychiatrische Klinik. Für Kurzzeitpatienten. Im Irrenhaus ist man viel länger.«

»Auf jeden Fall bist du schon lange genug da, um dich mit so was auszukennen. Wie lang sollst du denn noch bleiben?«

»Bis ich eine Grundlage geschaffen habe.«

»Was soll das heißen? Warte mal, ich kapier das immer noch nicht: Was genau hast du denn eigentlich?«

»Hab ich doch gesagt, ich hab Depressionen. Ich nehme Tabletten dagegen, genau wie deine Freundin.«

»Wie meine Freundin?«

»Craig, halt den Mund!«, schreit Nia im Hintergrund.

»Meine Freundin nimmt keine Tabletten«, sagt Aaron.

Ronny schreit: »Das Einzige, was sie nimmt, ist –« Der Rest geht in Gelächter unter; ich höre nur, wie er von etwas getroffen wird.

»Vielleicht solltest du öfter mal mit ihr reden, damit du dahinterkommst, wie sie wirklich ist«, sage ich. »Da könntest du noch was lernen.«

»Willst du mir jetzt etwa erzählen, wie ich Nia behandeln soll?«, fragt Aaron. Ich höre, wie er sich die Lippen leckt. »Als ob ich nicht wüsste, was du eigentlich willst?«

»Was denn, Aaron? Was will ich denn eigentlich?«

»Du willst mein Mädchen, Alter. Du bist schon seit zwei Jahren hinter ihr her. Du bist wütend, weil du sie nicht gekriegt hast, und jetzt bist du auf die Idee gekommen, aus deiner Wut eine Depression zu machen, also steckst du da irgendwo, lässt dich wahrscheinlich von irgendwem vergewaltigen und versuchst, ihr mit der Mitleidstour zu kommen, um sie doch noch rumzukriegen ... Ich rufe dich *als dein Freund* an, um dich ein bisschen aufzuheitern, aber du kommst mir mit so einem Scheiß? Für wen hältst du dich eigentlich?«

»Schon gut, Aaron.«

»Was?«

Ich will einen Trick anwenden, den Ronny mir beigebracht hat. Das ist schon eine ganze Weile her, und Aaron hat es wahrscheinlich vergessen.

»Schon gut.«

»Was?«

»Schon gut.«

»Was?!«

»Schon gut, schon gut, schon gut.«

Pause. Warten, warten ...

»*Arschloch.*«

Und ich knalle den Hörer auf.

Und quetsche mir einen Finger. Jaulend verziehe ich mich in mein Zimmer. Muqtada ist auch da.

»Was ist passiert?«, fragt er.

»Ich habe keine Freunde mehr«, sage ich und halte mir fluchend den Finger.

»Das muss man erst Mal verdauen.«

Ich sehe durch die Jalousien vor dem Fenster in die Nacht hinaus. Jetzt geht es mir wirklich beschissen. Ich gehe ins Bad und halte den Finger unter kaltes Wasser. Hätte nicht gedacht, dass es mir noch beschissener gehen könnte als gestern Abend, aber jetzt ist es so weit. Ich bin in einer Klinik. Ich bin so tief gesunken, wie man nur sinken kann. Ich bin an einem Ort, wo ich mich nicht mal allein rasieren darf – selbst wenn ich das biologisch nötig hätte –, weil man sich Sorgen macht, ich könnte das Rasiermesser gegen mich selber wenden. *Und alle wissen Bescheid.* Ich bin an einem Ort, wo die Leute keine

Zähne haben und Flüssignahrung zu sich nehmen. *Und alle wissen Bescheid.* Ich bin an einem Ort, wo der Typ, mit dem ich esse, in seinem Auto wohnt. *Und alle wissen Bescheid.*

Hier drin funktioniere ich nicht richtig. Ich meine, in diesem Leben hier kann ich nicht funktionieren. Mir geht's nicht besser als gestern Abend im Bett; nur mit einem Unterschied: in meinem eigenen Bett – oder in dem von meiner Mom – konnte ich etwas dagegen tun; aber hier kann ich überhaupt nichts machen. Ich kann nicht mit dem Rad zur Brooklyn Bridge fahren; ich kann nicht eine Handvoll Tabletten schlucken und ins Nirwana rauschen; ich kann mir höchstens an der Kloschlüssel den Schädel einschlagen, und es fragt sich noch, ob das überhaupt geht. Die nehmen einem alle Möglichkeiten, und dann kann man nur *leben*, und es ist genau so, wie Humble gesagt hat: *Ich habe keine Angst vor dem Sterben; ich habe Angst vor dem Leben.* Ich hatte schon vorher Angst, aber jetzt, wo sich alle über mich kaputtlachen, habe ich noch mehr Angst. Die Lehrer werden es von den Schülern erfahren. Sie werden denken, ich suche bloß nach einer Ausrede für meine schlechten Leistungen.

Ich lege mich ins Bett und ziehe das eine Laken über mich.
»So eine Scheiße.«
»Hast du Depressionen?«, fragt Muqtada.
»Ja.«
»Ich leide auch an Depressionen.«
Jetzt geht das Karussell wieder los – irgendwann muss ich hier raus und in mein wirkliches Leben zurück. Das hier ist nicht wirklich. Das hier ist eine Kopie des Lebens für kaputte Leute. Mit der Kopie komme ich zurecht, mit dem wirklichen Leben nicht. Ich muss auf die Executive Pre-Professional zurück und mich mit Lehrern und Aaron und Nia herumschlagen, weil mir ja verdammt noch mal nichts Besseres einfällt. Ich habe alles auf diese blöde Prüfung gesetzt. Was kann ich denn sonst noch gut?

Nichts. Ich bin in gar nichts gut.

Ich stehe auf und gehe zum Schwesternzimmer.

»Ich werde nicht einschlafen können.«

»Du kannst nicht einschlafen?« Die Schwester ist eine weißhaarige kleine alte Dame mit Brille.

»Nein, ich weiß, ich werde nicht einschlafen *können*«, antworte ich. »Dem möchte ich vorbeugen.«

»Wir haben ein Beruhigungsmittel, Atavan. Das wird injiziert. Dann entspannst du dich und kannst schlafen.«

»Versuchen wir's«, sage ich, und unter Smittys Aufsicht drüben bei den Telefonen setze ich mich und bekomme eine Nadel in den Arm, an der so was wie kleine Schmetterlingsflügel befestigt sind. Ich blicke starr geradeaus, während eine gelbe Flüssigkeit in mich reingepumpt wird, und dann wanke ich in mein Zimmer – wanke, weil ich die Wirkung schon spüre, als ich vom Stuhl aufstehe. Irgendein starkes Muskelentspannungsmittel. Liebevolle Hände fassen mich, als ich an Muqtada vorbei aufs Bett kippe, und der letzte Gedanke, den ich vorm Einschlafen habe, geht so:

Großartig, Soldat, du hast Depressionen, bist in der Klinik und drogensüchtig. Und alle wissen Bescheid.

TEIL SECHS: SIX NORTH, SONNTAG

neunundzwanzig

Ich wache davon auf, dass ein Mann in hellblauem Kittel hereinkommt und mir Blut abnehmen will. Interessante Art, aufzuwachen. Der Mann schiebt einen Wagen ins Zimmer – Wagen sind hier sehr beliebt. Licht sickert durch die Jalousien.
»Ich brauche Ihr Blut. Für unten.«
»Äh, okay.«
Ich halte ihm meinen Arm hin. Ich bin zu fertig, um irgendwelche Fragen zu stellen. Er zapft mir fachmännisch etwas Blut aus dem Handrücken – unter dem Knöchel des Mittelfingers, da bleibt nicht die geringste Spur zurück – und schiebt wieder ab. Ob Muqtada noch schläft oder wach und vom Leben gelähmt ist, ist schwer zu sagen. Ich will weiterschlafen, aber wenn man einmal gestochen wurde, ist einem eher nach Aufstehen zumute; also steige ich aus dem Bett und gehe unter die Dusche; dazu nehme ich die vom Krankenhaus gestellten Handtücher und das von meinen Eltern mitgebrachte Shampoo und die einfach so vorhandene Seife, die man aus einem Spender an der Wand pumpen kann. Das Wasser ist kochend heiß und wunderbar, aber ich will nicht zu lange drunter bleiben – ich muss mir abgewöhnen, im Bad herumzutrödeln –, also trockne ich mich ab und bringe meine Sachen ins Schwesternzimmer. Smitty ist nicht da; stattdessen ein dicker Bursche, der sich als Harold vorstellt und mir sagt, ich solle die Handtücher in einen Korb werfen, der genauso aussieht wie der Mülleimer

neben dem Speisesaal, in den Humble und Bobby ihre Apfelbutzen und Bananenschalen schmeißen. Das hab ich selbst gesehen.

»Hey, Kumpel, du bist wach!«, ruft Armelio und läuft durch den Flur auf mich zu. »Wie hast du geschlafen?«

»Nicht gut. Ich hab ne Spritze gebraucht.«

»Das ist okay, Kumpel, wir alle brauchen ab und zu mal eine Spritze.«

»He.« Ich zeige mein erstes Lächeln des Tages. Armelio entkorkt auch eins.

»Zeit, die anderen zu wecken. Jetzt werden die Werte gemessen«, sagt er und trabt den Flur hinunter. »*Also, Leute, aufstehen! Werte! Zeit zum Messen!*«

Eine Karawane meiner geisteskranken Mitpatienten – oder, Moment, ich glaube, offiziell nennt man uns *Psychiatriepatienten in stationärer Behandlung* – schiebt sich aus den Zimmern; sie reiben sich taumelnd die Augen, als müssten sie gleich zur Arbeit und brauchten jetzt erst mal eine Tasse Kaffee. Verblüfft von meinem Glück stelle ich mich an die Spitze der Schlange und bekomme als Erster Blutdruck und Puls gemessen. 120/80. Ich bin immer noch das blühende Leben.

»Craig?«, fragt Harold, der Dicke, als alle fertig sind.

»Ja?«

»Du hast deine Speisekarte noch nicht ausgefüllt.«

»Wozu soll das gut sein?«

»Du sollst jeden Tag ankreuzen, was du zu essen haben willst. Hier drauf.«

Er hält mir eine Art Platzdeckchen hin, mit Spalten für *Frühstück, Mittagessen, Abendessen*.

»Das müsstest du mit dem Begrüßungspaket bekommen haben, das die Schwester dir gegeben hat.«

Ah, da habe ich noch gar nicht reingesehen. Ich nicke.

»Ich … ich wusste nicht …«

»Schon gut, aber wenn du hier nichts einträgst, bekommst du, was wir für dich aussuchen. Mittag- und Abendessen kannst du für heute noch eintragen. Zum Frühstück wirst du Omelett essen müssen.«

Ich lege meine Ellbogen auf den Schalter und sehe mir die Auswahl an: Hamburger, Fisch-Nuggets, Schnittbohnen, Truthahn gefüllt, frisches Obst, Pudding, Haferflocken, Orangensaft, Milch 0,1 Liter, Milch 0,2 Liter, Milch 2%, Magermilch, Tee, Kaffee, heiße Schokolade, Erbsensuppe, Minestrone, Obstsalat, Hüttenkäse, Bagel, Frischkäse, Butter, Gelee ... Fertigprodukte. Ich werde kein Problem haben, das zu essen. Kann mich gar nicht entscheiden.

»Du musst einkreisen, was du haben willst«, erklärt Harold. Ich lege los.

»Wenn du etwas doppelt haben willst, mach zwei Kreuze daneben.« Aber immer!

Wenn die Welt doch auch so wäre! Wenn ich einfach aufwachen und das Essen ankreuzen könnte, das ich haben will, und später würde es mir dann gebracht. Ich nehme an, so ist es tatsächlich, nur dass man für alles bezahlen muss, was man essen will. Also sehne ich mich vielleicht nach einer kommunistischen Welt, obwohl es vermutlich noch umfassender wäre als Kommunismus – ich sehne mich nach Einfachheit, nach Reinheit, unkomplizierten Entscheidungen und dem Fehlen von Zwängen. Ich sehne mich nach etwas, das die Politik niemals bereitstellen wird, nach etwas, das man wahrscheinlich nur in der Vorschule bekommt. Ich sehne mich nach der Vorschule.

»Nach dem Frühstück solltest du gleich das für morgen ausfüllen«, sagt Harold und reicht mir meine Speisekarte.

Das Frühstück kommt in den Speisesaal, und das Omelett gleicht einem wissenschaftlichen Experiment: Lässt sich das Fehlen von Käse durch die rätselhaften Löcher erklären, mit denen das angebliche Ei übersät ist?

»Dein erstes Omelett«, sagt Bobby. Heute sitze ich zur Abwechslung neben ihm, nicht neben Humble. Johnny vervollständigt unsere Tischgesellschaft.

»Sieht echt krass aus.« Ich stochere darin herum.

»Das ist so eine Art Initiationsritus«, sagt Johnny. Er spricht langsam und ohne jede Betonung. »Jeder muss das Omelett essen.«

»Ja, und heute bist du dran«, sagt Bobby.

»Huh«, haucht Johnny.

»Wie habt ihr geschlafen?«, frage ich.

»Ich mach mir Sorgen, große Sorgen«, sagt Bobby.

»Warum?«

»Morgen habe ich einen Gesprächstermin mit dem Heim für Erwachsene.«

»Was ist das?«

»Huh«, haucht Johnny. »Da wohnen Leute wie wir.«

»Im Prinzip ist es da so wie hier, nur dass man Arbeit haben muss«, erklärt Bobby. »Wenn man gehen will, braucht man keinen Ausweis; man kann gehen, wann man will, aber man muss beweisen, dass man Arbeit hat, und um sieben Uhr wieder zurück sein.«

»Moment mal, wenn man von hier weggehen will, braucht man einen Ausweis?«

»Ja, nach fünf Tagen Aufenthalt in diesem Haus müssen sie dir einen Ausweis geben, wenn du einen verlangst.«

»Ich werde aber versuchen, in fünf Tagen *ganz* von hier zu verschwinden.«

»Huh«, haucht Johnny. »Viel Glück.«

Ich mache mich über die Orange her, die ungefähr zweihundertmal essbarer ist als das Omelett. »Warum macht dich der Gesprächstermin nervös?«, frage ich Bobby.

»Besorgt, nicht nervös. Das ist ein Unterschied. Das ist medizinisch.«

»Also, warum bist du besorgt? Ich bin sicher, du kommst da rein.«

»Bei so etwas kann man nicht sicher sein. Und wenn ich es nicht schaffe, bekomme ich Probleme: Ich bin schon zu lange hier. Die Versicherung zahlt bald nicht mehr. Wenn man einmal anfängt, die Häuser zu wechseln, wird es höchste Zeit.« Bedächtig nimmt er einen Löffel Haferbrei. »Das letzte Haus wollte mich nicht nehmen, weil ich beim Essen zu wählerisch bin. Da war es nicht so wie hier. Da konnte man sein Essen nicht auswählen.«

»Aber jetzt weißt du ja, was du nicht sagen darfst!«, erkläre ich ihm.

»Ja, das stimmt.«

»Pass auf, wenn du was falsch machst«, überlege ich, »hast du fürs nächste Mal etwas gelernt. Wenn die Leute dir *Komplimente* machen, bist du in Schwierigkeiten. Denn das bedeutet, sie erwarten, dass du so weitermachst.«

Bobby nickt. »Sehr, sehr richtig.«

»Huh, ja«, sagt Johnny. »Meine Mom hat mir immer Komplimente gemacht, und jetzt seht mal, was aus mir geworden ist.«

»Der Junge zeigt gute Ansätze«, lacht Bobby. »Der ist in Ordnung.«

»Huh, ja, in Ordnung. Spielst du Gitarre?«

»Nein.«

»Johnny ist ein geiler Gitarrist«, sagt Bobby. »*Wirklich* großartig. In den Achtzigern hatte er einen Vertrag.«

»Ach ja?«

»Pst«, sagt Johnny. »Das war doch nichts.«

Bobby fährt fort: »Er spielt besser als der Mann, den sie hier manchmal bei uns auftreten lassen. Obwohl er auch ziemlich cool ist, dieser Mann.«

»Ja, der ist in Ordnung.«

»Und ob der in Ordnung ist. Kommt er heute zur Gruppensitzung?«

»Die ist morgen. Heute ist Kunst.«

»Mit Joanie.«

»Genau.«

Bobby trinkt einen Schluck Kaffee. »Gäbe es keinen Kaffee auf der Welt, wäre ich längst tot.«

Ich schaue mich um: alle sind da, außer Solomon, den Magersüchtigen (die ich vorhin aus ihren Zimmern habe spähen sehen, buchstäblich wie Skelette im Schrank) und Noelle. Wo mag die nur sein? Sie hatte sich auch beim Blutdruckmessen nicht blicken lassen. Vielleicht ist sie mit einem Ausweis draußen. Hoffentlich kommt sie heute Abend zu unserer Verabredung. Genau genommen ist das die erste Verabredung meines Lebens.

»Ich sag dir, warum ich *wirklich* besorgt bin«, platzt Bobby plötzlich heraus und beugt sich über seinen Kaffee. »Wegen diesem blöden Hemd.« Er wölbt die Brust mit seinem »Marvin der Marsmensch WELTBEHERRSCHER«-Sweatshirt vor. »Wie soll ich in diesem Hemd ein ernsthaftes Gespräch führen können?«

»Huh«, haucht Johnny. »Marvins Macht sollte man nicht unterschätzen.«

»Pst, Mann. Das ist nicht witzig.«

»Ich habe Hemden«, sage ich.

»Was?« Bobby blickt auf.

»Ich habe Hemden. Ich kann dir ein Hemd leihen.«

»Was? Das würdest du tun?«

»Klar. Welche Größe hast du?«

»M. Und du?«

»Äh, Kindergröße L.«

»Was ist das in normal?«, will Bobby von Johnny wissen.

»Ich wusste nicht mal, dass es extra Kindergrößen gibt«, sagt Johnny.

»Ich denke, es wird dir passen.« Ich stehe auf. Bobby steht neben mir auf, und obwohl er eine ganz andere Haltung hat – irgendwie nach hinten gelehnt –, scheint er doch so ziemlich meine Größe zu haben.

»Ich habe ein Hemd mit blauem Kragen, das meine Mutter mich immer anziehen lässt, wenn wir sonntags zur Kirche gehen. Ich kann sie bitten, es mir zu bringen.«

»Heute? Mein Termin ist morgen.«

»Ja. Kein Problem. Sie wohnt zwei Straßen weiter.«

»Das würdest du für mich tun?«

»Klar!«

»Also gut«, sagt Bobby. Wir geben uns die Hand. »Du bist *wirklich* in Ordnung. Du bist ein guter Mensch.« Wir sehen uns beim Händeschütteln in die Augen. In seinen lauern immer noch Tod und Entsetzen, aber ich sehe auch mein Gesicht darin gespiegelt, und in meinen winzigen gespiegelten Augen glaube ich ein wenig Hoffnung zu sehen.

»Guter Mensch«, echot Johnny. Bobby setzt sich wieder. Als ich mein Tablett auf den Wagen stelle, tritt Humble von hinten an mich heran.

»Du hast dich nicht zu mir gesetzt, ich bin sehr gekränkt«, sagt er. »Nachher muss ich dich noch wegen dem Essensgeld anhauen.«

dreißig

Schwester Monica bringt mich in dasselbe Büro, in dem man gestern mit mir gesprochen hat. Sie fragt mich, wie ich mich einlebe. Ich schaue die weißen Wände an und den Tisch, auf dem sie mir die Schmerzskala gezeigt hat, und denke, dass ich seit gestern tatsächlich ziemlich weit gekommen bin. Ich habe gegessen und geschlafen, das lässt sich nicht bestreiten. Essen und Schlafen tun dem Körper gut. Allerdings hatte ich eine Spritze gebraucht.

»Wie fühlen wir uns heute?«, fragt sie.

»Prima. Na ja, letzte Nacht konnte ich nicht einschlafen. Ich musste mir eine Spritze geben lassen.«

»Das habe ich in Ihrer Akte gelesen. Was meinen Sie: Warum konnten Sie nicht schlafen?«

»Meine Freunde hatten angerufen. Die haben sich ... ich weiß auch nicht ... über meine Situation lustig gemacht.«

»Und warum sollten sie das tun?«

»Keine Ahnung.«

»Vielleicht sind das gar nicht Ihre Freunde.«

»Ja, ich hab ihnen gesagt ... ›Ihr könnt mich mal‹, oder so was. Aaron, zu dem hab ich gesagt: ›Du kannst mich mal‹.«

»Haben Sie sich danach besser gefühlt?«

Ich seufze. »Ja. Da war auch ein Mädchen dabei.«

»Wer denn?«

»Nia. Sie gehört zu meinen Freunden.«

»Und was ist jetzt mit ihr?«

»Mit der bin ich auch fertig.«

»Dann haben Sie an Ihrem ersten Tag hier eine Menge wichtiger Entscheidungen getroffen.«

»Ja.«

»So geht es vielen Leuten: Sie kommen hierher und treffen wichtige Entscheidungen. Manchmal sind es gute Entscheidungen, manchmal schlechte.«

»Na, ich hoffe natürlich, es waren gute.«

»Ich auch. Wie *fühlen* Sie sich mit diesen Entscheidungen?«

Ich stelle mir Nia und Aaron vor: Sie lösen sich auf und werden durch Johnny und Bobby ersetzt.

»Ich habe das Richtige getan.«

»Wunderbar. Und hier haben Sie gleich ein paar neue Freunde kennengelernt, oder?«

»Klar.«

»Ich habe gesehen, wie Sie gestern Abend vor dem Raucherzimmer mit Humboldt Koper gesprochen haben.«

»Das ist sein richtiger Name?« Ich lache. »Ja, sicher. Sie waren doch auch da. Wir haben uns doch alle unterhalten.«

»Richtig. Sie sollten sich aber mit Ihren Mitpatienten in der Abteilung nicht allzu sehr anfreunden.«

»Warum denn nicht?«

»Das kann die Leute vom Genesungsprozess abhalten.«

»Wie das?«

»Wir sind hier in einer Klinik. Kein Ort, an dem man Freundschaften schließt. Freunde sind etwas Wunderbares, aber hier geht es um *Sie* und darum, dass Sie gesund werden.«

»Aber ...« Ich zapple nervös. »Ich habe *Respekt* vor Humble. Ich habe *Respekt* vor Bobby. Nach anderthalb Tagen habe ich vor den beiden mehr Respekt als vor den meisten Leuten ... auf der ganzen *Welt*, ehrlich.«

»Achten Sie nur darauf, nicht zu enge Freundschaften zu schließen, Craig. Konzentrieren Sie sich auf sich *selbst*.«

»Okay.«

»Nur dann kann die Genesung gelingen.«

»Ist gut.«

Schwester Monica lehnt sich mit ihrem Mondgesicht zurück.

»Wie Sie wissen, gibt es gewisse Aktivitäten in der Abteilung.«

»Ja, weiß ich.«

»An Ihrem ersten Tag brauchen Sie nicht daran teilzunehmen, aber danach wird erwartet, dass Sie täglich mitmachen.«

»Okay.«

»Das heißt, heute fangen Sie an. Da ist eine Gelegenheit für Sie, Ihre Interessen zu erforschen. Also frage ich Sie: Was sind Ihre Hobbys?«

Schlechte Frage, Monica.

»Ich hab keine.«

»*Aha*. Überhaupt keine?«

»Keine.«

Ich arbeite, Monica, und ich denke immer an Arbeit, aber ich flippe aus bei Arbeit, und ich denke darüber nach, wie oft ich an Arbeit denke, doch ich flippe aus beim Gedanken daran, wie oft ich darüber nachdenke, wie oft ich an Arbeit denke. Also denke ich darüber nach, wie sehr ich darüber ausflippe, wie oft ich darüber nachdenke, wie oft ich über Arbeit nachdenke. Zählt das als Hobby?

»Verstehe.« Sie macht sich Notizen. »Wir können Sie also in jede beliebige Gruppe stecken.«

»Sehe ich auch so.«

»Und Sie gehen auch hin?«

»Kann ich bei den Gruppensitzungen mit Armelio Karten spielen?«

»Nein.«

»Wenn ich teilnehme, kann ich dann am Donnerstag hier raus?«

»Das kann ich nicht sagen. Nichtteilnahme wird jedoch als Rückschritt im Genesungsprozess betrachtet.«

»Okay. Tragen Sie mich ein.«

Schwester Monica hakt etwas auf dem Bogen, der auf ihrem Schoß liegt, ab. »Ihre erste Aktivität ist Künstlerisches Gestalten, heute Abend, vor dem Essen, mit Joanie im Veranstaltungsraum. Das ist die Tür hinter dem Schwesternzimmer.«

»Ich dachte, diese Tür lässt sich nicht öffnen.«

»Wir können sie öffnen, Craig.«

»Wann geht's los?«

»Um sieben.«

»Oh. Punkt sieben kann ich nicht kommen.«

»Warum?«

»Um sieben habe ich eine Verabredung.«

»Mit einem Besucher?«

»Ja, sicher«, lüge ich.

»Ein Freund?«

»Hm, ja. Bis jetzt. Hoffe ich.«

einunddreißig

Um fünf vor sieben postiere ich mich am Ende des Flurs, wo ich mich gestern mit meinen Eltern getroffen habe – und heute auch wieder, gegen drei Uhr, diesmal ohne Sarah, die bei einer Freundin war. Dad riss keine Witze, und Mom brachte das Hemd für Bobby mit, der ihr die Hand schüttelte und sagte *Ihr Sohn ist großartig*, worauf sie erwiderte, das sei ihr bekannt. Dad fragte, ob wir Filme sehen dürften, und ich sagte ja, aber hier seien so viele ältere Leute, und da würden nur stinklangweilige Filme mit Cary Grant und Greta Garbo und so gezeigt; er fragte, ob er mir *Blade II* auf DVD bringen soll, ob mir das Freude machen würde. Ich fragte bei Howard nach und erfuhr, dass es in der Klinik wie überall auf der Welt einen DVD-Player gab, und Dad und ich verabredeten uns für Mittwochabend, also in drei Tagen, da muss er nicht so lange arbeiten. Dann bringt er *Blade II* mit, und wir sehen uns das alle gemeinsam an.

Das Raucherzimmer befindet sich in einem anderen Arm des H; Noelle hat gesagt, sie rauche nicht, also wird sie sich wohl hier mit mir treffen wollen. Ich habe meinen Eltern nicht von ihr erzählt. Ich habe ihnen nur erzählt, dass ich mit meinen Freunden gesprochen habe und dass es nicht gut gelaufen sei, aber wahrscheinlich seien sie sowieso ein Teil des Problems, und deshalb sei es gar nicht schlecht, sie erst einmal für eine Weile aus dem Blick zu verlieren. Mom sagte, sie wisse, dass meine Freunde Marihuana rauchen, und das übe doch bestimmt einen schlechten Einfluss aus. Dad sagte: *Aber du hast natürlich nie Gras geraucht, Craig, oder?* Und ich sagte nein, nein, nein, niemals, nicht vor der Eignungsprüfung, wie er mir geraten habe. Da mussten wir alle lachen.

Sie fragten, wie ich esse, und ich sagte, ich esse gut, was der Wahrheit entsprach.

Sie fragten, wie ich schlafe, und ich sagte, ich schlafe gut, wovon ich hoffte, dass es heute Abend der Wahrheit entsprechen würde.

Jetzt sitze ich mit übereinandergeschlagenen Beinen da, finde aber plötzlich, das sieht seltsam aus; also stelle ich sie nebeneinander. Aber mir ist kalt, und ich bin nervös, also schlage ich sie wieder übereinander. Punkt 19 Uhr kommt Noelle in denselben Kleidern wie gestern – dunkle Caprihose und weißes Herrenunterhemd – den Gang entlang auf mich zu. Sie nimmt neben mir Platz und schiebt sich mit ihren schmalen Händen – die Fingernägel sind nicht lackiert – die Haare aus dem Gesicht.

»Du bist gekommen«, sagt sie.

»Na ja, du hast mir einen Zettel zugesteckt. Und das war so ziemlich das erste Mal, dass mir ein Mädchen einen Zettel zugesteckt hat.« Ich lächle. Ich gebe mir Mühe, aufrecht zu sitzen und einen guten Eindruck zu machen.

»Wir wollen das schnell hinter uns bringen«, sagt sie. »Das soll ein Spiel sein.«

»Fünf Minuten, oder?«

»Genau. Das Spiel geht so: Es werden nur Fragen gestellt. Ich stelle dir eine Frage, und du stellst mir eine Frage.«

»Okay. Muss man auch antworten?«

»Wenn man will, kann man antworten. Aber auf jeden Fall muss am Ende der Antwort wieder eine Frage kommen.«

»Das heißt, wir tauschen Fragen aus. Zwanzig Fragen oder so. Und wozu soll das gut sein?«

»Es ist die beste Methode, einen anderen kennenzulernen. Und in fünf Minuten schaffen wir mehr als zwanzig Fragen. Falls wir nicht herumtrödeln. Ich fange an. Bist du bereit?«
Ich konzentriere mich. »Ja.«
»Nein, du sollst mit einer Frage antworten. Erzähl mir nicht, dass du dumm bist. Bist du dumm?«
»Nein!« Ich schüttele den Kopf. »Äh ... bist *du* bereit?«
»Na also. Jetzt geht's los. Erste Frage: Findest du, ich bin hässlich?«

Oh, die will es aber wirklich wissen. Ich besehe sie mir genau. Ein bisschen schäme ich mich dabei, weil ich sie von unten nach oben betrachte, als wäre sie im Internet. Mein Blick wandert über ihre Füße, die in einfachen schwarzen Turnschuhen stecken, ihre schmalen Knöchel, ihre blassen Waden und die Einkerbung unterm Knie, wo die Caprihose anfängt, und weiter an ihrem Körper hinauf, über ihre schmale Taille, die scharfe Wölbung ihrer Brüste und ihren Hals, der aus dem ungleichmäßigen, leicht verzerrten Ausschnitt ihres Unterhemds hervorkommt, ihr schmales Kinn und ihre Lippen. Die Schnittwunden in ihrem Gesicht säumen Wangen und Stirn: kleine parallele Schnitte, jeweils drei, mit Verwerfungen von weißer Haut an den Enden, wo sie zu heilen beginnen. Die Schnitte sehen nicht sehr tief aus und sind ganz dünn – ich habe das Gefühl, dass sie wieder ganz gut aussehen wird, wenn die mal verheilt sind. Und sie ist schön. Keine Frage. Ihre Augen sind grün und klug.

»Nein, du siehst phantastisch aus«, sage ich.
»Und wie lautet deine Frage?«
»Äh, warum hast du mir den Zettel zugesteckt?«
»Ich fand dich interessant. Warum hast du getan, was auf dem Zettel stand?«
»Ich ...« Mir fällt nicht schnell genug eine falsche Antwort ein. »Ich bin ein ganz normaler Junge, ja? Wenn ein Mädchen

mir etwas sagt, dann tu ich genau das, was sie von mir verlangt.« Moment: *mach ihr ein Kompliment.* »Besonders wenn es ein *hübsches* Mädchen ist.«

»Du bist nicht besonders geschickt in diesem Spiel. Wie lautet deine *Frage.*«

»Oh. Ah ja. Äh ... bist du normal?«

Sie seufzt. »*Ja.* Sei nicht so erregt, Du hast doch nicht etwa einen Ständer?«

»*Nein!*« Ich schlage die Beine übereinander. »Nein. Also ... wie bist du hierher gekommen?«

»Oh, ganz schwere Frage. Geht eigentlich zu weit. Was meinst du?«

»Jemand hat dich erwischt, als du dir grade das Gesicht zerschnitten hast?«

»*Ding ding ding!* Genau genommen danach. Ich hab das ganze Waschbecken vollgeblutet. Wie bist du hierher gekommen?«

»Ich hab mich hier gemeldet. *Wann* bist du hierher gekommen?«

»*Warum* hast du dich hier gemeldet? Vor einundzwanzig Tagen. Ups. Dreh die beiden um. Tu so, als ob ich mit der Frage aufgehört hätte.« Sie reibt sich die Arme.

»Mir ging's nicht so gut. Ich habe, na ja, die Telefonseelsorge angerufen, und die haben mir gesagt, ich soll hierher gehen. Warum bist du schon so lange hier?«

»Weil die glauben, ich könnte mir noch einmal wehtun. Was für Medikamente bekommst du?«

»Zoloft. Und du?«

»Paxil. Wo wohnst du?«

»Hier in der Gegend. Wo wohnst du?«

»Manhattan. Was machen deine Eltern?«

»Meine Mom entwirft Grußkarten, und mein Dad arbeitet bei einer Krankenversicherung. Und deine?«

»Meine Mom ist Anwältin, und mein Dad ist tot. Willst du wissen, wie er gestorben ist?«
»Das tut mir leid. Wie? *Will* ich das wissen?«
»Das sind zwei Fragen. Ja, du willst. Er ist beim Angeln gestorben. Vom Boot gefallen. Ist das nicht das Dümmste, was du jemals gehört hast?«
»Nein. Bei Weitem nicht«, sage ich. »Willst du wissen, was ich für die dümmste Art zu sterben halte?«
»Was?«
»Autoerotische Erstickung. Weißt du, was das ist?«
»Wenn man sich ein Seil um den Hals schlingt und sich dabei einen runterholt, richtig?«
»Richtig. Ich hab davon im DSM gelesen. Hast du schon mal im DSM gelesen?«
»Das dicke Buch über psychische Krankheiten?«
»Ja!«
»Natürlich. Hast du schon mal vom Undinesyndrom gehört?«
»O mein Gott! Ich dachte, ich bin der Einzige, der das kennt. Da vergisst man zu atmen. Äh ... wo hast du das DSM zum ersten Mal gesehen?«
»Beim Seelenklempner im Regal. Und du?«
»Ebenfalls. Du nennst die auch ›Seelenklempner‹?«
»Das sind sie doch auch, oder?«
»Wie meinst du das?«
»Ganz wörtlich. Sie klempnern an der Seele herum. Meinst du, ich hab auf jede Frage eine Antwort?«
Ich verstumme. Ich brauch eine Pause. Ich lege meine Hände auf die Knie und schaukle vor und zurück. Dieses Spiel ist anstrengend. »Heißt du wirklich Noelle?«
»Warum denn nicht?«
»Nach der Sache gestern beim Mittagessen weiß ich nicht mehr, was ich glauben soll. Weißt du, wie ich heiße?«

»Sicher. Craig Gilner. Hältst du mich für blöd?«

»Woher weißt du meinen Nachnamen?«

»Hab ich auf deinem Armband gelesen. Willst du meins lesen?«

›Noelle Hinton‹. *Hey ...*, denke ich. »Eine Sache noch: Hast du vorher gewusst, was gestern beim Mittagessen passieren würde?«

»Mit ›Jennifer‹. Ja, sicher. Das macht er mit jedem. Mich interessiert: Warum bist du rübergekommen?«

»Ich dachte, sie – äh, er – wäre ein, na ja, ein *Mädchen*. Und ich wurde gefragt –«

»Warum bist du *hierher* gekommen?«

»Warte, ich hab noch keine Frage gestellt.«

»Macht nichts. Du hast einen Punkt. Warum bist du hergekommen?«

»Hm, ich glaub, ich sagte: weil du ein Mädchen bist. Und weil du mich gebeten hast. Und du bist doch cool?« *Dass sie schön ist, hast du schon gesagt; jetzt zeig ihr, dass du kein fader Schwätzer bist, und sag, sie ist cool.*

»Es ist lustig, dir zuzusehen, wie du versuchst, diese Fragen richtig zu beantworten. Du bist ein dummer Junge. Du weißt, dass du dumm bist, stimmt's?«

Noelle lehnt sich zurück und reckt sich. Die Haare fallen ihr aus dem Gesicht, die Schnittwunden schreien ins Licht. Die Umrisse ihres Unterhemds haben die gleiche Form wie ihre Frisur.

»Weißt du eigentlich, dass diese Schnitte in deinem Gesicht gar nicht so schlecht aussehen?«

»Wie lange bin ich hier, Craig?«

»Du hast gesagt: einundzwanzig Tage. Stimmt das?«

»Ja. Kannst du dir vorstellen, wie die ausgesehen haben, als ich hier reingekommen bin?«

»Werden Narben zurückbleiben?«

»Um die zu beseitigen, müsste ich mich operieren lassen. Was meinst du, soll ich das tun?«

»Nein. Warum solltest du verstecken, was du durchgemacht hast?«

»Ich weiß nicht, ob das wirklich eine Frage ist. Das liegt doch auf der Hand. Wäre ich ohne Narben nicht glücklicher?«

»Keine Ahnung. Schwer zu sagen, was dich glücklich machen würde. Ich habe gedacht, auf einer richtig anspruchsvollen Highschool wäre ich glücklicher, und jetzt bin ich hier. Wo gehst du eigentlich zur Schule?«

»Delfin.« Das ist eine Privatschule in Manhattan; soweit ich weiß, ist das die letzte, auf der noch Schuluniformen getragen werden. »Und du?«

»Executive Pre-Professional. Müsst ihr Schuluniformen tragen?«

»Bist du etwa so ein Perverser, der auf Schuluniformen steht?«

»Nein. Also ... *nein*.«

»Zwei Punkte. Du hast keine Frage gestellt. Gefällt dir dieses Spiel?«

»Ich rede gern mit dir. Das ist wie eine Matheaufgabe. Redest du gern mit mir?«

»Auf jeden Fall. Magst du Mathe?«

»Ich hab gedacht, ich wär ganz gut, aber nun stellt sich heraus, dass ich ein Jahr hinter allen anderen zurück bin. Und du?«

»Ich bin schlecht in der Schule. Die meiste Zeit verbringe ich beim Ballett. Aber dafür bin ich nicht groß genug. Bist du auch schon mal für irgendetwas nicht groß genug gewesen?«

»Für manche Karussells vielleicht, früher, als ich ein kleiner Junge war. Warum?«

»Ich bin immer noch zu klein für solche Karussells. Scheiße ist das, wenn man so klein ist. Vergiss das nicht.« Sie verstummt.

»Ein Punkt für dich.«

»Dann hast du jetzt drei. Spiel zu Ende.«

»Okay, cool.« Ich lehne mich auf dem Stuhl zurück. »Puh. Was jetzt?«

»*Das* ist eine gute Frage. Ich habe keine Ahnung. Ich muss jetzt zum Künstlerischen Gestalten.«

»Ich auch.«

»Wollen wir zusammen gehen?«

»Klar.« Ich überlege kurz. Das war doch eine klare Aufforderung, oder? »Können wir ... äh ... kann ich dich küssen oder so was?«

Noelle wirft sich zurück und lacht laut auf. »Nein, du kannst mich nicht küssen! Glaubst du im Ernst, wir machen einmal dieses Spiel, und schon kannst du mich *küssen*?«

»Na ja, ich dachte, wir hätten jetzt was miteinander.«

»Craig.« Sie beugt sich vor und sieht mir in die Augen. »Nein.« Sie lächelt. Die Schnittwunden krümmen sich.

»Weißt du schon, wann du hier rauskommst?«

»Donnerstag.«

Mein Herz macht einen Sprung. »Ich auch.« Ich beuge mich langsam vor –

»Nein. *Nein*, Craig. Künstlerisches Gestalten.«

»Okay.« Ich stehe auf. Ich halte Noelle meine Hand hin. Sie ignoriert das.

»Wer zuerst da ist!«, sagt sie und rennt los, den Flur hinunter zum Veranstaltungsraum; ich versuche sie einzuholen – warum schaffe ich das nicht, obwohl ich doch viel längere Beine habe? Lernt man beim Ballett rennen? Howard schreit uns etwas zu, als wir am Schwesternzimmer vorbeisprinten – »Leute! Leute! Hier drin wird nicht gerannt!« Aber das ist mir vollkommen egal.

zweiunddreißig

»*Wer von Ihnen zeichnet denn gern?*«, fragt Joanie. Joanie ist dick und lächelt immerzu, eine stark geschminkte Frau mit klirrenden Armbändern. Sie ist die Herrscherin im Veranstaltungsraum, der *exakt* so aussieht wie das Malzimmer, das ich als Kindergartenkind hatte. An den Wänden hängen Patientengemälde von Hamburgern, Hunden und Drachen, dazwischen Poster mit Sprüchen – HINDERNISSE SIND DIE ERSCHRECKENDEN DINGE, DIE MAN SIEHT, WENN MAN DEN BLICK VON SEINEM ZIEL ABWENDET; TRÄUME SIND NUR TRÄUME, BIS DU AUFWACHST UND SIE WIRKLICHKEIT WERDEN LÄSST; WAS ICH HEUTE VORHABE: 1) EINATMEN, 2) AUSATMEN. Gott sei Dank gibt es hier kein Poster mit dem Alphabet; beim Anblick von *Aa Bb* würde wahrscheinlich wieder das Karussell losgehen. *Ein* Poster scheint mir interessant zu sein: MENSCHEN MIT PSYCHISCHEN ERKRANKUNGEN BEREICHERN UNSERE WELT. Darunter steht eine Liste mit Namen wie Abraham Lincoln, Ernest Hemingway, Winston Churchill, Isaac Newton, Sylvia Plath und anderen schlauen Leuten, die irgendwie eine Macke hatten.

Ziemlich deprimierend, das Ganze. Hier sieht es genau so aus, wie ich es mir in einer Irrenanstalt *vorstelle*. Erwachsene, die sich wie Kinder benehmen und mit Fingerfarben malen; eine muntere Aufseherin, die ihnen erzählt, alles, was sie

machen, sei *großartig*. Aber habe ich nicht genau danach verlangt, als ich meine Speisekarten ausgefüllt habe?
Du wolltest Vorschule, Soldat, und jetzt hast du Vorschule.
Ich wollte das Tröstliche der Vorschule, aber nicht ihre Atmosphäre.
Du musst das Gute mit dem Schlechten nehmen. Wie die Kleine hier. Ich wette, du hättest nicht gedacht, hier drin so eine hübsche Hummel zu finden.
Aber sie ist keine Hummel.
Ich habe das Gefühl, *Hummel* bedeutet *Freundin*. Ich sehe Noelle an. Wir haben uns noch nicht entschieden, wo wir sitzen wollen.
Ich habe nur ein einziges Mal mit ihr gesprochen.
Sie mag dich, Junge, und wenn du das nicht erkennen kannst, wirst du in diesem Krieg kein Gewehr von einer Spielzeugpistole unterscheiden können.
Von was für einem Krieg reden wir jetzt?
Von dem, den du mit deinem eigenen Kopf austrägst.
Richtig, wie kommen wir voran?
Du machst Fortschritte, Soldat, siehst du das nicht selbst?
Noelle und ich setzen uns zu Humble und der Professorin.
»Ich sehe, ihr zwei habt euch miteinander bekannt gemacht«, sagt Humble.
»Lass sie in Ruhe«, sagt die Professorin.
»Wo wart ihr?«, redet Humble weiter. »Seid ihr verliebt, habt ihr euch GEKÜSST?«
»Nein.«
»Es ist nichts passiert«, sagt Noelle.
»Wir haben nur zusammen gesessen«, sage ich.
»Craig und Noelle, verliebt, verliebt, verliebt ...« Er steht auf, stemmt die Hände in die Hüften und tänzelt herum.
»Schluss damit. Was geht hier vor?« Plötzlich ist Joanie da.
»Gibt's hier ein Problem, Mr. Koper?«

»Nein. Was? Wovon reden Sie?« Er hebt die Hände und setzt sich wieder. »Reden Sie mit *mir*?«

Joanie macht ein spöttisches Gesicht und verkündet: »Für alle, die zu spät gekommen sind: Diese Malstunde dient der Therapie!« Humble zeigt auf mich und Noelle und machte eine Geste, die *Schämt euch* bedeuten soll. »Das heißt, ihr könnt hier malen, was ihr wollt. Das ist eine großartige Chance, eure Kreativität zu erforschen und herauszufinden, was ihr in eurer Freizeit tun wollt! Freizeit ist *sehr wichtig!*«

Als sie mit ihrer Ansprache fertig ist, tritt Joanie hinter mich. »Du bist neu. Hi, ich heiße Joanie. Ich bin die Freizeitleiterin.«

»Craig.« Ich gebe ihr die Hand.

»Möchtest du Bleistift und Papier, Craig?«

»Nein. Ich habe hier nichts zu tun. Ich kann nicht zeichnen.«

»Natürlich kannst du das. Es muss ja nichts Konkretes sein. Du darfst auch etwas Abstraktes zeichnen. Willst du *Buntstifte?*«

»Nein.« Gott, ist das peinlich. Gefragt zu werden, ob ich *Buntstifte* will.

»Einen Malkasten?«

»Ich sag doch, ich kann nicht zeichnen.«

»Ein Malkasten ist zum Malen da, nicht zum Zeichnen.«

»Das kann ich auch nicht.«

»Filzstifte?«

»Nein.«

»Hört mal alle her«, verkündet Joanie laut. »Unser neuer Gast hier, Craig, hat eine *Malblockade*. Er weiß nicht, was er malen soll!«

»Das ist ja schlimm, Kumpel!«, schreit Armelio von seinem Tisch aus herüber. »Willst du Karten spielen?«

»Armelio, hier wird nicht Karten gespielt. Kann jemand von euch Craig sagen, was er malen kann?«

»Fische!«, schreit Bobby. »Fische sind einfach.«

»Tabletten«, sagt Johnny.

»Johnny«, ermahnt ihn Joanie. »Wir malen hier *keine* Tabletten.«

»Salat«, sagt Ebony.

»Sie will, dass du Salat malst, aber essen kann sie den bestimmt nicht«, kräht Humble.

»*Mister* Koper! Das reicht. Verlassen Sie bitte den Raum.«

»*Ohh-hhhh*«, stöhnen alle auf.

»Genau!«, ruft Ebony und reckt den Arm wie ein Schiedsrichter beim Platzverweis. »*Verzieh dich!*«

»Na schön.« Humble steht auf. »Was soll's. Gebt mir die Schuld. Gebt dem Mann die Schuld, der vor allen anderen die größte Hochachtung hat.« Er sammelt seine Sachen zusammen, es sind aber keine da, und verlässt den Raum. »Ihr seid doch alles Yuppies!«

Ich sehe ihm nach.

»Du kannst eine Katze zeichnen!«, sagt der Junge, der Angst vor der Schwerkraft hat. »Ich hatte mal eine. Die ist gestorben.«

»Nudelholz«, sagt der Bärtige. Es ist das erste Wort, das ich von ihm höre, seit ich ihn im Speiseraum gesehen habe. Er schaukelt immer noch, und er wandert auch immer noch durch die Korridore, wenn er nicht gerade in ein Zimmer gebracht wird.

»Wie bitte, Robert?«, fragt Joanie. »Das war *sehr* gut. Was haben Sie gesagt?«

Aber er bleibt stumm. Er will es nicht noch einmal sagen. *Nudelholz.* Möchte wissen, was das für ihn bedeutet. Wenn ich nur ein Wort sagen dürfte, wäre es bestimmt nicht Nudelholz. Sondern wahrscheinlich *Sex.* Oder *Wende.*

»Er kann etwas aus seiner Kindheit zeichnen«, sagt Noelle.

»Oh, das ist ein guter Vorschlag. Noelle, sprich bitte etwas lauter.«

Seufzend wiederholt sie es: »Craig kann etwas aus seiner *Kindheit* zeichnen.«

»Sehr gut«, sagt Joanie. »Craig, was hältst du von diesen Vorschlägen?«

Aber ich bin schon dabei. Am oberen Rand des Blattes habe ich den Fluss angefangen, er schlängelt sich runter und mündet in einen zweiten Fluss. Nein, warte, zuerst musst du die Straßen einzeichnen, weil die Brücken über das Wasser führen, weißt du noch? Erst Highways, dann Flüsse, dann Straßen. Jetzt fällt mir alles wieder ein. Wie lange ist es her, seit ich das getan habe? Damals war ich *neun?* Wie konnte ich das vergessen? Ich ziehe einen Highway senkrecht über das Blatt und eine zweite Spur quer darüber, dann das Kleeblatt der Auf- und Abfahrten. Eine führt von der Kreuzung weg durch einen Park und endet in einem Kreisel, einem schönen Gewirr städtischer Aktivität. Hier beginnen die Wohnviertel. Der Stadtplan nimmt Gestalt an. Meine eigene Stadt.

»Oh, jemand hat Craigs Blockade gelöst!«, ruft Joanie von der anderen Seite des Raums. Ich drehe mich um. Ebony macht sich die Mühe, sich mit ihrem Stock hochzustemmen, und kommt zu mir rüber. »Zeig mal.«

Sie sieht mir über die Schulter. »*Ooooh*, ist das schön«, sagt sie.

»Was denn?«, schreit Armelio.

»Wir wollen hier nicht schreien«, sagt Joanie.

»Das ist außerordentlich«, sagt die Professorin neben mir.

»Die Hälfte des Lobes steht mir zu«, sagt Noelle, die rechts von mir eine Blume zeichnet. Sie sieht mich aus den Augenwinkeln an. »Das weißt du genau.«

»Stimmt«, antworte ich und sehe kurz zu ihr hinüber. Dann wende ich mich wieder meinem Stadtplan zu. Das fließt jetzt nur so aus mir heraus.

»Ist das ein *Gehirn?*«, fragt Ebony.

Ich sehe zu ihr hoch. Sie zieht einen Flunsch und lächelt mich an. Ich betrachte meinen Stadtplan. Das ist kein Gehirn, niemals; das ist ein *Stadtplan*; sieht sie denn nicht die Flüsse und

Highways und Kreuzungen? Andererseits verstehe ich, dass man darin ein Gehirn erblicken *kann*: die Straßen als verflochtene Neuronen, die die Gefühle von einem Ort zum anderen transportieren und die Stadt lebendig machen. Ein funktionierendes Gehirn ist vielleicht wirklich so etwas wie ein Stadtplan, auf dessen Straßen jeder von einem Ort zum anderen gelangen kann. Und ein nicht funktionierendes Gehirn ist eine einzige Baustelle und hat überall Sackgassen, so wie meins.

»Ja«, sage ich und nicke zu ihr hinauf. »Ja. Genau das ist es. Es ist ein Gehirn.« Und dann höre ich mittendrin auf – damit hatte ich immer ein Problem: irgendetwas *zu Ende* zu bringen; immer ist mir die Energie ausgegangen, bevor ich an den Rand des Blattes gekommen war – und zeichne einen Kopf um das Ganze. Eine Nase, zwei Häkchen für die Lippen und einen Hals. Ich zeichne den Kopf so, dass genau dort, wo das Gehirn sein müsste, dieses Gekrakel von Straßen sitzt. Ich mache ein Rondell zum Auge und ziehe breite Straßen zum Mund hinunter, und Ebony stößt kichernd mit ihrem Stock auf den Boden.

»Das ist sehr hübsch!«

»Schon gut«, sage ich und senke den Blick. Das hier ist fertig. Aber das kann ich noch besser. Ich signiere das Bild unten mit meinen Initialen – CG, wie »Computer-Generiert« – und lege es beiseite. Dann lasse ich mir noch ein Blatt geben und fange ein neues an.

Das ist einfach. Einfach und hübsch, und ich kann es. So was könnte ich ewig machen. In dieser Kunst-Stunde schaffe ich fünf.

Ich bin so konzentriert, dass ich nicht mal bemerke wie Noelle geht. Als ich meine Sachen nehme und selber gehen will, finde ich nur noch einen Zettel auf ihrem Stuhl, verziert mit einer Blume:

ICH MACH PAUSE VON DIR. MÖCHTE MICH NICHT ZU SEHR BINDEN. NÄCHSTES TREFFEN AM

DIENSTAG, GLEICHE ZEIT, GLEICHER ORT. MACH DIR WEGEN DER LANGEN ZEIT KEINE SORGEN. ICH FINDE DICH GANZ REIZEND.

Ich falte den Zettel und schiebe ihn zu dem anderen in meine Tasche. Nach dem Künstlerischen Gestalten gibt es Abendessen, und dabei teilt mir Humble mit, er verzeihe mir, dass ich ihn in Schwierigkeiten gebracht habe. Ich danke ihm. Nach dem Abendessen spiele ich Karten mit Armelio, der mir erklärt, ich hätte ja jetzt schon ein bisschen Erfahrung und könne daher an dem großen Kartenturnier teilnehmen, das morgen Abend veranstaltet werde.

»Spielt ihr um richtiges Geld?«, frage ich.

»O nein, Kumpel! Wir spielen mit Knöpfen!«

In der Zigarettenpause hänge ich vor dem Raucherzimmer herum – im Prinzip folge ich nur der Gruppe; wo die hingehen, gehe ich auch hin – und spreche mit Bobby über meinen Tag. Dann gehe ich mit meinen Kopfkarten-Bildern auf mein Zimmer. Das Bett ist im Lauf des Tages nicht gemacht worden – in Six North wird man wahrlich nicht verhätschelt. Aber das Kissen hat wieder seine ursprüngliche Form angenommen und ist nicht mehr von meinem verschwitzten Kopf eingedellt; und als ich mich hinlege, gibt es das langsamste, beruhigendste Zischen von sich, das ich jemals gehört habe.

»Fühlst du dich besser?«, fragt Muqtada.

»Ja, ziemlich«, sage ich. »Du musst wirklich öfter aus diesem Zimmer raus, Muqtada. Da draußen wartet eine ganze Welt auf dich.«

»Ich bete jeden Tag, dass es mir eines Tages mal besser geht, so wie dir.«

»So viel besser geht's mir nun auch nicht, Mann.«

Aber immerhin kann ich schlafen. Keine Spritze nötig.

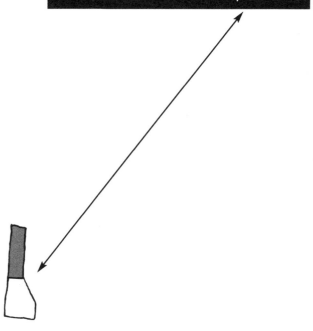

dreiunddreißig

Der nächste Tag ist Montag, da sollte ich eigentlich in der Schule sein.

Ich sollte nicht mit Humble essen und mir anhören, was seine Freundin ihm jedes Mal angetan hat, wenn sie an einem Burger King vorbeigekommen sind. Ich sollte in der Schule sein.

Ich sollte nicht Ebonys Freundin am Telefon erklären, dass ich einen Stadtplan in einem Kopf gezeichnet habe, und mir ihr Echo anhören müssen: »Er ist so *gut*, Marlene, er ist so *gut*.« Ich sollte in der Schule sein.

Ich sollte mir nicht Zoloft verabreichen lassen und in der Schlange hinter Bobby warten, der sich für seinen Gesprächstermin schon mein Hemd angezogen hat. Ich sollte in der Schule sein.

Um elf nehme ich meinen ganzen Mut zusammen, gehe zum Telefon und checke meine Mailbox.

»Hey, Craig, hier ist Aaron, hör zu, tut mir echt leid, Mann. Ehrlich gesagt, ich – also ich hatte einen Riesenstreit mit Nia, nachdem du mir erzählt hattest, dass sie Tabletten nimmt ... kann sein, dass ich auch irgendwie so Depressionen habe oder so was. In letzter Zeit schaff ich es manchmal kaum noch, aus dem Bett zu kommen ... bin immer nur müde und kann mich auf nichts mehr konzentrieren. Was ich da am Telefon zu dir gesagt habe, also Nia meint, ich hätte da was *projiziert*, sagt sie.

Jedenfalls möchte ich dich besuchen und mit dir reden. Ich und Nia haben Probleme.«

Ich rufe zurück und hinterlasse ihm eine Nachricht. Ich sage, wenn er sich deprimiert fühlt, soll er sich von seinem Hausarzt zu einem Psychopharmakologen überweisen lassen und es dann so machen wie ich. Ich sage ihm, dass man sich deswegen nicht zu schämen braucht. Ich sage, sein Anruf hat mich gefreut, aber ich bin mir nicht sicher, ob er mich besuchen soll, weil ich hier jetzt wirklich mal was auf die Reihe bringen will, und das würde ich alles gern hier drin behalten und so wenig wie möglich davon an die Außenwelt gelangen lassen. Und ich frage ihn, was mit ihm und Nia los ist, ob sie sich jetzt wieder vertragen haben.

»Hallo, Craig, hier ist noch mal Mr. Reynolds –«

Ich rufe ihn zurück und hinterlasse ihm eine Nachricht. Ich bin aus privaten Gründen im Krankenhaus, und er bekommt seine Hausaufgaben, wenn ich wieder gesund bin. Ich sage ihm, ich werde ihm schriftliche Belege dafür schicken – von Ärzten, Psychopharmakologen, Psychiatern, Psychologen, Krankenschwestern, Freizeitleiterinnen und Präsident Armelio –, dass ich mich zur Zeit in einer Einrichtung befinde, in der es nicht erlaubt ist, sich dem Stress von Hausaufgaben auszusetzen. Und ich sage ihm, wenn er mich sprechen will, erreicht er mich unter der Nummer hier, und er soll nicht erschrecken, wenn sich da jemand mit »Joes Pub« meldet.

»Hey, Craig, hier ist Jenna. Ich bin eine Freundin von Nia, und ich ... okay, das ist mir echt peinlich, aber willst du in nächster Zeit mal ausgehen? Ich habe gehört, was du alles durchgemacht hast, und dass du jetzt in einer Klinik bist oder so, und mein letzter Freund war bei solchen Sachen total unsensibel, weil ich auch solche Sachen durchgemacht habe! Und da dachte ich, du verstehst mich vielleicht, und ich habe dich ja schon immer ganz süß gefunden – wir haben uns ein paar Mal gesehen –, aber ich dachte auch immer, du bist so schüchtern, dass es keinen Spaß machen würde, mit dir auszugehen. Ich wusste ja nicht, dass du, na ja, *Depressionen* hast. Und ich finde das echt mutig von dir, dass du das zugibst, also finde ich einfach, wir sollten mal zusammen ausgehen.«

Aha. Ich rufe Jenna zurück und hinterlasse ihr eine Nachricht. Ich sage, nächste Woche könnte ich vielleicht mal mit ihr ausgehen.

Das war's. Die anderen Nachrichten sind von Ronny und Scruggs; es geht ums Kiffen, und darauf reagiere ich nicht. Ich lege den Hörer auf, ohne mir den Finger zu quetschen. Plötzlich steht Muqtada vor mir.

»Ich habe deinen Rat befolgt. Bin aus dem Zimmer gegangen.«

»Hey, guten Morgen! Wie geht's dir?«

Er zieht die Schultern hoch. »Okay. Was ist zu tun?«

»Es gibt eine Menge zu tun. Zeichnest du gern?«

»*Eh.*«

»Spielst du gern Karten?«

»*Eh.*«

»Hörst du gern Musik?«

»Ja.«

»Großartig! Okay –«

»Aber nur ägyptische Musik.«

»Oh.« Während ich noch überlege, wo ich ägyptische Musik auftreiben kann oder wie man die überhaupt nennt, latscht plötzlich Solomon auf seinen Sandalen vorbei.

»Entschuldigt bitte, aber ich möchte mich ausruhen!«, schreit er uns an. Muqtada sieht ihn an und verzieht das Gesicht zu einem solchen Grinsen, dass ihm die Brille ein Stück die Nase hochrutscht.

»Gibt's ein Problem?«, fragt Solomon.

»Siebzehn Tage!«, sagt Muqtada. »Siebzehn Tage will der Jude nicht mit mir reden! Und jetzt tut er's. Ich fühle mich geehrt.«

»Ich habe nicht mit dir geredet, ich habe mit ihm geredet«, sagt Solomon und zeigt auf mich.

»Kennt ihr beiden euch?«, frage ich.

Muqtada und Solomon geben sich die Hand – dabei kommt Solomons Hose ins Rutschen, aber er krümmt rechtzeitig die Beine, so dass sie nicht ganz runterfällt. Dann zieht er seine Hand zurück und stakst davon. »Ich denke, das reicht für einen Tag«, erklärt mir Muqtada und geht in unser Zimmer zurück.

Ich schüttele den Kopf.

Neben mir klingelt das Telefon. Ich rufe nach Armelio. Er kommt angerannt, nimmt ab und sagt: »Joes Pub.« Dann gibt er den Hörer mir.

»Für mich?«

»Ja, Kumpel.«

Ich horche. »Ich möchte Craig Gilner sprechen«, sagt eine gebieterische Stimme.

»Am Apparat. Wer spricht da?«

»Hier ist Mr. Alfred Janowitz, Craig. Dein Direktor an der Executive Pre-Professional Highschool.«

»Ach du Kacke«, sage ich und lege auf.

Gleich klingelt das Telefon wieder. Ich stehe daneben und lasse es klingeln; Armelio und allen anderen, die vorbeikommen, erkläre ich, das sei für mich, aber ich könne nicht rangehen. Sie verstehen das vollkommen. *Der Direktor.* Ich hatte recht. Ich habe den Mann schon mal gesehen; das ist der, der uns am ersten Tag begrüßt hat, als ich mit Aaron high war, und der uns erzählt hat, nur die Besten seien aufgenommen worden und nur die Besten würden belohnt. Das ist der, der gelegentlich im Unterricht auftaucht und bei Klassenarbeiten Aufsicht führt und uns Schokolade schenkt, als könnte das irgendetwas wiedergutmachen. Das ist der, der sagt: »Euer Schultag sollte nicht um fünf Uhr enden«, und der dauernd in der Zeitung steht – »der strengste Schuldirektor der Stadt« –, und jetzt hat er mich am Arsch, weil er weiß, dass ich verrückt bin und ich meine Hausaufgaben nicht gemacht habe. Großer Fehler, dass ich Mr. Reynolds diese Nachricht hinterlassen habe. Jetzt ist es aus. Ich fliege von der Schule. Ende. Ich werde nie mehr auf eine Highschool gehen können. Und aufs College erst recht nicht.

Als das Telefon endlich aufhört zu klingeln, marschiere ich auf und ab.

Ich hatte von Anfang an recht gehabt. Was habe ich mir nur dabei gedacht? Du addierst deine kleinen Siege hier drin zusammen und bildest dir ein, die seien von Bedeutung. Du lässt dich dazu verleiten, Six North für die reale Welt zu halten. Du lernst neue Freunde kennen und redest mal kurz mit einem Mädchen. Und das hältst du für einen Erfolg, Craig? Von Erfolg kann gar keine Rede sein. Du hast nichts gewonnen. Du hast nichts bewiesen. Du bist nicht besser geworden. Du hast keine Arbeit. Du verdienst kein Geld. Du lebst hier drin auf Staatskosten und nimmst die gleichen Tabletten, die du schon immer genommen hast. Du verschwendest das Geld deiner Eltern und der Steuerzahler. Und im Prinzip fehlt dir gar nichts.

Das war alles nur ein Vorwand, denke ich. Es ging mir gut. Ich hatte einen Durchschnitt von 93 und konnte mich gut über Wasser halten. Ich hatte gute Freunde und eine liebevolle Familie. Und weil ich unbedingt im Mittelpunkt der Aufmerksamkeit stehen wollte, weil ich mehr haben wollte als das, bin ich jetzt hier, suhle mich in mir selbst und versuche alle in meiner Umgebung davon zu überzeugen, dass ich ... krank bin.

Ich bin nicht krank. Ich gehe weiter auf und ab. Depression ist keine Krankheit. Das ist ein Vorwand, damit man die Primadonna spielen kann. Jeder weiß das. Meine Freunde wissen es, mein Direktor weiß es. Jetzt fange ich wieder an zu schwitzen. Und das Karussell in meinem Kopf geht los. Ich habe alles falsch gemacht. Was habe ich denn schon getan? Ein paar Bildchen gemalt? Das zählt nicht. Ich bin erledigt. Eben hat mich mein Direktor angerufen, und ich habe einfach aufgelegt und ihn nicht zurückgerufen. Ich bin erledigt. Ich fliege von der Schule. Ich bin erledigt.

Der Mann in meinem Magen ist wieder da, ich renne in mein Zimmer, ins Bad, aber dann kommt nichts, irgendetwas macht da nicht mit. Ich krümme mich stöhnend und hustend über der Kloschüssel, aber es kommt einfach nichts, also spüle ich mir nur den Mund aus und lege mich ins Bett.

»Was ist passiert?«, fragt Muqtada. »Du legst dich doch sonst nie tagsüber ins Bett.«

»Ich hab großen Ärger«, sage ich und bleibe liegen. Nur zum Mittagessen stehe ich kurz auf, und dann, gegen drei, steckt Dr. Minerva ihren Kopf zur Tür herein.

»Craig? Ich möchte mit Ihnen reden.«

vierunddreißig

»Freut mich sehr, Sie zu sehen.« Wir sind in dem Zimmer, in dem Schwester Monica mich ausgefragt hat. Dr. Minerva scheint sich hier gut auszukennen.

»Ich freue mich auch, Sie zu sehen. Und dass es Ihnen gut geht«, sagt sie.

»Ja, das war die reinste Achterbahn, kann ich nur sagen.«

»Eine emotionale Achterbahn.«

»Ja.«

»Und wo ist die Achterbahn jetzt, Craig?«

»Unten. Ganz unten.«

»Und was hat Sie so fertig gemacht?«

»Mein Schuldirektor hat mich angerufen.«

»Und was wollte er?«

»Keine Ahnung. Ich hab aufgelegt.«

»Was glauben Sie, was er gewollt hat, Craig?«

»Mich von der Schule schmeißen.«

»Und warum sollte er das tun wollen?«

»Hallo? Weil ich hier bin? Weil ich nicht in der *Schule* bin?«

»Craig, Ihr Direktor kann Sie nicht der Schule verweisen, nur weil Sie in einer psychiatrischen Klinik sind.«

»Na ja, Sie kennen ja auch meine anderen Probleme.«

»Welche meinen Sie?«

»Dass ich dauernd mit meinen Freunden abhänge, dass ich Depressionen habe, dass ich meine Hausaufgaben nicht mache...«

»Ah-bah. Lassen wir das mal, Craig. Ich habe Sie seit Freitag nicht mehr gesehen. Können Sie mir ein wenig erzählen, wie Sie hierher gekommen sind?«

Das tue ich ausführlich. Es gibt ja eine Menge Neues, nicht nur dass ich in Six North bin. Noelle zum Beispiel. Und dass ich wieder essen kann und mich nicht mehr übergeben muss, und dass ich wieder schlafen kann.

»Wie geht es Ihnen im Vergleich zu Freitag, Craig?«

»Besser. Sehr viel besser. Aber die Frage ist. Geht es mir wirklich besser, oder werde ich von dieser künstlichen Umgebung nur in Sicherheit gewiegt? Ich meine, hier drin ist es doch nicht normal.«

»Nirgendwo ist es normal, Craig.«

»Sicher. Gibt's irgendwas Neues, seit ich hier bin?«

»Jemand hat einen Gasanschlag auf das Four Seasons in Manhattan verübt.«

»Oha!«

»Tja«, grinst Dr. Minerva. Sie beugt sich vor. »Craig, Sie haben etwas verschwiegen, was die Freizeitleiterin gesagt hat. Dass Sie am Künstlerischen Gestalten teilgenommen haben.«

»Ah ja, das war doch nichts. Nur einmal, gestern.«

»Und wie hat es Ihnen gefallen?«

»Wissen Sie noch, wie ich Ihnen letztes Mal erzählt habe, dass ich als kleiner Junge gerne Stadtpläne gezeichnet habe? Da kam das irgendwie her.«

»Wie denn?«

»Ich habe mich daran erinnert, als ich in der Kunststunde Papier und Bleistift bekam – das heißt, erinnert eigentlich nicht, sondern Noelle hat mir sozusagen das Stichwort gegeben –«

»Das Mädchen, das Sie hier kennengelernt haben?«

»Genau.«

»So wie Sie von ihr sprechen, glaube ich absehen zu können, dass hier eine echte Freundschaft entsteht.«

»Das ist viel mehr als Freundschaft. Wenn ich hier rauskomme, werden wir eine feste Beziehung miteinander haben, denke ich.«

»Und Sie meinen, Sie sind dafür bereit, Craig?«

»Absolut.«

»Na schön.« Sie macht sich eine Notiz. »Wie hat Noelle Ihnen geholfen?«

»Sie hat vorgeschlagen, ich soll etwas aus meiner Kindheit malen, und da sind mir die Stadtpläne wieder eingefallen.«

»Verstehe.«

»Aber kaum hatte ich angefangen, kam Ebony rüber und –«

»Sie duzen sich mit allen diesen Leuten.«

»Ja, sicher.«

»Glauben Sie, dass es Ihnen leichtfällt, Freunde zu finden, Craig?«

»Nein.«

»Aber hier drin finden Sie Freunde.«

»Richtig. Aber hier ist es anders.«

»Inwiefern?«

»Hm, ich weiß nicht ... hier ist kein Druck.«

»Kein Druck, Freunde zu finden?«

»Nein, kein Druck, immer nur zu *arbeiten*.«

»Und draußen in der Welt gibt es diesen Druck.«

»Ganz genau.«

»Ungeheurer Druck da draußen. Ihre Tentakel.«

»Ja.«

»Und gibt es hier drin auch Tentakel?«

Da muss ich erst mal nachdenken. Inzwischen habe ich verstanden, wie das hier in Six North läuft: es geht nur darum, die Leute zu beschäftigen und die Zeit rumzukriegen. Kaum ist man morgens ausgewacht, hat man eine Blutdruckmanschette um den Arm, und jemand misst einem den Puls. Danach gibt's Frühstück. Dann werden die Medikamente ausgegeben, dann gibt's eine Zigarettenpause, und dann hat man *vielleicht* eine Viertelstunde für sich selbst, bevor schon wieder irgendetwas unternommen wird. Darauf folgt das Mittagessen, und dann gibt es die nächste Ladung Medikamente, noch eine Zigarettenpause und wieder irgendwelche Aktivitäten, und dann ist der Tag plötzlich vorbei; Zeit zum Abendessen, und alle reichen sich Salz und Nachspeisen hin und her. Dann kommt um zehn die letzte Zigarettenpause, und anschließend geht's ins Bett.

»Nein, hier drin gibt es keine Tentakel«, sage ich. »Das Gegenteil von einem Tentakel ist eine einfache Aufgabe, etwas, das einem hingelegt wird und das man ohne viel zu fragen erledigt. Und genau das wird hier getan.«

»Gut. Die einzigen Tentakel hier drin sind die Anrufe, die Sie bekommen und die Sie jetzt niedergeschlagen gemacht haben.«

»Richtig.«

Dr. Minerva notiert sich etwas. »Jetzt kommt eine wichtige Frage, Craig. Gibt es hier drin für Sie irgendwelche *Anker*?«

»Hm?«

»Irgendetwas, woran Sie sich festhalten können.«

Ich denke darüber nach. Wenn ein Anker etwas Konstantes ist, gibt es hier jede Menge davon. Zum Beispiel das konstante Radiogedudel aus dem Schwesternzimmer, egal ob Smitty oder Howard Dienst haben. Und der konstante Zeitplan: die Mahlzeiten, die Ausgabe der Medikamente, Armelios Durchsagen. Armelio selbst ist auch eine Konstante mit seiner ewigen Kartenspielerei. Und Jimmy, der immerzu sagt: »Du wirst es *erleben!*«

»Die Leute hier sind Anker«, sage ich.

»Aber Leute sind keine guten Anker, Craig. Sie ändern sich. Sie gehen von hier weg. Irgendwann wird jeder Patient entlassen. Auf die können Sie nicht bauen.«

»Wann werden sie entlassen?«
»Das kann ich nicht wissen.«
»Und die Angestellten?«
»Auch die kommen und gehen, nur in größeren Zeiträumen.«
»Noelle. Sie ist schön und klug, ich mag sie sehr. Sie könnte ein Anker sein.«
»Ich möchte Sie warnen. Anker vom anderen Geschlecht, insbesondere solche, zu denen man sich hingezogen fühlt, sind untauglich«, sagt Dr. Minerva. »Beziehungen ändern sich noch mehr als Menschen. Da sind es dann zwei Menschen, die sich ändern. Das ist noch viel, viel unbeständiger. Besonders bei zwei Teenagern.«
»Aber Romeo und Julia waren auch Teenager«, sage ich.
»Und was ist aus Romeo und Julia geworden?«
»Oh«, murmele ich. »Stimmt.«
»Und haben wir das hinter uns gelassen, Craig? Haben wir solche Gedanken hinter uns gelassen?«
»Ja«, sage ich und nicke.
»Denn wenn Sie wieder solche Gedanken haben, müssen Sie auch wieder hierher zurück. Ist Ihnen das klar?«
»Ja, ich weiß. Soll nicht mehr vorkommen.«
»Ganz sicher?«
»Na ja ... Es wäre doch blöd, mich umzubringen. Das würde vielen Leuten sehr wehtun und ... es wäre eben blöd.«
»Sie sagen es.« Dr. Minerva beugt sich weit über den Tisch. »Das wäre *wirklich* blöd. Und nicht nur für andere Leute. Auch für Sie.«
»Ja, das wäre keine Heldentat«, sage ich. »Wie dieser Muqtada, mit dem ich das Zimmer teile: Der ist praktisch tot. Der macht überhaupt nichts. Liegt immer nur den ganzen Tag im Bett.«
»Richtig.«

»Und ich möchte niemals so werden wie er. So möchte ich nicht leben. Und wenn ich tot wäre, würde ich im Prinzip ja so leben.«

»Ausgezeichnet, Craig.«

Sie hält inne. Wie gesagt, gute Seelenklempner wissen immer, wann sie eine dramatische Pause einlegen müssen.

Ich klopfe mit den Füßen. Die Neonröhren summen.

»Ich möchte noch einmal auf die Anker zurückkommen«, sagt Dr. Minerva. »Fällt Ihnen noch etwas anderes ein, das Sie hier gefunden haben und das Ihre Zeit in Anspruch nehmen könnte, wenn Sie wieder draußen sind?«

Ich überlege. Ich weiß, es gibt da etwas. Es liegt mir auf der Zunge. Aber ich komme nicht drauf.

»Nein.«

»Okay, kein Problem. Sie haben heute gute Fortschritte gemacht. Jetzt müssen wir nur noch eins tun: Ihren Direktor anrufen.«

»Nein!«, sage ich, aber sie hat schon ihr Handy gezückt, das sie hier offenbar benutzen darf. »Ja, ich hätte gern die Nummer der Executive Pre-Professional Highschool in Manhattan.«

»Das dürfen Sie nicht, das *dürfen* Sie nicht«, sage ich, beuge mich vor und greife nach dem Handy. Zum Glück sind die Jalousien herunter, so dass uns niemand hier drin sehen kann; sonst wäre bestimmt jemand gekommen und hätte mich sediert. Sie steht auf, geht zur Tür und zeigt nach draußen. *Soll ich ein paar Pfleger kommen lassen?* Ich setze mich wieder hin.

»Ja«, sagt sie. »Ich muss den Direktor sprechen. Ich rufe zurück, weil er einen Ihrer Schüler angerufen hat; es geht um eine Rechtsangelegenheit. Ich bin die Mutter.«

Pause.

»Na also«, sagt sie und hält die Sprechmuschel zu. »Ich werde verbunden.«

»Ich glaub das nicht, dass Sie das tun«, sage ich.

»Und ich finde es unglaublich, dass Sie sich deswegen Sorgen machen ... ja, hallo? Spreche ich mit Mr. ...« Sie sieht mich an.
»Janowitz«, flüstere ich.
»Janowitz?«
Ich höre ein bestätigendes *Mmpf*.
»Ich bin Dr. Minerva und rufe wegen Ihres Schülers Craig Gilner an. Sie haben ihn vorhin in der psychiatrischen Klinik Argenon in Brooklyn angerufen. Ich bin Craigs amtlich zugelassene Therapeutin. Er sitzt hier bei mir. Möchten Sie ihn sprechen?«
Sie nickt. »Also los, Craig.«
Ich nehme das Handy – es ist kleiner als meins, schicker. »Ähm, hallo?«
»Craig, warum hast du eben aufgelegt?« Seine Donnerstimme klingt hell und freundlich; man könnte meinen, er lacht.
»Ah ... ich dachte, es gibt Ärger. Ich dachte, ich fliege von der Schule. Weil Sie mich in der *Klinik* angerufen haben.«
»Craig, ich habe dich angerufen, weil ich eine Nachricht von einem deiner Lehrer erhalten habe. Ich wollte dir nur sagen, dass du in allem, was du durchmachst, die volle Unterstützung der Schule hast und dass du das Semester selbstverständlich wiederholen oder über den Sommer nachholen kannst. Wir können dir auch Unterrichtsmaterial in die Klinik bringen, wenn du auf dem Laufenden bleiben möchtest.«
»Oh.«
»Wir bestrafen unsere Schüler doch nicht, nur weil sie in der *Klinik* sind, mein Gott, Craig.«
»Nicht? Aber das ist doch hier eine psychiatrische –«
»Ich weiß, was für eine Klinik das ist. Meinst du, wir haben nicht auch andere Schüler, die in eine solche Situation geraten? Das ist unter jungen Leuten ein *sehr* verbreitetes Problem.«
»Oh. Äh, danke.«

»Wie geht's dir jetzt?«

»Schon besser.«

»Weißt du, wann du die Klinik verlassen kannst?«

Ich will ihm nichts von Donnerstag erzählen, weil es genauso gut Freitag werden kann. Oder Donnerstag in einer Woche. Oder nächstes Jahr.

»Bald«, sage ich.

»Okay. Halt die Ohren steif. Und wenn du zurückkommst, freuen wir alle uns auf dich.«

»Vielen Dank, Mr. Janowitz.« Und ich stelle es mir vor: wie ich auf die Schule zurückkehre. Die kleine Schar meiner Freunde – nur dass sie jetzt nicht mal mehr meine Freunde sind –, alle geplättet von der neuen Sammlung von Mädchen, die mich mögen, weil ich Depressionen habe; und Lehrer, die Mitgefühl haben, und der plötzlich so nette Direktor. Am liebsten würde ich mich darüber freuen. Aber ich kann nicht.

»Sehen Sie, war doch gar nicht so schlimm, oder?«, sagt Dr. Minerva. Und ich muss zugeben, sie hat recht. Aber irgendwie war es auch so, als hätte man erfahren, das Gefängnis freue sich, dass man zeitweilig begnadigt worden sei, werde einen aber mit offenen Armen empfangen, wenn man wieder eingeliefert werde.

»Zur Zeit ist geplant, Sie am Donnerstag zu entlassen, Craig, und wir beide sprechen am Mittwoch noch einmal miteinander. In Ordnung?«, fragt Dr. Minerva. Ich bedanke mich und gebe ihr die Hand. Ich sage ihr, was ich ihr sage, wenn es mir richtig gutgetan hat, mit ihr zu reden, nämlich dass sie eine gute Therapeutin ist. Dann gehe ich in mein Zimmer und zeichne ein paar Kopfkarten. Ich freue mich auf den Abend, auf Armelios großes Turnier.

fünfunddreißig

»Okay!«, sagt Armelio. »Alle da?«

Wir sind wieder im Veranstaltungsraum. Johnny, Humble, Ebony und die Professorin. Alle sind frisch rasiert – wie ich erfahre, wird nur dienstags darauf geachtet, dass sich die Leute rasieren – und sehen zehnmal besser aus. Sogar Nudelholz-Robert, der durch die Flure wandert, macht einen brauchbaren Eindruck. Das muss ich mir merken: rasiert kann selbst ein Geisteskranker gut aussehen.

»Huh«, haucht Johnny. »Bobby ist immer noch bei seinem Vorstellungsgespräch.«

»Ja«, sagt Ebony. »Craig hat ihm ein Hemd geliehen. Du bist sehr *nett*, Craig.«

»Danke.«

»Wann willst du wieder mal etwas zeichnen?«

»Heute Abend vielleicht, nach dem Kartenturnier.«

»Genau, Kumpel, wir sollten uns auf das Turnier konzentrieren«, erklärt Armelio. Er steht am Kopfende des Tisches, dessen unebene Oberfläche mit Farbspritzern, Buntstiftstrichen und Tintenklecksen bedeckt ist. In der Mitte steht ein Plastikbehälter mit Knöpfen, jeweils vier gleich große Haufen. Wahrscheinlich waren die Knöpfe einmal nach Größe und Farbe sortiert, aber jetzt sind sie alle durcheinander – alle nur denkbaren Farben, Formen und Größen. Sie sehen aus wie Schmuckstücke.

»Ich möchte nicht, dass am Schluss auch nur einer von meinen Knöpfen fehlt!«, sagt Joanie aus dem Hintergrund. Sie sitzt an einem anderen Tisch, liest einen Liebesroman und führt die Aufsicht.

»Richtig, wir suchen immer noch den Räuber des Blauen Knopfes«, sagt Humble. »Wenn hier einer plötzlich nicht mehr seine Hose festhalten muss, werden wir sehr misstrauisch. Soll heißen, achtet auf Solomon. Und Ebony.«

»Ich hab's dir schon einmal gesagt, Dummkopf, lass meine Hose aus dem Spiel.«

»Okay, alle bereit?«, fragt Armelio. »Nehmt eure Knöpfe!«

Unsere Hände stürzen nach vorn und grabschen. Wir schütten die Knöpfe vor uns auf den Tisch und breiten sie mit den Fingerspitzen großflächig aus. Armelio entscheidet, ob jeder von uns die gleiche Menge hat.

»Humble, leg sechs Knöpfe zurück. Ebony, leg zehn zurück. Johnny, was ist denn das, Kumpel? Du hast ja ungefähr zweihundert Knöpfe zu viel!«

»Ich habe einen Knopfbonus«, sagt Johnny, und in diesem Augenblick kommt Bobby in den Veranstaltungsraum.

Und zwar mit seinem normalen, weit ausschreitenden, nach hinten geneigten Gang. Er trägt mein Hemd. An unserem Tisch bleibt er stehen, vergewissert sich, dass er unsere Aufmerksamkeit hat, hebt die rechte Hand, schüttelt sie in der Luft, als wolle er einen Zaubertrick vorführen, und schlägt dann beide Fäuste so auf den Tisch, dass seine Arme ein V bilden. Wie ein Aufsichtsratsvorsitzender steht er da.

»Ich hab's geschafft«, sagt er grinsend.

Schweigen erfüllt den Raum.

Joanie beginnt als Erste zu klatschen, langsam zwar, aber mit Nachdruck. Armelio fällt als Erster ein, und dann schwillt der Beifall mächtig an.

»Na also!«

»Gratuliere!«

»Ein Hoch auf die Brooklyn-Schrotter!«

»Bob-*by*! Bob-*by*!«

Wenn in einem kleinen Zimmer acht Leute klatschen, kann das ganz schön laut sein. Die Poster an den Wänden scheinen zu vibrieren. Und zu dem Applaus kommt das immer lautere Jubelgeschrei. Tommy erhebt sich und umschlingt Bobby mit beiden Armen, wie man es manchmal bei Männern sehen kann, die sich nach zwanzig Jahren zum ersten Mal wiedersehen, Fiend One und Fiend Two, denen ein Sieg des anderen genau so viel bedeutet wie ein eigener.

»Bobby, Kumpel, du bist der Größte!« Armelio geht zu den eng Umschlungenen und klopft Bobby so heftig auf den Rücken, dass die beiden fast zu Boden gehen.

»Wartet mal«, sagt Bobby. Er löst sich aus Johnnys Umarmung und hebt die rechte Hand. »Bevor wir völlig durchdrehen, denn ich sehe schon die Knöpfe auf dem Tisch, muss ich mich bei diesem jungen Mann bedanken.« Er kommt zu mir. »Dieser Junge hat buchstäblich sein letztes Hemd mit mir geteilt – das blaue hier. Dabei kennt er mich doch gar nicht. Und – keine Frage – ohne ihn wäre ich nicht in dieses Heim gekommen. Das neue Heim.«

Ich stehe auf, er umarmt mich, seine großen knochigen Hände schlingen sich um meinen Rücken; ich spüre die glatte alte Haut seiner Wange an meiner und finde, das schöne Hemd steht ihm viel besser als mir. Ich denke daran, wie viel das diesem Mann bedeutet, wie viel wichtiger so etwas ist, als irgendeine Highschool zu besuchen oder irgendein Mädchen rumzukriegen oder mit irgendwem befreundet zu sein. Der Mann hat gerade ein *Zuhause* gefunden! Ich? Ich hab ja eins. Ich werde immer eins haben. Ich habe keinen Grund, mir deswegen Sorgen zu machen. Meine albernen Hirngespinste, ich könnte mal als Obdachloser enden, sind genau das – Tatsache ist, dass meine Eltern mich jederzeit und überall aufnehmen würden. Aber manche Leute müssen schon viel Glück haben, um überhaupt leben zu können. Und ich habe nie gewusst, dass ich irgendjemanden glücklich machen kann.

Wenn Bobby ein Zuhause finden kann, denke ich, *dann kann ich auch ein lebenswertes Leben finden.*

»Danke, Junge«, sagt Bobby.

»Das war doch gar nichts«, murmle ich. »Danke für die Tour.«

»Also, Leute, wollen wir nun Karten spielen oder was?«, fragt Armelio, doch Bobby unterbricht ihn.

»Nur noch eins: es tut mir wirklich leid, Craig, aber ich bin auf dem Rückweg hierher gestolpert und in was reingefallen.« Er dreht sich um. Und da sehe ich ... Moment mal ...

Über seinem Gürtel, mitten auf dem Rücken meines Hemds, klebt ein Riesenbatzen Hundescheiße.

»Oh ...« Unglaublich, dass ich das nicht *gerochen* habe. Habe ich es berührt, als ich ihn umarmt habe? »Ach, Bobby ... ist schon gut ... meine Mom kann das rauswaschen –«

»Das ist nicht echt!« Bobby greift nach hinten, zieht es ab und wirft es mir zu. Es prallt von meinem Hemd ab (einem Batik-T-Shirt, das allen in Six North gefällt) und landet auf dem Tisch, mitten in den Knöpfen.

»Das ist aus Plastik! Hab ich seit den Achtzigern! Ha! Herrlich!«

Armelio lacht sich kaputt. »Ach du Kacke! Seht euch das an! Sieht aus wie etwas, das meine Mom immer in meinem Zimmer hinterlassen hat!«

Alles verstummt und starrt ihn an.

»Präsident Armelio, das wollten wir nicht unbedingt wissen«, sagt Humble.

»Deine Mutter hat in deinem Zimmer defäkiert?«, fragt die Professorin.

»Wer hat das gesagt?«, fragt Armelio. »Ich habe von Plastik gesprochen – was ist denn mit dir los?«

»Beruhigt euch bitte ein wenig«, sagt Joanie und steht auf, ihr Buch in der Hand. »Wir können lustig sein, aber bitte nicht so laut.«

»Also, wer kriegt den Aa-Knopf?« Humble hält den Scheißbatzen hoch. »Ich glaub, der zählt doppelt.«

Bobby nimmt Platz, und wir machen unsere Einsätze. Wir spielen Poker. Das kann ich gut. Kaum sind die Karten ausgeteilt, setzen die anderen wie verrückt und werfen gleich zu Anfang drei oder vier Knöpfe in die Mitte. Da kann ich nicht mithalten. Die Zahl meiner Knöpfe ist begrenzt. Und ich hab dauernd Pech mit meinen Karten. Also steige ich aus. Dreimal hintereinander steige ich aus. Beim dritten Mal sagt Johnny: »Du könntest auch mal was setzen. Das sind doch nur Knöpfe.«

»Ja«, sagt Humble. »Ich will dir mal ein Geheimnis zeigen.« Er greift in den Knopfbehälter und nimmt eine Handvoll heraus. »*Siehst* du?«

»Ich sehe«, sagt Armelio und betrachtet seine Karten. »Bilde dir nicht ein, dass das kein Schummeln ist, Humble. Noch einmal, und du bist draußen.«

Ich lache und setze sechs Knöpfe.

»Wo genau bin ich draußen?«, fragt Humble. »Aus dem Knopf-Jackpot?«

»Sei nett«, sagt die Professorin.

»Hört euch die an«, sagt Humble und zeigt mit dem Daumen auf sie. »Will sich als Vermittlerin aufspielen.« Er beugt sich zu mir vor. »Lass dich nicht von ihren Omaklamotten täuschen. Das ist eine ganz scharfe Braut.«

»Entschuldigung?« Die Professorin legt ihre Karten weg. »Was soll das heißen: ›Oma‹?«

»Nichts, du siehst eben bloß wie eine kleine alte Oma aus, und damit lockst du die Leute so in die Falle, dass sie glauben, sie könnten gut Karten spielen!« Humble zeigt ungläubig auf sich selbst.

»Du sagst, ich bin alt.«

»Tu ich nicht! Ich sage, du bist eine Oma!«

»Humble, entschuldige dich«, sagt Joanie aus dem Hintergrund.

»Warum? Omas sind doch was Wunderbares.«

»Zu deiner Information erzähl ich dir mal was«, sagt die Professorin. »Im Gegensatz zu gewissen anderen Leuten benehme ich mich hier so, wie es meinem Alter *entspricht*.«

»Oho, dann bin ich also ein Lügner?«, fragt Humble und steht auf.

»Das wissen wir doch alle, dass du das bist«, sagt die Professorin.

»Leute ...«, mahnt Joanie.

»Wenn ich ein Lügner bin, weißt du, was du dann bist?«

»Was denn? Sag noch einmal, dass ich alt bin, und ich hau dir vor allen Leuten hier diesen Stock über die Rübe!«

»Fass meinen Stock nicht an!«, ruft Ebony und zieht ihn näher an sich heran. Still und heimlich hat sie plötzlich die meisten Knöpfe vor sich liegen.

»Du bist ein Yuppie!«, schreit Humble und wirft ihr die Hundescheiße an den Kopf. »Ein blöder Yuppie, und du hast keinen Respekt!«

»*Aaaargh!*« Die Professorin greift sich ins Gesicht. »Gebrochen! Er hat mir die Nase gebrochen!« Der Hundehaufen ist durchs ganze Zimmer geflogen, und Joanie springt darüber hinweg, während sie hastig den Rückzug antritt.

»Oh-oh«, sagt Armelio. »Jetzt habt ihr's geschafft. Und wir hatten so ein schönes Kartenspiel am Laufen.«

Harold erscheint mit zwei starken Burschen in hellblauen Overalls, hinter ihnen Joanie. Humble nimmt die Hände hoch.

»Was denn? Ich war das nicht!«

»Kommen Sie, Mr. Koper«, sagt Harold.

»Ich glaub das jetzt nicht!«, sagt Humble. »Sie hat mich beleidigt! Das war nicht mal meine Hundescheiße! Ich bin unbewaffnet!« Er zeigt auf Bobby. »Das ist mein Komplize. Wenn ich gehe, geht er auch.«

»Humble, Sie haben drei Sekunden, freiwillig mitzukommen.«

»Schon gut, schon gut.« Humble wirft seine Karten auf den Tisch. »Viel Spaß noch mit euren Knöpfen.« Als Harold und die Sicherheitsleute ihn aus dem Zimmer führen, bekommt er von der Professorin noch einen schallenden Klaps auf den Hintern mit auf den Weg. Mit einer Hand hält sie sich weiter das Gesicht und behauptet, sie blute. Doch als sie die Hand wegnimmt, ist da absolut nichts zu sehen. Joanie setzt sich wieder an ihren Tisch.

»Ihr habt alle gesehen, was passiert ist. Er hat mich angegriffen«, sagt die Professorin.

»Ja, ja, wir haben's gesehen, Dumba«, sagt Armelio.

»Entschuldigung?«

»Dumba. Wir wissen doch alle, dass du die Dumba bist.«

»Was ist eine Dumba?«, frage ich.

»Wenn du das fragst, bist du vielleicht auch eine Dumba?« Armelio sieht aus wie ein Irrer. Es ist das erste Mal, dass mir das auffällt.

»Huh«, haucht Johnny.

»Craig ist keine Dumba«, sagt Bobby. »Der ist in Ordnung.«

»Hab ich jetzt gewonnen?«, fragt Ebony.

»Wie kannst du nur so viele Knöpfe haben?«, fragt Armelio. »Du hast doch noch kein einziges Spiel gewonnen!«

»Das kommt daher, dass ich nie zu viel setze«, erklärt Ebony, und als sie sich nach vorn beugt, purzeln ihr jede Menge Knöpfe aus dem Ausschnitt.

»Ups!«

Und sie purzeln immer weiter – bis die paar Knöpfe in der Mitte unter dem Berg verschwinden. Und dabei lacht und lacht sie und lässt uns ihr tadelloses Zahnfleisch sehen und ruft: »*Uuuuuh, ich hab euch reingelegt! Ich hab euch alle reingelegt!*«

»Schluss aus«, sagt Armelio und wirft seine Karten hin. »Jeden Montag dasselbe! Immer muss das Kartenturnier in solchem Chaos enden! Ich kündige!«

»Du verzichtest auf deine Position als Präsident?«, fragt Bobby.

»Pass bloß auf, Kumpel!«

Meine Zunge ist schon ganz wund, so sehr beiße ich darauf herum. Das Spiel mochte nicht nach den Regeln gelaufen sein, aber was das emotionale Auf und Ab angeht, war es mindestens so gut wie eine Poker-Übertragung im Fernsehen. Ich räume mit Bobby und Joanie auf. Abends im Bett gehen mir so viele Dinge durch den Kopf: Was ist Dumba? Wann hat sich Ebony die Knöpfe in den Ausschnitt gesteckt und wie fühlt sich das wohl an? Noelle fällt mir ein – und dass ich sie morgen wiedersehe – ich kann nur noch schlafen.

TEIL ACHT: SIX NORTH, DIENSTAG

sechsunddreißig

Am nächsten Tag kommt Humble nicht zum Frühstück. Ich setze mich zu Bobby und Johnny, nehme mein Hemd in Empfang, perfekt gefaltet, und lege es über meine Stuhllehne. Ich trinke den ersten »Swee-Touch-Nee«-Tee des Tages und frage, was man mit Humble gemacht hat.
»Oh, der ist glücklich. Die haben ihm wahrscheinlich ein paar echt starke Drogen verpasst.«
»Was denn zum Beispiel?«
»Kennst du dich mit so was aus? Tabletten?«
»Klar. Ich bin ein Teenager.«
»Also, Humble ist Psychotiker und hat Depressionen«, erklärt Bobby. »Dafür kriegt er SSRI, Lithium, Xanax –«
»Vicodin«, sagt Johnny.
»Vicodin, Valium ... der kriegt hier so ziemlich die meisten Sachen in diesem Haus.«
»Als sie ihn weggebracht haben, da haben sie ihm dieses ganze Zeugs gegeben?«
»Nein, das sind die Sachen, die er *regelmäßig* bekommt. Wenn sie ihn wegbringen, geben sie ihm Spritzen. Atavan.«
»Das kenne ich.«
»Tatsache? Das haut dich sofort um. War's schön?«
»Ganz okay. Aber so was möchte ich nicht ständig nehmen.«
»Huh. Das ist die richtige Einstellung«, sagt Johnny. »Wir

waren mal ein bisschen daneben durch solche Drogen, ich und Bobby.«

»Ja, ohne Quatsch«, sagt Bobby. Er schüttelt den Kopf, blickt auf, kaut, und faltet die Hände. »Daneben ist nicht das richtige Wort. Wir waren total weg von diesem *Planeten*. Vierundzwanzig Stunden am Tag komplett weggetreten. Hab so viele Konzerte verpasst –«

»Das tut mir leid –«

»– Santana, Zeppelin, und wie heißt noch mal diese andere Band, mit dem Junkie, Nirvana ... ich hätte Rush sehen können, Van Halen, Mötley Crüe, alle. Damals, als man da noch für zehn Dollar reingekommen ist. Und ich war immer so ein Müllschlucker, dass mir das alles schnuppe war.«

»Müllschlucker? Was ist das?«

»Einer, der alles schluckt, egal was«, erklärt Bobby. »Gib's mir, und ich pfeif's mir dann rein. Bloß um zu sehen, wie das ist.«

Mann. Ich geb zu, das klingt ziemlich reizvoll. Richtig verlockend. Aber vielleicht bin ich gerade deshalb hier, um Leute kennenzulernen, bei denen mir die Lust auf so was vergeht.

»Glaubst du, Humble führt solche Szenen auf, damit sie ihn mit Drogen vollpumpen?« Ich streiche mir Frischkäse auf einen Bagel. Ich lasse mir zum Frühstück jetzt immer zwei Bagel geben; das Beste, was man hier bekommen kann.

»Darüber sollte man besser nicht nachdenken«, sagt Bobby. »Oh, da kommt dein Mädchen.«

Sie stürmt mit einem Tablett herein, setzt sich in eine Ecke, trinkt ihren Saft und löffelt ihren Haferschleim. Sie wirft mir einen Blick zu. Ich winke so lässig ich kann, was für die anderen vielleicht wie ein spastisches Zucken aussieht. Ich habe sie seit Sonntag nicht gesehen; keine Ahnung, was sie gestern den ganzen Tag lang gemacht hat. Keine Ahnung, ob sie isst, wenn sie ihr Zimmer nicht verlässt. Genau wie bei Muqtada. Ob man ihr Essen aufs Zimmer bringt? Es gibt hier immer noch so viel, das ich nicht verstehe.

»Huh, die ist aber süß«, sagt Johnny.

»Hör auf, Mann, sag doch so was nicht. Die ist ja höchstens dreizehn«, sagt Bobby.

»*Und?* Er ist auch höchstens dreizehn.«

»Ich bin fünfzehn.«

»Dann lass *ihn* das sagen«, rät Bobby Johnny. »Überlass die Dreizehnjährigen den Dreizehnjährigen.«

»Ich bin fünfzehn«, werfe ich ein.

»Craig, du solltest vielleicht noch ein paar Jahre warten, weil Sex mit dreizehn großen Schaden anrichten kann.«

»Ich bin fünfzehn!«

»Huh, mit fünfzehn hab ich's schwer getrieben«, sagt Johnny.

»Ja«, sagt Bobby. »Mit Jungs.«

Pause. Wenn Ronny hier wäre, würde er jetzt laut sagen: »Pause.«

»Huh. Grauenhafter Fraß.« Johnny schiebt seine Waffeln zur Seite. »Junge«, sagt er. »Tu mir einen Gefallen. Wenn du's mit ihr machst, erschreck sie ein bisschen. Verstehst du?«

»Lass das«, sagt Bobby. »Deine Tochter ist im gleichen Alter.«

»Ich würde ihn auch an meine Tochter ranlassen. Könnte ihr guttun.«

»Hey, wieso *wisst* ihr überhaupt davon? Ich hab nur ein einziges Mal mit ihr geredet, und auch nur ganz kurz. Da ist absolut nichts passiert.«

»Ja, aber du bist mit ihr zusammen in den Veranstaltungsraum gekommen.«

»Wir merken alles.«

Ich schüttele den Kopf. »Was ist heute dran?«

»Um elf kommt der Gitarrenmann. Johnny. Er spielt uns was vor.«

»Wirklich?«

»Huh, wenn er Bock dazu hat.«

Ich verspeise meinen Bagel. Jetzt weiß ich, was ich mache, bis der Gitarrenmann kommt: Kopfkarten zeichnen. Ich habe ja nun ein Publikum. Joanie hat mir Hochglanzpapier und ein paar Qualitätsbleistifte geliehen, nachdem ich ihr nach dem desaströsen Kartenturnier beim Aufräumen geholfen hatte, so dass ich nun jederzeit zeichnen kann. Kaum fange ich an, kommen die Leute und schauen mir zu. Ebony ist mein größter Fan; sie kann sich gar nicht satt daran sehen, wie ich die Köpfe mit Stadtplänen ausfülle; ich glaube, ihr gefällt das sogar noch mehr als mir selbst. Die Professorin fährt auch voll darauf ab; sie sagt, meine Zeichnungen seien »außerordentlich«, und wenn ich wollte, könnte ich sie auf der Straße verkaufen. Mir fallen immer neue Varianten ein: Stadtpläne in menschlichen Körpern, Stadtpläne in Tieren, Stadtpläne, die zwei Leute miteinander verbinden. Mir fliegt das einfach so zu, es vertreibt die Zeit und fühlt sich ein wenig kultivierter an als Kartenspielen.

»Ich werde an meiner Kunst arbeiten«, sage ich zu den Jungs.

»Wenn ich nur halb so viel Unternehmungsgeist hätte wie du, wäre alles anders gekommen«, sagt Bobby.

»Huh, ja; wenn ich mal groß bin, will ich so sein wie du«, sagt Johnny.

Ich gehe mit meinem Tablett davon.

siebenunddreißig

Der Gitarrenmann heißt Neil, er trägt einen schwarzen Spitzbart, ein schwarzes T-Shirt und eine Wildlederhose – und sieht total stoned aus. Er bringt eine Oldtimer-Elektrogitarre mit – ich kenne mich mit den Marken nicht aus, aber so ein Ding könnten die Beatles gehabt haben – und einen Verstärker, den er auf einen Stuhl stellt, bevor wir in den Raum marschieren. Und da ist etwas, womit ich nicht gerechnet habe – auf den im Kreis aufgebauten Stühlen liegen Instrumente bereit, und die Leute stürzen sich auf die, die sie spielen wollen. Wir haben heute Besuch, Pflegeschülerinnen, die sich informieren, wie es ist, in einer psychiatrischen Klinik zu arbeiten; und auch die gehen mit uns rein und setzen sich dazu und versuchen zu schlichten, wenn sich Patienten um die Bongos, Congas oder Schlaghölzer oder auch das Waschbrett oder den begehrten Sitz neben dem Keyboard streiten.

»Hey, Leute!«, strahlt Neil. »Willkommen zur musikalischen Entdeckungsreise!«

Er greift simple Akkorde und spielt einen holprigen Rhythmus, der wohl Reggae sein soll, und nach einer Weile erkenne ich: es ist »I Shot the Sheriff«. Er fängt an zu singen, und seine Stimme ist einfach schrecklich, wie ein jamaikanischer Höhlenfrosch, aber als Albino. Wir singen so gut es geht mit und versuchen, mit den Instrumenten, die wir ergattert haben, den Rhythmus zu halten.

Armelio haut mit ein paar Sticks auf seinen Stuhl und verlässt schließlich gelangweilt den Raum.

Becca, die Dicke, fragt, ob sie ihre Bongos (die kleinen) gegen meine Congas (die großen) eintauschen kann. Von mir aus. Ich versuche immer nach dem Refrain von »I Shot the Sheriff« ein paar Wirbel zu spielen, und als Neil das merkt, gibt er mir jedes Mal die Chance, ein wenig zu glänzen. Aber so richtig kriege ich das nicht hin.

Noelle sitzt mir lächelnd gegenüber und schüttelt Maracas und ihre Haare. Ab und zu trommle ich auf meinen Bongos, und zwar nur für sie, bin aber nicht sicher, ob sie das mitbekommt.

Der Star der Show ist Jimmy.

Ich hatte nicht gewusst, dass die Quietschgeräusche, die Jimmy immer von sich gibt, *Gesang* sein sollen. Sobald die Musik beginnt, kommt Jimmy in Fahrt: er hämmert auf seinem Waschbrett herum und kreischt dazu wie am Spieß in einem nervenzerfetzenden Falsett, mit dem er jedoch erstaunlicherweise immer die richtigen Töne trifft. Allerdings singt er nicht »I Shot the Sheriff«, sondern immer nur den einen Satz:

»*How sweet it is!*«

Egal welcher Song gerade dran ist oder an welcher Stelle eines Songs, immer summt Jimmy die Melodie richtig mit, und dann, kaum gibt's eine leisere Stelle, hört man seine Piepsstimme: »*How sweet it is!*« Er klingt so ähnlich wie Mr. Hankey aus *South Park*. Die Pflegeschülerinnen, die wie Schwester Monica alle aus der Karibik kommen, aber im Gegensatz zu Schwester Monica alle jung sind, himmeln ihn geradezu an, was ihn zu noch größeren Anstrengungen anspornt. Jimmy mag nur wenige Sätze in seinem Repertoire haben, aber die weiß er optimal einzusetzen, wenn hübsche Mädchen ihm Beachtung schenken.

Ich trommle ihm ein paar Schläge zu. Er singt zurück. Ich bin überzeugt, ein Teil von ihm weiß, dass wir zusammen hier reingekommen sind.

Als »I Shot the Sheriff« in einem Crescendo von Perkussionsinstrumenten endet, und offenbar niemals mehr aufhören soll (alle wollen den letzten Schlag tun, ich auch), fängt Neil mit Beatles-Songs an: »I Wanna Hold Your Hand«, »I Feel Fine«. Die Beatles sind offenbar eine Art Startsignal zum Tanzen. Becca, die links von Neil sitzt, steht als Erste auf. Das heißt, eine Pflegeschülerin zieht sie hoch; sie lässt ihre Congas stehen, tritt in den Kreis und wackelt mit ihrem dicken Hintern – und wir johlen ihr aufmunternd zu. Sie wird rot und grinst, und als sie sich wieder setzt, ist Bobby an der Reihe; er bewegt sich wie John Travolta in *Pulp Fiction*, schwingt lakonisch und keck die Hüften und schwenkt die Füße weiter herum als seinen Körper.

Johnny will nicht tanzen, aber er wackelt wenigstens mit dem Kopf. Die Pflegeschülerinnen tanzen miteinander und mit Neil. Dann bin ich an der Reihe. Ich hasse tanzen. Ich habe das noch nie gekonnt, und das meine ich jetzt nicht wie der typische schüchterne Teenager: Ich kann es wirklich nicht.

Aber eine Pflegeschülerin hält mir auffordernd beide Hände hin, und Noelle bleibt auf der anderen Seite des Zimmers.

Ich stelle meine Bongos ab und versuche darüber nachzudenken, was ich da tue, während ich es tue. Ich weiß, dass man beim Tanzen nicht darüber nachdenken soll – wie geht noch mal dieser blöde Spruch, *Sing, als ob niemand zuhört, tanz, als ob niemand zusieht?* Oder so ähnlich. Ich will so tanzen wie Bobby vorhin, aber ich weiß, dazu muss ich meine Hüften bewegen, also konzentriere ich mich darauf und denke *sehr intensiv* daran. An meine Arme denke ich nicht. An meine Beine denke ich nicht. An meinen Kopf denke ich nicht. Ich denke nur daran, meine Hüften vor und zurück zu schwingen, hin und her und dann im Kreis – die Augen habe ich längst geschlossen. Vor mir tanzt noch eine, die beiden machen mich zum Craig-Gilner-Sandwich, und ich tanze, als wäre ich einer dieser coolen Typen, die mit zwei Weibern gleichzeitig tanzen – Quatsch: ich tanze ja *wirklich* mit zwei.

In einem Anfall von Selbstbewusstsein reiche ich Noelle die Hand. Sie steht auf, wir gehen in die Mitte der Tanzfläche und schwingen unsere Hüften, aber ohne uns zu berühren, ohne ein Wort; wir sehen uns die ganze Zeit lächelnd in die Augen. Ich denke, sie will wahrscheinlich einen Tipp von mir, also flüstere ich ihr zu: »Mit den Hüften schwingen!«

Sie tut es, und ihre Arme hängen genauso nutzlos und unsexy herunter wie meine. Was soll man beim Tanzen eigentlich mit seinen Armen machen? Das ist die große Frage. Ich nehme an, man soll sie um irgendwen herumlegen.

Als Jimmy an die Reihe kommt, steht er auf, wirft sein Waschbrett auf den Boden und legt, Neil einen Blick zuwerfend, einen Finger an die Lippen. Neil hört auf zu spielen. Nur von dem wilden Getrommel begleitet, das wir veranstalten, macht Jimmy eine Pirouette und fällt auf die Knie: »*How sweet it is!*«

achtunddreißig

Als Neil seine Gitarre eingepackt hat, kommt er zu mir rüber.
»Das mit der Trommel … du hast Talent.«
»Echt?«
»Ja. Ich hab dich hier noch nie gesehen. Wie heißt du?«
»Craig.«
»Du hast den Rhythmus im Blut; du bringst die Leute zum Tanzen. Hm, ich hoffe, ich darf dich das fragen … warum bist du hier? Du scheinst mir doch ziemlich, na ja, *gut* drauf zu sein.«
»Ich habe Depressionen«, sage ich. »Das war echt schlimm. Aber in zwei Tagen komm ich hier raus.«
»Großartig, klasse, das freut mich für dich. Viele meiner Freunde haben das auch.« Er nickt mir zu. »Wenn du wieder draußen bist, meinst du, du hättest vielleicht mal Lust … freiwillig in ein Haus wie dieses zu gehen?«
»Freiwillig? Um was zu tun?«
»Na ja, spielst du ein Instrument?«
»Nein.«
»Aber du bist begabt. Du bist musikalisch.«
»Danke. Ich zeichne auch.«
»Was denn?«
Ich führe ihn aus dem Veranstaltungsraum am Schwesternzimmer und dem Telefon vorbei zu meinem Zimmer: Muqtada liegt wie üblich im Bett.

»Craig, ich höre, ihr wart alle im Musikzimmer«, sagt er.
»Du hättest auch kommen sollen.«
Neil lächelt ihm zu. »Hallo.«
»Hm.«
Ich hole meine Kopfkarten aus dem Schrank. »So was mache ich.« Ich reiche Neil einen ganzen Stapel, etwa fünfzehn der besten, die ich bis jetzt gezeichnet habe. Ganz oben liegt ein Duo, ein Junge und ein Mädchen, deren Kopfstädte durch eine Brücke miteinander verbunden sind.
»Das ist *cool*«, sagt Neil. Er blättert die Bilder durch. »Machst du das schon lange?«
»Kommt drauf an, wie man das sieht«, sage ich. »Zehn Jahre oder ein paar Tage, je nachdem wie man das rechnet.«
»Kann ich eins haben?«
»Ich weiß nicht, ob ich die verschenken darf.«
»Ha! Pass auf, im Ernst, ich geb dir meine Karte.« Neil reicht mir eine einfache schwarzweiße Visitenkarte, auf der er sich als *Gitarrentherapeut* bezeichnet. »Wenn du hier rauskommst, und das ist bestimmt schon bald, ruf mich an, dann reden wir darüber, ob du mich mal begleiten willst, und – ganz ehrlich – ich möchte dir gern eins von diesen Bildern abkaufen. Wie alt bist du? Du müsstest eigentlich auf der zehnten Etage sein, stimmt's, aber da wird gerade renoviert?«
»Ich bin jung«, sage ich.
»Freut mich, dass du hierher gefunden und die Hilfe bekommen hast, die du brauchst«, sagt Neil, und er schüttelt mir die Hand, wie die Leute es hier drin machen, um sich daran zu erinnern, dass du der Patient bist und sie die Ärzte/Mitarbeiter/Angestellten. Sie mögen dich, und sie wollen ehrlich, dass es dir besser geht, aber wenn sie dir die Hand geben, spürst du die Distanz, dieses leichte Abrücken, denn sie wissen, dass du immer noch irgendwo kaputt bist und jederzeit durchdrehen könntest.

Neil verlässt das Zimmer, und ich verbringe den Rest des Tages mit Zeichnen oder spiele mit Armelio Karten. Gegen halb zwei rufe ich Mom an, erzähle ihr von Neils Auftritt und dem Kartenturnier und dass ich getanzt habe. Sie bestätigt, dass ich mich besser anhöre und dass Dr. Mahmoud ihr gesagt habe, Donnerstag könne ich entlassen werden, und sie und Dad würden sich bereithalten, um mich dann abzuholen. Auch wenn es nach Hause nur ein paar Straßen sind, müssen sie mich persönlich abholen.

Am späten Nachmittag, als ich mit Armelio Speed spiele und mal wieder nur verliere, kommt Smitty herein und sagt, ich hätte Besuch.

Ich weiß, Mom oder Dad oder Sarah können es nicht sein; die kommen morgen zum letzten Mal, wenn Dad mir *Blade II* mitbringt. Ich bete, dass es nicht Aaron oder einer seiner Freunde ist.

Es ist Nia.

Ich sehe sie durch das große Fenster im Speiseraum; sie sieht aus, als hätte sie geweint oder als würde sie gleich weinen oder beides. Zaghaft schleicht sie durch den Flur. Ich lasse Armelio wortlos sitzen und gehe ihr entgegen.

neununddreißig

»Was machst du denn hier?«, frage ich und verstumme erst einmal. Eigentlich ist das eine Frage, die andere Leute *mir* stellen sollten.

»Was glaubst du wohl?« Sie hat sich geschminkt; etwas Glitzerndes auf den Lippen, die Wangen gelblich rot. Um ihr Gesicht noch besser zur Geltung zu bringen, hat sie die Haare nach hinten gebunden. »Ich bin hier, um dich zu sehen.«

»Warum?«

Sie wendet sich ab. »Mir geht es sehr schlecht, okay, Craig?«

»Na gut.« Ich gehe neben ihr her. »Komm, da drüben können wir ungestört reden.«

Ich führe sie mit einer Sicherheit und Ortskenntnis den Flur hinunter, die sie zu überraschen scheint. Offenbar bin ich hier schon ein alter Hase. So eine Art Alpha-Männchen. Und dabei fällt mir auf: von Humble immer noch keine Spur.

»Hier.« Wir setzen uns auf die Stühle, auf denen ich mit meinen Eltern und mit Noelle gesessen habe.

Sie legt die Hände auf ihre Knie, trägt einen sandfarbenen Kampfanzug und schwarze Stiefel und sieht aus wie eine sowjetische Rekrutin. Sie sitzt im Licht, ihre Haut glitzert. Ich habe sie schon öfter in dieser Aufmachung gesehen; das ist eine ihrer schärfsten: kleine Brüste, in Männerkleidung verpackt, haben etwas sehr Reizvolles.

»Aaron und ich haben Schluss gemacht«, sagt sie.

»Nein.« Ich reiße die Augen auf.

»Doch, Craig.« Sie fährt sich übers Gesicht. »Nach dem Abend, als er dich hier angerufen hast. Und du ihm erzählt hast, dass ich Prozac nehme.«

»Was? Willst du etwa behaupten, dass ich daran schuld bin?«

»*Ich behaupte gar nichts!*« Sie stemmt die Hände auf die Oberschenkel und holt tief Luft.

Die Professorin späht aus ihrem Zimmer.

»Wer sind Sie?« Nia dreht sich um.

»Ich bin Amanda«, sagt sie. »Eine Freundin von Craig.«

»Wir versuchen hier ein Gespräch zu führen; entschuldigen Sie bitte.« Nia fährt sich über die Haare.

»Schon gut. Aber Sie sollten nicht so schreien. Sonst kommt Solomon.«

»Wer ist Solomon?«, fragt Nia. »Ist der gefährlich?«

»Hier ist niemand gefährlich«, sage ich, und während ich das sage, lege ich meine Hand auf ihre, die auf ihrem Oberschenkel liegt. Ich weiß auch nicht, warum ich das tue – um sie zu beruhigen? Wahrscheinlich ist es bloß eine instinktive Reaktion. Vielleicht finde ich den Schenkel im Unterbewussten total scharf und möchte meine Hand da haben, aber ohne ihre als Puffer dazwischen. Ich hatte noch nie Gelegenheit, ein Mädchen am Oberschenkel anzufassen, und die von Nia in der sandfarbenen Tarnhose scheinen mir so verführerisch wie nur was. Sogar das Wort finde ich sexy: *Schenkel*.

»Craig? Hallo?«

»Entschuldige, war mit Gedanken woanders.«

Sie senkt den Blick auf meine Hand und grinst. Schiebt sie aber nicht weg. »Du bist komisch. Ich hab dich gefragt, ob es dir hier *gefällt*.«

»Ja, nicht übel. Besser als die Schule.«

»Das glaub ich sofort.« Jetzt liegt ihre Hand – die andere – auf meiner, die auf ihrem Schenkel liegt. Ich muss daran denken, wie ich vorhin beim Tanzen in ein Sandwich geraten bin. Ich spüre ihre Wärme und erinnere mich, dass mir das schon auf der Party, vor einer Ewigkeit, aufgefallen ist. »Ich überlege, ob ich auch in so eine Einrichtung gehen soll.«

»Was?« Ich richte mich auf, lasse meine Hand aber unter ihrer. »Wie meinst du das?«

»Ich überlege, na ja, ob ich mich hier einweisen lassen soll, hier oder in was Ähnlichem, um wieder zu mir zu kommen, so wie du.«

»Nia.« Ich schüttele den Kopf. »Du kannst hier nicht einfach so rein, nur weil du dazu mal eben Lust hast.«

»Hast du das nicht auch getan?«

»Nein!«

»Was denn dann?« Sie neigt den Kopf zur Seite.

»Ich ... bei mir war das ein *echter Notfall*«, erkläre ich. »Ich hatte die Telefonseelsorge angerufen, und die haben mich hergeschickt.«

Nia lehnt sich zurück. »Die Telefonseelsorge? Wolltest du dich *umbringen* oder was?« Sie nimmt meine Hand und umklammert sie. »Oh, Craig!«

Jetzt senke ich den Blick. Ich kriege einen Ständer. Ich kann nichts dafür. Sie ist so nah. Ihr Gesicht ist so dicht vor meinem, und es ist genau das Gesicht, das ich mir schon so oft beim Wichsen vorgestellt habe. Ich bin auf dieses Gesicht programmiert. Ich will sie. Ich spüre ihre Hand auf mir, und ich will sie jetzt, gleich hier in ihrem russischen Kampfanzug. Ich will sehen, wie sie ohne diese Klamotten aussieht. Ich will sehen, wie sie aussieht, wenn sie die Sachen *halb* ausgezogen hat.

»Mir war nicht klar ...«, fährt sie fort. »Ich wusste zwar, dass du dich umbringen wolltest; ich wusste aber nicht, dass du dich *umbringen wolltest*. Wenn ich gewusst hätte, dass das *so ernst* war, hätte ich Aaron nie erzählt, dass du mich von dieser seltsamen Nummer aus angerufen hast.«

»Nun, was glaubst du, warum die Leute hierher kommen?«
Meine Hand zuckt um ihre.

»Damit es ihnen wieder besser geht?«, fragt sie.

»Ja, genau. Aber es muss dir schon wirklich sehr schlecht gehen, bevor es dir *hier* wieder besser geht.«

Nia ruckt mit dem Kopf, die Haare fallen um ihre dunklen Augen. »Ich dachte, es würde dir *meinetwegen* so schlecht gehen. Und ich dachte, *ich* könnte dafür sorgen, dass es dir besser geht.«

Wie süß sie ist. Wie sie ihr Köpfchen hält, als wüsste sie immer, wie sie am besten zur Geltung kommt. Wir schauen uns in die Augen. Ich kann mich darin sehen. Ich mache ein erwartungsvolles Gesicht, gierig, dumm, zu allem bereit.

Ich erkenne mich kaum wieder. Humble würde mein Gesicht jetzt auch nicht gefallen; so kraftlos, so willenlos. Aber wenn ich mit ihr zusammen bin, *habe* ich keine Kraft und keinen Willen mehr. Jede Entscheidung ist mir abgenommen. Wir werden tun, was immer sie will.

»Was ist mit Aaron?«, frage ich.

»Hab ich doch schon gesagt.« Jetzt flüstert sie. »Ich hab mit ihm Schluss gemacht.«

»*Du* hast mit *ihm* Schluss gemacht?« Ich will das ganz genau wissen.

»Es war gegenseitig. Ist das so wichtig?«

»Ihr habt für immer Schluss gemacht?«

»Sieht so aus.«

»Findest du nicht, es ist ein bisschen früh, dass du hierher kommst und, äh, mich so anfasst?«

Sie schüttelt den Kopf und schiebt die Unterlippe vor.

»Ich denke die ganze Zeit an dich, seit wir am Freitagabend telefoniert haben. Und jetzt kenne ich dich so viel *besser*. Du hast mir so viel von dir erzählt, und du bist so ... wie soll ich sagen ... du bist so erwachsen. Du bist nicht wie die anderen mit ihren albernen kleinen Problemen. Du bist irgendwie wirklich *kaputt*«. Sie kichert. »Auf die gute Art. Wobei man was lernt.«

»Huh.« Ich weiß nicht, was ich sagen soll. Nein, halt, jetzt weiß ich's: *Geh, lass mich in Ruhe, ich brauche dich nicht; ich war schon neulich am Telefon mit dir fertig; ich habe hier ein Mädchen kennengelernt, die ist cooler und klüger als du.* Wenn du aber so ein umwerfendes Mädchen vor dir hast, und sie beißt sich auf die Lippe und redet lächelnd leise auf dich ein – und du hast einen Ständer –, was willst du da machen?

»Huh ... äh ... na ja ...« Jetzt stottere ich wieder. Vielleicht war es Nia, die mich zum Stottern gebracht hat. Und ich schwitze.

»Willst du mir dein Zimmer zeigen?«, fragt sie.

Schlechte Idee. So schlecht, wie es eine schlechte Idee ist, Mahlzeiten ausfallen zu lassen oder morgens einfach im Bett zu bleiben oder sein Zoloft nicht zu nehmen. Aber jetzt bleibt mir kein Ausweg mehr. Ich überlasse alles Weitere dem Teil meines Unterleibs, der geradezu auf mein Zimmer *zeigt*, und führe Nia hinein.

vierzig

Muqtada ist nicht im Zimmer. Nicht zu fassen – das ist praktisch das erste Mal, seit ich hier bin.

Ich sehe seine verknäulten Laken und versuche darunter einen Körper zu erkennen, aber da ist nur Luft. Ich spähe ins Bad – nichts.

»Du wohnst mit jemandem zusammen?«, fragt Nia.

»Ja, äh, normalerweise ist er hier ...«

»*Puuuuh* ...« Sie wedelt sich vor der Nase herum. »Hier *stinkt's*.«

»Mein Mitbewohner ist Ägypter; ich glaub, der benutzt kein Deo.«

»*Das* glaub ich auch.«

Ich tue so, als räume ich ein bisschen neben meinem Bett auf, in Wirklichkeit lasse ich aber nur meine Zeichnungen verschwinden.

»Hast du keinen Fernseher?«

»Nein.«

»Liest du hier drin?«

»Ich lese gern draußen auf dem Flur, zusammen mit anderen Leuten. Meine Schwester hat mir *Star* mitgebracht, aber die Pflegerinnen haben mir die Zeitschrift abgenommen, um sie selbst zu lesen.«

Sie kommt auf mich zu und sieht unschuldig zu mir auf. »Bist du hier nicht einsam?«

»Eigentlich nicht«, sage ich. Ich wische mir die verklebten Haare aus der Stirn. Jetzt schwitze ich richtig. »Hier ist viel los. Ich hab ein paar Freunde gefunden.«

»Wen denn?«

»Die Frau, mit der du draußen gesprochen hast.«

»Diese unhöfliche Person? Die ist einfach so in unsere Unterhaltung reingeplatzt.«

»Sie meint, jemand habe Insektengift in ihrem Zimmer versprüht, Nia. Sie ist paranoid.«

»Echt? Ist ja abgefahren. Wirklich heftig.«

»Ich weiß nicht. Vielleicht stimmt die Geschichte ja.« Nia steht jetzt ziemlich dicht vor mir. Sie reckt sich mir entgegen. Ich könnte sie hochheben und auf mein unordentliches Bett werfen, so wie Aaron es in den letzten zwei Jahren gemacht hat. Was wir reden, ist nur Fassade. »Sie ist Professorin an einem College. Vielleicht ist da ja wirklich was dran.«

»Craig ...« Sie steht jetzt so dicht vor mir, dichter geht's nicht. »Weißt du noch, als du mich angerufen hast« – sie berührt meine Stirn – »oh, du schwitzt ja!«

»Ja, allerdings. Immer, wenn ich nervös werde.«

»Geht's dir gut? Du schwitzt ja *wirklich*.«

»Ja ja, alles in Ordnung.« Ich wische mir über die Stirn.

»Im Ernst, Craig, ich finde das krass.« Sie verzieht das Gesicht, dann kommt sie auf ihr Thema zurück. »Als du mich angerufen hast, weißt du noch, wie du gefragt hast, was ich tun würde, wenn du rüber kommen und mich packen und küssen würdest?«

»Ja.« Mir krampft sich der Magen zusammen. Der Mann da unten zieht am Seil. Ich dachte, ich hätte ihn besiegt. Ich hatte doch so gut gegessen.

»Ich würde dich *lassen*«, sagt sie. »Und das weißt du auch.«

Jetzt reckt sie mir ihre glänzenden, glitzernden Lippen entgegen, doch dieser rätselhafte Zwiespalt will einfach nicht aufhören. Es ist fast so wie zu der Zeit, bevor ich hierher gekommen bin, als ich im Bett meiner Mom geschlafen habe, als mein Gehirn sterben und mein Herz leben wollte. Jetzt will buchstäblich alles oberhalb meines Bauchs ins Bad rennen, sich übergeben, mit Armelio oder Bobby oder Smitty reden, Nia rausschmeißen, sich auf meine zweite Verabredung mit Noelle vorbereiten. Aber die untere Hälfte ist einfach zu lange vernachlässigt worden: seit zwei Jahren ist sie bereit dafür, und sie weiß, was sie will. Sie sagt, die wahre Ursache aller meiner Probleme ist, dass ich sie nicht befriedigt habe.

Und das sind ja auch nicht *irgendwelche* Lippen, die mir hier dargeboten werden, meine Defizite auszugleichen. Es sind die Lippen, zu denen ich in meiner Vorstellung seit Jahren Zugang hatte. Ich habe diesen Lippen zu Hause im Bad schreckliche Dinge angetan. Also scheiß drauf. Irgendwann musst du's ja mal versuchen.

Ich packe Nia mit beiden Armen und schiebe sie rückwärts auf Muqtadas Bett.

Ich habe das nicht gewollt; ich wollte sie umdrehen und auf *mein* Bett legen, aber sie stand nun mal vor mir, und ich konnte mitten in der Bewegung einfach nicht mehr die Richtung ändern. Ich bedecke sie mit meinem dünnen Körper und nehme als Erstes ihre Oberlippe zwischen meine Lippen, dann kommt die Unterlippe dran, und schließlich versuche ich es mit beiden auf einmal, aber irgendwie geht das nicht, es ist, als versuche ich ihr die Lippen aus dem Gesicht zu rupfen, und sie lacht, so dass ich nun ihr schönes Lächeln küssen kann, die harten weißen Zähne – stört mich nicht –, um dann meine Zunge auf die Weise zu bewegen, wie ich es im Kino gesehen habe. Danach lege ich meine Hände auf ihren Kampfanzug und fühle, wie sich Körperteile, die ich nicht habe und nach denen ich mich seit Jahren verzehre, straff und nachgiebig zugleich mir entgegen drängen. *Zwei* davon.

»Mmmmmmmm«, mmmmmmmt Nia und legt ihre kleinen Hände auf meinen Hinterkopf. Sie streicht mir übers Haar; ich rucke auf ihr herum. Unglaublich, wie gut sich das anfühlt. So gut fühlt sich das an? Wie zum Teufel ist es möglich, dass ich jemals Depressionen bekommen habe?

Ich erinnere mich an Aarons Bemerkung, die Innenseite der Wange eines Mädchens fühle sich so ähnlich an wie was anderes, und das prüfe ich jetzt mit meiner Zunge nach. Sie bebt; das gefällt ihr; Aaron hatte recht: *sie mag Sex*. Ihre Zunge flattert wie wild in meinem Mund herum, rein und raus. Ich spüre den Ring – eine kleine Metallkugel, ein zusätzliches Element, fremd und schmutzig. Vergiss es. Tu es. Ich taste nach den Knöpfen ihres Anzugs. Meine Augen lasse ich zu, weil ich, wenn ich sie öffne, vielleicht zu erregt werde und mir die Hose ruiniere. Mom hat mir keine andere mitgegeben.

Mist, ich habe einen Knopf in der Mitte erwischt. Einen höher. Nein. Der war's nicht. Noch einen.

»Gott.« Sie lässt den Kopf sinken. »In einem Krankenhaus hab ich's schon immer mal machen wollen.«

»Was?« Ich sehe nur ihr Kinn. Ich liege immer noch auf ihr, auf Muqtadas Bett, meine Beine nach hinten gestreckt, so dass sie fast an mein Bett stoßen.

»Das stand bei mir ganz weit oben auf der Wunschliste.« Sie senkt den Blick. »Mit Aaron habe ich so etwas nie getan.«

Das ist ein Körpertreffer, der meinen ganzen Körper erschüttert: die untere Hälfte, die das wollte, und die obere, die mich davor gewarnt hat. Was soll ich jetzt sagen? *Vergleich mich bitte nicht mit Aaron? Lass Aaron aus dem Spiel? Was für eine Wunschliste?* Also sage ich nur: »Äh ... mhm ...«

»*Sex!*«, sagt jemand.

Muqtada.

»Sex! Sex in meinem Bett! *Kinder* machen Sex in *meinem* Bett!« Er stürzt auf uns los; ich springe von Nia runter und hebe abwehrend die Hände, weil ich denke, er will mich schlagen, aber er packt mich nur und drückt mich an seinen kräftigen übelriechenden Körper und trägt mich wie einen Balken in eine Ecke des Zimmers.

»Äh, Muqtada –«

»Craig, wer *ist* das?«, schreit Nia.

»Ich wohne hier! Du böses Mädchen meinen Freund verderben!« Muqtada stellt mich ab, verschränkt die Arme und wendet mir den Rücken zu. Er steht vor mir wie eine Wache.

»Geh!«, sagt er zu Nia und zeigt auf die offene Tür.

»Da ist keine *Tür?!*«, ruft Nia entgeistert. Mit unfassbarem Mädchentempo hat sie sich vom Bett aufgerichtet, ihre Kleider glattgestrichen und die Handtasche von Muqtadas Kopfkissen genommen. Schon hat sie ihr Handy heraus; es blinkt in ihrer Hand. Sie zeigt damit auf mich.

»Doch, da ist eine Tür«, sage ich und stelle mich auf die Zehenspitzen, um über Muqtadas Schulter zu spähen. »Wir haben sie bloß nicht zugemacht –«

»Sprich nicht mit ihr!« Muqtada dreht sich um und droht mir mit dem Finger. »Sie hat versucht, in meinem Bett Sex zu machen!«

»Das war nicht ich *allein*, okay?« Nia starrt ihn an. Er dreht sich zu ihr um. »Falls Sie es nicht bemerkt haben sollten: Craig hat auf mir gelegen! Und wir wollten keinen *Sex* machen.«

»Frau ist Verführung. Meine hat mich verlassen. Ich weiß Bescheid.«

»Craig, ich gehe.«

»Äh, okay«, sage ich zu Muqtadas Rücken. »Ah –« Ich will noch was Abschließendes sagen. »Ich find's gut, mit dir zu knutschen ... aber als Mensch mag ich dich nicht so besonders ...«

»Danke, gleichfalls«, sagt Nia.

»Was geht hier vor?« Smitty steht plötzlich in der Tür. »Muqtada, was tust du da? Und Sie, junge Frau, bitte?«

»Ich wollte grade gehen«, sagt Nia.
»Sie haben Craig besucht, richtig?«
»Der Besuch ist beendet.«
»Was ist hier passiert?«
»Nichts«, sagt Muqtada. »Alles gut.« Er tritt zur Seite, dreht sich um und zwinkert mir durch seine Brille zu, oder jedenfalls glaubt er wohl, dass das, was er da macht, ein Zwinkern ist.

»Ja, das stimmt.« Ich habe kapiert. »Muqtada ist eben reingekommen und war überrascht, dass hier zwei Leute im Zimmer waren.«

»Das glaub ich gern«, sagt Smitty, »schon deshalb, weil es nicht erlaubt ist, Besuch auf dem Zimmer zu empfangen. Mach das nicht noch einmal, okay?«

»Kein Problem.«

»Allerdings, weil du mich nämlich niemals wiedersehen wirst«, sagt Nia, und Smitty sieht ihr ungläubig nach, als sie sich an ihm vorbeischiebt und dann wütend den Flur hinunterstapft. Er zuckt die Achseln.

»Na dann«, sagt er zu ihrem Rücken. »Denken Sie dran, sich auszutragen, Miss.«

»Craig, meinst du, irgendein Mädchen könnte sich an so was gewöhnen ... an diesen Scheiß?« Nia dreht sich um, geht rückwärts weiter, breitet die Arme aus und zeigt in den Flur, als ob der ihr gehöre.

»Halt den Mund, Dumba!«, schreit Präsident Armelio aus dem Hintergrund. Nun macht sie kehrt und schreitet davon, ohne sich noch einmal umzublicken.

»Huh«, sagt Smitty. »Reizendes Mädchen. Alles klar bei euch, Jungs?«

Wir nicken wie Kindergartenkinder: »Ja.«

»Mach so was nie wieder, Craig.«

»Bestimmt nicht.«

»Sonst wirst du noch lange hier bleiben müssen.« Smitty geht. Muqtada wartet eine Weile, dann dreht er sich zu mir um.

»Craig, tut mir leid, aber ich habe sehr wichtige Überzeugungen, wenn es um Sex geht.«

»Sicher, ich verstehe. Das hast du gut gemacht.«

»Du bist jetzt nicht in Schwierigkeiten?«

»Nein, alles in Ordnung. Das hast du wirklich sehr gut gemacht, Mann.« Ich halte ihm meine Hand hin, damit er mich abklatscht, aber er missversteht die Geste als Versuch, ihm die Hand zu schütteln, und so ergreife ich die Initiative und nehme ihn in die Arme. Er riecht wirklich schlimm, und seine Brille trifft mich an der Wange.

»Ich war draußen, um ägyptische Musik zu finden«, sagt er. »Du hast mich auf die Idee gebracht. Aber die haben hier keine. Jetzt will ich ausruhen.« Und damit klettert er auf sein Bett, zieht das Laken gerade, rollt sich in die Fötushaltung zusammen und sieht durch mich durch.

Ich drehe mich zur Tür um. Und da steht, die hellgrünen Augen weit aufgerissen, Noelle.

Ich renne raus, um mit ihr zu reden, aber sie flieht in ihr Zimmer und schließt die Tür. Ich laufe hin und klopfe, aber sie reagiert nicht, und als Smitty vorbeikommt und mir einen Blick zuwirft, muss ich mit dem Klopfen aufhören.

Ich sehe auf die Uhr im Flur und stöhne. Fünf. Noch zwei Stunden bis zu unserer zweiten Verabredung.

einundvierzig

»Ich habe nur ein paar Fragen an dich«, sagt Noelle. Es ist sieben, und sie kommt schnell auf mich zu; ich sitze auf dem Stuhl, den ich inzwischen meinen Konferenzstuhl nenne, weil ich hier mit so vielen Leute spreche. Ich würde gern wissen, was auf diesem Stuhl sonst noch alles passiert ist – wahrscheinlich haben sich Leute darauf in die Hose gemacht, daran herumgeleckt, mit dem Kopf daran geschlagen und sind sabbernd und geifernd darauf hin und her gerutscht. Das gibt mir Trost. Ein Stuhl, der eine Geschichte hat.

Ich hatte nicht geglaubt, dass sich Noelle blicken ließe, und wäre deshalb beinahe selbst nicht gekommen – fand dann aber, dass ich nichts zu bereuen hätte. Das tue ich nicht mehr; Reue ist eine Ausrede für Leute, die etwas falsch gemacht haben. Wenn ich wieder draußen in der Welt bin, werde ich mir, sobald ich etwas zu bereuen anfange, ins Gedächtnis rufen, dass alles, was ich vielleicht hätte tun können, nichts an der Tatsache ändert, dass ich in einer psychiatrischen Klinik gewesen bin. Das hier ist das Größte, was ich jemals zu bereuen haben werde. Und es ist gar nicht mal so schlimm.

Noelle wartet offenbar auf eine Reaktion von mir. Aber ich staune noch über ihr Aussehen. Neue Kleidung: hauteng, gefährlich tiefsitzende Jeans, so dass ein Streifen weißer Unterwäsche daraus hervorschaut. Auf der Unterwäsche sind rosa Sternchen – gibt es tatsächlich Mädchenunterwäsche mit rosa

Sternchen? Mühsam reiße ich den Blick davon los und wende mich der zarten Wölbung ihres Bauches zu; auf ihrem T-Shirt, das sich mit mystischer weiblicher Kraft um ihren Körper wickelt, steht zu lesen: ICH HASSE JUNGEN.

Wie kommt es, dass ich es auf einmal nur noch mit aufreizend gekleideten Mädchen zu tun habe?

Über dem Hemd erscheint ihr Gesicht, umrahmt von blonden, nach hinten gebundenen Haaren, die Schnittwunden leuchtend rot.

»Äh ... Warum hast du dieses T-Shirt angezogen?«, frage ich. »Willst du mir damit etwas sagen?«

»Nein. Ich hasse *Jungen*, nicht dich. Ich kann das auch begründen. Zum Beispiel: weil sie so arrogant sind. Warum sind sie das?« Sie steht da und stemmt die Hände in die Hüften.

»Hm ...« Ich denke nach. »Möchtest du eine richtige, eine ehrliche Antwort?« Mein Gehirn arbeitet besser als vorhin. Da ist jetzt was von den Bagels und der Suppe und dem Zucker und dem Hähnchen angekommen. Es funktioniert fast so wie früher.

»Nein, Craig, ich möchte eine richtig dämliche, verlogene Antwort.« Noelle verdreht die Augen. Ich male mir aus, wie ihre Brüste sich synchron dazu verdrehen. Brüste sind echt faszinierend.

»Halt, du hast keine Frage gestellt!«, sage ich grinsend. »Ein Punkt für dich.«

»Wir spielen jetzt nicht dieses Spiel, Craig. Eigentlich wollte ich ja, aber ich bin zu wütend.«

»Okay, na ja, Mist ...«, stammle ich. »Wo waren wir stehengeblieben?«

»Warum Jungen so arrogant sind.«

»Genau. Also, wir werden in die Welt geboren und sehen, dass wir ein wenig ... Dass es uns ein wenig leichter gemacht wird als den Mädchen. Und daher nehmen wir an, dass die Welt für uns gemacht wurde und wir, na ja, sozusagen der

Höhepunkt von allem sind, was vor uns da war. Und dann erzählt man uns, dass wenn man ein bisschen was von dieser Einstellung hat, man das *Mumm* nennt. Und *Mumm* ist etwas Gutes, und daher kommt das dann eben.«

»Wow, du bist ja wirklich ehrlich«, sagt sie und setzt sich zu mir. »Ein ehrliches Arschloch.« *Ja! Sie hat sich zu mir gesetzt!* »Verdammt. Wer war dieses Mädchen?«

»Kenne ich von früher.«

»Sie ist hübsch.« (Erstaunlich, wie Mädchen so etwas so aussprechen können, dass es sich wie eine tödliche Beleidigung anhört.) »Ist das deine Freundin?«

»Nein. Ich habe keine Freundin. Ich hatte noch nie eine Freundin.«

»Dann war sie also einfach nur ein Mädchen, mit dem du in deinem Zimmer rumgeknutscht hast?«

»Du hast das gesehen?«

»Ich habe alles gesehen: von hier draußen bis zum Bett deines Mitbewohners.«

»Bist du mir etwa *gefolgt*?«

»Darf ich das nicht?«

»Na ja, nein –«

»Das *gefällt* dir nicht?« Sie beugt sich vor. »Es gefällt dir nicht, wenn ein armes kleines Mädchen« – sie verwuschelt sich die Haare und spricht mit Piepsstimme weiter – »dem großen männlichen Craig durch die Station folgt?«

»Das ist keine Station, sondern eine psychiatrische Klinik.« *Aber ja, ja, es gefällt mir, dass du mir folgst; ja, das ist toll.* »Ich kann's nur nicht fassen, dass ich dich nicht bemerkt habe ...« Ich denke an die Szenen mit Nia, ob ich mich da auch nur ein einziges Mal im Flur umgesehen habe.

»Die Antwort lautet: weil du dich im Zustand der Erregung befunden hast.«

»Gut. Willst du wissen, wer sie ist?«

»Nein. Kein Interesse mehr.«
»Wirklich?«
»*Nein!* Erzähl's mir!«
»Okay, okay, ich kenne dieses Mädchen schon ziemlich lange, und sie ist hier aufgetaucht –«
»Überwältigt von dem Verlangen, dich zu sehen?«
»Ja, klar, genau; überwältigt von dem Verlangen, mich zu sehen, und das hab ich ausgenutzt.« Ich wedle das weg. »Nein, in Wirklichkeit war es so: Sie war einsam und durcheinander und hat gedacht, nehme ich an, sie müsste eigentlich auch in so eine Klinik ...«
»Das war ganz schön komisch, wie dein Mitbewohner euch erwischt hat. Da hat sich das Ganze doch noch irgendwie gelohnt.«
»Freut mich, dass du so denkst.«
»Aus dir wird niemals ein guter Betrüger. Du bist einer von denen, die immer gleich beim ersten Versuch erwischt werden.«
»Ist das gut?«
»Du hast nicht mal die *Tür* zugemacht. Woher kennst du das Mädchen?«
»Sie war die Freundin meines besten Freundes, seit wir dreizehn sind oder so.«
»Wie alt bist du jetzt?«
»Fünfzehn.«
»Ich auch.«

Ich sehe sie mit neuen Augen. Leute im selben Alter sind immer etwas Besonderes. Da hat man das Gefühl, man ist mit derselben Lieferung gekommen. Da muss man zusammenhalten. Denn im Grunde bin ich davon überzeugt, mein Jahr sei ein außerordentliches Jahr gewesen: es hat mich hervorgebracht.

»Und du machst die Freundin deines besten Freundes an?«
»Nein, die beiden haben Schluss gemacht.«

»Wann?«

»Äh, vor ein paar Tagen.«

»*Die* ist aber schnell!«

»Ich denke«, denke ich laut, »sie ist bloß eins von diesen Mädchen, die niemals *keinen* Freund haben.«

»Solche Mädchen nennen wir manchmal Schlampen. Meinst du, sie hatte schon einen Freund, als sie acht war?«

»Puh.«

»Vielleicht hat sie —«

»*Hör auf!* Hör auf. Ich will das nicht hören.«

»So was gibt's.« Noelle sieht mich an.

»Ähm ... wie geht's dir eigentlich?«, frage ich.

»Du hältst dich wirklich für schlau, was?«

Ich lache. »*Nein.* Das ist ja einer der Gründe, warum ich hier bin. Weil ich mich für dumm gehalten habe.«

»Und wie kommst du darauf? Du gehst doch auf eine schlaue Schule.«

»Aber da war ich nicht besonders gut.«

»Wie denn so?«

»Dreiundneunzig Punkte.«

»Oh.« Noelle nickt.

»Ja.« Ich verschränke die Arme. »*Dich* halte ich wirklich für klug. *Du* hast bestimmt gute Noten.«

»Geht so.« Wie jemand auf einem Gemälde stützt sie das Kinn in ihre Handflächen. »Komplimente machen ist jedenfalls nicht deine Stärke.«

»Was?«

»Ich bin *klug*? Also wirklich.«

»Und attraktiv!«, sage ich. »Macht man das so? Du bist attraktiv! Sagte ich das bereits? Habe ich das nicht kürzlich zu dir gesagt?«

»Attraktiv? Craig, ein Grundstück ist attraktiv. Oder ein Haus.«

»Entschuldige. Du bist schön. Wie ist es damit?« Ich glaub's selber nicht, dass ich das sage. Wir werden beide in zwei Tagen entlassen; deswegen sage ich das. Nichts zu bereuen.
»Schön ist schon ganz gut. Es gibt aber noch Besseres.«
»Okay, okay, du bist cool.« Ich lasse meine Halswirbel knacken ...
»Iiiih.«
»Was?«
»Tu das nicht. Vor allem, wenn du mir gerade Komplimente machst.«
»Gut, okay. Was ist denn noch besser als schön?«
Sie sagt mit breitem Südstaatenakzent: »*Hiiin*-reißend.«
»Okay, okay, du bist hinreißend.«
»Das klingt furchtbar. Du musst sagen: *hiiin*-reißend.«
Ich tu's.
»Du kannst nicht mal den Südstaatenakzent nachmachen?, sag, kommst du überhaupt aus Amerika?«
»Jetzt hör aber auf! Ich bin von *hier*!«
»Aus Brooklyn?«
»Ja.«
»Aus diesem Viertel?«
»Ja.«
»Ich hab Freunde hier.«
»Wir sollten uns mal treffen.«
»Du bist schrecklich. Probier lieber noch ein paar Komplimente aus.«
»Okay.« Ich zermartere mir das Hirn. Nichts. »Ähm ...«
»Fallen dir keine mehr ein?«
»Ich bin kein so guter Redner.«
»Siehst du, deshalb haben Mathefreaks nie eine Freundin.«
»Wer sagt denn, dass ich ein Mathefreak bin? Ich hab dir doch erzählt, was für beschissene Noten ich habe.«

»Vielleicht bist du einer dieser Freaks, die nicht mal *klug* sind. Das sind die allerschlimmsten.«

»Hör mal«, unterbreche ich sie. »Ich bin wirklich froh, dass du hier mit mir redest, und ich hab schon eine Menge Leute hier kennengelernt.«

»Aha«, sagt sie. »Kommt jetzt der Teil, wo es ganz ernst wird?«

»Ja«, sage ich. Und als ich das sage, sehe ich, dass sie begreift, dass es mir ernst mit dem Ernst ist. Ich kann jetzt richtig ernst sein. Ich habe eine Menge ernsthaften Scheiß durchgemacht und kann so ernst sein wie einer, der viel älter ist als ich.

»Ich mag dich sehr«, fange ich an. Nichts zu bereuen. »Ich finde dich lustig und klug, und ich glaube, du magst mich. Ich weiß, das ist kein guter Grund, aber was soll ich machen? Wenn ein Mädchen mich mag, dann mag ich es auch.«

Sie antwortet nicht darauf. Ich senke den Kopf. »Hm, möchtest du etwas sagen?«

»Nein. Nein! Das ist gut. Mach weiter.«

»Na ja, okay, ich habe darüber nachgedacht, wie ich das sagen soll. Ich mag dich wegen all dieser Sachen, aber irgendwie mag ich dich auch wegen der Schnittwunden in deinem Gesicht –«

»O nein, bist du etwa ein Fetischist?«

»Was?«

»Bist du ein Blutfetischist? So einen hatten sie hier auch schon mal. Der wollte mich zu seiner Königin der Nacht machen oder so was.«

»Nein! Ich meine das ganz anders. Ungefähr so: wenn Leute Probleme haben ... hier drin sehe ich, dass Leute, egal woher sie kommen, Probleme haben können. Sicher, die Leute, mit denen ich mich angefreundet habe, sind so ziemlich alle am Ende, alte Drogensüchtige, Leute, die nicht mehr fähig sind, einen Job zu behalten. Aber alle paar Tage taucht hier mal jemand auf, der so aussieht, als ob er gerade von einer Vorstandssitzung kommt.«

Noelle nickt. Sie hat sie auch gesehen: den schmuddeligen jüngeren Mann, der heute mit einem Stapel Bücher erschienen ist, als wolle er hier Leseurlaub machen. Den Mann, der gestern im Anzug ankam und mir ganz sachlich erzählte, er höre Stimmen, und das sei verflucht lästig; beängstigend sei es nicht, was sie sagten, aber wenn er vor Gericht stehe, würden sie unglaublich dummes Zeug von sich geben.

»Und nicht nur hier drin: überall. Dauernd rufen mich jetzt meine Freunde an: plötzlich haben sie alle Depressionen. Ich lese, was die Ärzte hier verteilen, Untersuchungen, die zeigen, dass ungefähr ein Fünftel aller Amerikaner an psychischen Erkrankungen leidet, dass Selbstmord bei Teenagern an zweiter Stelle der Todesursachen steht und all diesen Scheiß ... wir sind ja *alle* kaputt.«

»Worauf willst du hinaus?«

»Dass wir mit unseren Problemen nur verschieden *umgehen*. Ich zum Beispiel hab aufgehört zu sprechen und zu essen und mich die ganze Zeit übergeben –«

»Du hast dich übergeben?«

»Ja. Und wie. Und ich konnte nicht mehr schlafen. Und als das losging, haben meine Eltern was gemerkt, und meine Freunde haben auch was gemerkt – jedenfalls haben sie sich über mich lustig gemacht. Aber ich hab mich so durchgewurstelt und keinem gesagt, was mit mir nicht stimmt. Bis ich hierher gekommen bin. Und jetzt hab ich das Gefühl: mit mir stimmt was nicht. Oder hat was nicht gestimmt, weil es mir jetzt wieder besser geht.«

»Was hat das mit mir zu tun?«

»Du zeigst deine Probleme ganz offen«, sage ich. »Du hast sie dir ins Gesicht geschrieben.«

Sie fährt sich mit einer Hand durch die Haare.

»Ich habe mir das Gesicht zerschnitten, weil zu viele – zu viele Leute etwas von mir *wollten*«, versucht sie zu erklären. »Ich hab mich so unter Druck gefühlt, und –«
»Und du wolltest diesen Erwartungen entsprechen?«
»Genau.«
»Die Leute haben dir erzählt, was du für ein scharfes Mädchen bist, und plötzlich haben sie dich ganz anders behandelt?«
»Stimmt.«
»Wie?«
Sie seufzt. »Man muss entweder eine prüde Zicke oder eine Schlampe sein, und wenn du dich für eins davon entscheidest, wirst du den Leuten unsympathisch und kannst keinem Einzigen mehr vertrauen, weil sie alle nur das Eine wollen, und dann siehst du, dass es keinen Rückweg mehr für dich gibt ...«
Sie macht ein Gesicht, bei dem man nicht sagen kann, ob es Lachen oder Weinen ist – zu beidem werden fast dieselben Muskeln gebraucht –, und beugt sich vor.
»Und da wollte ich nicht mitmachen«, sagt sie. »In dieser Welt wollte ich nicht mitmachen.«
Ich strecke die Hände nach ihr aus und spüre zum ersten Mal ihren weichen Körper. »Ich auch nicht.«
Sie legt ihre Arme um mich, so halten wir uns auf unseren Stühlen umschlungen: Wir sind wie ein Haus, das über die Stühle gebaut ist, und ich halte sie nur fest, ohne die Hände zu bewegen, genau wie sie mich.
»Ich wollte mich nicht auf die Rolle des Klugen festlegen lassen«, sage ich, »und du wolltest dich nicht auf die Rolle der Hübschen festlegen lasen.«
»Die Rolle der Hübschen ist schlimmer«, flüstert sie. »Niemand will dich *benutzen*, nur weil du *klug* bist.«
»Die Leute wollten dich benutzen?«
»Einer. Einer, der das nicht darf.«
Ich erstarre.

»Das tut mir leid.«

»Dich hab ich nicht gemeint.«

»Soll ich dich nicht anfassen?«

»Nein, nein, du hast nichts getan. Ist schon gut. Aber ... ja. Es ist passiert. Und ich hab dich angelogen.«

»Wie denn?«

»Eine Operation würde mir nicht helfen. Ich hab das mit einer Schere gemacht, Craig. Da bleiben auf jeden Fall Narben zurück. Ich werde bis an mein Lebensende Narben haben. Ich habe nicht gewusst, was ich tat. Ich wollte mich nur ein bisschen von der Welt befreien, nachdem ... nachdem mir diese *Sache* passiert ist ... und jetzt werde ich niemals einen Job finden oder sonst was. Was werden die Leute sagen, wenn ich zu einem Vorstellungsgespräch erscheine und aussehe wie ...« Sie schnieft und kichert, ihr läuft was aus der Nase. »... wie ein Klingone?«

»Es gibt Orte in Kalifornien, da sprechen die Leute Klingonisch. Da kriegst du bestimmt einen Job.«

»Lass die Witze.«

Wir halten uns immer noch in den Armen. Ich wage nicht aufzublicken und halte die Augen geschlossen. »Außerdem gibt es Gesetze gegen Diskriminierung. Die müssen dich einstellen, wenn du qualifiziert bist.«

»Aber ich seh doch jetzt aus wie eine *Missgeburt*.«

»Ich sag doch, Noelle«, flüstere ich ihr ins Ohr, »*jeder* hat Probleme. Manche Leute können ihren Mist nur besser verbergen als andere. Aber niemand wird bei deinem Anblick das Weite suchen. Im Gegenteil: wenn sie dich sehen, werden die Leute denken, dass sie mit dir reden können, dass du sie verstehen wirst, dass du mutig bist, stark. Und das bist du wirklich. Mutig und stark.«

»Allmählich werden deine Komplimente besser.«

»Ach was. Ich bin ein Nichts. Ich kann ja kaum mein Essen bei mir behalten.«

»Ja, du bist ganz schön dünn.« Sie lacht. »Wir müssen dich aufpäppeln.«
»Ich weiß.«
»Bin froh, dass ich dich kennengelernt habe.«
»Du bist offen und ehrlich, Noelle; ja, genau.« Worte kommen mir in den Kopf, als ob sie schon immer dagewesen wären. »Und in Afrika würden deine Narben als schöner Schmuck gelten.«
Jetzt schnieft sie wieder. »Es hat mir nicht gefallen, dich mit diesem anderen Mädchen zu sehen.«
»Ich weiß.«
»Ich gefalle dir besser?«
»O ja.«
»Warum.«
Ich ziehe mich von ihr zurück – vielleicht das erste Mal in meinem Leben, dass ich selbst eine Umarmung beende –, denn jetzt muss ich ihr in die Augen sehen.
»Ich habe dir viel mehr zu verdanken als ihr. Du hast mir wirklich die Augen geöffnet.« Meine echten Augen hatte ich so lange an Noelles Schulter geschlossen, dass mich der Flur jetzt blendet. Aber als sie sich wieder an das Licht gewöhnt haben, sehe ich die Professorin: Sie steht in ihrer Tür, hält mit einer Hand die Klinke und mit der anderen ihre Schulter und beobachtet uns.
»Ich wollte dir was zeigen.« Ich greife unter meinen Stuhl und ziehe etwas hervor, das ich zu unserer Verabredung mitgebracht habe – eigentlich sollte es mein letzter Trumpf sein. Ich hatte nicht gedacht, dass unsere Begegnung so ablaufen würde; ich hatte erwartet, Noelle würde mir eine Szene machen, und ich würde zu einem drastischen Mittel greifen müssen. Aber jetzt kann ich etwas Drastisches tun, und es wird das Tüpfelchen auf dem i sein.
Ich ziehe meine Kopfkarte von dem Pärchen hervor und zeige sie ihr.

»Wie schön!«

»Ein Junge und ein Mädchen, siehst du? Die Haare habe ich weggelassen, aber die hier hat ein weibliches Profil, und der hier ein männliches.« Die beiden liegen, aber nicht aufeinander, sondern Seite an Seite, und schweben im Raum. Arme und Beine sind nur angedeutet, aber das ist das Gute an meinen Bildern – man muss sich nicht lange mit Armen und Beinen abgeben. Wichtig ist allein, dass sie ein *Gehirn* haben – ein komplettes, kompliziertes Gehirn aus Brücken und Kreuzungen und Plätzen und Parks. Es sind die kunstvollsten, die ich bis jetzt gemacht habe: breite Straßen, schmale Straßen, Sackgassen, Tunnel, Mautstellen und Verkehrskreisel. Das Blatt ist dreißig mal vierzig Zentimeter groß – viel Platz, die Stadtpläne sehr ausführlich zu zeichnen. Die Körper sind klein und unwichtig; entscheidend ist, dass der Blick (denn irgendwie ist mir klargeworden: so funktioniert ein Kunstwerk) auf eine Brücke zwischen den beiden Köpfen gelenkt wird, eine Brücke, die länger ist als die Verrazano-Brücke, mit einem dichten Knäuel von Ab- und Auffahrten an jedem Ende.

»Ich glaub, das ist bis jetzt mein bestes«, sage ich.

Sie betrachtet es genau; ich sehe das Rot in ihren Augen blasser werden. Keine Tränenspuren – eigentlich habe ich noch nie echte Tränenspuren bei irgendjemandem gesehen. Ihre Tränen sind direkt in mein Hemd gelaufen; jetzt kühlen und jucken sie an meiner Schulter.

»Du hast mich darauf gebracht, etwas aus meiner Kindheit zu zeichnen«, sage ich. »Solche Bilder habe ich als Kind immer gemalt, und ich hatte ganz vergessen, was für einen Spaß das macht.«

»Aber damals waren sie bestimmt anders.«

»Nein, ja, das hier ist einfacher, weil ich die Karten nicht zu Ende machen muss.«

»Gefällt mir sehr.«

»Danke, dass du mich drauf gebracht hast. Ich danke dir sehr.«

»Ich muss dir danken. Darf ich das behalten?« Sie sieht mich an.

»Noch nicht. Erst will ich es fertig machen.« Ich stehe auf, recke mich und sehe sie unschlüssig an.

Tu es, Soldat.

Ja, Sir!

»Aber, ähm, darf ich dich fragen, ob du mir deine Telefonnummer gibst, damit ich dich anrufen kann, wenn wir hier wieder raus sind?«

Sie lächelt, und ihre Schnittwunden umrahmen ihr Gesicht wie die Schnurrhaare einer Katze. »Ganz schön gerissen.«

»Ich bin ein Mann«, sage ich.

»Und ich hasse Jungen«, sagt sie.

»Aber ein Mann ist was anderes«, sage ich.

»Mag sein, ein bisschen«, sagt sie.

zweiundvierzig

Zum Abendessen ist Humble wieder da. Er ist komplett neu eingekleidet, frisch rasiert und bekommt seine Augen nicht ganz auf; er pflanzt sich an seinen gewöhnlichen Tisch unter dem Fernseher, an den sich, so lange er verschwunden war, niemand gesetzt hat. Auch Noelle ist da. Sie sitzt am Tisch neben ihm, wendet ihm aber den Rücken zu. Ich komme rein, begrüße die beiden, schiebe die zwei Tische zusammen und nehme lächelnd zwischen ihnen Platz.

»Noelle, ich weiß nicht, ob du schon Gelegenheit hattest, Humble kennenzulernen?«

»Nicht direkt«, sagt sie und lächelt immer noch. Nachwirkung unseres Gesprächs, hoffe ich.

»Humble, Noelle. Noelle, Humble.«

»Oooooh ...«, sagt er blinzelnd. »Die Schnitte in deinem Gesicht sind ja total abgefahren.«

»Danke.« Sie geben sich die Hand.

»Für ein Mädchen hast du einen ordentlichen Händedruck«, sagt Humble.

»Für einen Mann hast du auch einen ganz guten.«

Zum Essen gibt es für mich Bohnen, Hotdogs und Salat, zum Nachtisch Kekse und eine Birne. Ich mache mich darüber her.

»Wo haben sie dich hingebracht?«, frage ich mit vollem Mund.

»Nach nebenan, in die Geriatrie«, sagt Humble.

»Zu den alten Leuten?«, fragt Noelle.

»Ja. Da bringen sie dich hin, wenn sie dich *so richtig kirre machen* wollen.«

»Kirre oder irre?«, fragt Noelle.

»Kirre.« Humble pult sich mit dem Daumen ein Stück Salat aus den Zähnen.

»Nein, sie meint, du hast ›irre‹ gesagt«, erkläre ich.

»Irre, wirre, kirre, das ist doch alles dasselbe. Ein altes Wort. Ich hatte einen Onkel, der hieß so, Kirre – was gibt's da zu lachen? Mann, reg mich nicht auf. Der Junge macht mich echt nervös.«

»Ja, ich weiß«, sagt Noelle und rammt mir ihr Knie an den Oberschenkel. Wahnsinn. Das hat seit der vierten Klasse kein Mädchen mehr mit mir getan. »Er ist ein Chaot.«

»Ich weiß«, sagt Humble. »Es tut ihm gar nicht gut, dass er so klug ist. Er kommt hierher, ganz ausgebrannt. Erlebe ich nicht zum ersten Mal; erlebe ich ständig – aber bei Leuten, die *dreißig, vierzig* Jahre alt sind. Der Junge hier ist so klug, dass er schon mit fünfzehn ausgebrannt ist. Hat schon als Teenager die Midlife-Crisis.«

»Midlife-Crisis stimmt nicht; die kommt in der *Mitte* des Lebens«, sage ich. »Bei mir ist es die *Sechstel-Lebens-Krise*.«

»Was soll das denn sein?«

»Na ja ...« Ich sehe Noelle an. Sie wird mich doch nicht wieder mit ihrem Knie anstoßen? Ich weiß nicht, ob ich weiterreden soll. Ich will sie nicht langweilen. Aber ich weiß, Humble wird sich nicht langweilen, und wenn auch *sie* sich nicht langweilt, hätte ich einen bedeutenden Sieg errungen.

»Also, zuerst kommt die Viertel-Lebens-Krise«, sage ich. »Wie bei den Leuten in *Friends* – die durchdrehen, weil sie glauben, sie hätten den Zeitpunkt zum Heiraten verpasst. Zwanzigjährige. Wahrscheinlich stimmt es, dass Leute Viertel-Lebens-Krisen kriegen, aber genau weiß ich das nicht. Ich weiß nur, dass heute alles schneller abläuft. Früher musste man warten, bis man zwanzig war, um so viel Auswahlmöglichkeiten zu haben, was man mit seinem Leben anfangen wollte, dass man in die Krise stürzte. Heute gibt es so viele Sachen zu kaufen, und so viele Möglichkeiten, seine Zeit zu verbringen, und so viele Spezialgebiete, mit denen man schon sehr früh im Leben anfangen muss – Ballett zum Beispiel. Noelle, wann hast du mit dem Ballett angefangen?«

»Mit vier.«

»Okay. Als ich mit Tae Bo angefangen habe, war ich sechs. Es gibt so viele Leute, die erfolgreich sein wollen, und so viele Colleges, auf die man gehen sollte, und so viele Frauen, mit denen man Sex haben sollte –«

»Du musst ihnen Angst machen«, sagt Johnny von der anderen Seite des Zimmers.

»Wer hat dich denn nach deiner Meinung gefragt?«, sagt Humble.

»Huh, halt die Klappe.«

»Willst du frech werden? Soll ich dir den Schädel einschlagen oder was?«

»Jungen.« Noelle steht auf und schiebt sich die Haare von den Wangen, die jetzt nicht nur zerschnitten, sondern auch dunkelrot angelaufen sind. Alles verstummt.

»Also«, fahre ich fort, »haben sie statt einer Viertel-Lebens-Krise eine Fünftel-Lebens-Krise – mit achtzehn – oder eine Sechstel-Lebens-Krise – mit vierzehn. Und ich glaube, viele Leute haben das.«

»So wie du.«

»Nicht nur ich. Das ist ... ähm ... soll ich weitermachen?«

»Ja«, sagt Noelle.

»Es gibt viele Leute, die mit den Fünftel- und Sechstel-Lebens-Krisen viel Geld machen. Auf einmal haben sie Millionen von Konsumenten, die vor Angst nicht mehr ein noch aus wissen und sich alles andrehen lassen: Gesichtscreme, Designer-Jeans, Vorbereitungskurse für Eignungstests, Kondome, Autos, Motorroller, Selbsthilfebücher, Uhren, Brieftaschen, Aktien und so weiter ... den ganzen Mist, den früher nur die Leute zwischen zwanzig und dreißig gekauft haben, können sie jetzt auch den Teenagern andrehen. Die haben ihren Markt verdoppelt!«

Bobby hat seinen Stuhl neben meinen geschoben. »Dieser Junge ist wirklich vollkommen geistesgestört«, sagt er.

»Hoffentlich behalten sie ihn hier«, sagt Humble.

»Und demnächst.« Ich bin noch nicht fertig. »Wird es Siebtel- und Achtel-Lebens-Krisen geben. Und schließlich werden die Ärzte jedes Baby gleich nach der Geburt untersuchen und sich fragen, ob es überhaupt fähig ist, mit der Welt fertigzuwerden; und wenn sie zu dem Schluss kommen, dass es unglücklich aussieht, werden sie ihm Antidepressiva geben und es von Beginn seines Lebens an zum Konsumenten machen.«

»*Hmmmmmmmmmmmmmmmmm*«, sagt Humble. Ich denke, jetzt kommt noch ein Kommentar von ihm, aber stattdessen sagt er: »*Hmmmmmmmmmmmmmmmm.*«

Dann:

»Dein Problem ist, dass du die ganze Welt aus der Sicht deiner Depression siehst.« Er beugt sich vor. »Wo bleibt denn deine *Wut*?«

»Meine Wut hab ich nie rausgelassen.«

»Warum?«

»Weil es in meinem Kopf so viel mehr Wut gibt als es draußen jemals geben kann.«

»Extrakekse!«, ruft eine Pflegerin.

Wir stellen uns an; es gibt Haferkekse mit Erdnussbutter. Als ich weiterschlurfe, stupst mich Noelle von hinten an; ich drehe mich um, und sie wendet sich von mir ab, als hätte ich versucht, sie zu küssen.

»Du bist schwierig«, sage ich.

»Sei nicht albern«, sagt sie.

Ich hab's geschafft. Ich habe geredet, und ich habe ihr gefallen; sie hält mich für klug. Ich entwickle einen Plan. Sobald ich meine Kekse habe, gehe ich zum Telefon und rufe Dad an, der mir morgen Abend *Blade II* mitbringen will. Er soll mir auch noch etwas anderes mitgeben.

TEIL NEUN: SIX NORTH, MITTWOCH

dreiundvierzig

Das ist dein letzter ganzer Tag in der Klinik, denke ich beim Aufstehen – heute wird mir kein Blut abgenommen (ist seit Sonntag nur einmal passiert), also stehe ich nicht allzu früh auf, bin aber trotzdem der Erste auf dem Flur. Unter der Dusche denke ich darüber nach, wie beschissen das Leben wäre, wenn nicht immer, wann man will, heißes Wasser aus dem Duschkopf käme. Ich habe es auch mit kalten Duschen versucht, und die sind wunderbar, wenn sie vorbei sind, aber solange man drunter steht, ist es die reinste Folter. Anderseits soll es ja grade so sein – wer kalt duscht, soll so schnell wie möglich rein und wieder raus. Deshalb gibt es bei der Armee nur kalte Duschen.

Du sagst es! Willst du's mal versuchen, Soldat?
Lieber nicht, Sir.
Also wirklich, was ist mit dir los? Du hast doch schon viele Punkte gesammelt; soll das nicht so weitergehen?
Ich muss kalt duschen, damit es mit mir weitergeht?
Ganz recht. Weniger Zeit unter der Dusche, mehr Zeit auf dem Schlachtfeld.
Na gut.

Ich schaffe das. Ich drehe den Temperaturregler ein wenig nach links und spüre, dass ich es niemals schaffe, wenn ich es langsam immer ein bisschen kälter werden lasse; nein, ich muss es machen wie mit einem Pflaster – mit einem Ruck. Ich tu's.

Das Wasser springt so schnell von wohlig warm auf eiskalt um, dass es sich wie kochend heiß anfühlt. Ich biege meinen Unterleib aus dem Strahl, weiß aber, das ist geschummelt, also halte ich ihn wieder rein, während ich mich rasend schnell einseife. Bein: rauf! Runter! Anderes Bein: rauf! Runter! Weichteile: oh, reib reib reib. Brust: wisch. Arm: runter! Rauf! Anderer Arm: runter! Rauf! Hals, Gesicht, umdrehen, Hintern waschen und aussteigen! Schnell das Handtuch. Bibbernd wickle ich mich rein.

Ich habe es so verzweifelt eilig, mich anzuziehen, dass mir die Strümpfe an den nassen Füßen kleben. Dann gehe ich raus und treffe Smitty.

»Geht's dir gut?«
»Erste kalte Dusche.«
»Des Tages?«
»Meines *Lebens*.«
»Ja, das haut einen um.«
»Gibt's was Neues?«

Smitty hebt seine Zeitung hoch. Offenbar gibt es einen neuen Bürgermeisterkandidaten für New York; er verspricht jedem, der ihn wählt, einen Privat-Strip. Er ist Multimilliardär, und für 100 Dollar pro Strip glaubt er die Wahl für sich entscheiden zu können. Viele Frauen unterstützen ihn.

»So was Verrücktes.« Ich zittere immer noch. »Da fragt man sich ja … wer ist eigentlich da draußen, und wer ist hier drin?«

»Da hast du recht. Aber die Musik hier drin ist besser.« Smitty dreht das Radio lauter.

»Übrigens, eine Frage – kann ich heute Abend im Flur ein bisschen Musik spielen? Hinten, wo die Sitzgruppe ist?«

»Was denn für Musik?«

»Ohne Gesang, keine Sorge, nichts Anstößiges. Damit will ich einer bestimmten Person eine Freude machen.«

»Muss ich mir zuerst ansehen.«

»Okay. Und dann möchte ich mir heute Abend zusammen mit der Gruppe *Blade II* ansehen.«

»Überleg dir das noch mal. Meinst du wirklich, ein Vampirfilm ist das Richtige für psychisch Kranke?«

»Die kommen damit schon zurecht.«

»Keine Alpträume?«

»Garantiert nicht.«

»Alpträume sind ein großes Problem in meinem Job, Craig.«

»Verstehe.«

Smitty legt die Zeitung seufzend weg und steht auf. »Soll ich dir den Blutdruck messen?«

Er schnallt mir die Manschette um den Arm, pumpt auf und legt mir seine weichen Fingerspitzen aufs Handgelenk. Heute habe ich 120/70. Der erste Tag, an dem es nicht perfekt ist.

vierundvierzig

»Wie geht's Ihnen heute?«, fragt Dr. Minerva.

Es ist elf Uhr Vormittags. Beim Frühstück fehlten der Typ, der Angst vor der Schwerkraft hat, und Nudelholz-Robert – Humble erzählte mir und Noelle, die beiden seien entlassen worden. Gegen Ende der Mahlzeit legte Noelle ihr Bein so lange an meins, wie ich brauchte, den ersten Schluck meines »Swee-Touch-Nee«-Tees zu trinken. Das war ein sehr ausgiebiger Schluck. Dann verkündete Monica, dass heute Abend gegenüber dem Raucherzimmer *Blade II* gezeigt werde; alle reagierten begeistert, vor allem Johnny: »Huh, das ist ein cooler Film; da sterben jede Menge Vampire.« Meine Musik wurde nicht angekündigt, aber die war ja auch noch gar nicht angekommen.

Ich nahm mein Zoloft in einem kleinen Plastikbecher und zeichnete am Fenster im Flur neben Jimmy ein paar Kopfkarten. Ich hörte meine Mailbox ab und begann ernsthaft darüber nachzudenken, was ich tun würde, wenn ich morgen hier rauskäme – eine Tasse Kaffee trinken? Zum Park spazieren? Nach Hause gehen und meine E-Mails checken? *Das* erinnerte mich an E-Mails, und plötzlich war ich richtig froh, dass ich zu Dr. Minerva musste.

»Mir geht's gut, glaub ich.«

Sie sieht mich ruhig an. Vielleicht ist *sie* mein Anker.

»Höre ich da einen Zweifel?«

»Wie bitte?«

»Sie sagten, Sie ›glauben‹, dass es Ihnen gut geht. Warum *glauben* Sie das nur?«

»Das ist doch nur so eine Redensart«, sage ich.

»Wer sich nicht wirklich besser fühlt, wird hier nicht entlassen, Craig.«

»Also schön, ich habe an meine E-Mails gedacht.«

»Und?«

»Ich mache mir Sorgen, weil ich mir die ansehen muss, wenn ich hier rauskomme. Mit den Anrufen bin ich auf dem Laufenden, aber mit den E-Mails könnte es tödlich enden.«

»Tödlich ... Wie können E-Mails tödlich wirken, Craig?«

»Na ja.« Ich lehne mich zurück und hole tief Luft. »Sie wissen, dass ich ziemliche Probleme hatte, meine Sätze anzufangen und aufzuhören?«

»Ja.«

»In letzter Zeit nicht.«

»Tatsächlich?«

»Ja, eher im Gegenteil, die Worte strömen nur so aus mir heraus, so wie damals, als ich in der Schule Schwierigkeiten bekommen habe.«

»Das war ...« Sie blickt auf ihren Notizblock, um sich das aufzuschreiben.

»Vor einem Jahr ... Bevor ich auf die Executive Pre-Professional gekommen bin.«

»Aha – jetzt erzählen Sie mir von den E-Mails.«

»Die E-Mails.« Ich lege meine Hände auf den Tisch. »Die machen mich fertig. Jetzt zum Beispiel habe ich da seit fünf Tagen nicht mehr reingesehen.«

»Seit Samstag.« Sie nickt.

»Genau. Was denken die Leute wohl, wenn sie mich zu erreichen versuchen? Und ich meine jetzt nur die, die wahrscheinlich schon wissen, wo ich stecke, weil Nia Aaron die Nummer gesagt und er das rausgefunden hat.«

»Verstehe: Das ist Ihnen sehr peinlich.«

»Ja. Aber auch die anderen, die nicht wissen, wo ich jetzt bin: Was mögen die denken? *Fünf Tage.* Die denken: *Der spinnt. Der hat sich eine Überdosis verpasst oder so was.* Jeder erwartet doch, dass ich sofort antworte, und das kann ich eben nicht.«

»Von wem bekommen Sie denn E-Mails, Craig?«

»Von Leuten, die Hausaufgaben wollen; von Lehrern, AGs; Ankündigungen zu Wohltätigkeitsveranstaltungen, an denen ich teilnehmen soll; Einladungen von der Executive Pre-Professional zu Football-, Basketball- und Squashturnieren ...«

»Die meisten haben also mit der Schule zu tun.«

»*Alle* haben mit der Schule zu tun. Meine Freunde schicken mir keine E-Mails. Die rufen an.«

»Und warum ignorieren Sie die E-Mails nicht einfach?«

»Das geht nicht!«

»Warum?«

»Weil die Leute dann beleidigt sind!«

»Und was geschieht dann?«

»Dann werde ich nicht in die AGs aufgenommen, bekomme keine Punkte, kann nirgendwo mitmachen, bekomme keine Extrapunkte ... Ich *falle durch.*«

»In der Schule.«

»Ja.« Ich überlege. Nein, es geht nicht direkt um die Schule. Es geht um das, was nach der Schule kommt. »Im Leben.«

»Aha.« Und dann: »Im Leben.«

»Ja.«

»In der Schule durchfallen heißt im Leben durchfallen.«

»Na ja ... ich gehe zur *Schule!* Das ist das Einzige, was man von mir erwartet. Ich weiß, viele Berühmte waren nicht besonders gut in der Schule, James Brown zum Beispiel; der ist im fünften Schuljahr ausgestiegen, um Entertainer zu werden; ich habe vor so etwas Respekt ... aber für mich ist das nichts. Ich werde nie etwas anders tun können als immer nur arbeiten und versuchen, mich gegen alle anderen durchzusetzen, wenn ich es zu irgendetwas bringen will. Und zur Zeit ist die Schule das *Einzige*, worum ich mich kümmern muss. Und das kann ich jetzt nicht, weil ich nicht an meine E-Mails rankomme.«

»Aber was Sie unter Schule verstehen, ist eigentlich nicht *eins*, sondern mehrere verschiedene Dinge, Craig: außerschulische Aktivitäten, Sport und freiwillige Leistungen. Und zu all dem kommen noch die Hausaufgaben.«

»Richtig.«

»Können Sie einschätzen, wie sehr Ihnen das Sorgen macht, Craig?«

Ich denke an Bobbys Bemerkung, Sorgen seien etwas *Medizinisches*. Der Gedanke an meine E-Mails bedrückt mich, seit ich hier bin, das nagende Bewusstsein, dass ich, wenn ich hier herauskomme, fünf, sechs Stunden lang am Computer sitzen und mir alles ansehen muss, was ich verpasst habe. Und dann beantworte ich alles in umgekehrter Reihenfolge, weil es so nun einmal ankommt, und daher schreibe ich denen, die mir am frühesten gemailt haben, erst zuletzt. Und während ich antworte, kommen schon die *nächsten*, und die sitzen dann ganz oben auf dem Stapel und wollen mich verleiten, sie zu beantworten, bevor ich ganz unten angekommen bin, rufen mir zu, wie viel wichtiger sie sind als die wenigen, die mir selbst tatsächlich wichtig sind. Die spare ich mir bis zuletzt auf, und wenn ich dann endlich Zeit habe, mich damit zu beschäftigen, sind sie schon so veraltet, dass ich mich nur noch entschuldigen kann: *Tut mir leid. Ich bin ein paar Tage lang nicht dazu gekommen, meine E-Mails zu beantworten*. Nein, ich bin nicht wichtig, nur unfähig.

»Craig?«

»Große Sorgen«, antworte ich.

»Die Sorgen wegen der E-Mails, die Angst, in der Schule durchzufallen ... davon haben Sie schon öfter gesprochen. All das beunruhigt Sie sehr.«

»So sehr, dass mir jetzt der Schweiß ausbricht.«

»Ach?«

»Ja. Und ich habe schon eine ganze Weile nicht mehr geschwitzt.«

»Die Tentakel haben sich zurückgezogen.«

»Ja. Aber jetzt kommen sie wieder. Draußen warten sie schon auf mich.«

»Wissen Sie noch, was ich Sie das letzte Mal gefragt habe? Ob Sie hier drin irgendwelche Anker gefunden haben?«

»Ja.«

Sie sagt nichts. Um eine Frage zu stellen, braucht Dr. Minerva oft nur anzudeuten, dass sie eine Fragen stellen könnte.

»Ich glaube, ich habe etwas gefunden«, stöhne ich.

»Und das wäre?«

»Kann ich es holen gehen?«

»Tun Sie das.«

Ich gehe aus dem Büro den Flur hinunter, wo Bobby gerade einen neuen Rekruten herumführt – einen Schwarzen mit wilden Zähnen und fleckigem blauen Trainingsanzug.

»Das ist Craig«, sagt Bobby. »Der ist noch sehr jung, aber in Ordnung. Er macht Zeichnungen.«

Ich schüttle dem Mann die Hand. Ganz recht. Ich mache Zeichnungen.

»Mensch«, sagt der Mann.

»Das ist sein Name«, erklärt Bobby und verdreht die Augen.

»Dein Name ist nicht Craig; du heißt auch Mensch«, sagt der Mann.

Ich nicke, ziehe meine Hand aus seiner und setze den Weg zu meinem Zimmer fort. Es ist buchstäblich so, als entkäme ich einem Ungeheuer – je weiter ich die Gedanken an E-Mails und Dr. Minerva hinter mir lasse, die Gedanken daran, dass ich von hier weg und wieder auf die Executive Pre-Professional gehen muss, desto ruhiger werde ich. Und je näher ich meinen

Kopfkarten komme, dieser albernen Kleinigkeit, desto ruhiger werde ich.

Ich gehe an Muqtada vorbei – er versucht zu schlafen und starrt an die Decke – und nehme meine Zeichnungen von der Heizung. Ich trage den Stapel gegen die Brust gedrückt an Bobby und Mensch vorbei – der gerade erklärt, sein richtige Nachname sei Green, und das brauche er auch, etwas Grünes – und trete wieder ins Büro.

»Irgendwie gefällt's mir hier«, sage ich zu Dr. Minerva.
»Dieses Zimmer?«
»Nein, die Klinik.«
»Wenn Sie wieder gesund sind, können Sie hier freiwillig arbeiten.«
»Ich habe mit Neil, dem Gitarrenmann, darüber gesprochen. Ich glaub, ich versuch das mal. Das bringt mir Pluspunkte in der Schule!«
»Nur deshalb wollen Sie das machen, Craig?«
»Nein, nein ...« Ich schüttele den Kopf. »Das sollte ein *Scherz* sein.«
»Ah.« Auf Dr. Minervas Gesicht erscheint ein Lächeln. »Also, was haben wir hier?«

Ich werfe den Stapel auf den Tisch. Es sind jetzt zwei Dutzend. Keine revolutionären Neuerungen, nur Variationen eines Themas: ein Schwein mit einem Stadtplan im Kopf, der ein wenig an St. Louis erinnert, dann mein durch eine Brücke verbundenes Pärchen für Noelle, eine Familie von Metropolen.

»Deine Kunstwerke«, sagt sie.

Sie blättert sie durch und ruft »Oh, oh« bei den besonders gelungenen. Ich habe den Stapel gestern Abend sortiert – nicht nur für Dr. Minerva, sondern für alle. Die Kopfkarten sind in einer bestimmten Reihenfolge angeordnet. Seitdem ich sie mache, habe ich erkannt, dass sie geordnet sein müssen, wenn ich sie jemandem zeige.

»Craig, die sind wunderbar.«

»Danke.« Ich setze mich. Wir hatten beide gestanden. War mir gar nicht aufgefallen.

»Sie haben damit angefangen, weil Sie solche Bilder als Vierjähriger gemalt haben?«

»Ja. Das heißt, so etwas Ähnliches.«

»Und wie fühlen Sie sich jetzt dabei?«

Ich werfe einen Blick auf den Stapel. »Bestens.«

Sie beugt sich vor. »Warum?«

Über die Frage muss ich nachdenken. Aber wenn Dr. Minerva mich zum Nachdenken bringt, ist mir das nicht peinlich, und ich versuche nicht, darüber hinwegzugehen. Ich sehe nach links und reibe mir das Kinn.

»Weil ich sie mache«, sage ich. »Ich zeichne sie, und sie sind fertig. Das ist beinahe wie, na ja, wie Pinkeln?«

»Hm ...« Dr. Minerva nickt. »Es macht Ihnen Freude.«

»Genau. Ich mache es; es funktioniert; es fühlt sich gut an; und ich weiß, dass es gut ist. Wenn ich mit so einem Bild fertig bin, habe ich das Gefühl, wirklich etwas geleistet zu haben. Dann kann ich den Rest des Tages mit was anderem verbringen, mit irgendwelchem Mist, E-Mails, Telefonieren und all dem.«

»Craig, haben Sie schon mal daran gedacht, dass Sie vielleicht ein Künstler sind?«

»Ich habe auch noch andere Sachen«, rede ich weiter. *Was hat sie gesagt?* »Als Erstes hatte ich mir eine ewige Kerze ausgedacht: also eine Kerze steht auf dem Boden, eine andere hängt verkehrt herum darüber, und das geschmolzene Wachs der unteren Kerze wird von einer Wärmeeinheit flüssig gehalten und zu der oberen hinaufgepumpt, von der es wieder auf die untere tropft, wie bei Stalaktiten und Stalagmiten. Und dann habe ich mich gefragt: Was passiert, wenn man einen Schuh mit Schlagsahne füllt? Einen ganz normalen Schuh, gefüllt mit Schlagsahne? Das ließe sich ziemlich einfach feststellen. Und dann könnte man weitermachen: ein T-Shirt, gefüllt mit Wackelpudding; ein Hut voll Apfelmus ... so was ist Kunst, oder? Solche Sachen. Was halten Sie von Künstlern?«

Sie kichert. »Das scheint Ihnen Spaß zu machen, was Sie hier treiben.«

»Ja, na ja, es gibt schwierigere Dinge, die man tun kann.«

»Jetzt schwitzen Sie nicht.«

»Das ist ein guter Anker für mich«, sage ich. Ich gebe es zu. Ich gebe es zu. Dumm, so etwas zuzugeben. Das bedeutet doch, dass ich zu nichts Praktischem zu gebrauchen bin. Andererseits bin ich ja schon in der Klapsmühle; wie soll da was Praktisches aus mir werden? Vielleicht sollte ich aufhören, ans Praktische zu denken.

»Da haben Sie recht, Craig. Das *kann* Ihr Anker sein.« Dr. Minerva sieht mich an, lange und ohne zu blinzeln. Ich betrachte ihr Gesicht, die Wand hinter ihr, die Tür, die Jalousien, den Tisch, meine Hände auf dem Tisch, die Kopfkarten zwischen uns. Das Blatt, das gerade oben liegt, könnte ich noch besser machen. Ich könnte versuchen, zu den Straßen ein wenig Holzmaserung zu zeichnen. Astknoten in den Köpfen. Keine üble Idee. »Das kann mein Anker sein?« Ich nicke. »Aber ...«

»Ja, Craig?«

»Was soll ich dann mit der Schule machen? Auf der Executive Pre-Professional gibt es keinen *Kunst*unterricht!«

»Ich will Ihnen mal eine verrückte Frage stellen.« Dr. Minerva lehnt sich zurück, dann kommt sie wieder nach vorn. »Haben Sie sich jemals überlegt, ob sie vielleicht auf eine *andere Schule* gehen sollten?«

Ich starre sie an.

Nein. Das habe ich mir noch nicht überlegt.

Nicht ein einziges Mal, in meinem ganzen Leben nicht, nicht, seit ich auf diese Schule gehe. Das ist doch meine *Schule*.

Ich habe mich noch niemals für etwas so angestrengt, wie dafür, auf diese Schule zu kommen. Ich wollte dorthin, weil ich so nach dem Abschluss Präsident werden kann. Oder Anwalt. Mit einem Wort: reich. Reich und berühmt.

Und wo bin ich gelandet? Ein einziges blödes Jahr – nicht mal ein ganzes, eher nur ein dreiviertel Jahr –, und jetzt sitze ich hier mit nicht bloß einem, sondern *zwei* Armbändern am Handgelenk neben einer Psychiaterin in einem Zimmer an einem Flur, auf dem ein Mann namens Mensch herumwandert. Wenn ich noch drei Jahre so weitermache – wo bin ich *dann*? Ein Totalversager. Und wenn ich *durchhalte*? Wenn ich das irgendwie schaffe, mit den Depressionen leben lerne, aufs College komme, das College beende, auf die Uni gehe, einen fetten Job ergattere, viel Geld verdiene, Frau und Kinder und ein schickes Auto habe? In was für einer Scheiße werde ich dann stecken? Ich werde *komplett verrückt* sein.

Ich will aber nicht *komplett* verrückt werden. *So* toll finde ich es hier nun auch wieder nicht. Ein bisschen verrückt, das gefällt mir: genug, um hier ab und zu mal zu arbeiten, nicht genug, um jemals auf Dauer hierher zurückzukommen.

»Ja«, sage ich. »Ja. Das habe ich mir überlegt.«

»Wann? Jetzt gerade?«

Ich lächle. »Sie sagen es.«

»Und was meinen Sie?«

Ich schlage die Hände zusammen und stehe auf. »Ich meine, ich sollte meine Eltern anrufen und ihnen sagen, dass ich die Schule wechseln möchte.«

fünfundvierzig

»Besuch für dich, Craig.« Smittys Kopf erscheint in der Tür des Speiseraums. Ich schiebe meinen Stuhl vom Tisch zurück, wo ich nach dem Mittagessen mit Jimmy, Noelle und Armelio eine Runde Poker spiele. Jimmy hat keinen blassen Schimmer von dem Spiel, aber wir geben ihm Karten, und er fingert lächelnd daran herum. Immer, wenn er seine in die Taschen steckt oder aufisst, geben wir ihm ein paar Chips (wir benutzen Papierschnipsel; die Knöpfe hat man weggeschlossen, weil wir so unartig sind).

»Bin gleich wieder da«, sage ich.

»Der hat dauernd was zu tun«, sagt Armelio.

»Er hält sich für sehr wichtig«, sagt Noelle.

»Als ich aufgewacht bin, hat das Bett *gebrannt!*«, sagt Jimmy.

Wir sehen ihn alle an. »Alles klar bei dir, Jimmy?«, frage ich.

»Meine Mom hat mich auf den Kopf geschlagen. Sie hat mich mit einem *Hammer* auf den Kopf geschlagen.«

»Oh, wow«, sage ich zu Armelio. »So was hat er unten in der Notaufnahme auch schon erzählt. Hat er auch schon früher davon gesprochen?«

»Nein, niemals, Kumpel.«

»Hey, Jimmy, ist schon gut.« Ich lege ihm eine Hand auf die Schulter. Und beiße mir auf die Zunge. Das gibt es, dass man jemanden zum Lachen findet und ihm gleichzeitig helfen will.

»Sie hat mich auf den *Kopf* geschlagen«, sagt er. »Mit einem *Hammer!*«

»Ja, aber jetzt bist du hier«, sagt Noelle. »In Sicherheit. Hier schlägt dir keiner mit irgendwas auf den Kopf.«

Jimmy nickt. Ich lasse meine Hand auf seiner Schulter. Ich beiße mir immer noch auf die Zunge, muss aber innerlich so lachen, dass ich hörbar pruste, und das bemerkt er und sieht zu mir hoch. Er lächelt mich an, lacht selbst laut auf, nimmt seine Karten und klopft mir auf den Rücken.

»Du wirst es *erleben*«, sagt er.

»Ich weiß. Ich werde es erleben.«

Ich entschuldige mich kurz und verlasse das Zimmer. Am Ende des Flurs steht Aaron mit der Platte, die ich brauche. Dad hatte sie nicht.

»Hey, Mann«, sagt er verlegen, und als ich auf ihn zugehe, lehnt er sich an die Wand. Er ist zwar blöd, aber ich bin auch nicht perfekt, also gehe ich hin und umarme ihn.

»Hey.«

»Du hattest recht. Mein Dad hat die Platte – *Ägyptische Meister Teil Drei.*«

»Ich danke dir sehr.« Ich nehme die Platte. Das Foto auf dem Cover zeigt wahrscheinlich den Nil in der Abenddämmerung, eine nach links geneigte Palme, daneben der leuchtende Mond über dem dunkelroten Horizont.

»Ja, tut mir leid, das alles«, sagt Aaron. »Ich ... äh ... ich hab ein paar seltsame Tage hinter mir.«

»Soll ich dir mal was sagen?« Ich sehe ihm in die Augen. »Ich auch.«

»Glaub ich gern.« Er lächelt.

»Ja, wenn jetzt irgendein Mist passiert, kannst du immer sagen: ›Oh, Craig, ich hatte ein paar schlimme Tage‹, denn das, wovon du redest, werde ich garantiert auch wieder erleben.«

»Wie ist es hier denn so?«, fragt er.

»Hier sind Leute, deren Leben ist schon vor langer Zeit den Bach runter gegangen, und hier sind auch Leute wie ich, deren Leben erst vor kurzer Zeit aus dem Leim geraten ist.«

»Haben sie dir neue Medikamente gegeben?«

»Nein, dieselben wie vorher.«

»Und dir geht's besser?«

»Ja.«

»Was hat sich geändert?«

»Ich werde die Schule verlassen.«

»Wie bitte?«

»Ich will auf eine andere Schule.«

»Wo?«

»Weiß ich noch nicht. Werde das mit meinen Eltern besprechen. Irgendwas mit Kunst.«

»Du willst Künstler werden?«

»Ja. Ich habe hier ein paar Bilder gemalt. Ich bin ziemlich gut.«

»In der Schule bist du auch ziemlich gut, Mann.«

Ich zucke die Achseln. Ich habe es nicht nötig, Aaron das zu erklären. Er ist von Wichtigster Freund zu Freund degradiert worden, und selbst als das wird er sich erst noch beweisen müssen. Und überhaupt. Ich bin den Leuten nichts schuldig, und ich muss nicht *mehr* mit ihnen reden, als mir nötig erscheint.

»Wie läuft's mit Nia?«, frage ich. Bei dem Thema muss ich behutsam vorgehen. »Was du mir am Telefon erzählt hast, hat sich ja gar nicht gut angehört.«

»Inzwischen ist alles wieder gut. War alles meine Schuld. Hatte mich aufgeregt, weil sie dauernd Tabletten geschluckt hat, und da haben wir uns getrennt, aber nur für ein paar Tage.«

»Warum hat dich das aufgeregt?«

»Ich brauch so was nicht mehr, nie mehr. Schlimm genug, was mit meinem Vater los ist.«

»Der nimmt Medikamente?«
»Die ganze Apotheke rauf und runter. Mom auch. Und dann komme ich und kiffe ... wenn man es sich genau überlegt, stehen bei uns alle im Haus unter Drogen, mal abgesehen von den Fischen.«
»Und du wolltest nicht, dass deine Freundin auch so endet.«
»Mich stört ja schon, dass sie raucht; ich ... ich kann das nicht erklären. Wahrscheinlich muss man lange mit jemandem zusammensein, um das zu verstehen. Wenn du mit einer zusammenbist und dann erfährst, dass sie ... täglich was nehmen *muss*, dann fragst du dich doch: Was kannst du ihr schon bedeuten?«
»Du redest Unsinn«, sage ich. »Ich habe dieses Mädchen hier getroffen –«
»Ach ja?«
»Ja, und sie ist wirklich kaputt, so kaputt wie ich, aber für mich ist das keine Beleidigung. Für mich ist das eine Chance, Kontakt zu finden.«
»Ja, okay.«
»In dieser Welt sind viele Leute kaputt. Ich möchte lieber mit einer zusammensein, die kaputt ist und das offen zugibt, als mit einer, die perfekt ist und ... na ja ... jederzeit explodieren könnte.«
»Entschuldige, Craig.« Aaron sieht mir tief in die Augen und hält mir die Hand zum Einschlagen hin. »Tut mir leid, dass ich so bescheuert zu dir war.«
»Das warst du *wirklich*.« Ich gebe ihm die Hand. »Diese LP macht das teilweise wieder gut. Nur: Mach so was nicht noch einmal.«
»Okay.« Er nickt.
Wir schweigen eine Weile. Wir stehen immer noch an der Flurkreuzung in der Nähe des Eingangs zu Six North. Die Doppeltür, durch die ich hier hereingekommen bin, befindet sich keine drei Meter hinter ihm.

»Also, hör zu«, sagt er. »Viel Spaß mit der Platte. Und – hey, haben die hier überhaupt einen Plattenspieler?«

»Hier wird sogar noch *geraucht*, Aaron. Die sind in der Zeit ein bisschen zurückgeblieben.«

»Na dann viel Spaß, und meld dich mal. Und es tut mir wirklich leid. In der nächsten Zeit wirst du ja wohl nicht zum Chillen kommen.«

»Keine Ahnung. Vielleicht chill ich auch nie mehr.«

»Wolltest du dich umbringen, um hier reinzukommen?«, fragt Aaron. »Das hat Nia mir erzählt.«

»Ja.«

»Warum?«

»Weil ich mit der wirklichen Welt nicht zurechtgekommen bin.«

»Craig, bring dich nicht um, okay?«

»Danke.«

»Tu's nicht.«

»Ich tu's nicht.«

»Dann bis später, Alter.«

Aaron dreht sich um, die Schwestern öffnen ihm die Tür. Er ist kein schlechter Kerl. Nur einer, der noch keinen Aufenthalt in Six North hinter sich hat. Ich gehe zu Smitty und gebe ihm die Platte, damit er sie hinter dem Schwesternzimmer für mich aufbewahrt.

sechsundvierzig

Six North braucht keine Lautsprecheranlage, schließlich haben wir Präsident Armelio; es gibt aber trotzdem eine, über die regelmäßig so schlichte und rhythmische Durchsagen kommen wie »Essen ist fertig«, »Zeit für Medikamente« oder »Alle Raucher ins Raucherzimmer; Raucher, geht rauchen«. Heute Nachmittag kommt mal was Längeres. Es spricht Schwester Monica.

»Meine Damen und Herren, heute Nachmittag zeichnet unser Patient Craig Gilner, der uns morgen verlässt, für alle in der Abteilung seine Kunstwerke. Wer ein Werk von Craig geschenkt haben möchte, kommt in den Flur vor dem Speiseraum. Flur vor dem Speiseraum, in fünf Minuten. Viel Vergnügen!«

Ich setze mich auf den hintersten Stuhl, den vor dem Fenster, das zu der Straße hinausgeht, die meine Straße, in der ich wohne, kreuzt – so nah an meinem wirklichen Leben. Drüben steht der Konferenzstuhl, wo ich mit meinen Eltern und mit Noelle gesprochen habe. Vor mir steht ein zweiter Stuhl mit einem Stapel Brettspiele, ganz oben ein Schachbrett, das mir als Zeichenunterlage dienen soll. Eine wacklige Angelegenheit zwar, aber es geht.

Präsident Armelio nähert sich als Erster. Er steuert selbstsicher und mit breiter Brust wie ein Torpedo auf mich zu.

»Hey, Kumpel, das ist toll! Machst du mir einen Kopf mit einem Stadtplan drin?«

»Ja, mach ich.«

»Dann leg los, Kumpel. Ich hab nicht den ganzen Tag Zeit!«
Stimmt. Armelio muss schnell erledigt werden, weil er selbst schnell ist. Ohne lange nachzudenken skizziere ich den Umriss von Kopf und Schultern und fange mit seinem Stadtplan an. Armelio hat Highways im Kopf – sechsspurige Autobahnen; eine neben der anderen führen sie zielstrebig und fast ohne Zufahrtsstraßen durch eine Stadt, in der es keine Parks und stillen Gassen gibt; nur Autobahnen, keine Flüsse. Die Autobahnen haben keine Verbindungsstraßen, weil Armelio seine Gedanken nicht durcheinanderbringt; er hat immer nur einen, und dem geht er nach und wendet sich dann dem nächsten zu. Eine vorbildliche Lebensweise. Besonders wenn der wichtigste Gedanke darin besteht, Karten spielen zu wollen. Irgendwo müssen in Armelios Gehirn Spielkarten vertreten sein. Also zeichne ich in die Mitte ein Pik As mit ein paar Straßen drin – es ist kein *großes* Pik As, aber Armelio soll es haben.

»Pik! Kumpel, bei Pik hast du keine Chance gegen mich!«

Ich schreibe meine Initialen drauf, groß und schwungvoll: »CG«, wie »Computer-Generiert«.

»Das behalte ich, im Ernst«, sagt Armelio. »Du bist ein guter Junge, Craig.« Er schüttelt mir die Hand. »Willst du meine Telefonnummer, wenn du gehst?«

»Klar.« Ich zücke einen Zettel.

»Das ist ein Heim für Erwachsene«, sagt Armelio. »Du musst nach Spyros fragen, das ist mein anderer Name.« Er gibt mir die Nummer und tritt zur Seite. Hinter ihm erscheint Ebony mit ihrem Stock und den Samthosen und schmatzt mit den Lippen.

»Ich habe *gehört* ... du machst hier Gehirne für die Leute«, sagt sie.

»Das stimmt! Und weißt du, wer als Erster gesagt hat, dass das Gehirne sind?«

»Ich!«

»Richtig. Und jetzt sieh dir das an« – ich zeige auf den Stapel meiner Werke auf dem Fußboden – »jetzt habe ich schon so viele.«

»Ich werde also dafür bezahlt?«, fragt Ebony lachend.

»Nicht direkt; noch habe ich es ja nicht geschafft. Als Künstler.«

»Ich weiß. Das ist schwer.«

»Du bekommst einen Stadtplan für dich selbst, okay?«

»Gut!«

Ich sehe sie an, nicht das Papier, und zeichne ihren Kopf freihändig. Gelingt mir ganz gut. Ebonys Gehirn ... was ist da drin? Jede Menge Kreise – für die vielen Knöpfe, die sie geklaut hat. Mit diesen Knöpfen hatte sie's ja wirklich. Keine Umstände. Ziemlich raffiniert. Und bei ihrem Talent für Glücksspiele braucht sie eine Straße voller Kasinos, wie in Vegas. Also zeichne ich in die Mitte eine breite Prachtstraße und darum herum viele Verkehrskreisel und runde Parks, runde Einkaufszentren und kleine runde Teiche. Am Ende sieht es weniger wie eine Stadt aus, eher wie eine Halskette, an der massenhaft dicke Klunker hängen.

»Das ist *hübsch!*«, sagt sie.

»Du kannst es nehmen.« Ich reiche es ihr.

»Das machst du gern, ja?«

»Ja. Es hilft ... gegen meine Depressionen. Ich bin wegen Depressionen hier.«

»Stell dir vor, du hättest Depressionen gehabt, als du *elf Jahre alt* warst«, sagt Ebony. »Wenn alle meine Kinder in diesem Flur wären, würde es hier ziemlich eng werden, kann ich dir sagen.«

»Du hast Kinder?«, frage ich ganz leise.

»Ich hatte dreizehn Fehlgeburten«, sagt sie. »Stell dir das mal vor.« Und als sie mich jetzt ansieht, ist da nichts von dem Humor und der Haltung, die ich sonst von ihr gewohnt bin, sondern nur weit aufgerissene Augen und leere Fragen.

»Das tut mir sehr leid«, sage ich.

»Ich weiß. Das weiß ich. Das ist es ja gerade.«

Ebony schlurft davon und zeigt ihr Porträt herum (»Das bin ich! Seht ihr? *Ich!*«); sie gibt mir keine Telefonnummer. Als nächster kommt Humble.

»Also gut, Mann, was ziehst du hier für einen Schwindel ab?«

»Ich? Gar keinen.« Ich fange mit Humbles kahlem Schädel an. Glatzen sind einfach. Wenn ich müsste, könnte ich die untere Spitze von Manhattan schaffen. Ich sehe Humble an. Er zieht die Augenbrauen hoch. »Mach es so, dass ich gut aussehe, ja?«

Ich lache. In Humbles Kopf befindet sich ein industrielles Chaos.

Ich zeichne keine kleinen Blocks, nur große – Stadtviertel, in denen es Sägewerke und Fabriken und Kneipen gibt, wo Humble abhängen und arbeiten kann. Ich tue auch den Ozean rein, der steht für seine Heimatstadt Bensonhurst, die am Meer liegt und wo er früher all diese vielen Frauen gehabt hat. Ich kippe einige Highways über das Ganze, begrabe die Straßen darunter, krakle verrückte Kreuzungen dazwischen, versuche einen möglichst gewalttätigen und willkürlichen, aber auch starken und echten Eindruck hervorzurufen – wie ich mir einen Kopf vorstelle, der sich, wenn man ihn nur richtig einspannt, ein paar großartige Sachen ausdenken könnte. Fertig. Ich blicke auf.

»Ganz nett, glaub ich«, sagt er achselzuckend.

Ich kichere. »Danke, Humble.«

»Vergiss mich nicht«, sagt er. »Ohne Quatsch. Wenn du ein großer Künstler bist, musst du mich mal zu einer Party einladen.«

»Abgemacht«, sage ich. »Aber wie soll ich mit dir Kontakt aufnehmen?«

»Ah, richtig – ich hab eine Nummer!«, sagt Humble. »Ich werde im Seaside Paradise wohnen; das ist das Heim, wo auch Armelio hinzieht, aber ich gehe in eine andere Etage.« Er gibt mir die Nummer; ich schreibe sie auf denselben Zettel wie die von Armelio.

»Du meldest dich ja sowieso nicht«, sagt Humble.

»Doch, ich melde mich«, sage ich.

»Nein, tust du nicht; das spüre ich. Aber ist schon gut. Du wirst es schaffen. Pass nur auf, dass es dich nicht wieder so runterzieht.«

Wir geben uns die Hand. Als Nächste kommt Noelle.

»Hey, Mädchen.«

»Lass das, nenn ich mich so. Finde ich sehr nett von dir, diese Aktion.«

»Ich wünschte, ich könnte noch mehr für diese Leute tun. Ich mag sie sehr.«

»Du bist ja jetzt eine richtige Berühmtheit. Alle wollen wissen, ob ich deine Freundin bin.«

»Und was sagst du ihnen?«

»›Nein!‹ Und dann gehe ich.«

»Gute Antwort.«

»Also was willst du eigentlich? Du hast doch schon eins für mich gemacht. Du hast gesagt, es sei noch nicht fertig.«

Ich ziehe das Bild heraus, das ich für sie gezeichnet habe, das mit dem Jungen und dem Mädchen, die durch eine Brücke miteinander verbunden sind, und schreibe auf die Rückseite meine Telefonnummer.

»O je.«

»*Jetzt* ist es fertig.« Ich stehe lächelnd auf und flüstere ihr ins Ohr: »Ich habe dafür doppelt so lange gebraucht wie für alle anderen. Und wenn ich draußen bin, mach ich dir noch ein viel schöneres –«

Sie schiebt mich weg. »Ja, als ob ich deine blöden Bilder haben will.«

»Das *willst* du doch.« Ich trete einen Schritt zurück. »Ich hab dich beobachtet, als du sie dir angesehen hast.«

»Ich behalte das nur, damit du dich besser fühlst«, sagt sie. »Das ist alles.«

»Gut.«

Sie gibt mir einen Kuss auf die Wange. »Jetzt mal im Ernst: Danke.«

»Gern geschehen. Hey, was machst du heute Abend?«

»Hm ... hatte vor, zur Abwechslung mal im Irrenhaus abzuhängen. Und du?«

»Ich habe große Pläne«, sage ich. »Wir bekommen einen Film gebracht —«

»Ah ja, diesen blöden Film sehe ich mir bestimmt nicht an.«

»Ich weiß.« Und dann frage ich flüsternd: »Sollen wir uns bei mir im Zimmer treffen, wenn der Film halb durchgelaufen ist?«

»Du machst Witze.«

»Nein. Wirklich.«

»Und was ist mit deinem Mitbewohner? Der ist doch immer da!«

»Vertrau mir. Komm in mein Zimmer.«

»Willst du etwa mit mir rumknutschen?«

»Wenn du's unbedingt wissen willst: ja.«

»Ich weiß deine Aufrichtigkeit zu schätzen. Warten wir's ab.«

Wir umarmen uns; sie hält ihre Kopfkarte auf meinem Rücken. »Und deine Nummer habe ich schon«, sage ich.

»Wenn du sie verlierst, bekommst du keine zweite Chance«, sagt sie. »Ich gebe diese Nummer kein zweites Mal heraus.«

Ich werfe ihr einen sehnsüchtigen Blick zu, als wir uns voneinander lösen und sie zur Seite tritt.

Jetzt ist Bobby an der Reihe.

»Wer steht da hinter dir?«

»Huh, was glaubst du wohl?«, antwortet Johnny.

»Stellt euch mal nebeneinander, Leute. Ich bediene euch beide zusammen.«

»Cool«, sagt Bobby und macht Johnny Platz, der sich neben ihn stellt. Ich zeichne ihre Umrisse. Die struppigen Haare und viel zu weiten Kleider machen sich großartig.

»Er *zeichnet* uns?«, fragt Johnny Bobby.

»Sei still, ja?«

»Wo habt ihr zwei euch immer rumgetrieben?«, frage ich Bobby, ohne vom Papier aufzublicken. »Damals, als ihr Müllschlucker wart?«

»Was? Willst du das auch zeichnen?«

»Nein.« Ich blicke auf. »Bin nur neugierig. In welcher Gegend?«

»Lower East Side, aber zeichne die bitte nicht«, sagt Bobby. »Ich will da nicht mehr hin.«

»Okay, verstehe. Wo möchtest du denn leben?«

»Auf der Upper East Side, bei den reichen Leuten«, sagt Bobby.

»Huh, ich auch«, sagt Johnny.

»Warte, nein, du kriegst eine Gitarre«, sage ich.

»Oh, cool.«

Ich fange mit Bobbys und Johnnys Gehirnen an. Für Johnny zeichne ich Straßen in eine Gitarre – das macht Spaß –, mehrere diagonal verlaufende Straßen bilden den Klangkörper, ein langer breiter Boulevard ist der Hals, und oben, wo die Saiten gestimmt werden, soll ein Park sein. Dann ist Bobby dran. Ich kenne die Upper East Side ziemlich gut; das Viertel liegt in Manhattan, und das Beste daran ist der Central Park; den zeichne ich links in seinen Kopf hinein. Daneben kommt das prächtige Gitterwerk der Straßen. Irgendwo in der Gegend ist auch das Guggenheim Museum; ich weise mit einem Pfeil darauf hin. Gleich daneben male ich ein »X« auf eine Kreuzung, an der eine Wohnung wahrscheinlich 20 Millionen Dollar kostet, und schreibe daran: *Bobbys Bude*.

»Bobbys Bude! Genau! Da will ich hin!« Er hebt die Arme. »Hoch hinaus!«

»Viel Spaß.« Ich überreiche ihnen das Blatt.

»Wer bekommt was?«, fragt Johnny. »Sollen wir das in zwei Stücke reißen?«

»Nein, Mann, das soll so bleiben, weil wir doch *Freunde* sind«, sagt Bobby. »Ich mache eine Fotokopie davon.«

»Wo gibt es denn hier einen Kopierapparat?«

»Überhaupt nicht! Ich mach's, wenn ich draußen bin.«

»Und was hab ich dann davon?«

»Eine Kopie!«

»Ich will aber keine Kopie!«

»Hörst du das? Nichts ist ihm gut genug –«

»Hey, Bobby«, unterbreche ich ihn. »Könnte ich vielleicht deine und Johnnys Telefonnummern haben, damit ich euch anrufen kann, wenn ihr draußen seid?«

Johnny will etwas sagen, aber Bobby fällt ihm ins Wort: »Das ist keine gute Idee, Craig.«

»Was? Warum?«

Er stöhnt. »Ich bin schon oft in diesem Haus gewesen, stimmt's?«

»Stimmt.«

»Das Haus hat ja einiges für sich; hier gibt's das beste Essen weit und breit; und die Leute hier sind auch in Ordnung ... aber trotzdem ist das kein guter Ort, um Leute kennenzulernen.«

»Warum denn das? Immerhin habe ich euch hier kennengelernt, und ihr seid echt cool!«

»Ja, sicher, um so schlimmer, wenn du dann versuchst, mich oder Johnny anzurufen, und dir anhören musst, dass wir an einer Überdosis gestorben oder erschossen worden oder in noch schlimmerem Zustand hierher zurückgekommen oder einfach nur verschwunden sind.«

»Ganz schön pessimistisch.«

»Hab ich alles schon erlebt. Behalt uns einfach in Erinnerung, okay? Wenn wir uns draußen treffen, geht bloß alles kaputt. Dir wird es peinlich sein, mich zu sehen, und ich ...« – er lächelt – »werde mir selbst vielleicht auch peinlich sein. Und es könnte mir auch peinlich sein, *dich* zu sehen, wenn du es nicht schaffst, deinen Kram zusammenzuhalten.«

»Danke. Also wirklich keine Telefonnummern?«

Bobby schüttelt mir die Hand. »Wenn es so sein soll, werden wir uns wiedersehen.«

Johnny schüttelt mir die Hand. »Wenn er das sagt.«

Als Letzter kommt Jimmy dran.

»Ich sag dir, was hab ich gesagt? Wenn du diese Zahlen spielst –«

»Wirst du's erleben!«, antworte ich.

»*Das ist die Wahrheit!*« Er grinst.

Ach ja, Jimmy. Was ist in Jimmys Gehirn? Chaos. Ich skizziere seinen fast kahlen Schädel, seine Schultern, und dann zeichne ich ihm von Ohr zu Ohr die kompliziertesten, unnötigsten und wirrsten Highways hinein und verbinde sie mit verschlungenen Kleeblattauffahrten. An einer Stelle kreuzen sich fünf Highways; die Auffahrten muss ich ein paar Mal ausradieren und neu zeichnen. Dann kommt das Raster der Straßen – ein Raster, entworfen von einem hyperaktiven Stadtplaner, krumm und schief und verwinkelt. Als Jimmys Stadtplan fertig ist, kommt er mir äußerst gelungen vor – das Inventar eines schizophrenen Kopfs, der aber irgendwie doch funktioniert.

»Bitte sehr«, sage ich. Er hat die ganze Zeit neben mir gesessen und mir beim Arbeiten zugesehen.

»Du wirst es erleben!«, sagt er und nimmt das Blatt entgegen. Ich möchte, dass er sich endlich öffnet, dass er mich

Craig nennt, dass er mir erzählt, wie wir beide zusammen hier hereingekommen sind, aber er ist und bleibt Jimmy – sein Wortschatz wird nicht größer.

Wir lehnen uns auf unseren Stühlen zurück; ich döse vor mich hin. Kunst auf Bestellung anzufertigen ist ermüdend. Als Letztes, bevor ich endgültig einnicke, bekomme ich mit, wie Jimmy seinen Stadtplan auseinanderfaltet und mit dem von Ebony vergleicht, die sagt, *ihrer sei natürlich viel hübscher*. Nicht übel, bei so etwas einzuschlafen.

siebenundvierzig

»Craig, geht's dir gut?«, fragt Mom.

Ich fahre hoch und denke eine Schrecksekunde lang, das war alles ein Traum – die ganze Sache mit Six North. Aber dann frage ich mich: Wo oder wann hat der Traum angefangen?

Wenn es ein Albtraum war, müsste er angefangen haben, bevor es mit mir bergab ging; dann wäre es ein jahrelanger Traum. Aber so lange Träume gibt es nicht. Und wenn es ein guter Traum war, hieße das, dass ich immer noch dort war, wo er angefangen hatte – als ich zu Hause über der Toilette hing, oder im Bett lag und meinem Herzschlag lauschte. Das durfte nicht sein.

»Ja! Ich – hey!« Ich setze mich auf. Sie sind alle da – Dad, Mom, Sarah.«

»Zwingst du dich zu schlafen?«, fragt Mom. »Hast du Depressionen?«

»Haben sie dich vollgepumpt?«, fragt Sarah. »Kannst du mich hören?«

»Ich hab ein Nickerchen gemacht! Also wirklich!«

»Oh, okay. Es ist sechs Uhr.«

»Wow, bin ein bisschen eingeschlafen. Habe für die Leute hier Kopfkarten gezeichnet.«

»Oha«, sagt Dad. »Das klingt gar nicht gut.«

»Kopfkarten? Was soll das sein?«

»Seine Kunstwerke«, sagt Mom. »Deswegen will er die Schule wechseln. Es macht dich glücklich, diese Bilder zu malen, stimmt's, Craig?«
»Ja, wollt ihr mal sehen?«
»Aber natürlich.«
Der Stapel liegt noch neben mir, und ich lasse die Bilder herumgehen. Genau dafür habe ich die eigentlich gemacht, denke ich: um sie meinen Eltern zu zeigen.
»Die besten waren die, die ich eben für die Patienten gezeichnet habe.«
»Sehr originell«, sagt Dad.
»Das hier gefällt mir«, sagt Sarah und zeigt auf das Schwein mit dem Phantasieplan von St. Louis.
»Du investierst viel Zeit in diese Bilder?«, fragt Mom.
»Eigentlich nicht: Das geht ziemlich schnell«, erkläre ich. »Ehrlich gesagt, es langweilt mich schon ein bisschen. Ich möchte jetzt mal was anderes machen.«
»Und wie fühlst du dich, Craig?« Dad legt den Stapel auf den Fußboden zurück.
»Auf jeden Fall siehst du besser aus«, sagt Mom.
»Wirklich?«
»Ja«, sagt Sarah. »Du siehst gar nicht mehr so irre aus.«
»Ich habe *irre* ausgesehen?«
»Sie meint nicht *irre*«, erklärt Mom. »Sie meint nur, als es dir nicht gut ging, sahst du ein bisschen mitgenommen aus. Stimmt doch, Sarah, oder?«
»Nein, er sah irre aus.«
»Affektverflachung. So nennen die Ärzte das.« Ich lächle.
»Okay, aber das scheinst du jetzt ja nicht mehr zu haben«, sagt Sarah.
»Du willst also die Schule hinschmeißen?«, fragt Dad, um wieder zur Sache zu kommen.
»Von *hinschmeißen* habe ich nichts gesagt.« Ich sehe ihn an.

»Ich will die Schule wechseln.«

»Aber du willst die Schule verlassen, auf der du jetzt bist –«

»Mit der kommt er doch nicht klar«, sagt Sarah. »Denkt mal an –«

»Wartet mal. Ich kann selber reden«, sage ich. »Leute.« Ich sehe die drei der Reihe nach an. »Man bekommt hier drin reichlich Zeit zum Nachdenken. Ich kann das nicht richtig erklären, aber sobald man hier drin ist, läuft die Zeit langsamer ab –«

»Wahrscheinlich, weil es hier nicht so viele Unterbrechungen und Ablenkungen gibt –«

»Außerdem glaube ich, dass die Uhren nicht ganz richtig gehen –«

Ich wische das alles weg. »Egal. Man hat Zeit, darüber nachzudenken, wie man hierher gekommen ist. Weil natürlich kein Mensch hierher zurückkommen will. *Ich* jedenfalls ganz bestimmt nicht –«

»Gut. Ich auch nicht«, sagt Dad. »Was ich hier neulich gesagt habe, dass es mir gefällt: Das war ein Scherz.«

»Okay. Sag mal, hast du den Film mitgebracht?«

»Selbstverständlich. Wir können uns einen Teil davon doch zusammen ansehen, oder?«

»Klar. Also, jedenfalls habe ich darüber nachgedacht, ab wann es mir schlecht gegangen ist. Und jetzt weiß ich's: Es hat angefangen, als ich auf die Highschool gekommen bin.«

»Aber nein«, sagt Mom.

»Das war die glücklichste Zeit meines Lebens. Der glücklichste Tag. Und von da ist es nur noch bergab gegangen.«

»Ja, das geht auch vielen Erwachsenen so«, sagt Dad.

»Unterbrich ihn doch nicht dauernd«, unterbricht ihn Sarah. Dad nimmt die Hände hinter den Stuhl und richtet sich gerade auf.

»Schon gut, Sarah. Ich ... ich glaube, ich habe mich so angestrengt, auf die Executive Pre-Professional zu kommen, weil ich das als Herausforderung gesehen habe. Eigentlich wollte ich nur den Triumph. Ich habe nie richtig darüber nachgedacht, dass ich dann auch auf diese Schule *gehen* muss.«

»Du willst also etwas mit Kunst machen«, sagt Mom.

»Überleg doch mal. Mathe hab ich eigentlich nie gemocht. Ich war da nur gut, weil ich besser klarkomme, wenn ich etwas Handfestes vor mir habe, womit ich eine Aufgabe lösen kann und so das Gefühl habe, ich hätte etwas geleistet. Englisch hat mir auch nie gefallen. Das hier« – ich zeige auf meine Bilder – »ist etwas anderes. Das mache ich richtig *gern*. Also sollte ich es auch tun.«

»Aber nur, wenn du es wirklich gern machst«, sagt Dad. »Denn das ist ein hartes Leben. Es sind ja hauptsächlich Künstler, die in Anstalten wie dieser landen.«

»Dann muss er ja ein Künstler sein; schließlich *ist* er ja hier gelandet!«, sagt Sarah.

»Heh. Das ist doch ganz einfach.« Ich stehe auf. »Seht euch mal um. Ich habe versucht, auf die beste Highschool der Stadt zu gehen. Und jetzt bin ich hier.«

»Stimmt.« Mom dreht sich um. Hinter ihr huscht Solomon durch unser Blickfeld.

»Wenn ich nicht irgendetwas grundsätzlich verändere, werde ich hier herauskommen und feststellen, dass alles noch genauso ist wie vorher, und dann bin ich ganz schnell wieder hier.«

»Richtig«, sagt Mom. »Ich stimme dir zu, Craig.«

»An welche Kunstschule hast du denn gedacht?«, fragt Dad.

»Manhattan Arts Academy? Mit meinen Noten kann ich leicht dahin wechseln –«

»Oh, aber Craig, das ist eine Schule für Kinder, die völlig kaputt sind«, sagt Dad.

Ich sehe ihn an. »Ach ja? Dad?« Ich hebe meine Hand, zeige ihm die Armbänder. Jetzt bin ich stolz darauf. Die sagen die Wahrheit, und niemand kann daran herumpfuschen. Und wenn man die Wahrheit sagt, wird man stärker.

Dad bleibt schweigend stehen, senkt den Blick auf seine Füße und schaut dann wieder auf.

»Okay«, sagt er. »Tun wir, was wir tun müssen. Aber bis zum Wechsel musst du auf der Schule bleiben. Das heißt also ... mindestens bis zum Ende des Schuljahrs, nehme ich an.«

»Das kann ich schaffen«, sage ich.

»Ich weiß, dass du das schaffst. Und wir helfen dir dabei.«

»Abendessen, fertig machen zum Abendessen!« Präsident Armelio kommt auf uns zu. »Craig und seine Familie, das Abendessen ist gleich fertig!«

»Wie hast du gegessen?«, fragt Mom, als ich meine Beine ausstrecke.

»Regelmäßig. Ich kann's wieder.«

»Das ist wunderbar, Craig.«

»Okay, die DVD kannst du schon mal nehmen.« Dad gibt sie mir. »Ich komme zurück und schau sie mit dir zusammen an, wenn du mit dem Essen fertig bist. Wann wird das sein?«

»Um sieben. Aber die Besuchszeit endet um acht. Du wirst also nicht den ganzen Film sehen können.«

»Wir werden ja sehen, wie lange ich bleiben kann. Vielleicht hab ich eine Überraschung für dich.«

Ich schlucke. Eigentlich möchte ich gar nicht, dass er so lange bleibt. Ich muss dafür sorgen, dass Smitty ihn zum Gehen bewegt.

»Wir sehen uns morgen«, sagt Mom. »Die Schwestern sagen, wir können dich morgen früh abholen, bevor ich zur Arbeit muss.«

»In Ordnung.«

»Zu Hause wartet jede Menge leckeres Essen auf dich.«

»Wir sehen uns, wenn ich aus der Schule komme.« Sarah umarmt mich kurz. »Ich bin so froh, dass es dir wieder gut geht.«

Ich tätschle ihren Kopf. »Ist es dir peinlich, hier zu sein?«
»Ja, aber egal.«
»Mir auch«, sage ich. »Nur dass es eine gute Art von Peinlichkeit ist.«

achtundvierzig

Blade II ... na ja, man muss schon Actionfilme mögen, damit einem das gefällt. Ich selbst bin ein großer Fan von Actionfilmen. Die sind wie Blues: immer das gleiche Schema. Da gibt's den Helden, einen Schurken und ein Mädchen. Der Held ist dauernd in Lebensgefahr, und wenn ein Hund mitspielt, dann der auch. Es gibt auch noch einen Unterschurken mit einem besonders charakteristischen Gesicht, und der kommt in einer Druckerpresse oder in einem Pool ums Leben.

Die Handlung von *Blade II* geht so: Blade ist ein Mann, der durch die Gegend läuft und Vampire tötet. Er trägt einen Ledermantel, und *darunter ein Schwert, auf dem Rücken;* damit läuft er ganz normal herum. Kann sein, dass es möglich ist, mit einem Schwert in der Stadt herumzugehen, ohne dass die Leute es merken. Aber die Chancen, sich dabei nicht den Hintern aufzusäbeln, gehen gegen Null, besonders, wenn man schnell rennt oder Flickflacks macht.

Der eigentliche Clou ist aber, wie die Vampire sterben. Sie lösen sich digital in bunte Asche auf – *in Zeitlupe*. Ich könnte mir das Sterben dieser Vampire den ganzen Tag lang ansehen. Das ist so *sauber*, wie sie da verschwinden; keine Leiche bleibt zurück, nichts.

Das alles erkläre ich Humble, während wir Monica helfen, den Fernseher aus dem Veranstaltungsraum zu schieben und anzuschließen. Monica hat keine Ahnung, wie man eine DVD abspielt – diese glänzenden Metallscheiben machen ihr Angst. Nachdem wir das Ding reingeschoben haben, müssen wir ein paar Mal gegen den Fernseher treten, bis er läuft, aber dann geht's los: Blade killt in Prag die erste Ladung Vampire, rutscht Feuerleitern runter, springt über Motorräder und durchbohrt einen nach dem anderen mit seinem Schwert.

Die Zuschauer bieten einen guten Querschnitt durch die Insassen von Six North – Humble, Bobby und Johnny; die Professorin; Ebony; der Neue, der sich Mensch nennt; Becca. Und Dad; er kam Punkt sieben und setzte sich still in eine Ecke. Angelockt von den Geräuschen des Films, tauchte dann auch noch Jimmy auf und setzte sich neben ihn.

»Hallo«, sagte Dad.

»Ihr Sohn?«, fragte Jimmy und zeigte auf mich.

»Ja.«

»*How sweet it is!*«

Dad nickte und sagte: »Ja, das ist es.«

Auf dem Bildschirm zerlegt Blade einen Vampir in zwei Teile, das Schwert ratscht von unten bis oben durch ihn durch.

»Wow, ganz schön *wild*«, sagt Humble. »Hast du das gesehen? Das ist ja schlimmer als Tripper, Mann.«

»Hast du mal Tripper gehabt?«

»Bitte. Ich hab alles gehabt. Du weißt doch: Die Juden schneiden sie ab, die Iren nutzen sie ab.«

»Oooh«, sage ich. »Du bist Ire?«

»Halb«, sagt Humble.

»Könnt ihr nicht still sein? Ich versuche den Film zu sehen«, sagt die Professorin.

»Sei du mal selber still. Der Film interessiert dich doch gar nicht; da spielt ja nicht mal Cary Grant mit«, sagt Humble.

»Cary Grant war ein *richtiger Mann*. Lass ihn aus dem Spiel.«

»Ich kann sagen, was ich –«

»Was macht der da?«, fragt Bobby.

»Er saugt dem Mädchen das Blut aus. Siehst du das nicht?«

»Ich dachte, die ist auch ein Vampir.«

»Na und? Auch Vampire haben Blut.«

»Vampire haben überhaupt kein Blut«, sagt Mensch. »Vampire haben nur was *Grünes* in den Adern, und Grün bedeutet Geld.«

»Du weißt nicht, was du redest«, sagt Humble. »Wenn man Blut trinkt – wie soll man da kein Blut haben?«

»Ich hab schon eine Menge Vampire gesehen, und deren Blut war immer grün. Haben mich in ihren kleinen Tempeln ausgesaugt.«

»Was für Tempel?«, fragt Becca. »Ich geh regelmäßig in den Tempel. Fang bloß nicht an, über die Juden herzuziehen.«

»Ich bin auch Jüdin«, sagt die Professorin. »Deswegen hat man versucht, mein Haus mit Insektengift zu verseuchen.«

Hinten im Flur erscheint Noelle und kommt auf uns zu. Sie trägt einen langen schwarzen Rock und eine weiße Bluse mit Rüschen an den Schultern und sieht mir tief in die Augen. Ich sehe mich um: kein Stuhl mehr für sie da.

Dad bekommt das alles sofort mit. Er beugt sich zu mir rüber und sieht mich an:

Das ist also der Grund, warum es dir besser geht?

Ich zucke mit den Schultern.

Sie stellt sich neben mich. »Wo soll ich denn sitzen?«

»Hier!« Ich stehe auf und zeige auf meine Armlehne.

Sie setzt sich mitten auf den Stuhl. »Oh, du hast ihn angewärmt! Vielen Dank.«

»Nein, ich meine – und wo soll *ich* jetzt sitzen?«

Sie klopft auf die Armlehne.

»Also wirklich!«

Ich setze mich, und Blade schlitzt weiter seine Vampire auf. Die Zuschauer diskutieren inzwischen unter anderem über Operationen, den Mond, Hähnchen, Prostitution und Jobs bei der Stadtreinigung. Dad lehnt sich zurück und schließt die Augen; das hatte ich geahnt. Als er tief und regelmäßig zu atmen anfängt, gehe ich zu Smitty und sage ihm, dass es nach acht ist.

»Du willst, dass ich deinen Vater rauswerfe?«, fragt er.

»Ich will unabhängig sein«, sage ich.

»Na schön.« Smitty begleitet mich zurück. »Mr. Gilner – tut mir leid; die Besuchszeit ist zu Ende.«

»Oh, hm!« Er steht auf. »Also dann, Craig. Du bringst die DVD morgen mit?«

»Ja«, sage ich. »Danke.«

»Danke, dass du hierher gegangen bist und dir hast helfen lassen.« Er umarmt mich. Smitty weicht zurück. Dad hält mich lange in den Armen, und wir stehen genau vor dem Fernseher, aber niemand beschwert sich.

»Ich hab dich sehr lieb«, flüstere ich. »Obwohl ich ein Teenager bin und so was eigentlich nicht sagen sollte.«

»Ich habe dich auch sehr lieb«, sagt Dad. »Obwohl ... ach was ... nein. Ich mach keine Witze darüber. Es ist einfach so.«

Wir lösen uns voneinander und geben uns die Hand; dann geht er den Flur hinunter und winkt noch einmal, ohne sich umzudrehen.

»Auf Wiedersehen, Mister Gilner!«, ruft ein Chor derer, die aufgepasst haben.

Ich beuge mich zu Noelle runter und flüstere ihr ins Ohr: »Das war das eine; jetzt muss ich nur noch was in Ordnung bringen, dann treffen wir uns bei mir im Zimmer.«

»Okay.«

Ich gehe los. Als ich mein Zimmer betrete, liegt Muqtada in seiner typischen Haltung auf dem Bett, den Blick zum Fenster, wie tot vor sich hinträumend.

»Muqtada?«

»Ja.«

»Weißt du noch, wie du mich mal nach ägyptischer Musik gefragt hast?«

»Ja, Craig.«

»Ich hab welche für dich.«

»Wirklich?« Er schiebt die obere Decke zur Seite. »Wo?«

»Ich habe eine Platte besorgt«, sage ich. »Du weißt doch, wir sehen uns heute Abend einen Film an, ja?«

»Ja, ich hab's gehört. Klingt ziemlich gewalttätig; ist nicht gut für mich.«

»Okay, ja, aber in dem anderen Flur, draußen vor dem Raucherzimmer, habe ich Smitty gebeten, die ägyptische Musik aufzulegen.«

»Und er macht das?«

»Es kann jederzeit losgehen. Willst du's dir anhören?«

»Ja.« Mit einer Geste, die Hoffnung, Kraft und Entschlossenheit ausdrückt, schiebt er die restlichen Decken beiseite. Es ist hart, aus dem Bett zu steigen; das weiß ich auch. Man kann anderthalb Stunden da liegen, ohne einen Gedanken im Kopf zu haben, das heißt, man denkt nur voller Sorgen an das, was der Tag für einen bereithält und dass man wieder mal nicht damit fertig werden wird. Und Muqtada tut das seit Jahren. So lange, bis er in die Klinik musste. Und jetzt steht er auf. Nicht für immer, aber immerhin.

Ich ziehe mit ihm los; im Schwesternzimmer sitzt Smitty, ich nicke ihm zu. Er öffnet eine Tür hinter seinem Schreibtisch und geht rein, um den Plattenspieler anzustellen; und plötzlich kommt aus den Lautsprechern nicht mehr das übliche seichte Hintergrundgedudel, sondern der satte Sound tiefer gezupfter Saiten und dazu eine sehnsuchtsvolle Stimme, die mit bedrohlicher Klarheit drei aufsteigende Töne singt und danach zu etwas umschlägt, das ich einer menschlichen Stimme niemals zugetraut hätte: hört sich an wie ein Mann, den man endlos in die Länge gezogen hat und jetzt prügelt, um ihn in Schwingung zu versetzen.

»*Umm Kulthum!*«, sagt Muqtada.
»Ja! Äh ... wer ist das?«
»Das ist die größte Sängerin Ägyptens!«, schreit er. »Wo hast du das her?«
»Ich habe einen Freund, dessen Dad noch ein paar Platten im Schrank hat.«
»Das habe ich schon so lange nicht mehr gehört!« Er grinst so sehr, dass ich fürchte, ihm fällt gleich die Brille von der Nase.
Armelio sitzt hinten im Flur vorm Raucherzimmer und spielt Patience. »Du bist aus deinem Zimmer gekommen, Kumpel? Was ist passiert? Feuer ausgebrochen?«
»Diese Musik!« Muqtada zeigt auf die Lautsprecher. »Die ist aus Ägypten!«
»Du bist Ägypter, Kumpel?«
»Ja.«
»Ich bin aus Griechenland.«
»Die Griechen haben unsere Musik übernommen.«
»Das da?« Armelio blickt auf. »Das hat mit griechischer Musik nichts zu tun, Kumpel.«
»Möchtest du dich setzen, Muqtada?«, frage ich.
Er blickt sich um und sieht dann zu den Lautsprechern hinauf.
»Der beste Platz ist da drüben, neben der Musik.«
»Ja«, sagt er und setzt sich.
»Mir gefällt das nicht«, sagt Armelio.
»Was für Musik hörst du denn gern, Armelio?«, frage ich.
»Techno.«
»Nur ... Techno?«
»Ja. *Utz-utz-utz-utz*. So was.«
»Hehe!«, lacht Muqtada. »Der Grieche ist lustig.«
»Natürlich bin ich lustig, Kumpel! Ich bin immer lustig! Und du kommst nie aus deinem Zimmer. Wollen wir Karten spielen?«

Muqtada will schon aufstehen und gehen; ich stelle mich vor ihn und breite die Hände aus. »Warte noch, Mann. Ich weiß, dass du nicht um Geld spielst, aber Armelio will gar nicht um Geld spielen.«

»Das weiß ich auch; aber ich will überhaupt nicht spielen.«

»Bist du sicher? Er hat sonst keinen, mit dem er spielen kann.«

»Das stimmt. Alle meine Freunde sehen sich diesen blöden Film an. Möchtest du Pik spielen? Ich mach dich *fertig*.«

»Muqtada«, sage ich. Er sieht immer noch zu mir hoch, die Hände auf den Armlehnen, bereit zum Sprung. »Weißt du noch, wie du mich gestern vor diesem Mädchen gerettet hast?«

»Ja.«

»Ich versuche jetzt dasselbe für dich zu tun. Ich will dich retten, ich will dich aus deinem Zimmer holen. Bitte. Bleib bei Armelio.«

Er sieht mich an, dann die Lautsprecher.

»Ich tue das für dich, Craig. Aber nur für dich. Und nur wegen der Musik.«

»Toll.« Ich klopfe ihm auf die Schulter. »Sei gnädig mit ihm, Armelio.«

»Du weißt, das kann ich nicht, Kumpel!«

Ich schlendere lächelnd davon und winke ihnen noch einmal. Sobald ich um die Ecke bin, renne ich los – ich habe nicht viel Zeit –, bremse ab, als ich an Smitty vorbei muss und trete dann so ruhig wie ich kann in mein Zimmer. Noelle hat kapiert, was ich vorhatte: Sie sitzt schon auf meinem Bett und schaut aus dem Fenster.

»Du bist ganz schön gerissen«, flüstert sie. Ich zucke die Achseln. »Komm, setz dich. Schöne Aussicht hier durch die Jalousie.«

neunundvierzig

Kaum habe ich mich neben sie gesetzt, geht es auch schon los, wie es vom Schicksal bestimmt war – obwohl ich nicht an Schicksal glaube; ich glaube nur an Biologie, ich glaube daran, dass man scharf ist, dass man Frauen haben will. In meinem Leben hat es so viel Zögern und Zaudern gegeben, dass es mich geradezu erschreckt, wie reibungslos es hier auf einmal geht: Ich beuge mich über dieses Mädchen, und sie drückt ihren offenen Mund auf meinen, ich schiebe sie sanft aufs Kissen und berühre ihr Gesicht und die Schnittwunden darin – aber voller Verständnis und ohne auszuflippen. Meine Hände streichen über ihren reinen glatten Hals, sie zieht mich neben sich, Kopf an Kopf liegen wir auf dem Kissen, während meine Füße noch auf dem Boden stehen, als säße ich in der Schule, als wäre meine untere Hälfte an all dem gar nicht beteiligt. K-Ü-S-S-E-N.

»Wie schön du bist«, sage ich.

»Pst, man kann uns hören.«

Ihre Hand in meinen Haaren erinnert mich daran, dass meine Hände auch etwas tun sollten – im Augenblick liegen sie nur an ihrem Nacken, während ich herauszufinden versuche, was genau an ihr so viel mehr sexy ist als an Nia. Es ist ihre Zunge, denke ich – die ist ganz anders als die von Nia. Die von Nia war klein und flatterhaft, die von Noelle ist *überwältigend* – sie gleitet in meinen Mund und füllt ihn fast vollständig aus. Es ist, als hätte ich etwas tief Verborgenes aus ihr hervorgelockt, etwas, zu dem sonst niemand Zugang hat. Sie schiebt es durch meine Zähne, und ich behalte die Augen offen, obwohl ich bei dem schwachen Mondlicht im Zimmer kaum etwas von ihr sehen kann. Wir pressen uns aneinander, als hätten wir kostbare Siegprämien hinten im Mund, an die wir nur mit den Zungenspitzen herankommen.

Mann, ist das *gut*.

Ich lege meine Hände auf ihre weiße Bluse, und sie wehrt mich nicht ab, kein bisschen, und da sind sie also, direkt unter dem weichen Stoff – eine auf jeder Seite, oh, ist das *cool*. Meine Handflächen bedecken sie, geben sie frei, bedecken sie wieder. Ich weiß nicht genau, was ich mit ihnen machen soll. Sie sind größer als Nias; sie füllen meine Hände ganz aus. Soll ich sie drücken? Ich versuch's. Ich sehe zu ihr auf. Sie nickt. Ich drücke sie noch einmal, alle beide, fahre mit meinen Lippen an ihrem Kinn hinunter zum Hals und küsse sie dort, wo der Adamsapfel sein müsste, aber sie ist ja ein *echtes Mädchen*.

Sie reibt ihre Hüften an mir. Nicht ihre Hüften, sondern ihre Genitalien – ich meine, das sind doch die Genitalien, oder? Mädchen haben Genitalien? Oder haben sie einen hübscheren Namen dafür? Wow, wie weit soll das noch gehen? Sie drückt – was auch immer – an meinen Oberschenkel. Meine Füße sind irgendwie nach oben geschwebt, und jetzt liege ich auf dem Bett neben ihr und streichle sie, und meine Schuhe – meine Rockport-Schuhe – schlagen aneinander.

Sie sagt nichts. Nur die Berührungen zählen.

»Soll ich?«, frage ich.

Sie nickt. Oder schüttelt den Kopf. Ich weiß nicht. Aber ich nehme zwei Finger meiner rechten Hand und schiebe sie unter den weichen Saum ihrer Bluse. Darunter ist ein BH, nehme ich doch an – irgendein festes Gewebe. Ich spiele mit einem Finger daran herum; keine Ahnung, ob sie das spürt. Kann man durch einen BH etwas spüren?

Sie macht Geräusche, als müsste sie gleich niesen. Wenn ich ihre Brüste drücke, wird sie lauter; wenn ich an ihrem BH herumspiele, verstummt sie. Also schiebe ich meine Hand ganz unter ihre Bluse und betaste die Kuppel ihres BHs – ihren höchsten Punkt. Anderthalb Zoll über Meereshöhe.

»Warte mal.« Noelle hebt ihr Hinterteil an und schiebt ihre Hände flach darunter, Handflächen nach unten. Jetzt hat sie keine Hände mehr. Sie hatte sowieso nichts damit gemacht, aber seltsam ist das schon.

»Mach weiter«, sagt sie.

»Okay.« Ich schiebe meine Finger, noch immer über dem BH, um ihre Brustwarze. Ich möchte etwas ausprobieren. Ich klemme die Brustwarze zwischen Zeige- und Mittelfinger und drücke fest zu.

Durch einen BH hindurch kann man nicht richtig fest drücken, aber die Geräusche kommen sofort.

»*Unhh.*«

»Hm?« Ich sehe zu ihr hoch.

»*Mmmmmmmn.*«

Oh, *ist* das irre.

»*Sch*«, flüstere ich. »Denk an Smitty.«

»Wie viel Zeit haben wir?«

»Ich weiß nicht. Ein bisschen.«

»Du rufst mich ganz bestimmt an? Wenn du draußen bist? Und dann gehen wir zusammen aus?«

»Ich möchte mit dir ausgehen«, sage ich. »Ganz ehrlich.«

»Dann tun wir das auch.« Sie lächelt. »Was soll ich den Leuten erzählen, wo ich dich kennengelernt habe?«

»Im Irrenhaus. Dann stellen sie keine Fragen mehr.«

Sie kichert – yeah, ein echtes Kichern. Irgendwie haben wir das Sexuelle jetzt aus den Augen verloren. Ob ich es zurückholen kann, wenn ich noch mal drücke? Einen Versuch ist es wert.

»Mmmmmmm.«

Cool. Aber jetzt ist da noch eine Stimme, und die verlangt, dass ich *noch etwas* tue. Dieselbe Stimme, die mich dazu gebracht hat, mit Nia zu knutschen; es ist die Stimme meiner unteren Hälfte. Aber jetzt kommt sie mir aufrichtiger vor, und sie weiß, dass sie nicht mit allem durchkommen kann, was sie verlangt, besteht aber darauf, dass wir etwas ausprobieren.

Wir müssen diese Behauptung von Aaron überprüfen.

Meine Hand wandert an Noelles Körper hinab, über den Saum ihrer weißen Rüschenbluse bis zum Rock, dessen Stoff sich ein wenig anders anfühlt. Ich erreiche ihre Knie und wundere mich, dass es weder Widerstand noch Ohrfeigen gibt. Ich schiebe den Rock hoch – inzwischen könnte ich glatt ein Loch in dieses Bett bohren – und stoße auf Unterwäsche. Nicht Unterwäsche. Höschen! Echte Höschen!

Wahnsinn, ich soll das jetzt tatsächlich rauskriegen!

»Wow!«

Noelle stöhnt auf.

»Das ist ja wirklich wie die Innenseite einer Backe!«

»Was?«

Noelle schiebt mich weg. Die halb geöffnete Bluse wird wieder gerichtet; das Höschen wird wieder hochgezogen; der Rock ist wieder unten, und das Mädchen ist ans Kopfende des Betts zurückgewichen und starrt mich an.

»Was hast du über meine Wangen gesagt?!«

»Nein, nein, *schhhh*«, sage ich. »Nicht deine Wangen, ähm ... deine ... deine anderen Backen.«

»Meine *Po*backen?« Sie zieht sich die Haare vor ihre echten Wangen und sieht mich im Mondlicht mit weit aufgerissenen Augen wütend an.

»Nein«, flüstere ich. Und seufze. »Lass es mich erklären. Soll ich es dir erklären?«

»Ja!«

»Also gut, aber das ist sozusagen vertraulich, etwas, das nur Jungen wissen. Ich erzähle es dir nur, weil wir miteinander ausgehen werden, wenn wir draußen sind.«

»Kann sein, dass da nichts mehr draus wird. Was hast du über meine Wangen gesagt?«

»Nein, hör mich an, es hat überhaupt nichts mit deinen Wangen und deinen Schnittwunden zu tun, okay?«

»Womit hat es denn was zu tun?«

Ich erzähle es ihr.

Als ich fertig bin, folgt ein unheilvolles Schweigen, ein Schweigen, das den ganzen Hass und alles Geschrei und Gebrüll der Welt ebenso in sich enthalten könnte wie die Möglichkeit, dass ich mit einem anderen Mädchen in meinem Zimmer erwischt werde (wie bin ich gleich an zwei geraten? Bin ich ein Sexgott?) und noch eine weitere Woche hierbleiben muss, nie mehr mit Noelle reden kann, wieder mit dem Karussell anfange, wieder nicht mehr essen und mich bewegen kann, dauernd aufwache und so ende wie Muqtada. In einzelnen Augenblicken steckt immer die Möglichkeit des totalen Versagens. In ihnen steckt aber auch die Möglichkeit, dass ein Mädchen sagt –

»Das ist das Bescheuertste, was ich jemals gehört habe.«

– und einen Finger in den Mund schiebt, um es auszuprobieren.

Ich nehme sie in die Arme.

»Was?«, fragt sie mit dem Finger im Mund. »Ich kapier das nicht. Das fühlt sich absolut nicht so an.«

Ich lasse sie los. »Du bist so cool.« Ich sehe sie an. »Wie kann man nur so cool sein?«

»Bitte«, sagt sie. »Wir sollten jetzt gehen. Der Film ist bald vorbei.«

Ich umarme sie noch einmal und ziehe sie aufs Bett hinunter. Und in Gedanken schwebe ich vom Bett auf und betrachte uns beide von oben, betrachte auch alle anderen in dieser Klinik, die das Glück haben könnten, in diesem Augenblick ein schönes Mädchen in den Armen zu halten, und dann diese ganze Straße in Brooklyn, das ganze Viertel und schließlich ganz Brooklyn selbst, und dann New York, und dann diesen kleinen Winkel von Amerika – mit Laser-Augen kann ich in jedes Haus hineinsehen –, und dann das ganze Land und dann die ganze blöde Welt, betrachte jeden Einzelnen auf jedem einzelnen Bett, Sofa, Futon, Sessel und Schaukelstuhl, in jeder einzelnen Koje und Hängematte, alle Menschen auf einmal, wie sie sich küssen und streicheln ... und ich weiß, dass ich der Glücklichste von ihnen allen bin.

TEIL ZEHN: SIX NORTH, DONNERSTAG

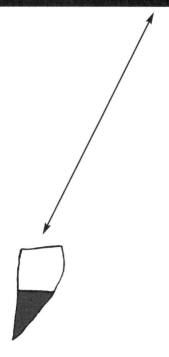

fünfzig

Mom und Dad haben sich in Schale geworfen, um mich hier herauszuholen; ich trage, was ich hier die ganze Zeit getragen habe – eine Khakihose, mein Batik-T-Shirt und die schicken Schuhe, die Rockport-Schuhe, zu denen mir die Leute schon so oft Komplimente gemacht haben und in denen ich mir wie ein *professioneller* Patient vorgekommen bin. Mom hat mir niemals Sachen zum Wechseln mitgebracht.

Sie sind sehr früh gekommen, weil Dad dann zur Arbeit muss; er wollte mich vorher noch sehen. Mom bleibt heute zu Hause und kümmert sich um mich. Morgen, Freitag, gehe ich wieder zur Schule; man hat mir gesagt, dass ich mich jederzeit bei der Schulschwester melden kann, wenn ich mich deprimiert fühle. Offiziell bräuchte ich noch die ganze nächste Woche nicht zur Schule zu gehen; man *ermuntert* mich zwar, will mich aber auf keinen Fall drängen. Das finde ich fair.

Es ist viertel vor acht. Man hat mir zum letzten Mal den Blutdruck gemessen – 120/80. Jetzt stehe ich im Flur vor dem Schwesternzimmer an der Doppeltür, durch die ich vor fünf Tagen hierher gekommen bin. Es kommt mir tatsächlich wie fünf Tage vor, nicht länger oder kürzer. Fünf Tage scheinen mir tatsächlich die Zeit gewesen zu sein, die ich hier verbracht habe. Die Leute reden immer von *Echtzeit* – Börsenkurse in Echtzeit, Informationen in Echtzeit, Nachrichten in Echtzeit –, aber hier drin habe ich offenbar Echtzeit in Echtzeit erlebt.

Armelio schüttelt mir ein letztes Mal die Hand.

»Alles Gute, Kumpel.«

Humble sagt, ich soll noch ein Weilchen bleiben.

»Draußen kannst du nur scheitern, Mann.«

Bobby brummelt vor sich hin. Es ist noch zu früh für ihn.

Die Professorin sagt, ich soll meine Bilder weiter malen.

Smitty sagt, er habe von Neil gehört, dass ich vielleicht gelegentlich hier arbeiten wolle, und er freue sich schon darauf, mich wiederzusehen.

Jimmy ignoriert mich vollständig.

Ebony sagt, ich soll mich vor Lügnern und Betrügern hüten und immer Respekt vor Kindern haben.

Um zehn vor acht kommt Noelle aus ihrem Zimmer, genau in dem Moment, als das Frühstück vorbeigeschoben wird und meine Eltern aus dem Schwesternzimmer kommen, wo sie die Entlassungspapiere unterschrieben haben.

»Ich komme am Nachmittag raus«, sagt sie. Sie hat eine Trainingshose und ein T-Shirt an. »Rufst du mich heute Abend an?«

»Ganz bestimmt.« Ich klopfe auf meine Tasche, in der ich ihre Nummer und die beiden Zettel habe, die sie mir zugesteckt hatte.

»Wie fühlst du dich?«

»Ich glaub, ich werde es schaffen.«

»Ich auch.«

»Du bist echt cool«, sage ich.

»Und du bist ein ziemlicher Trottel, aber ausbaufähig«, sagt sie.

»Ich werd mir Mühe geben.«

»Craig?«, fragt Mom.

»Oh, hallo, äh, das ist Noelle. Wir haben uns hier angefreundet.«

»Ich habe dich gestern Abend gesehen«, sagt Dad und gibt ihr die Hand.

»Freut mich, Sie kennenzulernen«, sagt Mom. Beide sehen über die Schnittwunden in ihrem Gesicht einfach hinweg. Meine Eltern haben wirklich Stil.

»Freut mich ebenfalls«, sagt sie.

»Gehst du noch zur Highschool?«, fragt Dad.

»Ja, auf die Delfin«, sagt sie.

»Viel Stress, oder?«, sagt Mom.

»Allerdings.«

»Ich finde, das ganze System müsste geändert werden. Wenn man sich das vorstellt: zwei so kluge junge Leute wie ihr in der Nervenklinik, und das, weil der Stress zu groß ist.«

»Mom.«

»Nein, wirklich. Ich werde das meinem Kongressabgeordneten mitteilen.«

»*Mom.*«

»Ich geh dann mal«, sagt Noelle. »Bis bald, Craig.« Sie dreht sich um und entschwindet, und statt mir mit der Hand zuzuwinken, tritt sie einmal ein Bein leicht nach hinten – *das soll ein Kuss sein*, denke ich. *Wenn meine Eltern nicht hier wären, hätte sie mir einen Kuss gegeben.*

»Bist du so weit?«, fragt Mom.

»Ja. Bye, Leute!«

»Warte!« Muqtada kommt so schnell, wie er es sich gestattet – und das ist nicht sehr schnell – durch den Flur auf uns zu und gibt mir die Platte.

»Danke, Craig. Dieser Junge, Ihr Sohn« – er wendet sich an meine Eltern, »er hat mir geholfen.«

»Danke«, sagen meine Eltern.

Ich umarme ihn und atme zum letzten Mal seinen Geruch ein. »Alles Gute, Mann.«

»Wenn du durchs Leben gehst, denk an mich und hoffe, dass es mir besser geht.«

»Das tu ich.«

Wir trennen uns, und Muqtada wandert dem Essensgeruch nach zum Speiseraum.

Ich sehe meine Eltern an. »Gehen wir.«

Es ist unglaublich einfach. Die Schwestern machen uns die Türen auf, und schon bin draußen und sehe das Plakat »*Ruhe! Behandlung*«, das mir bei der Ankunft aufgefallen war. Die Aufzüge halten immer noch Wache.

»Hört mal«, sage ich. »Könnt ihr schon mal vorgehen. Ich komme dann gleich nach.«

»Warum? Stimmt was nicht?«

»Ich möchte einfach ein bisschen allein sein.«

»Dir geht's gut?«

»Ja.«

»Du fühlst dich nicht ... schlecht?«

»Nein. Ich möchte bloß allein nach Hause gehen.«

»Wir tragen deine Sachen.« Sie nehmen die Tasche mit meinen gebrauchten Sachen und den Bildern und die Schallplatte; winken und steigen in den nächsten Aufzug, der nach unten fährt.

Ich warte dreißig Sekunden, bevor ich selbst auf den Knopf drücke.

Es geht mir nicht wirklich besser. Die Schwere ist immer noch in meinem Kopf. Ich spüre, wie leicht ich wieder in diesen Zustand geraten kann: im Bett liegen bleiben, nichts essen, meine Zeit vergeuden und mich dafür verfluchen, meine Hausaufgaben ansehen und ausflippen, mit Aaron chillen, Nia sehen und wieder eifersüchtig werden, mit der U-Bahn nach Hause fahren und hoffen, dass sie einen Unfall hat, aufs Rad steigen und zur Brooklyn Bridge fahren.

Das alles ist immer noch da. Nur mit dem Unterschied, dass es jetzt keine Alternative mehr ist, sondern nur noch ... eine Möglichkeit, so wie auch möglich ist, dass ich im nächsten Augenblick zu Staub zerfalle und mich als allwissendes

Bewusstsein im All verteile. Nicht sehr wahrscheinlich, aber möglich.

Ich steige in den Aufzug. Er ist groß und glänzend. Es gibt viel zu sehen in der wirklichen Welt.

Ich weiß immer noch nicht, was ich heute tun werde. Wahrscheinlich gehe ich nach Hause, sortiere meine Bilder, und dann rufe ich alle an, die ich kenne, und erzähle ihnen, dass ich die Schule wechsle und sie mich von jetzt an nur noch telefonisch und nicht mehr per E-Mail erreichen können. Vielleicht gehe ich aber auch in den Park – wieso gehe ich eigentlich nie in den Park? – und spiele mit den anderen, die da sind, Basketball. Oder Frisbee. Draußen wartet ein echter Tag auf mich. Mit echtem Wetter.

Ich gehe durchs Foyer. Die Gerüche! Kaffee und Muffins und Blumen und Duftkerzen aus dem Geschenkeshop. Wozu hat die Klinik einen Geschenkeshop? Wahrscheinlich muss alles einen Geschenkeshop haben.

Ich trete auf den Bürgersteig hinaus.

Ich bin ein freier Mann. Na ja, ich bin minderjährig, aber das ist man ja ein Viertel seines Lebens lang; da sollte man schon das Beste daraus machen. Ich bin ein freier Minderjähriger.

Ich atme. Es ist Frühling. Die Luft senkt sich wie ein Laken in Zeitlupe auf mich herab.

Ich bin nicht geheilt, aber irgendwo tief in mir tut sich etwas. Ich spüre meinen Körper, der kompakt mein Rückgrat umhüllt. Ich spüre das Herz, das am Samstagmorgen so laut geklopft und mir gesagt hat, dass ich nicht sterben will. Ich spüre die Lungen, die in der Klinik still und leise ihre Arbeit getan haben. Ich spüre die Hände, die Bilder zeichnen und Mädchen anfassen können – *denk an all die Werkzeuge, die du hast.* Ich spüre die Füße, die mich überallhin tragen können, wohin ich will – in den Park und wieder hinaus und zu meinem Fahrrad, um durch ganz Brooklyn zu radeln, und auch durch Manhattan, wenn ich Mom überredet habe. Ich spüre meinen Magen, meine Leber und das ganze glibbrige Zeug, das da drin das Essen verarbeitet, froh, sich endlich wieder nützlich machen zu können. Am meisten aber spüre ich mein Gehirn, das da oben von Blut durchströmt wird und in die Welt hinausschaut und alles in sich aufnimmt, gute Laune und Licht und Gerüche und Hunde, alles was die Welt zu bieten hat – alles in meinem Leben ist doch in meinem Gehirn, also ist es eigentlich nur natürlich, dass alles in meinem Leben kaputt war, als mein Gehirn kaputt war.

Ich spüre mein Gehirn am Ende der Wirbelsäule, ich spüre, wie es sich ein wenig nach links verschiebt.

Das ist es jetzt – die Wende. Es geschieht in meinem Gehirn, kaum dass mein Körper sich in Bewegung gesetzt hat. Ich weiß nicht, wohin mein Gehirn gegangen war. Irgendwie war es aus dem Gleichgewicht geraten. War in irgendeinem Mist stecken geblieben, mit dem es nicht zurecht kam. Aber jetzt ist es wieder da – wieder mit meinem Rückgrat verbunden und bereit, die Kontrolle zu übernehmen.

Mann, warum habe ich mich bloß umbringen wollen?

Sie ist gewaltig, diese Wende, so groß, wie ich sie mir vorgestellt habe. Mein Gehirn will nicht mehr *denken*, plötzlich will es handeln.

Laufen. Essen. Trinken. Wieder essen. Nicht kotzen. Stattdessen lieber pinkeln gehen. Und scheißen. Mir den Hintern abwischen. Telefonieren. Eine Tür aufmachen. Fahrrad fahren. Auto fahren. Mit der U-Bahn fahren. Reden. Mit Leuten reden. Lesen. Stadtpläne studieren. Stadtpläne zeichnen. Bilder malen. Über meine Bilder reden. Meine Bilder verkaufen. Eine Prüfung ablegen. Auf eine Schule kommen. Feiern. Eine Party veranstalten. Dankesschreiben verschicken. Mom in die Arme nehmen. Dad einen Kuss geben. Meiner kleinen Schwester einen Kuss geben. Mit Noelle knutschen. Immer wieder mit ihr knutschen. Sie berühren. Ihre Hand halten. Mit ihr ausgehen. Ihre Freunde kennenlernen. Mit ihr durch die Straßen laufen. Sie zu einem Picknick einladen. Mit ihr essen. Mit ihr ins Kino gehen. Mit Aaron ins Kino gehen. Ich könnte sogar mit Nia ins Kino gehen, wenn ich erst mal mit ihr klargekommen bin. Auch mit anderen Leuten klarkommen. In kleinen Cafés Kaffee trinken. Den Leuten meine Geschichte erzählen. Freiwillig in der Klinik arbeiten. In Six North. Einfach dort hingehen und allen mal Guten Tag sagen, die sich um mich gekümmert haben. Leuten helfen. Leuten wie Bobby. Ihnen Bücher und Musik besorgen, die sie da drin haben möchten. Leuten wie Muqtada helfen. Ihnen Zeichnen beibringen. Selbst noch mehr zeichnen. Anderes. Eine Landschaft. Einen nackten Menschen. Noelle zeichnen, nackt. Reisen. Fliegen. Schwimmen. Leute kennenlernen. Lieben. Tanzen. Gewinnen. Lächeln. Lachen. Festhalten. Gehen. Hüpfen. Okay, das ist albern, aber was soll's: hüpfen.

Ski fahren. Schlitten fahren. Basketball spielen. Joggen. Laufen. Laufen. Laufen. Nach Hause laufen. Nach Hause laufen und mich wohlfühlen. Genießen. Nimm diese Verben und genieße sie. Sie gehören dir, Craig. Du hast sie verdient, weil du sie dir ausgesucht hast. Du hättest sie alle hinter dir lassen können, aber du hast dich entschieden, hier zu bleiben.

Also, ab jetzt lebst du wirklich, Craig. Lebe. Lebe. Lebe. Lebe.

Lebe.

Ned Vizzini verbrachte fünf Tage in der Erwachsenen-Psychiatrie im Methodist Hospital, Park Slope, Brooklyn, 29.11.04 - 3.12.04.

Ned schrieb dieses Buch vom 10.12.04 - 6.1.05.